学校という淀んだ沼に
迷い込んだ鮫の物語です

貴志祐介

학교라는 고인 늪에 잘못 흘러든 상어의 이야기입니다.

기시 유스케

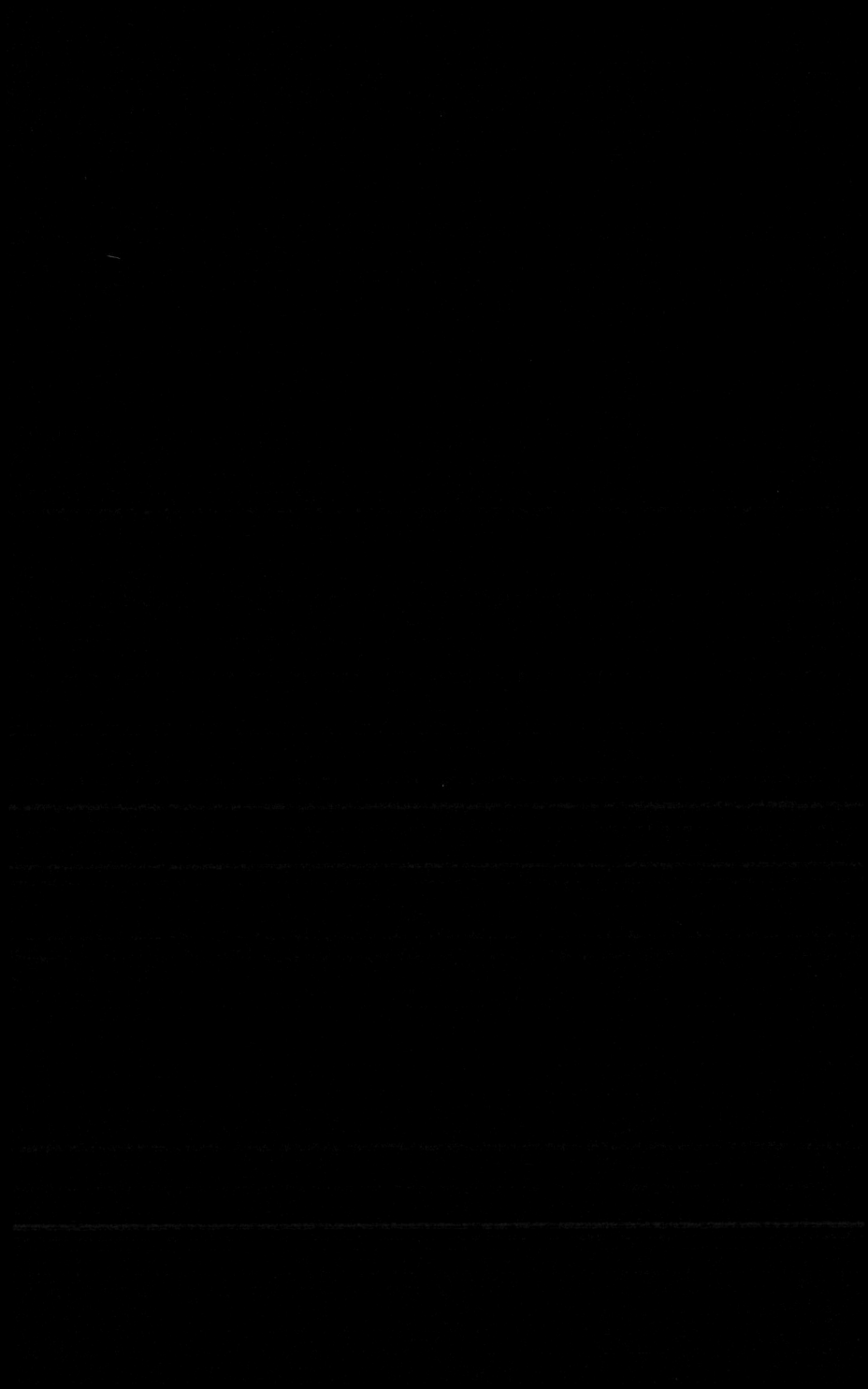

悪の教典

『悪の教典(下)』
AKU NO KYOTEN Vol.2 by KISHI Yusuke
Copyright ⓒ 2010 KISHI Yusuke
All rights reserved.
Original Japanese edition published by Bungeishunju Ltd., in 2010.
Korean translation rights in Korea reserved by HYUNDAE MUNHAK Publishing Co.,Ltd.,
under the license granted by KISHI Yusuke, Japan arranged with Bungeishunju Ltd., Japan
through JM Contents Agency Co., Korea

이 책의 한국어판 저작권은 JMCA를 통한 저작권자와의 독점계약으로 ㈜현대문학에 있습니다. 저작권
법에 의해 한국 내에서 보호를 받는 저작물이므로 무단전재와 무단복제를 금합니다.

악의 교전 2

Lesson of the evil

기시 유스케 장편소설

한성례 옮김

현대문학

차 례

제7장 X-sports 7
제8장 모리타트 73
제9장 유령의 집 135
제10장 졸업 221
제11장 신의 목소리 399

에필로그 427
악의 교전 미공개 단편
    비밀 441
    악·의·교·전 444
옮긴이의 말 451

일러두기
본문의 주석은 모두 옮긴이 주입니다.

제7장 X-sports

"또 집단 커닝을 시도하는 학생이 나올지도 모른다는 말입니까? 이번 기말고사에서?"

사카이 히로키 교감은 땡감을 통째로 씹은 듯한 표정을 지었다.

"아무래도 학생들 사이에서 그런 소문이 도는 모양입니다."

하스미 세이지는 약간의 동정을 담은 눈길로 피로에 찌든 교감의 얼굴을 내려다보았다.

오늘은 일요일이지만 수학교사인 스리이 마사노부가 자살한 사건으로 학부모회 임시총회가 막 열린 참이었다. 나다모리 마사오 교장은 사건 다음 날 조례에서 눈물을 흘리며 호소하여 학생들을 어리둥절하게 만들었지만 나름대로 감동을 주었다. 하지만 그 이후로는 이상하게 격앙된 상태가 이어져서 사흘이 지난 오늘도 도저히 보호자들 앞에 나설 만한 상태가 아니었다. 그래서 사카이 교감이 전면에 나섰지만, 예상을 넘어선 학부모들의 험악한 반응에 비지땀을 흘리는 처지가 되었다. 수학교사인 사나다 슌페이가 음주운전으로 사람이 다치는 사고를 낸 불미스러운 사건이 발생한 직후이기도 해서, 상처 입은 학생의 마음을 어떻게 치료할 것인가, 그리고 교직원의 정신건강 상태도 파악하지 못하면서 어떻게 학생을 지도하겠느냐 등의 혹독하고 가차 없는 질문이 잇달았다.

그동안 학부모 총회에서 이렇게까지 큰 압력을 받은 적이 없었던 사카이 교감은 몇 번이고 궁지에 몰렸지만, 나중에 급하게 대타로 나선 하스미의 유창한 말솜씨로 그럭저럭 위기를 넘겼다. 하스미의 뛰어난 언변을 처음 접한 학부모들은 총회가 끝날 즈음에는 분위기가 바뀌어서 별안간 급증한 팬들처럼 여기저기에서 격려의 박수까지 칠 정도였다.

"전과 마찬가지로 주도자는 모르는 겁니까?"

"의심스러운 학생은 몇 명 있지만 안타깝게도 확증이 없습니다."

"소문이라······."

사카이 교감은 어쩐지 납득이 가지 않는다는 얼굴이었다. '왜 항상 그렇게 어중간한 정보뿐일까'라는 의문을 품은 듯한 표정이다. 그렇다고 하스미가 '학생들의 대화를 도청한 결과입니다'라고 설명할 수도 없는 노릇이었다.

"그래서 이번에는 어떤 수법입니까?"

"그것도 아직 모릅니다. 다만 지난번에 시도했던 휴대전화를 이용한 커닝은 통하지 않았으니 그 방법을 다시 시도하지는 않으리라고 추측할 따름입니다."

하스미는 그렇게 말하면서 스스로도 의문스러웠다. 설마하니 두 번 연달아서 방해전파를 써서 휴대전화를 먹통으로 만들지는 않으리라고 얕잡아 보는 건가? 아니면 학생 중 누군가가 새로운 커닝 방법을 창안할 가능성도 있다.

"그래서 어떻게 할 생각입니까? 다음 달에는 학교 설명회가 열릴 예정입니다. 지금 상황에서 커닝 소동까지 일어난다면 내년에 우리 학교를 지원하는 학생이 없을지도 모르잖습니까?"

'책임자는 당신이잖아'라고 말하고 싶었지만, 하스미는 더 이상 사카이 교감을 궁지에 몰아넣을 생각이 없었으므로 용기를 북돋울 만한 미소를 띠었다.

"만전을 기하겠습니다. 이번에도 필요한 대책은 저에게 맡겨주셨으면 합니다."

지난번과 마찬가지로 법률을 위반하는 방해전파의 발신까지 포함한 의미였다.

사카이 교감은 하스미에게서 눈을 돌리고 헛기침을 했다.

"알겠습니다. 하스미 선생님을 믿고 맡기지요. 아무쪼록 새로운 문제로 발전하지 않게 잘 처리해 주세요."

사카이 교감은 몹시 피곤한 얼굴로 눈과 눈 사이를 주물렀다.

"정작 문제가 생겼을 때 믿을 만한 사람이 없군요. 지금 상황에서는 하스미 선생님이 유일하게 믿음직한 사람입니다."

"기대에 부응하도록 최선을 다하겠습니다."

하스미는 교감실을 나왔다.

모처럼 일요일에 출근한 김에 오늘 중으로 학교 안에 설치한 도청기를 체크해두는 편이 좋겠군. 수학여행을 가기 전에는 도청기 숫자를 최소한으로 줄였지만 이번에는 학생을 주요 목표로 설정해서 재배치해야만 한다. 화장실이나 옥상, 탈의실이나 계단참 등 학생의 속마음을 들을 수 있는 장소에.

그런 생각을 할 때 문득 이상한 느낌이 들었다. 마치 누군가가 자신을 조종하는 듯한 감각에 휩싸였다. 그것은 이성이 아닌 동물적인 감각이었다. 이런 직감을 무시해서는 안 된다. 지금까지도 논리가 아닌 직감으로 몇 번이고 위기를 넘겨 왔다.

하스미는 위험 신호를 감지하면 일단 멈춰서 생각하곤 했다. 도청기를 통해 얻는 정보는 단편적이다. 대부분은 누가 말하는지조차 알기 힘들다. 그러나 하스미는 많은 사람의 대화를 분석한 끝에 지난번 실패에 굴하지 않고 다시 커닝을 시도하려는 학생이 확실히 존재한다는 결론을 내렸다. 그 학생이 누구인지는 모르지만 지금까지의 경위로 미루어보아 자신의 성적을 올리기 위해서 커닝을 주도하는 것은 아니다. 많은 학생들에게 정답을 알려주는 일은 좋게 말하면 자원봉사와 같은 무상행위이고, 나쁘게 말하면 테러리스트의 범죄와 같은 쾌락 추구형 범행이다. 자신의 능력을 과시하고 학교 측이 당황해 허둥대는 모습을 보며 즐기려는 속셈이 분명하다.

그것이 중간고사에서는 무참히 실패했다. 학교에서 커닝을 방지하기 위해 방해전파까지 발신하리라고는 예상하지 못했을 것이다. 배후 인물이었던 학생은 친구들 사이에서 체면을 구기고 콧대가 납작해졌음이 틀림없다.

그 상황에서 벗어나기 위해서는 다른 방법으로 커닝에 성공해서 설욕하면 된다. 그렇지만 그 다른 방법 또한 간단하지 않다. 단순히 자기 혼자 부정한 방법으로 답을 아는 데 그치지 않고 가능한 한 많은 학생에게 알려주어야만 한다. 그런 목적을 달성하는 데 휴대전화 이상으로 유효한 도구는 없다.

하스미는 마치 보이지 않는 상대와 장기를 두는 기분이었다. 지난번에는 자신의 수가 들어맞아 멋지게 상대의 공격을 봉쇄했다. 그에 맞서 상대는 어떤 묘수로 나올 것인가?

한 가지 떠오르는 수는 다시 방해전파를 발신하게 해서 그것을 고발하는 방법이다. 그러나 학교 측에서 방해전파를 발신했다고 증명하기 어렵다는 단점이 있다. 상대의 입장이 되어서 생각해 보아도 뾰족한 수가 떠오르지 않는다.

형태가 없는 전파는 증거로 삼기 힘들다. 가령 시험 중에 살짝 빠져나와 아마추어 무선부실로 가서 기기를 찾는다고 해도, 그다음에 어떻게 손을 쓸 방법이 없다. 미리 간토총합통신국에 고발하더라도 그들이 함정수사까지 할 리는 만무하다. 틀림없이 먼저 학교로 연락이 올 것이다.

아니다. 상대가 노린다면 다른 곳이다. 학교의, 아니 내 허를 찌를 의도라면 확실한 약점을 노릴 게 분명하다. 그렇다면 그게 대체 무엇일까?

하스미는 퍼뜩 생각이 떠올랐다. 지나친 생각인지도 모른다. 그러나 상대는 상당히 우수한 학생임이 분명하다. 그렇다면 왜 커닝 계획이 그렇게 빨리 학교 측에 누설됐는지 의문이 생겼을 것이다. 하스미는 미소 지었다. 겨우 상대의 목적을 간파한 기분이 들었다. 그렇군, 그것을 위해 일부러 기말고사 때도 커닝한다는 소문을 퍼뜨린 것이다. 그렇다면 이쪽도 그에 걸맞은 대책을 마련해야만 한다. 상대가 누구든지 간에 더 이상 자신의 왕국에서 마음대로 활개를 치도록 놔둘 생각은 없다.

"……그러니까 소문이 더 널리 퍼지게 좀 도와줘. 단 구체적인 사항은 절대 말하지 마. 나하고 너뿐만 아니라 학생 이름은 일절 안 돼. 그냥 누가 기말고사에서 대대적인 커닝을 한다더라 하는 이야기만 널리 퍼뜨려줘. 누군지는 모르지만 상당히 획기적인 방법을 생각해 냈다고 말이야."

휴대전화에서 들려오는 하야미 게이스케의 목소리는 내용과는 정반대로 느긋함 그 자체였다. 나고시 유이치로는 얼굴을 찡그렸다.

"그런 일을 하면 무슨 이익이 있는데?"

"하스미의 정체를 폭로할 기회가 생기지."

하야미는 호언장담했다.

"모두 그놈에게 속고 있어. 그놈은 가면 뒤에 악마의 얼굴을 숨기고 있다고."

"악마라니……."

나고시의 머릿속에 긴 뿔에 염소처럼 찢어진 눈을 한 하스미의 모습이 떠올랐다.

"알겠어, 나고시? 사나다에게 음주운전의 죄를 뒤집어씌운 사람은 분명히 하스미야."

"그걸 어떻게 알아? 교감의 차가 렉서스에 부딪혔을 때 운전석에는 사나다가 앉아 있었잖아? 그 사고로 차 문이 열리지 않았으니까 창문으로 빠져나오는 건 가능해도 사나다를 운전석에 앉히기는 힘들어."

"그러니까 하스미가 학교까지 운전한 다음에 의식을 잃은 사나다를 운전석에 앉히고 RX-8을 밖에서 출발시킨 거야."

"어떻게?"

"아직도 모르겠어? 대나무 작대기로 가속 페달을 누른 거라고."

나고시는 말문이 막혔다. 일전에 하야미가 덩굴장미의 받침대가 사고 직전에 뽑혔다고 말한 의미를 드디어 이해했다.

"그뿐만이 아니야. 기요타네 집에 불을 질러서 기요타의 아버지를 불에 타 죽게 한 사람도 하스미일 거야. 그놈의 경트럭이라면 많은 양의 등유도 옮길 수 있으니까. 게다가 스리이를 죽인 놈도 하스미일 가능성이 있어."

"야, 그건 너무 터무니없는 소리 아냐? 지나친 생각 같은데……."

대마초는 심각한 중독성이 없다고 들었지만, 어쩌면 망상에 빠지는 성분이 있는지도 모른다. 나고시는 하야미가 걱정되었다.

"뭐, 스리이 사건은 그저 추측이지만 말이야. 또 도립 ○○고등학교 사건도 있어. 그 이후로 정보를 모아봤는데 역시 그놈이 범인이야."

"정보라고 해도 그저 학생들의 소문이잖아?"

"아니, 그렇지 않아."

하야미는 단호하게 말했다.

"믿을 만한 정보통의 이야기야."

"믿을 만한 정보통은 또 누군데?"

"시모즈루 아저씨 말이야."

나고시는 크게 놀라 다시 입을 다물었다. 정보원이 현역 경찰관이라면 그냥 웃어넘길 문제가 아니다.

"아무래도 입장이 입장이다 보니 하스미의 짓이라고 확언하지는 않았어. 하지만 아저씨는 네 명의 죽음이 자살이 아니라고 확신했어. 하스미를 의심하는 이유로 이 정도면 충분하지 않아?"

부슬부슬 내리는 비 탓에 날씨는 후텁지근했지만 나고시는 등골이 오싹한 불쾌한 감각에 사로잡혔다.

"그래, 네 말대로 하스미가 악마라고 치자. 그런데 커닝한다는 소문을 퍼뜨려서 어떻게 그놈의 가면을 벗긴다는 거야?"

"도청기야."

하야미는 이윽고 목소리를 낮추었다.

"그놈은 학교 안을 도청하고 있어. 그게 아니라면 커닝 계획을 미리 알 리가 없잖아?"

"그건 비약이 심한 거 아냐?"

"휴대전화 전파를 방해한 방법을 생각해 보면 뻔한 얘기야. 〈라디오 라이프*〉에나 나올 법한 그런 발상을 바로 생각해 내는 놈이잖아? 학생이나 교사에 관한 정보를 얻고자 한다면 당연히 도청기를 설치했겠지. 안 그래?"

나고시는 그건 오히려 하야미의 발상에 가깝다고 생각했다.

"하지만 지금까지 몇 번이나 도청전파를 찾아봐도 끝내 안 나왔다며?"

"몇 번 반응은 있었어. 도청기를 발견하지는 못했지만."

---

* 일본의 주식회사 Sansai Books에서 발행하는 아마추어 무선 관련 월간 잡지.

하야미가 분한 듯 말했다.

"그놈은 용의주도해. 도청전파를 계속 켜놓지 않고 필요할 때만 전원을 켜는 모양이야. 설치한 도청기 숫자나 장소도 시간과 상황에 맞춰서 바꾸는 눈치고."

아직도 이야기의 반은 망상이라고밖에 생각되지 않는다. 그러나 묘하게 일리가 있는 말이었다.

"그런데 커닝한다는 소문은 왜 퍼뜨리는 건데?"

"하아. 여태까지 이야기했는데 아직도 모르겠어?"

하야미는 한숨을 쉬었다.

"커닝 소문이 도는데 그 실태를 알지 못한다면 그놈은 어떻게 해서든 좀 더 정보를 얻어야겠다고 생각할 거야. 분명히 꺼둔 도청기를 켤 거라고."

뭔가 찜찜한 느낌이 든다. 나고시는 의아했다. 이유 없이 심장 박동이 빨라진다.

"알았어. 일단 네가 말한 대로 소문을 퍼뜨려볼게. 너 혼자서 위험한 짓은 하지 마."

"괜찮다니까. 아, 가타기리한테는 말하지 마."

그렇지 않아도 속으로 생각했던 말을 먼저 들은 나고시는 아무 대답도 하지 못했다.

"원래도 걱정이 많은 편인데 요즘은 거의 신경증에 걸리기 직전이잖아. 하긴, 내가 겁을 준 탓도 있지만."

"그건 뭐 그렇지."

확실히 가타기리에게 이 일을 말했다간 걱정이 더 심해질 것이 틀림없다. 하지만 정말 아무것도 하지 않고 하야미 말대로 하는 것이 옳은 걸까? 전화를 끊은 후에도 심장이 꽉 조여오는 듯한 불쾌한 느낌은 사라지지 않았다.

"이게 뭐예요?"

야스하라 미야는 눈살을 찌푸렸다.

"보면 몰라? 엽총이잖아."

하스미는 야스하라를 향해 총을 겨누었다.

"잠깐, 위험하잖아요!"

"괜찮아. 총알은 안 들었어."

하스미는 새로운 장난감인 산탄총을 이리저리 살펴보았다.

"하스민 쌤, 총기 소지 면허는 있어요?"

"아니. 친구한테 잠깐 빌렸을 뿐이야."

지금 하스미가 손에 들고 있는 건 구메가 취미로 하는 클레이 사격에서 사용하는 총으로 목표를 맞추기 쉬운 상하쌍대*였다. 하스미는 중절 레버를 당겨 총을 두 부분으로 꺾어서 산탄을 장전하는 약실을 들여다보았다.

---

* 총구가 위아래로 두 개 달린 2연발식 총.

"그거 위험하지 않아요? 총을 가지고만 있어도 검찰에 서류 송치된다고 텔레비전에서 그러던데."

"하하, 안 걸리면 괜찮다니까."

"진짜 못 믿겠어. 교사가 할 말이 아니잖아요?"

"그렇지. 야스하라도 호신용으로 이걸 가지고 다니는 편이 좋겠어. 요즘은 세상이 흉흉하니까."

하스미는 두꺼운 휴대전화 같은 검은 물체를 야스하라에게 던져 주었다.

"이건 뭐예요?"

야스하라는 하스미가 던진 물건을 공중에서 정확하게 잡는다.

"마이오토론이라는 전기충격기인데, FBI가 개발했다고 알려질 정도로 꽤 효과가 좋은 물건이야."

일반 전기충격기는 괴한에게 고전압 충격을 줄 뿐이지만, 마이오토론은 신경전류를 차단하고 운동기능을 마비시키는 독특한 주파수를 사용하므로 그만큼 효과가 매우 좋다. 함께 동봉된 시범 비디오에서는 육중한 백인 남자가 순식간에 쓰러져서 미동조차 하지 못했다. 하지만 전류가 흐를 때 상대가 절연성 높은 가죽 재킷 등을 입고 있으면 위력이 반감된다.

"필요 없어요."

야스하라는 바로 마이오토론을 던져 버렸다.

"이런 건 범죄자가 쓰기에는 편리해도 긴박한 순간에 쓸 호신용으로는 맞지 않으니까요."

역시 평범한 여학생과 달리 야스하라는 호신용구에 대해서 잘 아는 듯했다.

"그것도 샀어요?"

"아니, 이것도 친구한테 빌렸어."

사실은 구메의 신용카드로 그의 아파트에 있는 컴퓨터를 사용해 멋대로 주문했다. 그렇지 않다면 3만 엔도 넘는 고가의 전기충격기를 재미 삼아 구입할 리가 없다. 야스하라는 회색과 흰색 점이 있는 새끼 고양이를 뽀뽀하듯이 얼굴 가까이로 안아 올렸다.

"하스민 쌤은 정말 어린 애야. 저런 위험한 물건을 모으면서 기뻐한다니까. 재스민, 너도 그렇게 생각하지?"

재스민은 야스하라가 교문 옆에서 주운 새끼 고양이의 이름이다.

"헷갈리니까 그렇게 부르지 마."

하스미가 총을 내려놓고 말한다.

"하나도 안 헷갈려요. 그렇지, 재스민? 이 아이는 좋은 냄새가 나니까 재스민이에요. 하스미 쌤, 지금부터 여기에 있을 때는 나를 야스민이라고 불러줘요. 야스하라 미야니까 줄여서 야스민."

"그게 무슨 소리야?"

"영어교사면서 그것도 몰라요? 재스민은 아랍어로 야스민이잖아요. 그리고 이건 덤인데 스페인어로는 하스민이래요."

"그럼 고양이 이름이 제일 멋있어 보이잖아."

하스미는 야스하라의 곁으로 가서 어깨에 팔을 둘렀다.

"애완동물을 기르고 싶어 하는 마음은 알아. 집에서는 허락해주지 않지? 그래도 여기서 기르기는 조금 힘들어."

구메가 마에지마 마사히코와 만나기 위해 구입한 가와사키의 아파트가 지금은 하스미와 야스하라의 밀회 장소가 되었다. 이용하고 싶을 때 마음대로 쓸 수 있어서 편리하지만, 고등학생이 고양이 먹이를 주기 위해서 매일 들르기에는 부담이 크다. 교복 차림의 소녀가 밀회용 아파트에서 숙제하는 모습은 얼핏 기특해 보이지만 실상은 에로티시즘이 감도는 광경이다.

"애완동물이 아니에요."

야스하라가 입을 삐쭉 내밀고 말한다.

"우리는 가족이잖아요. 이 아이도 함께."

하스미는 야스하라의 얼굴을 들여다보듯이 가까이 다가가 입술에 키스해서 입을 막았다. 야스하라는 눈을 감고 몸을 맡긴 채 가만히 있었다.

"나 지금 뭐했는지 알아요. 프렌치 키스라는 거죠?"

"뭐?"

"쩍쩍거리는 작은 새소리가 나는 키스 말이에요."

하스미는 크게 고개를 저었다.

"요즘 애들은 도대체 어디서 그런 잘못된 지식을 배우는 거야?

프렌치 키스는 그런 게 아니야."

"에이, 거짓말."

"음, 곤란한데, 수능에 나올지도 모르니 교사로서 그냥 지나치지 못하겠군. 하는 수 없지. 실기 지도다."

하스미는 재스민을 들어 바닥에 내려놓았다. 새끼 고양이가 그런 하스미를 위협하듯이 작은 입을 크게 벌렸지만, 곧 다른 것에 흥미가 생겼는지 어디론가 가버렸다.

"OK. Miss Yasuhara. This is what is called the French kiss(좋아, 야스하라. 이게 바로 프렌치 키스야)!"

하스미는 야스하라를 안아서 다시 한번 입을 맞추었다. 야스하라는 잠깐 긴장했지만 이후에는 가만히 몸을 맡겼다. 하스미는 처음에는 마음껏 야스하라의 입술을 탐닉했다. 그런 다음 아랫입술을 살짝 깨물자 야스하라는 몸을 바르르 떨었다. 학교에서는, 특히 여학생들 사이에서는 꽤 강한 성격으로 알려졌지만 사실은 마조히스트적인 성향이 강해서 지배당하고 싶어 하는 성격이다. 그렇지 않다고 해도 순종적인 노예로 길들였겠지만 말이다.

하스미는 거칠게 혀를 넣어서 야스하라의 혀를 휘감았다.

"아아…… 앙."

야스하라는 소녀라는 생각이 들지 않을 만큼 섹시한 신음 소리를 냈다. 야스하라의 타액은 달콤했다. 하스미는 야스하라의 혀를 휘감아 강하게 빨아들이며 간질였다. 입천장, 치아 뒤, 뺨

안쪽까지.

 고양이와 네가 내 가족이라니……. 그럴 리가 없지. 고양이는 너의 애완동물이고 너는 담임선생님을 즐겁게 해주기 위한 애완동물이야. 알겠니?

 야스하라는 결국 소리를 높이며 몸을 활 모양으로 휘었다. 키스만으로 절정에 도달했다. 몸도 마음도 지배당한다는 의식이 그대로 쾌감으로 바뀐 모양이다.

 "착한 아이구나. Excellent!"

 하스미는 야스하라의 머리를 쓰다듬어 준 다음 안아 올려서 침대로 옮겼다. 어제보다 오늘, 오늘보다 내일. 이 아이는 조금씩 나의 창조물에 가까워진다. 어쩌면 이런 감각이야말로 교사의 보람일지도 모른다. 이 아이를 대할 때면 항상 최고의 보람을 느끼곤 한다.

 야스하라의 옷을 벗기면서 교육론을 생각하는 걸 보니 정말이지 교사라는 직업에 완전히 빠졌다는 생각이 절로 든다. 그래, 교육이란 결국 세뇌의 일종에 지나지 않는다.

 하스미는 바지 지퍼를 내리고는 힘껏 발기한 물건을 꺼냈다. 무릎을 꿇은 야스하라의 머리카락을 잡아 끌어당겨서 반복 학습했던 방법으로 봉사를 받았다. 야스하라는 지금까지 배운 것을 스펀지가 물을 빨아들이듯이 모두 흡수했다. 그야말로 최고의 학생이다.

7월 1일부터 실시된 기말고사는 아무 일 없이 끝났다. 하야미는 제대로 허탕 친 기분이었다. 중간고사 때와 마찬가지로 방해 전파가 발신된 것은 확인했다. 그러나 증거를 잡아 고발하기는 쉽지 않다. 목표는 틀림없이 교내에 설치되었을 여러 대의 도청기였지만 이번에도 수확은 올리지 못했다.

  이전과 마찬가지로 탐지기에 반응은 있었다. 점심시간 등 때때로 도청전파라고 여겨지는 주파수대의 전파를 포착하는 데 성공했다. 그러나 방향을 추측해서 가까이 가려고 하면 어느새 뚝 하고 사라져 버렸다.

  역시 도청기는 한두 개가 아닌지 여러 방향에서 전파가 잡혔다. 특히 의심스러운 곳은 교무실, 교장실, 교감실 중 어느 한 곳과 교직원 전용 화장실과 체육관이었다. 앞의 두 곳은 학생이 자유롭게 드나들지 못하는 장소인 탓에 주로 체육관 주변을 탐색했지만, 그곳에는 맹견 같은 소노다나 시바하라가 자주 나타나서 그때마다 수색을 중단해야만 했다.

  수상한 전파는 마치 유령처럼 손에 잡히지 않았다. 전혀 예측하지 못한 때 멀리서 언뜻 모습을 드러내고는 이리로 오라며 손짓한다. 몇 번이고 다가가려고 했지만 흐르는 물처럼 점점 멀어져서 아무리 애를 써도 잡히지 않았다. 그리고 알아차렸을 때는 벌써 사라져 버렸다.

  하야미는 신경이 곤두설 때면 항상 하던 대로 보건실로 향했다.

"아, 머리 아파."

하야미는 과장되게 아픈 척을 하며 보건실 문을 열었다.

"하야미, 또 왔어? 시험 때마다 몸이 안 좋아지네."

책상에서 무언가를 쓰던 다우라 준코가 야릇한 미소를 띠었다.

"좀 더 친절하게 대해줘. 매일 밤늦게까지 공부하는데."

"너는 따로 공부하지 않아도 학교에서 보는 시험 정도는 식은 죽 먹기잖아? 머리가 아픈 건 수상한 약 때문 아니야?"

기말고사가 끝난 해방감에 대부분의 학생은 재빠르게 하교했다. 지금쯤이면 다들 뒤풀이라도 하려고 우르르 몰려 나갔겠지. 이런 시간에 보건실에서 누워 있는 다른 학생은 없다. 하야미는 재빨리 가장 안쪽에 놓인 침대로 가서 드러누웠다. 매트리스가 흔들렸다.

"정말 못 말린다니까. 실내화 정도는 벗어야지."

다우라가 곁으로 와서 하야미의 실내화를 벗겨 바닥에 가지런히 정리한다. 하야미는 그냥 가만히 있었다. 다우라는 아직 서른두 살인데도 가끔씩 어머니 같은 느낌이 들어서 기분이 묘하다. 이런 말을 하면 분명 몹시 화를 내겠지만 말이다.

사실은 가타기리에게 위로받고 싶었다. 하지만 그녀와는 아직 키스도 하지 않았다. 자신은 아무래도 진짜 좋아하는 사람 앞에서는 겁쟁이가 되는 모양이다. 그리고 나고시도 가타기리를 좋아한다는 사실을 알고 있다. 친한 친구가 사랑의 라이벌인데 새치기를 할 수도 없는 노릇이다.

다우라는 하야미의 이마에 손을 올리려고 했다. 하야미가 그 손목을 붙잡아 끌어당긴다. 다우라는 하야미의 위에 올라탄 자세가 되었다. 하야미는 누운 채로 커튼을 잡아 착 소리가 나도록 잽싸게 쳤다.

"정말이지, 난폭하다니까."

다우라가 요염한 미소를 짓는다. 몸에서 힘을 모두 빼고는 편안하게 기대온다. 하야미는 문득 '요염한 자태에 당할 길이 없도다(嬌無力)'라는 장한가의 한 구절이 떠올랐다. 하야미는 다우라를 안은 채로 몸을 돌려서 자신이 위로 올라갔다.

"넌 언제나 네가 내킬 때 마음대로 와서 나를 농락하는구나. 나는 하야미가 속에 쌓인 울분을 쏟아내는 대상인 거야?"

"맞아. 그게 바로 다우라가 이 학교에서 맡은 역할이지."

하야미는 다우라를 마음껏 말로 희롱했다. 그렇게 하면 그녀가 흥분한다는 사실을 잘 아는 까닭이다. 다우라는 여느 때처럼 남학생의 성욕 처리 담당이라는 관능소설의 주인공 역할을 진심으로 즐기는 눈치였다.

"하야미 너 요즘 안절부절못할 때가 많아 보여. 고민이 있으면 말해볼래? 나라도 괜찮으면 상담해줄게."

일이 끝나자 다우라가 일어나서 매무새를 정리하며 말했다. 방금 전까지 아양을 떨던 모습이 거짓말 같다. 능숙한 몸짓으로 밑동을 동여맨 콘돔을 쓰레기통에 대충 던져버린다. 항상 있는 일이지만 그래도 괜찮을지 걱정되었다.

"왠지 보건선생님 같은 말투네."

"난 보건선생님이야."

다우라는 하야미의 이마를 손가락으로 쿡 찔렀다.

"조금 신경 쓰이는 일이 있어서 말이야."

하야미는 조금 주저했지만 다우라에게 사정을 말하기로 했다. 지금이야말로 그녀의 도움이 필요하다고 생각한 까닭이다.

"누군가가 우리 학교에 도청기를 여러 대 설치한 듯해."

"뭐? 그게 정말이야?"

다우라는 흠칫 놀라서 주위를 둘러봤다.

"괜찮아. 이 방에는 없으니까."

"어떻게 알아?"

"도청전파를 찾는 기계가 있어."

하야미는 이 말을 하면서 자신이 아주 단순한 사실을 놓치고 있었음을 깨달았다. 모든 도청기가 다 전파를 발신하지는 않는다. 무선이 아니라 유선 도청기라면 탐지기에 감지되지 않는다. 그리고 나중에 회수할 생각으로 설치했다면 간단한 녹음기로도 도청이 가능하다. 그러나 실제로 몇 번인가 도청전파를 잡은 적이 있으니 무선 도청기가 있는 것은 틀림없다. 어쩌면 하스미는 장소와 목적에 따라서 다양한 종류의 도청기를 사용하는지도 모른다.

"왜 그래?"

갑자기 입을 다문 하야미에게 다우라가 걱정스럽게 말을 걸었다.

"아니야. 그래서 학교 안을 수색해 보고 싶은데 낮에는 안 되잖아. 그래서 밤에 해볼까 하고."

"그만둬."

다우라는 눈살을 찌푸렸다.

"도둑으로 몰리기라도 하면 어쩌려고 그래. 들키면 퇴학 감이야."

"그렇겠지. 밤에는 보안 시스템이 작동하니까 침입하기 힘들겠지? 그래서 하는 말인데……."

하야미의 부탁을 들은 다우라는 놀라 벌린 입을 다물지 못했다.

"진심으로 하는 얘기야? 안 돼, 절대 안 돼."

"학교를 원래대로 되돌리기 위해서야. 제발 도와줘."

"그런 짓을 했다가 들키면 나까지 해고야. 그런 위험한 일은 못해."

보건실 문을 잠그지도 않고 백주대낮에 학생과 관계를 가지며 스릴을 즐기는 여자에게는 어울리지 않는 말이다.

"그렇게 딱 잘라 거절하지 마. 다우라는 내 여자잖아?"

"누가 네 여자야?"

다우라는 다시 하야미의 머리를 손가락으로 쿡 찌르더니 바로 웃음을 터뜨렸다.

"만에 하나 잡혀도 다우라가 도와줬다는 말은 절대로 안 할게."

"그래도……."

"도와주지 않으면 이 학교에 남학생을 잡아먹는 음란한 교사가 있다고 고자질할지도 모르는데."

다우라가 험악한 눈초리로 하야미를 노려봤다. 하야미의 말은 분명 진심이 아니겠지만, 다우라는 약간 동요했다.

"정말 도청기를 찾기 위해서지? 뭔가 다른 나쁜 짓을 할 생각은 아니지?"

"그럴 리가 없잖아. 다른 나쁜 짓이 뭐가 있는데? 내가 창문이라도 깰까 봐?"

"그래, 그것도 그렇구나. 지금이 기말고사 전이라면 하야미가 시험지를 훔칠지도 모른다고 생각하겠지만……."

다우라는 망설였다. 하야미는 이 기회를 놓치지 않기 위해서 그녀를 재촉했다.

"그리고 가능하면 오늘 하고 싶은데 안 될까? 시험이 끝난 직후면 선생님들도 다들 방심할 테니까 말이야."

"아니, 오늘은 안 돼."

다우라는 고민하면서 말했다.

"임시 교무회의가 열리거든. 아마 회의가 늦게까지 이어질 테니까 학교에서 묵는 선생님도 나올 거야."

"그래?"

하야미는 팔짱을 꼈다. 보안경비회사와 계약한 신코 마치다 고등학교는 야간에 보안 시스템을 가동하면서도 만약의 사태에 대비해서 여전히 숙직제도를 운영한다. 게다가 숙직이 아니라도 밤이 늦어지면 호텔 대신 학교에 묵는 교직원도 있다.

어차피 침입자가 없다고 굳게 믿을 테니 제대로 순찰을 하지는 않겠지만, 혹시 실수로 무슨 소리라도 낸다면 이야기가 달라진다. 그 소리가 고요한 학교 건물에 울려 퍼지면 정말 좋지 않은 사태가 벌어진다.

"근데 방학식 날 밤이라면 아무도 없을지도 몰라."

"어, 진짜?"

"오전엔 방학식이 있고 오후에는 중학교 선생님들을 모아서 학교 설명회를 열지만, 저녁에는 선생님들끼리 뒤풀이가 있어서 모두 밤늦게까지 마시거든. 아마 아무도 학교에는 돌아오지 않을 거야."

"고마워, 다우라."

하야미는 다우라를 안으며 키스하려고 했지만 다우라는 생긋 웃으며 하야미를 밀어냈다.

"하야미, 전에도 말했지만 내 이름을 막 불러도 되는 건 침대에서만이야. 알았지?"

지루하기 짝이 없는 방학식이 끝나고 학생들은 체육관에서 줄지어 나와 교실로 돌아갔다. 가장 기대를 모은 건 나다모리 교장 선생님의 인사말이었다. 스리이 선생님이 죽은 다음 날 청중을 끌어당기는 감동적인 연설을 했던 나다모리 교장은 다시 평소의 모습으로 돌아왔다. 아니, 원래대로 돌아오기는커녕 갑자기 멍하니 공중을 쳐다보거나 자신이 말하는 내용을 잊어버리는 모습이 꼭 넋 나간 사람 같았다.

방학식 인사말은 여름에는 열사병을 조심하라는 이야기로 시작해서 여름방학 중에도 본교의 학생이라는 자각을 잊지 말라는 훈화로 이어지더니 다시 열사병을 조심하라는 경고로 바뀌었다. 이번 학기에는 여러 가지 일이 일어났다는 이야기로 겨우 학생의 관심을 끌기도 했지만 또다시 여름에는 열사병을 조심하라는 주의의 말로 이어졌다. 결국 사카이 교감의 지시에 따라 교장은 강제로 훈화를 마쳤다. 완전히 용두사미였다.

"교장선생님 왜 저러시지?"

가타기리는 계단을 오르면서 계속 고개를 갸웃거렸다. 가타기리는 예삿일이 아니라고 생각했지만 누구 하나 걱정하는 학생은 보이지 않았다.

"혹시 열사병 아닐까?"

오노데라 후코가 관심 없다는 듯 가볍게 대꾸했다.

"저런 상태라면 차라리 이야기가 좀 지루했어도 그전이 나았어."

"그런가? 하나하나 맞장구치지 않아도 되니까 지금이 더 좋지 않아?"

뒤에서 하야미가 이야기에 끼어들었다.

"너 말이 좀 심하다?"

가타기리는 발끈했다.

"지난번 이야기로 에너지를 다 써버렸나 보지. 스리이 선생님이 자살한 다음 날 했던 대연설로 말이야."

하야미가 잘 안다는 듯한 표정으로 말한다.

"인간은 평생 자신이 말로 전달하는 감동의 총량이라는 것이 정해져 있을 거야. 교장선생님은 그 양이 다른 사람보다 적어서 지금까지 아껴가며 매번 1ppm 정도씩 방출한 거지. 그런데 지난번에 기합이 너무 들어가는 바람에 평생 써야할 양을 한꺼번에 써버려서 이젠 속 빈 강정마냥 찌꺼기만 남은…… 아얏!"

가타기리에게 팔을 꼬집힌 하야미는 엄살을 떨며 비명을 질렀다.

"스리이 선생님 말이야, 결국 친척이 단 한 명도 없었다나 봐."

나고시가 가타기리의 곁에 섰다.

"정말?"

"응. 봐, 장례식도 안 했잖아, 상속인도 못 찾았대."

얼마나 외로운 인생이었을까. 가타기리는 동정심이 생겼다. 살아계실 때는 꺼림칙하기만 했는데 이렇게 되고 보니 가엾게 느껴진다.

"그럼 스리이 선생님의 유산은 어떻게 되는 거야?"

하야미가 쓸데없이 눈을 반짝인다.

"국가에서 몰수하겠지."

"신경 쓰지 마. 어떻게 되든 하야미에게 가는 일은 없을 테니까."

가타기리가 차갑게 말했다.

"유산이라고 해도 집 정도인가 봐. 한때는 꽤 가격이 올랐던 모양인데 그 이후에 부동산 경기가 안 좋아졌으니까……."

"넌 어떻게 그렇게 스리이 선생님 일을 잘 알아? 혹시……."

하야미가 나고시를 추궁하듯 말한다.

"'혹시'라니! 그 뒤에 대체 어떤 추리를 갖다 붙일 생각이야?"

"교무실에서 다카쓰카 선생님이 하시는 이야기를 들었어."

나고시가 귀찮은 듯 말했다.

"집도 조만간 없어진다던데? 부실 공사인 데다가 지어진 지도 오래되어서 자산가치가 없다고."

"쳇, 그럼 토지뿐인가?"

"'쳇'이라니. 넌 대체 뭘 기대했는데?"

3층에 도착해서 4반 교실로 들어가기 전에 가타기리와 나고시는 하야미 쪽을 돌아보았다.

"하야미, 이따가 1학기 뒤풀이에 갈 거지?"

하야미는 뜻밖에도 나고시의 물음에 고개를 가로저었다.

"미안, 오늘은 볼일이 좀 있어."

"볼일이 뭔데?"

하야미는 가타기리를 향해 의미심장한 미소를 지어 보였다.

"뭔가 성과가 있으면 나중에 알려줄게."

그러고는 그대로 종종걸음으로 1반 쪽으로 가버렸다.

"할 수 없지, 뭐. 우리끼리 갈까?"

"음, 그래."

가타기리는 미소를 지었지만 하야미의 이상한 행동이 신경 쓰였다.

짧은 홈룸이 끝나자 학생들은 일제히 교실을 나갔다. 기다리던 여름방학을 맞이해서인지 다들 평소보다 발걸음이 가벼웠다. 1층까지 내려갔을 때 가타기리는 하야미의 뒷모습을 발견했다. 어째서인지 다른 학생들과 달리 건물 밖으로 나가지 않고 현관을 그냥 지나친다.

가타기리는 시선으로 그 뒤를 쫓았다. 하야미는 보건실 문을 열고 안으로 들어갔다. 분노와 절망으로 눈앞이 캄캄해졌다. 수학여행 때의 굴욕이 떠오른다. 하야미는 교토의 호텔 옥상에서 대마초를 피우고 다우라 선생님과 몰래 만났다. 거기다 키스까지 했다. 그때의 일조차 아직 용서하지 못했다. 그런데…….

"가타기리, 왜 그래?"

오노데라가 놀란 듯이 눈을 크게 뜨고 말했다. 말을 걸려다가 가타기리의 심상치 않은 모습을 알아차린 모양이다.

"아무것도 아니야. 몸 상태가 좀 안 좋아서. 생리 탓인가?"

가타기리는 다시 한번 보건실 쪽을 힐끗 보았다. 그리고 친구에게 눈물을 보이지 않기 위해서 하품을 크게 하고 눈가에 손수건을 갖다 댔다.

"정말 여기밖에 없어?"

보건실 침대 밑으로 들어가면서 하야미는 투덜댔다.

"여기 말고 어디에 숨으려고? 네가 숨겨달라고 해서 특등석을 제공하잖아."

다우라는 하야미가 들어간 침대 밑에 작은 이사용 상자를 늘어놓아 하야미의 모습이 보이지 않도록 가렸다.

"그럼 편하게 있어. 절대 다른 사람한테 여기서 나가는 모습을 보이면 안 돼. 그리고 문은 잊지 말고 꼭 잠그고 가."

"뭐야, 가려고?"

"여기서 너하고 쭉 같이 있어 줄 정도로 한가하지는 않거든. 그럼 새 학기에 보자, 하야미."

다우라는 바로 돌아갔다. 하야미는 한숨을 쉬었다. 일단 책을 준비해 왔지만 어두운 침대 밑은 도저히 글자를 읽을 만한 곳이 아니었다. 소리가 새어 나갈 가능성이 있어서 아이팟은 가져오지 않았다. 잠이나 자자. 이런 곳에서 자게 될 줄은 몰랐지만……. 하야미는 휴대전화의 전원을 끈 뒤 눈을 감고 이런저런 생각을 하다가 이윽고 꾸벅꾸벅 졸기 시작했다.

갑자기 눈이 떠졌다. 주위는 완전히 어두웠다. 손목시계를 보니 형광안료를 덧바른 시계 침과 문자판이 오후 8시 30분을 가리켰다. 냉방이 꺼진 무더운 방에서 잠을 잔 탓에 등과 얼굴은 온통 땀범벅이었다. 교사들이 뒤풀이에 갔다면 지금쯤 학교 안에는 분명 아무도 없겠지. 하야미는 주위 소리에 귀를 기울이며 슬그머니 침대 밑에서 나왔다. 보건실 문 안쪽에서 한 번 더 상황을 살폈다. 역시 인기척은 없었다.

슬그머니 문을 열고 얼굴을 바닥에 붙이다시피 빼꼼히 내밀어 신중하게 좌우를 확인했다. 그런 다음 기어 나와서 겨우 일어나 문을 잠갔다. 소란스러운 낮 시간에는 미처 몰랐지만 깜짝 놀랄 정도로 큰 소리가 났다. 아무도 없기만을 빌었다.

하야미는 액정 모니터가 달린 탐지기를 꺼내서 도청전파가 나오는지 찾아보았지만, 반응은 없었다. 당연하다면 당연한 일이다. 하스미가 필요할 때만 도청기를 켜둔다면 학교 안에 사람이 없는 지금은 켜둘 필요가 없으니까. 역시 의심스러운 장소를 살샅이 뒤져 보는 방법밖에 없다.

하야미는 우선 교무실부터 조사하기로 했다. 녹색 비상등만 켜진 어두운 복도를 걷자니 머리카락이 쭈뼛쭈뼛 곤두서는 섬뜩함에 사로잡혔다. 지금까지 유령이 무섭다고 생각해 본 적은 없지만 이건 제법 대단한 담력 테스트다. 학교 괴담이 끊이지 않는 것도 납득이 간다.

교무실 문은 잠겨 있지 않았다. 작은 소리로 "실례합니다"라고 말하며 살그머니 안으로 들어갔다. 휴대용 손전등을 켜서 교사들의 책상을 차례대로 비추었다. 창문 밖으로 빛이 새 나가지 않게 세심한 주의를 기울였다.

하스미의 책상을 조사하려고 했지만 가만히 생각해 보니 도청기가 있을 리 만무한 장소였다. 뿐만 아니라 다른 교사의 책상에 설치했으리라는 생각도 들지 않았다. 교사 중 누군가가 만에 하나라도 책상에서 도청기를 발견하면 그야말로 낭패인 까닭이다.

그렇게 생각하자 교무실에는 도청기가 없을 듯했다. 더구나 이런 곳에서 밀담이 이루어지는 경우는 거의 없다. 일단 형광등 주변 등을 조사하고 다음 장소로 이동한다.

교장실과 교감실은 굳게 잠겨서 들어가지 못했다. 아쉽지만 포기하자. 하스미도 그리 쉽게 드나들지 못하는 장소이고 이곳 역시 그다지 도청을 할 필요가 없다. 발상의 전환이 필요한 시점이다. 누구라도 접근 가능한 개방된 장소이면서 비밀이야기를 나눌

만한 곳.

하야미는 남자 교직원 화장실로 들어갔다. 이곳이야말로 가장 의심스러운 장소다. 전에 잡았던 전파도 이쪽 방향에서 나왔고, 무심코 본심을 흘리는 곳이기도 하다. 지금은 전파가 나오지 않지만 이전에 설치해 둔 도청기가 아직 그대로 남아 있을지도 모른다. 하야미는 화장실 구석구석을 확인했다.

칸막이 안까지 모두 확인했지만 별다른 소득은 없었다. 몰래카메라라면 또 모를까 발견되기 쉬운 데다가 사람들이 대화도 거의 나누지 않는 칸막이 안에 도청기를 설치할 리가 없다. 오히려 소변기나 세면대 근처가 목표라고 생각했지만 그쪽에는 도청기를 감출만한 곳이 없다.

여기도 아니구나. 포기하려고 할 때 천장의 환기구가 눈에 들어왔다. 고성능 마이크를 사용한다면 환기구에 설치해도 화장실에서 오고가는 대화를 모두 엿들을 수도 있다. 그러나 문제는 발을 디딜 만한 곳이 없어서 환기구까지 손이 닿지 않는다는 점이었다. 하야미는 일단 칸막이 안으로 들어가서 변기를 발판 삼아 윗부분이 뚫린 칸막이를 기어올랐다. 거기서 손을 뻗어 그럭저럭 환기구 뚜껑을 여는 데 성공했다. 그런 다음 벽에는 다리를, 환기구에는 손을 걸쳐서 몸을 비스듬히 기울여 환기구 안으로 머리를 집어넣었다. 환기구에는 창문이 없어서 안심하고 휴대용 손전등으로 안을 비춰보았다.

없다. 하야미는 처음에는 실망했지만 자세히 보니 수확도 있었다. 환기구 안쪽에는 먼지가 쌓였는데 그중 일부분만이 깨끗이 닦여 있었다. 그곳에 무언가가 있었다. 하야미는 그것이 도청기라고 확신했다.

남자 교직원 화장실을 나왔을 때 전원을 켜두었던 탐지기에 갑자기 반응이 나타났다. 틀림없다. 미약하지만 이것은 도청에 가장 자주 사용되는 주파수와 주파수대다.

그런데 왜 이런 시간에 느닷없이 스위치가 켜진 걸까? 곰곰이 생각해도 그 의문에 대한 대답은 떠오르지 않았다. 그렇지만 지금 도청전파를 잡았다는 사실은 틀림없다. 이건 천재일우의 기회다. 하야미는 탐지기의 안테나를 돌려가면서 전파가 나오는 방향을 확인했다. 만약 본관이 아니라 북쪽 건물이나 체육관이라면 일이 번거로워진다. 건물 출입구와 창문에 적외선 센서가 설치되었으니 야간에는 밖으로 나가기만 해도 반응할지도 모른다.

다행히 도청전파는 본관 건물 안, 그것도 위층에서 나오는 듯했다. 하야미는 탐지기를 들고 천천히 계단을 올라갔다. 드디어 하스미의 꼬리를 잡았다. 여기까지 오는 데 쏟은 노력을 생각하면 슬슬 보상받을 때도 되었다. 2층에서 3층을 지나 4층으로 올라간다. 전파가 점점 강해졌다.

어쩌면 옥상인지도 모른다. 하야미는 갑자기 깨달았다. 옥상에는 데이트를 하는 연인이 있는가 하면 금품을 갈취하거나 담배를 피우는 학생도 있다. 자신도 딱 한 번이지만 옥상에서 대마초를 피운 적이 있다. 학생지도부인 하스미가 이곳에 덫을 치자고 생각하는 것은 어쩌면 당연한지도 모른다.

문득 옥상 문이 잠겨 있지 않을까 하고 걱정했지만 곧 자물쇠를 사용하지 못하는 상태임이 생각났다. 옥상에서 무언가 나쁜 짓을 하려고 계획한 누군가가 열쇠 구멍에 껌을 쑤셔 넣어서 잠그지 못하게 만들었다.

옥상으로 연결된 계단 바로 아래까지 왔다. 도청전파를 감지한 탐지기는 끊임없이 반응하며 소리를 낸다. 옥상에는 분명 아무도 없겠지만 이런 시간에 갑자기 스위치가 켜진 부자연스러운 상황을 생각해 보면 조심하는 편이 신상에 좋다. 하야미는 준비해 온 또 하나의 장비를 꺼냈다. 자그마한 버터플라이 나이프지만 살상력은 충분하다. 무엇보다 손에 익은 무기라는 강점이 있다.

민첩성과 반사신경에는 자신이 있다. 자세를 낮춰 나이프로 허벅지 위쪽의 대퇴동맥을 노리는 싸움법에도 능숙하다. 이 칼 하나에 의지해서 시부야의 깡패 몇 명과 싸운 적도 있다.

가볍게 한 번 손을 움직여 버터플라이 나이프를 펼쳐 날을 꺼냈다. 칼자루를 꽉 쥐고 전투태세를 취한다. 그 후에 조용히 계단을 올라가 옥상 문 손잡이를 잡았다. 희미하게 삐걱거리는 소리를 내며 문이 천천히 열린다. 미지근한 밤바람이 볼을 스친다. 음력 초하루 무렵이라 달은 자취를 감추었다. 별빛만이 옥상을 비춘다.

하야미는 오른손에는 나이프를 쥐고 왼손에는 탐지기를 든 채 한 발 두 발 앞으로 걸음을 내디뎠다. 왼쪽에서 갑자기 인기척이 느껴졌다. 바로 탐지기를 던지고 몸을 돌려서 나이프를 들이밀려고 했다. 그러나 그 순간 무언가가 복부에 닿았다. 상대와는 아직 거리가 있다고 생각했는데…….

찔렸다고 직감한 순간 엄청난 충격이 몰려왔다. 카랑카랑한 쇳소리가 울려 퍼진다. 손에서 떨어진 버터플라이 나이프가 콘크리트에 부딪히는 소리다. 무릎에 힘이 빠져 더 이상 서 있지 못하겠다. 천지가 흔들리나 싶더니 곧 몸이 옆으로 쓰러진다. 몸이 움직이지 않는다. 수많은 바늘에 찔린 듯 이상야릇한 아픔이 온몸에 퍼진다. 대체 어찌 된 일일까. 눈앞에 누군가의 발이 보였다.

"바로 너였구나. 하야미 게이스케."

하스미의 목소리였다. 왜지? 뒤풀이에 간 게 아니었나? 나에게 무슨 짓을 한 거야.

그 어떤 말도 목소리가 되어 나오지 않았다.

"너에게 몇 가지 질문이 있단다. 커닝에 대해서도 그렇고, 어떻게 도청기를 눈치챘는지도 알고 싶거든. 그리고 네 친구가 누구이고, 어디까지 아는지도 말이야."

"웃기지 마. 교사가 이런 짓을 해도 되는 거야? 나를 어떻게 할 셈이야?"

하야미는 소리가 나오지 않아 간신히 금붕어처럼 입만 뻐끔거렸다.

"조금 지나면 말이 나올 테니 안심해. 정직하게 대답하면 고통 없이 죽여주마."

믿기 힘든 이야기였다. 하야미는 비로소 하스미가 이미 여러 사람을 죽였다는 사실을 실감했다.

나는 이제 목숨을 잃는 건가? 이런 놈의 손에 죽다니……. 가타기리, 조심해. 나는 상대를 과소평가했어. 이놈은 진짜 괴물이야. 몸을 구부린 하스미와 눈이 마주친 순간 하야미는 마음속으로 절규했다.

흙 부대를 던지듯이 아무렇게나 몸을 바닥에 떨어뜨린다. 하야미는 천천히 손가락을 움직여보았다. 아직 반쯤 마비가 남은 듯했지만 그냥저냥 움직인다. 이번에는 신발 안에서 발가락을 오므렸다 펴보았다. 오랜 시간 정좌한 뒤처럼 저려서 불편하긴 하지만 이쪽도 제법 회복한 듯하다. 접착테이프로 온몸이 묶인 상태여서 그 이외에 움직여지는 부위는 얼굴 정도였다. 입에도 접착테이프가 붙어서 불분명한 신음 소리밖에 나오질 않는다.

"제법 회복한 모양이군. Good! Good! 그럼 슬슬 시작해 볼까."

위쪽을 향해 누운 하야미의 얼굴을 가까이 들여다보면서 하스미는 수업할 때와 마찬가지로 부드럽게 말했다. 방은 조명을 켜지 않아서 어두컴컴했다. 거의 깜박거리지 않는 두 눈이 창문으로 비쳐 들어오는 가로등의 불빛을 반사하며 무섭게 빛났다.

"너에게 몇 가지 질문이 있어. 그렇지만 여기가 학교 안이라 좀 난감해. 여름방학인 데다가 밤이라고는 해도 사람이 아예 없지는 않으니까. 접착테이프를 벗겼는데 네가 소리라도 지르면 내 입장이 곤란해지거든. 그러니까 되도록 Yes나 No로 대답할 수 있는 질문을 할 생각이야. Yes면 고개를 끄덕이고 No면 고개를 저어. Is that clear, Mr. Hayami?"

하야미는 꼼짝도 하지 않고 하스미를 노려보았다. 이놈이 지금 나를 가지고 노는 건가.

"음, 곤란한데."

하스미는 한숨을 쉬었다.

"알아주면 좋겠는데 말이야. 네가 마음을 열지 않으면 한 발짝도 앞으로 못 나가. 너는 우리 반 학생은 아니지만 사랑스러운 제자 중 한 명이야. 그러니까 되도록 심한 짓을 하고 싶지는 않아."

하스미는 바닥에 놓인 병 같은 물건을 들어 올려서 이리저리 살펴보았다. 하야미는 주위를 둘러보고 자신이 화학준비실에 있음을 깨달았다. 북쪽 건물 이층이다. 본관 건물 옥상에서 사로잡혔으니 몸이 마비된 자신을 하스미가 여기까지 운반했다는 이야기다.

"알아차렸나 보네, 여기는 화학준비실이야. 선반에는 여러 가지 약품이 보관되어 있고, 학교에 상비된 약품의 기본은 역시 염산과 수산화나트륨이지."

하야미는 그제야 겨우 깨달았다. 하스미는 지금 장난을 하는 것도 아니고 위협하기 위해 연기하는 것도 아니었다. 이놈은 그런 인간이다. 학생들 앞에서 가면을 쓴다고 생각했지만 그 가면 밑에는 아무것도 없다. 그에겐 처음부터 인간다운 감정이 없었다.

희미하게 몸이 떨리기 시작했다. 시부야에서 놀 때 껄렁한 외국인이나 야쿠자도 많이 보았지만 이 정도로 비인간적인 놈은 없었다.

"하지만 가능한 한 바닥을 더럽히고 싶지 않아. 나중에 내가 청소해야 하거든. 그래서 좀 전에 아마추어 무선부실에 가보았더니 이런 게 있더라고. 뭔지 알아?"

하스미가 전기코드가 달린 납땜인두기를 보여주었다. 빨갛게 달군 송곳같이 뾰족한 끝 부분으로 금속을 녹여 땜질하는 도구다.

"전에도 한 번 써본 적 있어. 콘센트가 있는 장소라면 제법 유용한 물건이지. 상처를 열로 지지니까 피가 굳어서 바닥이 더러워지지 않는다는 점이 가장 마음에 들더군."

하스미는 미소를 지었다. 하얀 치아가 빛난다.

"다만 겉보기에는 조금 문제가 있어. 살갗이 벌집처럼 구멍 천지가 되면 징그럽거든. 나는 별로 보고 싶지 않은 광경이야."

온몸에 진땀이 흘렀다. 에어컨이 꺼져서 방안은 무척 더웠지만 심한 한기를 느꼈다.

"교사면서 도가 지나치다고 생각하지? 근데 너도 이런 물건을 갖고 왔잖아? 상황에 따라서는 아무렇지도 않게 나를 찔렀겠지. 소년법까지 확실히 계산해서 말이야."

하스미는 하야미의 버터플라이 나이프를 집었다. 능숙하게 날을 꺼내어 보인다.

"내 질문을 하기 전에 네 의문을 풀어주지. 네 행동의 자유를 앗아간 물건은 일종의 전기충격기야. 신경전류를 막아서 운동능력을 잃게 만드는 놈이지."

하스미가 보여준 손바닥 크기의 검은 기구는 하야미도 본 적이 있는 물건이었다. 하지만 어느 정도 거리가 있었는데 어떻게 그렇게 간단하게 당했는지는 여전히 의문이었다.

"당연한 의문이야."

하스미는 하야미의 마음을 읽은 듯이 말을 이었다.

"이대로는 유효거리가 짧아서 너처럼 흉기를 가진 상대에게 접근하기에는 위험하지. 그래서 어댑터를 만들었어."

하스미는 길이 150센티미터 정도의 플라스틱 파이프를 보여주었다. 끝 부분에는 뿔같이 긴 바늘 두 개가 달렸다. 파이프 속에 코드를 넣어서 전기충격기의 전극에 이어 붙였다.

"모든 전기충격기는 옷에 닿으면 위력이 반감되지만 끝에 바늘을 달아 찌르면 몸속에 직접 전류를 흘려보내는 셈이 되거든. 일석이조라고 할까? to kill two birds with one stone!"

이놈이 장황하게 떠들어대는 것은 공포로 내 마음을 속박하기 위해서다. 하야미는 하스미의 의도를 간파했다. 그래야 고문하는 수고를 더는 까닭이다. 하스미의 의도를 알았다고 해도 참지 못할 만큼 무섭다는 점은 변함없다. 끝까지 고집을 부리고 질문에 대답하지 않는다면 하스미는 주저 없이 고문을 실행으로 옮기리라. 의심의 여지가 없는 사실이다.

"그럼 잡담은 이쯤하고 슬슬 시작해 볼까? Yes면 고개를 끄덕이고 No면 고개를 저어. Now, is that clear? Mr. Hayami?"

하야미는 고개를 끄덕였다.

"착한 학생이구나. 좋아, 그럼 첫 번째 질문이야. 네가 커닝 주동자이지? 정확히는 cheating이지만."

하야미는 고개를 끄덕였다.

"지금 1반부터 6반까지의 학생 명단을 읽을 테니까 너의 협력자 이름이 나오면 고개를 끄덕여. 고자질 같아서 마음이 편치 않을지도 모르지만 그 아이들을 바로 처분할 생각은 없으니까 안심해. 앞으로의 학생 지도를 위해서 알아두고 싶을 뿐이야. 알겠지?"

하야미는 고개를 끄덕인다.

"노파심에 덧붙이자면 나도 어느 정도 예상은 하고 있어. 만약 네가 도중에 거짓말을 한다면 눈치챌 가능성이 굉장히 높아. 그렇게 되면 네 말을 신뢰하기 힘드니까 그다음 질문을 할 때는 조금 전에 말한 무언가를 사용하겠지. Are you with me?"

하야미는 고개를 끄덕인다.

"그럼 먼저 1반부터, 아이자와 히로유키······."

하스미는 여섯 반 분량의 명단을 소리 내어 읽으며 하야미가 고개를 끄덕인 이름을 표시했다.

"우리 반에서는 이사다 나오키와 기노시타 사토시 두 명인가? 곤란한데. 둘 다 성적은 보통이지만 학교생활에 불만을 가졌다는 공통점이 있군. 덕분에 참고가 됐어."

하스미는 만족스럽게 말했다.

"그럼 다음은 도청기다. 지금부터는 너희가 어디까지 파악했는지를 알고 싶어. 이번 질문은 Yes나 No로 대답하지 못하니까 테이프를 떼어줄게. 단, 만에 하나 네가 신뢰관계를 무너뜨리고 큰 소리를 내려고 하면 그 순간 네 인생은 끝나. Are you still with me?"

하야미는 고개를 끄덕일 수밖에 없었다.

"좋아. 그럼 조금 아프겠지만 참아."

하스미는 하야미의 입을 막은 테이프를 뜯어냈다. 입술이 찌릿했지만 그런 건 아무래도 좋다. 이대로라면 분명히 살해당한다. 어떻게 하면 목숨을 건질 수 있을까.

"먼저 도청기에 대해서야. 어떻게 알아차렸지?"

하야미는 입술을 핥았다.

"시험 때 휴대전화 전파를 막았지?"

하스미는 믿지 못하겠다는 듯 미간을 찌푸렸다.

"그걸로 어떻게 도청기가 있는 걸 알았지?"

"학교 측은 커닝 방법에 대해서는 파악했지만 누가 하려고 했는지는 모르는 눈치였어. 그러니까 학생의 대화를 도청했다고 생각했지."

목소리를 낸 것만으로도 하야미는 기분이 조금 안정되었다.

"그것만으로? 상당히 감이 좋구나."

"도청탐지기로 교내의 전파를 찾아봤어. 몇 번인가 반응이 나왔지만 언제나 도중에 멈췄지. 그래서 음성에 반응해서 작동하거나 필요할 때 스위치를 켜는 도청기 중 하나라고 추측했고."

"Excellent."

하스미는 성적 좋은 학생을 보듯이 눈을 가늘게 떴다.

"근데 이건 생각 못 했나? 학교에서 교사가 도청을 한다면 도청한 내용을 전파로 보낼 필요가 없어. 녹음해 두고 나중에 회수하면 그만이니까."

"뭐?"

"전파식 도청기도 사용하긴 했어. 빈번하게 회수하러 가도 괜찮은 장소만 있는 건 아니니까. 하지만 너를 여기까지 끌어들인 덫은 평소보다 전파를 강하게 조절한 도청전파야. 누군가가 도청을 눈치챘다는 생각이 들어서 미끼를 던져 봤지. 설마 이런 대어가 잡힐 줄이야."

"젠장……."

하야미는 중얼거렸다. 그렇다면 하스미의 손바닥 안에서 놀아났단 말인가. 하스미는 하야미의 머리를 가볍게 쳤다.

"이번 커닝 소문도 네가 일부러 퍼뜨린 거지? 도청을 재촉하는 미끼를 놓을 생각으로 말이야. 하지만 사냥에 열중한 사람은 흔히 자신이 먹잇감이라는 사실은 알아채지 못하는 법이거든. 이번 일은 꼭 귀중한 교훈으로 마음에 새겨둬. 유감스럽게도 그 교훈을 활용할 시간은 얼마 남지 않았지만."

하스미의 이야기가 묵직하게 마음을 울렸다. 하야미는 절대 울지 않겠다고 다짐하며 이를 악물었다.

"자, 중요한 질문이 하나 더 있어. 너와 네 친구들은 내가 한 일에 대해서 어디까지 알고 있지?"

이제 와서 시치미를 떼어 본들 의미가 없다.

"도립 ○○고등학교에서 일어난 연쇄살인 이외에?"

하스미는 놀란 듯했다.

"역시. 잘 조사했구나. 노파심에 묻는 말인데 너희 설마하니 스리이 선생님과 함께 어울리지는 않았지?"

스리이? 무슨 말이지? 하야미는 의아했다.

"설마하니 스리이 선생님도 정말 당신이 죽인 거야?"

"그래, 스리이 선생님은 쓸데없는 일에 관심을 가지는 바람에 스스로 목을 조르는 결과를 맞이하셨어."

하스미는 순순히 인정했다.

"All I had to do was to tighten the noose. 나는 그저 올가미만 잡아당겼을 뿐이야. 그래서 그 이외에는 뭘 알고 있지?"

"사나다에게 음주운전과 교통사고의 죄를 덮어씌워서 추방한 사람도 당신이지?"

"그런가. 아무래도 내가 너희의 지능을 과소평가한 모양이군."

하스미는 웃었다.

"도대체 왜?"

하야미는 이 기회를 놓치지 않고 반대로 질문했다.

"왜라니? 대체 뭐가 궁금한 거지?"

하스미는 반쯤은 교사의 모습이었다.

"왜 그런 바보 같은 짓을 하는 거야? 당신은 머리가 좋아. 사람의 마음을 사로잡는 솜씨도 훌륭하지. 정상적인 방법으로도 얼마든지 성공할 수 있잖아? 그런데 대체 왜 이런 일을……."

하스미를 설득하지는 못하겠지만 나중에는 자신도 모르는 사이에 간청하는 말투가 되었다. 하스미는 잠자코 듣다가 곧 수업 시간에 좋은 질문을 한 학생을 대하듯이 크게 고개를 끄덕였다.

"과연. 질문하는 의도는 잘 알겠는데 대답하기는 어려워. 예를 들어서 이렇게 생각해 보면 어떨까? X-sports라는 게 있어. Extreme sports의 줄임말인데 우리에게는 터무니없이 위험한 짓처럼 보이지. 스키를 타고 낭떠러지에서 뛰어내린다든지 하는 스포츠거든. 옆에서 보는 사람은 직접 타는 사람의 감각을 좀처럼 이해하기 힘들어."

"당신은 전율을 느끼고 싶어서 살인을 한다는 말이야?"

하야미는 멍하게 하스미를 응시했다.

"아니. 그런 말을 하고 싶은 게 아니야. 살다 보면 누구나 여러 가지 문제에 직면하잖아? 문제가 있다면 해결해야 하지. 나는 너희들과 비교해서 그런 순간에 선택의 폭이 훨씬 넓은 거야."

"뭐라고?"

무슨 말을 하는 거야, 이놈은.

"가령 살인이 가장 명쾌한 해결 방법임을 알아도 보통 사람은 주저하지. 혹시라도 경찰에 발각되면 어쩌나 하는 두려움 탓에 아무래도 공포가 앞서게 돼. 그러나 나는 달라. X-sports 애호가들처럼 할 수 있다는 확신만 생긴다면 끝까지 해내거든. X-sports와 마찬가지로 도중에 주저하면 위험하지만 과감하게 질주하면 의외로 끝까지 달릴 수 있다는 얘기야. 어때? 이 정도 설명이면 이해가 돼?"

하야미는 말문이 막혔다. 눈앞에 있는 사람은 단순한 살인마가 아니라 외계인보다 더 이해하지 못할 존재였다.

"지금까지 같이 놀아줘서 고맙구나. 그럼 이번이 마지막 질문이야. 네가 말한 내용을 아는 사람은 너 말고 누구지?"

하야미는 크게 숨을 들이마셨다. 어떻게 하면 속일 수 있을까?

"왜 그래? I'm waiting for your answer, Mr. Hayami."

"모두 알아."

"모두?"

"커닝한 친구들 전부라고."

하스미는 언짢은 얼굴로 고개를 저었다.

"그건 납득하기 어려워. 여섯 반을 합치면 15명이나 돼. 그 많은 학생들이 나를 의심한다면 분위기가 지금 같지는 않겠지."

하야미는 침묵했다.

"솔직하게 대답해."

자, 여기가 고비다. 하스미는 어설픈 대답에는 만족하지 않는다. 필요하다고 생각되면 주저 없이 고문을 하고도 남을 놈이다. 하야미는 필사적으로 머리를 굴렸다.

무슨 일이 있어도 가타기리와 나고시의 이름을 밝혀서는 안 된다. 그 두 사람까지 이 괴물에게 살해당해서는 안 된다. 설령 나는 목숨을 건지지 못하더라도 그 둘만은……. 젠장. 나는 벌써 내 죽음을 전제로 생각하고 있다. 말도 안 돼. 이런 말도 안 되는 빌어먹을 상황이 일어나다니…….

하스미는 납땜인두기를 손에 들고 손가락으로 뾰족한 끝부분을 확인했다. 플러그를 콘센트에 꽂을지 말지 고민하는 눈치다.

"서로 숨기지 말고 이야기하지 않을래? 네가 지금 당장 친구의 이름을 댄다면 처음에 약속한 대로 편안하게 죽여줄게. 네 친구들도 마찬가지고. 되도록 고통 없는 방법을 찾겠다고 약속하지. 하지만 만약 네가 끝까지……."

하스미가 갑자기 깜짝 놀라 말을 멈췄다. 무슨 일이지? 하야미도 귀를 기울인다. 무슨 소리가 들린다. 발소리 같았다. 누군가 이 층에 왔다. 하야미는 순간 결심했다.

"도와주……!"

큰 소리로 외치려 했지만 그와 동시에 손날로 목을 맞는 바람에 목소리가 거의 나오지 않았다. 순간적으로 무엇이든 옆에 놓인 물건을 발로 차서 소리를 내려고 시도했다. 그 순간 의식이 사라졌다.

하스미는 경련을 일으키는 하야미의 몸을 꽉 눌렀다. 오른쪽 눈에 납땜인두기가 깊숙이 박혔다. 움직임은 몇 초 후에 완전히 멈췄다.

죽이고 말았다. 부득이한 조치였지만 그 결과 중요한 정보를 알아내지 못했다. 이런 시간에 교내를 돌아다니는 멍청이는 대체 누구란 말인가. 하스미는 혀를 차고 싶은 심정으로 귀 기울였다.

"야, 지금 무슨 소리 나지 않았어? 너는 못 들었냐?"

소곤거리는 목소리가 시바하라 같았다. 상대의 목소리는 너무 작아서 내용까지는 들리지 않았다. 그러나 왠지 여학생 같았다.

뭐가 무서워. 뭐? 이 부근에는 아무도 오지 않으니까 괜찮잖아. 쳇, 어쩔 수 없군. 알았다. 그럼 체육준비실로 갈까? 시바하라의 목소리와 두 사람의 발소리가 천천히 멀어졌다.

하스미는 상황이 좋지 않다고 생각했다. 여름방학이라고는 하지만 내일부터 바로 보충수업이 시작된다. 오늘 밤 안으로 하야미의 주검을 처리해야 하는 데 경트럭을 사용했다가는 시바하라가 엔진 소리를 듣게 된다. 그 멍청한 호색한은 뒤에서 나쁜 짓을 하는 만큼 소리에 민감하게 반응할 것이 뻔하다.

하야미 게이스케의 실종 시기는 가능한 한 늦출 계획이다. 만약 최후의 목격자가 나온 날이 오늘이라고 밝혀진다면, 오늘 밤에 의심받을 만한 행동을 했다고 알려져서는 곤란하다. 어쩔 수 없다. 우선 교내나 걸어서 옮길 만한 장소에 숨기는 방법뿐이다.

하스미는 미리 준비해 둔 낡은 침낭에 주검을 넣고 지퍼를 닫았다. 바닥에 떨어진 적은 양의 혈흔을 정성껏 닦아냈다. 그 후에 살그머니 화학준비실에서 빠져나와 교내의 낌새를 살폈다.

오늘 밤은 자신이 숙직이므로 다른 사람은 아무도 없을 예정이었다. 초대받지 않은 침입자는 시바하라와 이름 모를 여학생 한 명뿐이다. 두 사람 모두 체육준비실에 있는 듯했다. 일부러 소리를 내면서 순찰을 도는 척했더니 숨죽이는 기척이 느껴진다.

저 멍청이들은 교내 여기저기에 설치된 감시 카메라의 존재를 모른단 말인가. 하스미는 어이가 없었다. 운 좋게도 오늘 밤 영상은 '기기에 이상이 생기는 바람에' 없어질 운명이지만 말이다. 시바하라와 이름 모를 여학생에게 충분히 위협을 준 뒤 하스미는 북쪽 건물의 화학준비실로 돌아왔다.

역시 경트럭을 사용하면 위험하다. 숙직인 사람이 이런 시간에 어디에 가는 걸까 하는 의심을 피하지 못한다. 주검이 담긴 침낭을 어깨에 짊어지고 화학준비실에서 나와 안뜰로 갔다. 구멍을 파지 않고 바로 주검을 숨겨둘 장소가 떠올랐다. 제대로 손질이 되지 않아서 느티나무를 중심으로 수국 등의 꽃나무와 잡풀이 작은 덤불을 이룬 곳이다. 그 안을 살펴보자 적합한 장소가 바로 눈에 들어왔다. 가로세로 약 1미터 50센티미터 크기의 벽돌로 만든 정방형의 받침대 위에 어떤 동상을 세우려 했던 모양이지만, 예산 문제로 취소되는 바람에 그 상태 그대로 남았다. 최근 몇 년은 타임캡슐을 만들지 않아서 하스미도 이런 곳이 있다는 것은 그저 이야기만 들었을 뿐이다. 콘크리트 뚜껑을 열면 분명 그 안에는 이전 졸업생이 남긴 타임캡슐이 들어있으리라.

무게가 20~30킬로그램 정도인 뚜껑을 소리가 나지 않도록 세심한 주의를 기울이며 옮기기란 쉽지 않았다. 안은 생각보다 좁았다. 문집이나 롤링페이퍼 따위가 든 용기를 끄집어내고 주검이

든 침낭을 쑤셔 넣자 간신히 들어갔다.

원래대로 콘크리트 뚜껑을 꽉 닫았다. 힘을 썼더니 온몸이 땀투성이다. 이제 안에서 꺼낸 타임캡슐을 처분해야 한다. 이 일은 주검 처리에 비하면 식은 죽 먹기다. 종이류는 분쇄기에 넣으면 되고, 금속 재질인 용기는 교내 이곳저곳에 나눠서 숨겨놓고 기회를 봐서 버리러 가면 된다.

안뜰을 나오려고 할 때 갑자기 누군가에게 들킨 듯한 기분이 들었다. 주위를 둘러보다가 학교 건물 위에 있는 그것을 발견했다. 검은 그림자. 까마귀다. 아무리 밤 동안 조명을 켜두는 마을 환경에 적응했다고 한들 이런 밤까지 활동하는 것은 이상하다.

거리가 좀 떨어져서 왼쪽 눈이 뿌옇게 흐린지, 그렇지 않은지 잘 모르겠다. 그러나 하스미는 그 까마귀가 무닌이라고 확신했다. 짝인 후긴을 죽인 이후로 무닌은 계속 이렇게 나를 감시한다. 오딘의 일족이라기보다는 지옥의 사자랄까.

하스미가 지그시 바라보자 무닌은 희미한 날갯소리를 내며 날아가서 어둠 속으로 자취를 감추었다.

가타기리는 창밖을 보았다. 보충수업 내용이 하나도 머리에 들어오지 않는다. 하늘은 눈부시게 파랬다. 가끔 지나가는 미군 항공기만 빼면 자연스레 가슴이 두근거릴 만한 풍경이다. 고 2의 여름방학은 인생에서 두 번 다시 오지 않는다. 내년 이맘때쯤에는 수험 공부에 매달려야 할 테니까 올해는 즐겁게 보내야 한다. 그런데 왜 이렇게 교실에 갇혀 있어야만 하는 걸까? 애당초 일본의 여름 더위가 학습에 적당하지 않으니까 여름방학을 만들었을 텐데 말이다.

그러나 지금 가타기리의 머릿속은 전혀 다른 문제로 가득 차 있다. 하야미의 일이 도무지 머리에서 떠나지 않는다. 하야미가 보충수업을 빼먹는 건 자주 있는 일이다. 열심히 공부하지 않아도 늘 성적은 상위권이고, 꽤 오래 전부터 여름방학 때까지 교사들의 답답한 낯짝을 보고 싶지 않다고 선언했으니까. 보충수업에 나오지 않으면 결석으로 처리되지만, 그런 걸 신경 쓰는 성격도 아니다.

무엇보다 휴대전화가 연결되지 않아서 걱정스러웠다. 몇 번을 걸어보아도 계속 전원이 꺼진 상태다. 지금까지 이런 일은 한 번도 없었는데…….

"No rest for the wicked!"

교단에서는 하스미가 여느 때처럼 수업을 진행하고 있었다.

"상황에 따라 여러 가지로 해석됩니다. 가난한 사람은 여유가 없다. 나쁜 짓을 하면 마음이 편치 않다. 거대한 악은 잠재우지 못한다. and so on and so forth."

평소라면 청산유수 같은 말솜씨에 몰입해서 수업을 들었을 텐데 오늘은 왠지 하스미의 목소리를 듣기만 해도 불쾌했다.

"여기서 중요한 것은 the wicked입니다. 'the+형용사'가 '형용사+people'과 같다는 건 기억하지요? 즉 'the young'은 'young people'입니다. The young are apt to be reckless……."

가방 속에서 휴대전화가 진동하며 문자가 도착했음을 알렸다. 가타기리는 흘끗 하스미 쪽을 보고는 책상 밑에서 휴대전화를 확인한다. 나고시가 보낸 문자였다. 나고시 쪽을 보자 살짝 고개를 끄덕인다.

대체 뭐지? 내용을 확인한다. '할 말이 있어. 끝나고 옥상에서 보자'라는 말뿐이다. 수업이 끝나고 가타기리는 나고시 쪽을 보지 않고 계단으로 향했다.

옥상 문을 연다. 쨍쨍 내리쬐는 한여름 햇볕에 달구어진 콘크리트에서는 아지랑이가 피어오르는 듯했다. 이런 날 옥상에 나오는 별종은 드물다. 조금 지나서 나고시가 왔다. 평소와 달리 심각한 모습이다.

"좀 전에 보낸 문자는 뭐야?"

수업이 끝나고 나서 말하면 안 될 이야기인가?

"우리가 대화하는 모습을 하스미에게 보이고 싶지 않았어."

나고시가 작은 목소리로 해명한다.

"무슨 말이야?"

나고시는 그 말에는 대답하지 않고 비틀개를 돌려서 옥상 문을 잠갔다.

"잠깐……."

나고시를 못 믿는 건 아니지만, 나고시는 여자와 단둘이 있는 상황에서 필요한 섬세함이 영 부족하다. 나고시가 가타기리 쪽으로 몸을 돌렸다.

"어제 하야미네 집에 전화했어. 몇 번을 걸어도 휴대전화가 연결되지 않아서 말이야."

"그래?"

"어머니가 받으셨는데 하야미는 친척 집에 놀러 갔다고 하시더라고. 어디라고는 말씀하지 않으셨지만 외딴 시골이라 휴대전화도 연결되지 않는 곳이래."

"그랬구나."

가타기리는 조금 마음이 놓여 미소를 지었다. 그러나 나고시의 모습은 어딘가 이상했다. 여전히 미간을 찡그리고 골똘히 생각하는 표정이었다.

"이상하지 않아?"

나고시는 옥상 담장에 기대었다.

"이상하다면 이상하긴 하지만."

"우리에게 아무런 연락도 없는 건 정말 이상해. 그래서 생각해봤는데 작년에도 비슷한 일이 있었어."

"작년에?"

그런 일이 있었나? 가타기리는 기억을 더듬어보았다.

"가타기리는 모를지도 몰라. 겨울방학이 막 시작된 시기였는데 하야미와 연락이 되지 않았던 적이 있어. 그때도 집에 전화했더니 하야미는 여행 갔다고 하셨고."

"그래? 별로 이상한 일은 아니잖아?"

"그런데 나중에 하야미에게 들었는데 그때 부모님하고 싸우고 가출했다나 봐."

"그럼 여행 갔다는 말은……."

"가출했다고 말하기는 어려우니까 그러셨겠지."

"잠깐만, 그럼 이번에도 가출했다는 얘기야?"

가타기리는 미간을 찌푸렸다.

"어머니는 그렇게 생각하시는 눈치였어."

"'어머니는'이라니. 나고시는 그렇지 않다고 생각한다는 뜻이야?"

"그래, 작년과 지금은 상황이 달라. 우리에게 말 한마디 없이 가출을 한다는 건 말이 안 돼. 걱정할 줄 뻔히 알면서."

맞는 말이다. 도립고등학교 이야기를 한 직후이고 이런 시기에 갑자기 연락이 되지 않으면 무슨 일이 있다고 생각하는 것이 당연하다.

"실은 기말고사 전에 하야미한테 부탁을 받았어."

나고시는 하야미와 통화했던 내용을 말했다. 사나다 선생님이 음주운전을 했다고 누명을 씌운 사람이 하스미라는 추리였다. 인

사불성이 된 사나다 선생님을 운전석에 앉히고 나무막대로 가속페달을 눌렀다는…….

하야미는 기요타 리나의 집에 불을 질러서 기요타의 아버지를 불태워 죽인 범인도 하스미일 거라고 생각한 듯했다. 하스미의 경트럭이라면 대량의 등유를 운반하기 수월하다는 점이 그 근거였다. 그리고 이건 아무래도 지나친 생각일지 모르지만 스리이 선생님을 죽였을 가능성도 있다고 말했다고 한다.

또 시모즈루 형사 역시 도립 ○○고등학교 사건에서 죽은 네 명은 자살이 아니라고 확신한다는 이야기였다. 시모즈루 형사님은 범인이 하스미라고 단정 짓지 않은 듯하고, 하야미와 나고시에게 전해 들은 이야기가 어느 정도 신빙성이 있는지는 모르지만 말이다.

하야미는 하스미의 가면을 벗기기 위해서 기말고사 때도 커닝을 한다는 소문을 퍼뜨려달라고 나고시에게 부탁했다고 한다.

"왜 그런 일을?"

가타기리는 당혹스러워하며 중얼거렸다.

"하야미는 하스미가 교내에서 학생의 대화를 도청하는 게 아닐까 하고 의심했잖아? 그런데 그놈이 상당히 조심스럽게 행동해서 도청전파가 가끔씩만 잡혔던 모양이야. 커닝 소문이 나면 더 많은 정보를 얻으려고 분명히 도청을 하게 될 거라고 하더라고."

자신에게는 비밀로 하고 둘이서만 그런 이야기를 했다니. 가타기리는 충격을 받았다.

"왜 나에게는 말하지 않은 거야?"

"하야미가 가타기리에게는 말하지 말라고 했어. 가타기리는 걱정을 사서 한다고……."

"걱정을 사서 한다고?"

가타기리는 나고시를 쏘아보았다.

"그런 거 둘이서 멋대로 정하지 마!"

"미안."

가타기리는 머리가 어질어질해졌다. 이마에 흥건하게 땀이 맺혔다. 햇빛 때문만은 아니다. 대체 이 학교에서 무슨 일이 일어나고 있는 걸까?

"잠깐, 잠깐만. 그럼 하야미가 납치라도 당했다는 말이야?"

그렇다면 지금쯤 하스미에 의해 감금되었을까? 그렇지 않다면……

"모르겠어."

나고시는 더욱더 어두운 얼굴로 말한다.

"지금 바로 경찰에게 수색 요청을 해야 하지 않을까?"

"수색 요청은 우리가 마음대로 낼 수 있는 게 아니야. 가족은 실종이 아니라고 하잖아."

"그런 말을 하고 있을 때가 아니잖아?"

가타기리는 소리를 질렀다. 나고시는 여전히 고개를 숙인 채다. 이럴 때는 어떻게 하면 좋단 말인가. 긴급한 사태인지도 모른다. 그러나 고등학생 두 명이 경찰서에 간다고 해도 진지하게 들어줄 것 같지는 않았다.

"맞다……! 그 사람에게 의논해 보면 어떨까?"

"그 사람이라니?"

"아까 말한 하야미를 아는 경찰관 말이야. 생활안전과의 시모즈루 아저씨! 전에 전화번호를 받아뒀어."

보충수업을 마치고 교무실로 돌아가려고 할 때 무심코 본관 건물 3층에서 안뜰을 내려다본 하스미는 움찔했다. 흰 가운을 입은 남자가 땅바닥을 보면서 어슬렁거리는 모습이 눈에 들어온 까닭이다. 네코야마다.

하스미는 재빨리 계단을 뛰어 내려갔다. 안뜰로 나와 보니 네코야마는 땅 위에 무릎을 꿇고 땅을 뒤적거리는 중이었다.

"네코야마 선생님. 뭐 하세요?"

네코야마가 진짜 고양이 같은 괴상한 자세로 뒤를 돌아봤다.

"아, 하스미 선생님. 이것 좀 보세요."

네코야마는 일어나서 하스미의 앞에 손바닥을 펼쳤다. 작고 볼품없는 검은 딱정벌레가 달아나려고 여섯 개의 다리를 버둥거린다.

"그게 뭡니까?"

"뭐라뇨? 넓적송장벌레잖아요. 방금 잡았어요."

"아, 예."

힘이 빠진 하스미는 쓴웃음을 지었다. 역시 모두가 인정하는 괴짜답다. 무언가 발견했다고 생각한 것은 기우였다.

"그뿐이 아니에요. 이것 좀 보세요."

네코야마는 뽐내듯이 흰 가운 주머니에서 유리병을 꺼냈다. 안에는 검은색과 주황색이 섞인 딱정벌레가 있었다.

"어때요? 영락없이 상아잎벌레라고 생각하셨죠? 하지만 자세히 보세요. 뭔가 다르지 않습니까?"

"아니요. 설마하니 상아 어쩌구 벌레라고는 생각지도 못했어요."

그게 어떤 곤충인지는 모르지만 아마도 이 곤충과 닮은 모양이다.

"그럼 이 녀석의 진짜 이름은 무엇입니까?"

"넉점박이송장벌레예요. 희귀하지는 않지만 국내 송장벌레 중에서 가장 아름다운 종이지요. 우후후…… 우히히히히히."

네코야마가 영화배우처럼 단정한 얼굴을 일그러뜨리며 께름칙한 소리로 웃는다.

"그렇군요."

하스미는 완전히 적의를 없애고 중얼거렸다.

"알고 보면 학교는 곤충을 관찰하기에 상당히 적합한 장소입니다. 작은 곤충에게는 학교 건물 전체가 거대한 올가미 상자와 같기도 하고요. 전에는 북쪽 건물 3층에서 긴목멋쟁이딱정벌레를 발견한 적도 있어요. 믿겨지십니까? 그놈들은 날지도 못하는 종인데 말입니다."

"물론 믿지요. 네코야마 선생님은 곤충에도 조예가 깊으시군요."

"그렇다고 해도 저는 곤충 전문가가 아니니까 그렇게 잘 알지는 못합니다. 다만 송장벌레 종류는 평소에도 자주 눈에 띄니까요. 아무래도 친근감이 솟구치는군요."

"자주 보셨다고요?"

"이 녀석들은 동물 사체에 몰려들어요. 골격 표본을 만들 때 이용한 적도 있지요."

하스미는 흠칫 놀랐다.

"이 주위에서 이렇게 다양한 종류의 송장벌레가 발견된 적은 처음입니다. 안뜰 어딘가에 동물 사체가 있는 게 아닐까 싶을 정도네요."

"쥐나 뭐 그런 거 아닐까요?"

"음. 하지만 더 큰 생물인지도 모르죠. 왠지 악취가 나는 듯도 하고요."

네코야마는 신기할 만큼 짐승처럼 콧구멍을 벌렁거렸다. 그날로부터 3일이 지났다. 타임캡슐이 든 받침대는 콘크리트 뚜껑으로 밀폐되었으니 악취가 새지 않으리라고 생각했는데…….

"그런데 아무리 찾아봐도 중요한 사체가 보이질 않는군요."

네코야마는 고개를 갸웃거리면서 점점 나무 안쪽으로 들어갔다. 하스미는 주위에 사람이 없음을 확인하고 천천히 그 뒤를 따랐다. 점점 긴장감이 고조된다.

"어딘가 있다면 분명 이 부근일 텐데 말이죠. 어디에서도 보이지 않으니 참 이상하네요."

네코야마는 마침내 타임캡슐을 묻어둔 받침대 바로 옆까지 왔다. 볼펜으로 근처 땅바닥을 쑤신다. 만에 하나 네코야마가 하야미 게이스케의 주검을 발견한다면 이 자리에서 그를 죽여야만 한다.

하스미는 재빨리 머리를 굴렸다. 죽이기는 쉽다. 일격으로 목뼈를 부러뜨리면 그만이다. 문제는 사체 처리다. 오늘은 이미 모든 보충수업이 끝났으니 교내에 남아 있는 학생은 거의 없을 것이다. 교사 역시 기껏해야 두세 명 정도겠지. 그렇지만 아직 대낮이다. 바로 사체를 들고 나가기는 어렵다. 또 저 받침대 안에는 사체를 두 구나 숨길만한 공간은 없다. 어두워질 때까지 나무 안쪽에 내버려 두어도 괜찮을까? 파란 시트로 덮어두면 발각되지 않을지도 모르지만…….

골머리를 앓는 하스미의 옆에서 네코야마는 받침대 주위를 빙글빙글 돌면서 계속 땅바닥을 조사했다.

"으음, 정말 이상하군요. 너희는 대체 무슨 냄새를 맡고 왔냐?"

손에 든 송장벌레를 향해 진지하게 말을 건다. 잠시 후 네코야마는 시체 찾기를 단념했다. 하스미는 실망한 기색으로 멀어져 가는 흰 가운을 입은 왜소한 뒷모습을 가만히 바라보았다. '당신 운이 좋았어'라고 마음속으로 네코야마에게 말을 건넨다. 설마 자신이 송장벌레의 먹이가 될 뻔했다고는 꿈에서도 생각지 못하겠지. 오늘 밤 안에 하야미 게이스케의 주검을 치워야 한다.

"무슨 일이야? 모자도 안 쓰고 오랫동안 땡볕 아래 서 있으면 안 되지. 자외선은 피부의 천적이야."

다우라 준코가 어이없다는 듯이 말했다.

"죄송해요."

가타기리가 힘없이 대답했다. 정신적인 충격 탓에 머리가 어지러운 거라고 생각했지만 어쩌면 가벼운 열사병이나 일사병에 걸렸을지도 모른다.

"사실 난 오늘 쉬는 날이야. 놓고 간 물건을 가지러 왔을 뿐이거든."

확실히 다우라가 입은 트로피컬 무늬 원피스는 어딘가의 휴양지 호텔에서나 볼 법한 차림이었다. 그녀가 수학여행 때 입은 매화 무늬 블라우스가 떠올라서 그만 불쾌해졌다. 이 여자는 교사인 주제에, 아니 교사라는 입장을 이용해서 하야미를 유혹했다.

"조금 쉬면 괜찮아질 거예요."

가타기리는 보건실 침대에 누웠다.

"참, 돌아갈 때는 문 잠그고 가. 열쇠는 교직원 아무한테나 맡기면 돼."

다우라는 '보건실'이라는 이름표가 달린 열쇠를 가타기리에게 건네고 손을 흔들면서 나가려다가 문득 멈춰 서서 뒤를 돌아 가타기리를 본다.

"너 1반의 하야미와 친하지? 무슨 연락……."

가타기리는 갑자기 화가 났다. 그것이 표정에 나타났는지 다우라는 "아냐, 됐어" 하고는 허둥지둥 밖으로 나갔다.

다우라 선생님의 입에서 하야미의 이름이 나와서인지 한동안 마음이 진정되지 않았다. 머리가 아프다. 이마에서는 아직도 땀이 조금 난다. 가타기리는 베개를 베고 누워서 보건실 열쇠를 보았다. 어쩌면 여기서 하야미와 둘만 있었던 적이 있는지도 모른다. 질투가 만든 망상이겠지만 불가능한 일은 아니다.

갑자기 손이 미끄러지는 바람에 열쇠를 떨어뜨렸다. 시트 위에서 굴러 떨어진 열쇠가 리놀륨 바닥에 부딪히며 소리를 냈다.

안 돼. 실수로 잃어버리기라도 하면 큰일이다. 가타기리는 한숨을 쉬고 몸을 일으켜 바닥으로 내려갔다. 몸을 구부려 침대 밑을 살피며 떨어진 열쇠를 찾았다. 열쇠는 바로 찾았다. 그때 안쪽에 놓인 다른 물체가 가타기리의 눈에 들어왔다.

설마. 가타기리는 바닥에 상체를 딱 붙이고 엎드려서 왼손을 뻗었다. 손가락 끝으로 잡아 끌어당기자 손안에 쏙 들어왔다.

이건, 설마……. 가타기리는 손에 든 하얀 주머니를 보고 멍해졌다. 수학여행 때 모두 함께 가서 샀던 금각사의 부적이다. 자신과 오노데라는 '학업성취' 부적을, 나고시는 '소원성취' 부적을 샀다. 그리고 지금 가타기리가 손에 꽉 쥔 부적에는 하야미가 산 '액막이' 부적과 같은 글자가 적혀있다.

하스미는 무거운 콘크리트 뚜껑을 열기 위해서 악전고투했다. 소리를 내면 안 된다. 신중하게 주의를 기울이며 그럭저럭 뚜껑을 옮겼다. 안에는 침낭으로 감싼 뒤 몸을 접어서 쑤셔 넣은 주검이 있어야 한다. 그러나 아무것도 없다. 하야미 게이스케의 주검이 자취를 감추었다.
"우후, 우후후, 히히히히……!"
귓전에서 네코야마의 기분 나쁜 웃음소리가 들렸다.
"이미 거기에는 없습니다."
하스미는 뒤를 돌아보았다. 흰 가운을 입은 네코야마가 생물준비실 책상 위에서 무언가 작업에 몰두하고 있었다.
"정말 아름답지 않습니까? 하스미 선생님 덕분에 완벽한 골격 표본이 완성됐어요."
하스미는 네코야마의 주변을 자세히 살펴보았다.
"정말 훌륭하군요. 사체는 어딜 가든 있지만 좀처럼 손에 넣지 못하지요. 이건 그야말로 완벽한 걸작입니다."

네코야마는 주검이 된 하야미 게이스케의 배에 메스를 푹 찔러 넣었다. 주위에서 수많은 벌레가 우글우글 몰려든다.

"자, 완성됐습니다! 염산과 수산화나트륨도 시험해 봤지만 바닥이 더러워진다는 단점이 있더군요. 역시 납땜인두기로 살을 없앤 다음에 틀니 세정제에 담가두는 방법이 좋겠습니다."

네코야마는 선반 문을 열어서 그곳에 유체를 매달았다. 몸의 절반은 뼈만 남았지만 얼굴은 아직 그대로였다. 하야미 게이스케는 눈을 뜨고 가만히 하스미를 응시했다. 꼭 하스미를 비난하는 듯한 눈이었다.

"이것은 아직 미완성이지 않습니까?"

이대로라면 신원이 들통난다. 하스미의 질문에도 네코야마는 흐뭇해하며 유해를 지그시 바라볼 뿐이었다.

"이쪽도 제가 받아도 될까요?"

네코야마가 개의 시체를 손가락으로 가리켰다.

"물론입니다. 네코야마 선생님께 드리려고 가져왔으니까요."

그 말을 들은 네코야마는 개다래나무를 받은 고양이처럼 만취 상태로 빠져들었다. 개의 사체를 안고는 황홀하게 뺨을 비빈다.

화들짝 잠에서 깼다. 하스미는 일어나 냉장고에서 꺼낸 차가운 물을 컵에 따라 단숨에 마셨다. 중간에 꿈인 줄 알아차렸지만 기묘하게 생생한 꿈이었다. 조금 전까지 한 중노동의 영향이리라.

하야미 게이스케의 주검을 경트럭으로 운반해서 산에 묻었다. 이미 부패가 상당히 진행된 상태였다. 좀 더 빨리 처리했어야 했다고 반성하고, 다음에는 더욱 신경을 써야겠다고 다짐했다.

그리고 네코야마에게 화단에 송장벌레가 몰려들었던 이유를 내세워야 했다. 만에 하나 하야미의 실종과 안뜰에 어떤 사체가 있었다는 이야기가 연결되면 난처해진다. 타임캡슐 받침대 옆에 얕게 묻어둔 개의 사체를 발견한다면 네코야마도 바로 납득하겠지.

그건 그렇고 집주인인 야마자키 씨가 키우는 모모에게 먹이를 주었던 일이 이런 상황에서 도움이 되리라고는 생각지도 못했다. 하스미는 빙긋이 웃었다. 이처럼 세상일이 퍼즐 조각처럼 꼭 맞아 들어갈 때는 행운이 따른다. 지금은 모든 것이 좋은 방향으로 흐르는 듯했다.

제8장 모리타트

3개의 문 A, B, C가 있다. 도전자에게는 이 중 단 하나의 문만을 열어 안에 있는 물건을 획득할 기회가 주어진다. 하나의 문 안에는 호화로운 상품이 있고 나머지 두 개의 문 안에는 아무것도 없다.

① 임의의 문 A를 선택해서 상품을 획득할 확률은 몇 퍼센트입니까?

② 문 A를 선택한 뒤 사회자가 나머지 2개의 문 중 빈 쪽(편의상 C라고 한다)을 열어서 안이 비었음을 보여주었다. 그 후 다시 한번 문 A와 문 B 중 하나를 선택할 기회를 준다면 어느 쪽을 고르는 편이 유리한가. 각 선택에 따른 상품 획득 확률을 구하라.

가타기리는 한숨을 내쉬고 펜을 돌리던 손을 멈추었다. 저녁밥을 먹기 전이라 혈당치가 낮아서 뇌가 제대로 돌아가지 않는지 문제가 조금도 머리에 들어오지 않는다. 표면적인 내용은 둘째 치고 문제의 의도를 모르겠다.

'호화로운 상품'이 대체 뭐지? 가타기리는 자기도 모르는 사이에 딴생각을 하기 시작한다. 일부러 '호화로운'이라는 형용사를 붙인 이유는 문 안쪽에 있는 물건이 받아봤자 처치 곤란인 상품이 아니라고 강조하기 위해서인가?

가타기리는 고개를 흔들어 의식을 문제로 되돌렸다. 이 문제에서 가장 어색한 부분은 느닷없이 등장하는 '사회자'다. '사회자'라니……. 아무런 설명도 없이 갑자기 '사회자'가 나오면 어쩌라고. 나한테도 마음의 준비를 할 시간을 줘야 하잖아? 이게 무슨 텔레비전 쇼도 아니고…….

만약 그렇다면 '사회자'는 분명히 미노 몬타*겠지. 미노 몬타가 아닌 다른 사람은 상상도 되지 않는다. 환하게 웃느라 주름투성이가 된 얼굴로 문 A를 선택한 도전자에게 '파이널 앤서?'**라고 묻는 역할은 역시 미노 몬타가 해야 제 맛이다.

아아, 안 돼 안 돼. 문제에 집중해야지. 두 개의 질문 중 ①만

* 프리랜서 아나운서 겸 가수로도 활동하는 유명 방송인.
** 미노 몬타가 사회를 맡은 인기 방송 〈퀴즈$백만장자〉에서 도전자에게 마지막으로 대답할 기회를 줄 때 하는 말.

존댓말로 적힌 것도 괜히 신경 쓰인다. 이거 혹시 엄청나게 교묘한 함정은 아니겠지? 그럴 리가 없지.

가타기리는 문제에서 도피하려는 자신의 머리를 주먹으로 때렸다. 평범하게 생각하면 된다. ①의 답은 3분의 1, 33.3퍼센트다. ②의 답은 뭘까? 별 뜻 없는 눈속임이라는 생각이 든다. 도중에 문을 열었다 닫으면 뭐가 달라지나? 그리고 처음에는 임의의 문이라고 썼으면서 왜 나중에는 문 A라고 한정하는데? 아니, 그런 사소한 부분에 신경 쓸 때가 아니다. 미노 몬타, 즉 사회자는 3개의 문 안에 무엇이 들었는지 안다는 뜻이다. 그렇지 않으면 도전자가 문 A를 고른 뒤에 안이 빈 문을 골라서 열지 못한다. 요컨대 도전자가 처음에 어떤 문을 고르든지 간에 사회자는 남은 문 중에서 빈 쪽을 골라 연다는 이야기다. 하지만 이런 절차를 거친다고 해서 확률이 간단히 바뀐다고는 생각되지 않는다. 그런가? 그렇다면 남은 문은 2개뿐이니까 ②의 답은 어느 쪽이든 50퍼센트다.

문제지에 답을 적은 뒤에 질문 ②의 문장이 묘하게 단정적이라는 생각이 들었다. 문 A와 문 B는 확률이 다르다고 특별히 재차 확인하는 느낌이다.

아아, 정말 헷갈린다. 가타기리는 머리카락을 쥐어뜯고 싶어졌다. 특기인 직감도 수학 문제를 풀 때만큼은 좀처럼 발휘되지 않는다.

여름방학 동안 하는 보충수업에서 방학 숙제와는 별도로 또 숙제를 내는 법이 도대체 어디 있느냔 말이다. 가타기리는 책상 위에 놓인 휴대전화를 들어 나고시에게 보낼 문자를 썼다.

'문제의 답은 ①이 33.3퍼센트, ②는 양쪽 다 50퍼센트지?'

문자를 보내고 나서 잠시 동안 멍하니 시간을 죽였다. 문제에 집중하지 못하는 이유는 잘 안다. 하야미 때문이다. 갑자기 연락이 끊기니 불안해 죽을 지경이다. 하야미는 하스미의 정체를 폭로하려고 했다. 하스미가 이전에 근무했던 도립 ○○고등학교 학생들처럼…….

그뿐만이 아니다. 보건실 침대 밑에서 하야미가 금각사에서 산 것과 같은 부적도 발견했다. 물론 2학년 전원이 수학여행에 갔으니 그중 많은 학생이 금각사를 방문했을 테고, 개중 몇 명은 분명 부적을 샀을 것이다. 하지만 지금 시기에 '학업성취'가 아니라 '액막이' 부적을 사는 사람은 드물다. 게다가 다른 학생이 산 부적이 보건실 침대 밑, 그것도 상당히 안쪽에 떨어질 만한 상황은 쉽게 상상이 되지 않는다.

만약 하야미의 부적이라면? 어떤 광경이 가타기리의 뇌리에 떠올랐다. 방학식 날, 짧은 홈룸이 끝나고 1층으로 내려왔을 때 언뜻 하야미의 뒷모습이 보였다. 현관으로 몰려 나가는 학생들의 파도를 거스르듯이 1층 복도 안쪽을 향해 걸어가는 모습이었다. 그리고 보건실 문을 열고 안으로 들어갔다.

분노와 굴욕감에 몸이 떨렸다. 눈물이 날 것만 같았다. 하야미는 수학여행 때 호텔 옥상에서 대마초를 피우고 다우라 선생님과 남몰래 만나서는 키스까지 나누었다.

하지만 어쩌면……. 하야미는 적당히 구실을 붙여 보건실 침대 밑에 숨어서 귀가하지 않고 학교에 남은 것이 아닐까? 도청기를 찾으려면 밤중에 학교로 숨어들어야 한다. 하지만 자물쇠가 채워진 문을 억지로 밀고 들어가면 경보가 울린다. 그래서 밤중까지 보건실 침대 아래에 숨어서 시간을 보냈다. 이런 가능성은 없을까? 그때 하야미의 주머니에서 부적이 떨어졌다면…….

만약 그렇다면 하야미는 그 뒤에 어떻게 되었을까? 만약 일이 잘 풀려서 도청기를 발견했다면 분명 자신에게 알려주며 야단스레 자랑할 터였다. 그러나 그 후로 나도 나고시도 하야미를 보지 못했다. 어머니께서는 아니라고 하시지만 완전히 소식이 끊겼다.

한밤중에 학교에서 대체 무슨 일이 일어난 거지? 생각하면 할수록 걱정이 커진다. 가슴이 죄어드는 기분이다. 모두 다 내 상상력이 마음대로 만들어낸 망상에 지나지 않음을 알지만 진정이 되지 않는다.

갑자기 휴대전화에서 문자 착신음이 울려서 가타기리는 깜짝 놀랐다. 확인해 보니 나고시였다. 아까 보낸 문자의 답변이겠지.

'①의 답은 33.3퍼센트지만 ②는 아니야. 문 A를 선택한 경우는 33.3퍼센트이고 문 B라면 66.6퍼센트가 돼. 이건 몬티 홀 문제*라는 유명한 문제인데······.'

그 뒤로 나열된 몇 개의 수식이 보인다. 더할 나위 없이 간단한 공식인데 도무지 이해가 되지 않는다. 자포자기의 심정으로 '하나도 모르겠어' 하고 문자를 보내자 바로 답변이 왔다.

'문 A를 선택한 뒤에 사회자가 '파이널 앤서?'라고 물었을 때 마음이 바뀌어서 문 B나 문 C로 선택을 바꿨다고 생각해 봐. 별생각 없이 문 B로 바꿨다고 해도 호화 상품을 얻을 확률은 문 A와 마찬가지로 33.3퍼센트 그대로야. 그런데 그때 당첨 확률이 같은 문 B와 C 중 하나를 없앤 거지. 그럼 결과적으로 문 B와 문 C를 둘 다 선택한 셈이니까 확률이 배가 되고. 알겠어?'

그렇구나. 간신히 이해했다. 몬티 홀 문젠지 뭔지 모르겠지만 그렇게 유명한 문제라면 분명히 나고시는 전부터 알았겠지. 또 문자가 왔다. 이번에도 나고시가 보낸 문자였다. 방금 알려준 답

---

* Monty Hall problem, 미국의 TV 게임 쇼 〈Let's Make a Deal〉에서 유래한 퀴즈.

변의 부연 설명인가 했는데 내용은 딱 두 줄이었다.

'이런 걸 발견했어.'

아랫줄에는 인터넷 블로그로 추정되는 URL이 보였다. 일단 접속했다. '헤비메탈 잉글리시 티처의 블로그(Heavy metal English teacher's blog)'라는 글씨가 나왔다. 혹시 우리 학교 선생님인가? 영어라고 해서 긴장했지만 하스미의 블로그는 아닌 듯했다. 조금 읽어 보고 블로그의 주인이 다카쓰카 요지 선생님임을 알았다.

최근의 주된 주제는 학교 축제였다. 그러고 보니 이제 곧 축제라는 생각에 가타기리는 우울해졌다. 신코 재단에서 운영하는 마치다 고등학교에서는 2학기가 시작되자마자 축제를 연다. 그래서 으레 여름방학 후반부터 그 준비를 한다. 그렇지 않아도 보충수업과 숙제에 얼마 안 되는 방학을 빼앗기거늘……. 가타기리는 내 여름방학을 돌려달라고 외치고 싶었다.

2학년 남학생 몇 명이 록 밴드를 결성했다는 이야기는 가타기리도 들었다. 지금 3학년들에게 기회를 양보하느라 작년에는 축제에 나가지 않았지만 라이브 하우스에 연주를 들으러 간 학생들의 말로는 고등학생 수준을 넘었다고 한다. 특히 같은 반인 이즈미 데쓰야의 리드 기타는 프로급이라고 다들 입을 모아 말했다.

……그의 얼굴은 달콤하다기보다는 이목구비가 또렷하고 볼이 홀쭉해서 정말 로커 분위기가 납니다. 솔직히 고등학생이 하는 밴드면 보나마나 비주얼을 우선하리라고 얕잡아 봤는데 연습할 때 한 번 듣고는 깜짝 놀랐습니다. 화려한 기법으로 막힘없이 연주하는 7현 기타의 음색에 완전히 넋을 잃었습니다. 저 같은 구세대 헤비메탈 팬의 귀에 그들의 현란하고 빠른 연주 등은 초절기교超絶奇巧 그 자체였습니다. 그의 기타와 T의 열정적인 드럼이 함께 연주하는 부분은 꼭 우리 학교의 모든 학생에게 들려주고 싶었습니다.

T는 또 누구지? 생각해보니 교실에서 일어난 폭력 사건으로 퇴학당한 다테누마 마사히로가 드럼을 두드렸다는 기억이 났다. 가타기리에게는 무서운 인상뿐이었던 다테누마에게도 또 다른 모습이 있었던 모양이다. 문득 그가 왜 퇴학당할 정도로 궁지에 몰렸는지가 궁금해졌다.

그러나 제가 '헤비메탈'이라는 단어를 입에 담으면 그는 왠지 기분 나쁜 표정을 짓습니다. 이유를 묻자 "헤비메탈이라는 단어는 한물갔어요"라고 대답하더군요. 지금은 메탈코어나 슬래시메탈, 고딕메탈 등으로 상세히 구분한다고 합니다. 멜로디 라인을 중시하는 데스메탈을 멜로딕데스라고 한다는데,

저는 그 시점에서 이미 극도로 머리가 혼란스러워졌습니다. 거친 목소리로 샤우팅하는 데스메탈에서 멜로디를 중시한다니, 조금 이해하기 힘들었습니다. 더욱이 프로그레시브 포크 메탈 같은 말을 들으면 이게 뭔지 상상도 되지 않습니다.

 아니 잠깐, 그럼 '헤비메탈'이라는 제 별명에 혹시 시대에 뒤떨어졌다는 뜻도 포함된 건가요?

 우스갯소리라는 느낌이 들지 않았다. 헤비메탈이라는 별명이 헤비 메타볼릭의 줄임말임을 본인만 모르는 듯했다. 다카쓰카 선생님이 이대로 계속 살이 찐다면 조만간 프로그레시브 데스 메타볼릭이라고 불릴지도 모른다.

 카테고리별로 나뉜 예전 글을 읽어본다. '학교'로 분류된 글 중에 굉장히 신경 쓰이는 내용이 몇 개 있었다. 첫 번째는 '괴문서'라는 제목으로 사나다 선생님의 음주운전 사건 다음다음 날 적힌 글이었다.

 열성적으로 학생들을 지도하시는 S 선생님이 일으킨 갑작스러운 사고로 학교는 큰 혼란에 휩싸였습니다. 이 사건 이야기는 이 이상 자세히 쓰지 못합니다. 그러나 여러 가지로 깊게 생각해 볼 계기가 되어준, 사고 다음 날 아침에 발견된 괴문서에 대해서는 조금 써보겠습니다.

괴문서를 작성했다고 추측되는 사람은 사고의 피해자인 D 선생님입니다. 괴문서의 표적은 우리 학교에서 S 선생님과 인기를 양분하는 H 선생님이었습니다. 주된 내용은 H 선생님이 여학생과 부적절한 관계를 맺었다는 것이었습니다. 이름만 밝히지 않았을 뿐, 어떤 학생인지 알아차릴 만큼 상세하게 서술한 문서여서 큰 문제가 되었습니다.

내용을 증명하는 근거가 하나도 없으니 당연히 사실무근이라고 생각합니다. 그러나 이 문서를 계기로 D 선생님이 왜 그런 문서를 작성했는지 깊게 생각해 보았습니다.

교직 생활을 하다 보면 심한 스트레스를 받기 마련입니다. 갑작스레 치밀어 오르는 울화를 참지 못하는 선생님도 여러분 계십니다. 괴문서만 해도 그렇습니다. 학교에 얼마나 많은 괴문서가 날아오는지 안다면 외부 사람들은 기겁을 할 겁니다. 하지만 제아무리 자주 괴문서를 본 교직원이라고 해도 이 문서를 보고 농담이라고 웃어넘기기는 어려우리라고 봅니다.

도지마 선생님이 하스미 선생님과 여학생(누구지?)의 관계를 폭로하는 괴문서를 작성했다고? 확실히 그 괴팍한 성격의 선생님에게는 그런 짓을 할 법한 아슬아슬함이 있었다. 하지만 아무리 성격이 그렇다고 해도 아무런 이유 없이 그런 일을 할 리가 없다. 다카쓰카 선생님은 괴문서의 내용이 사실무근이라고 단언했다. 그 말이 맞을지도 모른다. 그러나 이걸로 그 사건의 관계도에 새로운 요소가 추가되었다. 사나다 선생님에 대해서는 잘 모르지만, 도지마 선생님이 사라짐으로써 확실히 이익을 얻을 사람이 적어도 한 명은 있다. 하스미 선생님이다.

이어서 'H 선생님'이라는 키워드로 올해 작성된 글을 검색한다. 제일 위에 뜬 검색 결과는 스리이 선생님이 죽은 다음 날 적힌 '리더십'이라는 제목의 글이었다.

T 선생님의 사건은 우리 학교에 큰 충격을 주었습니다. 올해 들어 잇따라 큰 사건이 일어나니 굿이라도 해보는 게 좋지 않을까 싶습니다. 벌써 3번이나 긴급 교무회의가 소집되었습니다.

오늘 아침에 열린 교무회의에서는 학생지도부인 H 선생님의 리더십이 빛을 발했습니다. H 선생님은 학생들이 동요하고 있을 테니 모든 학생과 개별 상담을 해서 관리가 필요한 학생을 추려낸 후, 그 아이들을 세심하게 보살피자고 제안했고 모두 그 의견에 찬성했습니다.

한 가지 신경 쓰이는 점은 학생들의 연쇄반응을 걱정하는 H 선생님의 발언이었습니다. 전에 근무했던 학교에서 일어난 사건이 트라우마를 남겼을지도 모른다고 생각했지만 이 부분에 대해서도 이 이상 파고들지 않겠습니다.

연쇄반응이라면 자살? 가타기리는 등골이 오싹해졌다. 설마하니 지금 하스미 선생님은 우리 학교에서 도립 ○○고등학교에서 벌어진 사건과 같은 일이 일어나리라고 예언하는 건가?

그 후에도 'H 선생님'에 대한 이야기가 여러 번 나왔지만 대부분이 유능함을 칭찬하는 내용이었다. 올해 올라온 글을 다 읽고 작년 페이지로 넘어가 보니 '휘파람'이라는 기사가 눈에 띄었다.

……그런 까닭으로 저도 무의식중에 휘파람을 불면서 시험지 채점을 하거나 업무를 보는 바람에 S 교감선생님의 눈총을 받곤 합니다. 아무래도 헤비메탈은 휘파람으로 불기 어려우므로 주로 에어로스미스나 본 조비의 노래를 고릅니다.

동료인 H 선생님도 무언가에 집중할 때 가끔 휘파람을 붑니다. 장르는 언제나 똑같이 재즈입니다. 귀에 익은 선율이기에 이전에 무슨 노랜지 여쭈어보니 "모리타트예요"라고 알려주셨습니다.

이게 다였다. 그러고 보니 어렴풋한 기억이지만 하스미 선생님이 부는 휘파람 소리를 들은 적이 있다. 〈모리타트〉가 어떤 곡인지 찾아볼까 하고 마음먹은 때 휴대전화 벨이 울렸다. '메시지가 도착했습니다'라는 글자가 보인다. 하야미가 보낸 문자였다. 가타기리는 펄쩍 뛸 듯이 놀라 허겁지겁 문자를 확인했다.

'안녕, 가타기리. 나 하야미야. 일이 좀 생겨서 여름방학이 끝날 때까지 못 돌아가겠어. 보충수업도 패스. 바다에 가기로 약속했는데 못 지켜서 미안해. 하지만 잘 지내니까 걱정은 하지 마.'

마음이 놓였다. 눈물이 나올 뻔했다. 하야미는 역시 무사했다. '일'이라는 게 대마초 문제인가 싶어서 조금 걱정이 되었지만 문자를 보아하니 그렇게 위험한 상태는 아닌 듯하다.
 그래도 다시 한번 휴대전화를 눈앞에 바싹 갖다 대고 문자를 재차 읽었다.
 이건……. 읽으면 읽을수록 의혹이 부풀었다.
 이 문자를 정말로 하야미가 보냈을까?

야마노테센을 타고 시부야역부터 시나가와역까지 다섯 정거장, 시나가와역에서 가와사키역까지는 도카이도센으로 갈아타고 한 정거장이다. 하스미는 가와사키역의 중앙홀을 걷던 도중에 등 뒤에서 인기척을 느꼈다.
 늘어선 네 개의 에스컬레이터 중 제일 왼쪽 것을 타고 1층에 내리자마자 빠른 걸음으로 기둥 뒤에 숨었다. 적당한 시기를 가늠해서 뒤를 돌아본다. 에스컬레이터의 중간쯤에 낯익은 얼굴이 보인다. 하스미는 기둥 뒤에서 나와 팔짱을 꼈다. 들켰다는 것을 알아차린 야스하라는 쑥스럽다는 듯이 웃으며 내려왔다. 그림이 그려진 분홍색 티셔츠에 핫팬츠를 입은 편한 차림새다. 변장할 생각이었는지 커다란 선글라스까지 꼈다.

"이게 무슨 짓이지?"

야스하라는 하스미의 추궁에 대답하지 않으며 그의 팔을 잡아 역에서 빠져나가려고 한다.

"언제부터 따라왔지?"

"네? 무슨 얘기예요? 전 방금 전에 우연히 에스컬레이터에 타는 하스민 쌤을 보고 어디 가는지 궁금해져서 따라와 봤을 뿐인데요?"

야스하라는 선글라스를 내려 두 눈을 슬쩍 내보였다.

"거짓말하지 마."

"거짓말 아니에요. 선생님, 차는 어쩌고 지하철을 탔어요?"

"아파트에 두고 왔어."

어디서부터 미행한 거지? 평소라면 야생동물 같은 감이 움직였을 텐데……. 아무리 인파 속이었다지만 지금까지 눈치를 못 챈 자신의 멍청함에 어이가 없었다. 하지만 설령 계속 뒤를 밟혔다고 해도 보여선 안 되는 모습을 보이지는 않았으리라는 생각에 마음을 진정시켰다.

"그럼 택시 타요."

둘이서 택시를 탔다가 혹시라도 운전수가 얼굴을 기억한다면 곤란해지겠지만 그렇다고 계속 역에서 꾸물거릴 수도 없다. 안 그래도 여름방학 중이라 언제 어디서 학생과 마주칠지 모른다. 하스미는 야스하라가 끌고 가는 대로 동쪽 출입구 밖의 택시 정류장을 향해 걸었다.

다행히도 야스하라 역시 그 점을 염두에 두었는지 택시 안에서 아무 말도 하지 않았다. 둘은 택시를 타고 구메의 아파트에서 한 블록 떨어진 곳에서 내렸다.

"솔직히 말해 봐. 언제부터야?"

엘리베이터에 탄 후 감시카메라에 얼굴이 찍히지 않는 사각지대로 가서 물었다. 잠시 침묵을 지키던 야스하라는 포기했다는 듯이 자백했다.

"시부야에서 전철을 탈 때부터예요."

"시부야에는 뭘 하러 갔는데?"

"가와사키에 가기 전에 잠깐 이치마루큐*에 들렀어요."

"그러다 우연히 나를 봤다고?"

"당연하죠. 그렇지 않으면 내가 형사도 아닌데 선생님이 언제

---

* 도쿄 시부야에 있는 유명 쇼핑몰.

어디 있을 줄 알고 미행을 하겠어요."

야스하라의 말은 분명 거짓이 아니다. 야스하라의 능력으로 집 앞에서 계속 기다리다가 들키지 않게 뒤를 쫓는 건 불가능하다. 나나쿠니야마 산의 셋집 주변에는 숨을 장소도 없다.

"그래? 그럼 왜 가와사키에 도착할 때까지 말을 걸지 않았지?"

"그야 어쩌면 하스민 쌤이 도중에 누구랑 만날지도 모른다고 생각했으니까 그랬죠."

그렇군. 그렇다면 결백은 증명된다.

"아무도 안 만났잖아?"

"네. 아니, 내가 보고 있는 동안에만 만나지 않은 거지만요."

"그전에도 아무도 안 만났어."

엘리베이터 문이 열린다. 내려서 IC칩이 내장된 카드키로 문을 열었다. 현관으로 들어섰을 때 야스하라가 궁금하다는 듯이 물었다.

"그런데 하스민 쌤. 아무도 안 만나는데 시부야에는 뭐 하러 갔어요?"

이렇게 아무렇게나 대답해도 될 듯이 보이는 질문이 사실은 제일 쉽게 허점을 드러낸다.

"당연히 NHK 수신료 내러 갔다 왔지."

"하스민 쌤! 나한테는 솔직히 말하라고 했으면서……. 아, 재스민!"

마지막은 집 안쪽에서 마중 나온 새끼 고양이를 부르는 말이었다.

"선생님 말 잘 듣고 착하게 지냈어? 배고프지? 잠깐만 기다려. 지금 밥 줄게."

야스하라는 재스민에게 먹이를 주기 위해 매일같이 이 아파트에 드나든다. 하스미는 이웃사람들에게 얼굴이 알려질까 봐 걱정했지만 야스하라는 새끼 고양이의 일만 되면 고집을 부리며 말을 듣지 않았다. 못 키우게 말리지도 못했고 아파트에 드나들지 못하게 막지도 못했다.

"땀이 났군. 같이 샤워할까?"

하스미가 유혹했지만 재스민에게 정신이 팔린 야스하라는 마루에 털썩 앉아서 건성으로 대답했다.

"먼저 씻어요. 나도 금방 뒤따라갈게요."

"그래……."

하스미는 세면대 쪽에서 옷을 벗은 뒤 샤워부스의 문을 열고 안으로 들어갔다. 샤워타월에 구메가 가져다 둔 이탈리아제 고급 보디클렌저를 듬뿍 짜서 온몸을 문질렀다. 뜨거운 물줄기 아래에 몸을 맡기고 있자니 문득 야스하라가 늦는다는 생각이 들었다. 그때 자신의 치명적인 실수를 깨달았다.

급히 샤워부스에서 뛰쳐나와 목욕가운을 걸치고 서둘러 거실로 갔다. 야스하라가 깜짝 놀라 뒤를 돌아본다. 발밑에 떨어진 하스미의 가방이 보였다. 그리고 야스하라의 손에는…….

"야스하라! 너 지금 뭐 하는 거지?"

"하스민 쌤. 이거……?"

야스하라는 무어라 말할 수 없이 복잡한 표정을 지었다.

"이리 줘."

하스미는 야스하라의 손에서 휴대전화를 낚아챘다.

"시부야의 중앙 개찰구 앞에서 개찰구 안쪽에 있는 하스민 쌤을 봤어요."

야스하라가 가느다란 목소리로 말했다.

"다른 여자를 만나나 싶어서 지켜봤죠. 그런데 하스민 쌤이 개찰구에서 나오지 않고 휴대전화를 꺼내더니 그대로 돌아서 오른쪽으로 가기에 급하게 표를 사서 뒤쫓았어요."

하스미는 말 없이 뒷이야기를 기다렸다.

"분명 다른 사람과 만나기로 했는데 갑자기 상대에게 일이 생겨서 약속이 취소됐다고 생각했어요. 그래서 누가 보낸 문잔지 확인해야겠다고 마음먹었고요."

"그렇다고 허락도 받지 않고 다른 사람의 휴대전화를 보면 안 되잖아?"

하스미는 가능한 한 교사다운 말투로 타일렀다.

"문자 수신함을 보고 깜짝 놀랐어요. 가타기리 레이카가 보낸 문자가 잔뜩 있었으니까요. 그럴 리가 없지만 하스민 쌤이 그 아이랑 사귀는 건 아닐까 해서……."

야스하라는 토라진 목소리로 말했다.

"아니, 그렇지 않아."

"네. 바로 아닌 줄 알았어요. 이 휴대전화는 하스민 쌤 게 아니었으니까요."

야스하라는 눈살을 찌푸리며 당혹스럽다는 표정을 지었다.

"그거 1반의 하야미 게이스케 휴대전화죠? 왜 하스민 쌤이 가지고 있는 거예요?"

하스미는 대답할 말을 찾지 못하고 머리를 긁적였다. 머리카락에서 떨어진 물방울이 얼굴 위를 따라 흐른다.

"말하자면 길어. 사정이 생겨서 내가 잠깐 맡았어."

"무슨 일인데요?"

"클럽이라고 해야 하나? 그런 데서 그 녀석과 우연히 만나서 이 휴대전화를 떠맡았어. 조금 번거로운 사정이 생겨서 말이지. 아무리 야스하라라도 자세한 내용은 말 못 해."

"네. 저도 하야미가 마치다나 시부야의 클럽에 자주 드나드는 거 알아요."

야스하라는 수긍했다.

"근데, 근데 왜 그랬어요?"

"시부야에서 그 녀석과 만나서 휴대전화를 돌려줄 예정이었어. 그런데 하야미가 갑자기 못 온다고 하더라고."

"그 얘기가 아니에요. 전 왜 하야미 이름으로 문자를 보냈는지 물었어요."

그 사이에 문자 발송 시간까지 확인했나? 하스미는 혀를 차고 싶은 심정이었다.

"하야미한테 부탁받았어. 사정이 좀 생겨서 그 녀석이 한동안 모습을 감춰야 하는데 연락이 끊기면 가타기리가 걱정을 한다고 하더라고. 자칫 잘못하면 큰 소동이 일어날지도 모르니까 자기 휴대전화로 잘 지낸다고 문자 좀 보내달라기에 그렇게 했을 뿐이야. 뭐라고 쓸지는 아까 전화로 알려줬고."

"그래요?"

야스하라는 간신히 반쯤 이해했다는 표정이다.

"이 일은 아무에게도 말하지 마. 교사가 이런 일에 가담했다는 사실이 알려지면 감봉 감이야."

실제로는 감봉이 아니라 무기징역 이상이 나오고도 남겠지만.

"알았어요."

실제로는 아무것도 설명하지 않은 셈이었지만 야스하라는 이제 더 이상 추궁할 생각이 없어 보였다. 하스미의 비밀이 바람이 아니라는 사실을 알고 만족한 모양이다.

"알았으면 빨리 와. 같이 샤워해야지."

하스미는 야스하라의 손을 잡고 욕실로 데리고 갔다. 티셔츠와 반바지를 벗기고는 함께 샤워부스로 들어간다. 야스하라가 황홀

한 듯이 눈을 감고 몸을 기대왔다. 조금 전의 일은 벌써 잊은 듯이 보인다.

큰일이군. 하스미는 야스하라의 가느다란 몸을 두 팔로 감싸 안아 품에 넣으며 생각했다. 이 아이는 아직 자신이 본 것이 어떤 의미인지 모른다. 하지만 하야미가 실종됐다는 사실은 곧 밝혀진다. 그리고 언젠가는 시체도 발견된다. 미리 그때를 대비해 두어야 한다. 그렇게 되면 살해당한 학생의 휴대전화를 가지고 있었다는 사실과 시부야에서 위조 문자를 보낸 일이 내 목을 조를지도 모른다.

어쩔 수 없군. 하스미는 품속에 안긴 소녀를 내려다보면서 마음속으로 한숨을 쉬었다. 쳐다보는 눈길을 느꼈는지 야스하라가 눈을 뜨고 미소를 지었다. 비밀로 하라고 설득할 자신은 있다. 하지만 그래서는 이 아이에게 약점을 잡히는 꼴이다. 역시 선수를 쳐야 하나? 굉장히 아쉽지만 이 아이도 조만간 처분해야겠군. 욕실 밖에서 애완동물의 애완동물이 야옹 하고 울었다.

"으음, 아무래도 그 정도로는 움직이기 힘들어."

시모즈루 형사는 고개를 약간 기울여 아이스커피 잔에 입을 댔다. 땀을 많이 흘리는 체질인지 냉방이 되는 찻집에 들어와서도 계속 이마나 목 언저리를 손수건으로 훔친다.

"하지만 이상하다고 생각하지 않으세요? 하야미와 갑자기 연락이 끊긴 것도 그렇고 어제 온 문자도 좀 그래요."

가타기리는 휴대전화를 들어 올렸다.

"위조 문자라는 확실한 근거라도 있어?"

"그러니까 방금 전에도 말씀드렸다시피 전 하야미랑 바다에 가기로 약속한 적이 없단 말이에요."

가타기리는 필사적으로 설명했다.

"그 부분을 보고 알아차렸어요. 우리가 주고받은 문자 중에는 '바다 가고 싶어'나 '갈까?' 같은 말이 있으니까 만약 누군가가 문자만 훔쳐봤다면 바다에 가기로 약속했다고 추측할지도 모른다고요. 하지만 학교에서 얘기했을 때는 그런 분위기가 아니었어요. 여름방학이 되어도 어차피 보충수업 때문에 매일같이 학교에 와야 하고, 수험 공부하느라 정신도 없을 테니까 바다에 갈 여유는 없겠다고 투덜거리기만 했단 말이에요."

"뭔가 기묘한 얘기구나."

시모즈루 형사는 가타기리의 기대와는 달리 처음부터 끝까지 신중하게 말했다.

"하야미는 정말로 바다에 갈 생각이었나 보지. 그런 일 자주 있잖아? 말이 엇갈린다든가 한쪽만 오해하는 경우 말이야."

"하지만 그게 다가 아니에요. 하야미는 하스미가 교내에서 도청하고 있을지도 모른다고 조사하려고 했다고요."

나고시도 옆에서 말을 거들었다.

"부적 건도 있어요. 하야미가 샀던 것과 같은 부적이 보건실 침대 밑에 떨어져 있었어요. 하야미는 밤에 학교에 침입한 뒤 그대로 사라졌을 가능성이 높아요."

"그 부적이 하야미 거라는 보장도 없잖아? 이름을 써놓지도 않았고 말이지."

검은색 고케시 인형처럼 생긴 시모즈루 형사는 외까풀 진 눈을 깜빡였다.

"시모즈루 형사님은 도립 ○○고등학교 사건을 조사하셨죠? 그렇다면 지금 우리 학교에서 벌어지는 일도 상상이 되시잖아요? 어쩌면 하야미는 지금 납치당했을지도 몰라요. 위험에 처했을지도 모른다고요!"

가타기리는 별 반응이 없는 상대방의 모습에 초조해하며 말했다. 시모즈루 형사는 아이스커피를 다 마시고는 남은 얼음을 입에 넣어 와작와작 소리 나게 깨물어 먹었다.

"그 사건은 확실히 의문스러웠지. 하지만 아무리 조사해도 누군가의 범죄라는 확증이 나오지 않았어."

시모즈루 형사는 의자 등받이에 몸을 기대고 천장을 올려다보며 말했다. 하야미는 예전에 시모즈루 형사가 도립 ○○고등학교 사건이 사고가 아니라 범죄라는 확신을 가진 사람이라고 말했다. 아무래도 이 사람은 그 사건을 조사하면서 호된 꼴을 당한 듯하다. 그래서 또 비슷한 사건에 관여하기가 겁나는 모양이다.

"하야미는 전에도 이렇게 가출한 적이 있다고 들었어. 조금 더 상황을 지켜보는 게 어떨까?"

가타기리는 나고시와 마주보고 고개를 저었다. 도립 ○○고등학교 사건을 혼자서 조사했다는 시모즈루 형사라면 우리를 도와주리라는 생각에 여기까지 찾아왔는데 완전히 기대에 어긋난 상황이다.

"그럼 예를 들어 하스미 선생님이 도립 ○○고등학교에서 벌어진 일련의 사건에 어떤 식으로든 관여했다고 가정해 보자고."

시모즈루 형사가 두 사람의 표정을 눈치챈 듯 앉은 자세를 바로 하고 말한다.

"그렇다면 다음 학교에서는 상당히 오랫동안 얌전히 지낼 거야. 영화나 소설이 아닌 이상, 아무리 흉악범이라 한들 그렇게 연속해서 사람을 죽이지는 않아."

정말로 그럴까? 아무리 애를 써도 이해가 가지 않는 의문이 가타기리의 머릿속에 남았다.

"일단 하야미의 휴대전화가 문자를 보낸 장소가 어디인지는 조사해 둘게."

시모즈루 형사는 그렇게 말하고는 계산서를 들고 일어섰다.

"그것보다 너희, 사실은 오늘도 보충수업 있는 날이지? 이렇게 땡땡이치면 안 되잖아?"

지금까지 서른 명이 넘는 인간을 살해했지만, 단 한 번도 경찰 당국의 추적에 걸리지 않았다. 이건 다 자신이 특정 패턴을 남기지 않은 덕분이라고 하스미는 자기분석을 했다.

99퍼센트의 범죄자는 범죄를 저지를 때 계속 같은 수법을 반복해서 경찰의 주의를 끈다. 그리고 최후에는 붙잡힌다. 시속 150킬로미터의 공이라도 항상 같은 코스에 스트레이트로 던져 넣으면 언젠가는 얻어맞는 것과 같은 논리다.

살인을 할 때에도 완급을 조절해야 한다. 때로는 코너 쪽으로 시선을 분산시키고 때로는 변화구를 섞어서 다르게 보이도록 조절해야 한다. 그래야 사고사나 자살이라고 판명받기 쉽고 경찰 역시 동일범의 짓이라고 의심하지 못한다.

올해 들어서 신코 마치다 고등학교에서는 커다란 사건이 줄지어 일어났다. 이런 상황에서 새로이 살인을 하려면 신중에 신중을 기해야 한다. 그렇지만 야스하라 미야는 어디를 어떻게 봐도 독 안에 든 쥐다.

우선 내가 맡은 반의 학생이라 개인정보는 대부분 파악이 가능하다. 그리고 사제 관계 이상의 관계를 통해 그녀의 마음을 빈틈없이 지배하고 있으므로 행동을 조종할 수도 있다. 이 정도로 조건이 좋은 경우는 처음이다. 야스하라가 재스민을 죽이는 것만큼 쉬운 일이다. 그런데 왜 이렇게 마음이 내키지 않을까.

"하스미 선생님, 표정이 안 좋으시네요."

다카쓰카가 말을 걸어 왔다. 매일같이 무더위가 계속되는데도 다카쓰카의 몸은 점점 더 메타볼릭에 박차를 가하는 듯이 보인다.

"그렇습니까? 뭐, 여러 가지로 머리 아픈 일이 있어서요."

"네. 이해합니다. 여름방학은 특히 더 그렇지요. 그건 그렇고 슬퍼 보이는데 괜찮으세요?"

"슬퍼 보인다고요? 제가요?"

하스미는 뜻밖의 말을 듣고 되물었다.

"으음. 뭐라고 해야 할까. 조금 의기소침한 느낌이랄까요? 하스미 선생님은 뭐든지 혼자서 짊어지는 성격이시니까 너무 깊게 생각하지 마세요. 될 대로 되라고 생각하는 정도가 딱 좋습니다."

"맞는 말이군요. 그렇게 하겠습니다."

다카쓰카의 충고를 듣고 마음이 조금 가벼워졌다. 해야 할 일은 너무 깊게 생각하지 말고 재빨리 끝내버리는 편이 좋다.

하스미는 책상 서랍 맨 아래 칸에서 학급문집을 꺼내 책상 위에 펼쳤다. 다테누마를 추방할 때도 그랬지만 작문은 이럴 때 굉장히 도움이 된다. '글은 그 사람을 나타내는 거울이다'라는 말처럼 글을 읽으면 그 사람의 본질을 어느 정도 알게 된다. 성격이 논리적인지 감정적인지, 아이큐가 높은지 낮은지, 정서가 안정적인지 공격적인지.

게다가 일상생활을 적은 글은 개인정보가 가득 담긴 보물 상자이기도 하다. 마지막으로 가장 중요한 것은 손으로 직접 쓴 글을 그대로 복사해서 문집을 만들었으므로 필적이 명확하게 드러난다는 점이다.

야스하라 미야의 문장은 의외로 명료했다. 내용의 흐름이 자연스럽고 문법이 틀린 곳도 거의 없으며 논지도 일관되었다. 자신이 무엇을 쓰고 싶은지 알고 있는 글이다. 그러나 정서가 안정되었는지를 묻는다면 그 대답에는 물음표가 붙는다. 어른을 향한 불신감이 이곳저곳에서 보이고 폭발 직전의 분노를 드러내는 표현도 있다. 원래 자벌적自罰的인 경향이 강한 성격이니 그녀가 자살한다는 시나리오가 주변의 의심을 사지는 않으리라.

하스미는 연필과 공책, 그리고 문집을 들고 일어섰다. 아무리 여름방학 중에는 교무실이 한산하다지만 자기 책상에서 학생의 필적을 흉내 내는 연습을 하는 것은 너무 위험하다. 예전에 필적 모사에 대해 철저하게 조사하고 연구한 적이 있으므로 주의 사항은 모두 머리에 들어 있다. 남은 일은 오직 연습뿐이다.

하스미는 사람이 가장 오지 않을 법한 북쪽 건물의 생물·화학 실험실에 들어가서 야스하라 미야의 필적 특징을 파악한 후에 세심하게 연습하기 시작했다. 야스하라의 글씨는 의외로 남자들처럼 힘이 있었다. 분명 초등학교 저학년 때 서예학원에서 글씨를 배웠을 것이다. 전체적으로 오른쪽이 약간 올라가고 필압이 강하다. 글자를 멈추고, 획을 올려 긋고, 지치고, 끝을 쭉 뺀 부분은 강하게 힘을 주어 뚜렷하게 썼지만 흘려 쓴 듯이 보이기도 한다. 붓심도 있어서 느긋한 마음으로 연습했다가는 금세 위조라고 간파당할 것이다.

두 시간 정도 집중해서 연습하자 야스하라의 글씨체를 완벽하게 흉내 낼 자신이 생겼다. 이 정도면 부모님이 봐도 구분하지 못한다. 다음은 문장이다. 누가 봐도 야스하라가 썼다고 생각할 법한 문장. 야스하라가 죽음을 선택할 만한 이유. 방금 습득한 글씨체로 공책에 초안을 몇 개 휘갈겨 썼다. 그때 상의 안주머니에 넣어둔 휴대전화가 울렸다.

"네. 하스미입니다."

"하스미 선생님, 지금 어디 계세요? 급히 상담을 좀 드리고 싶습니다."

사카이 교감선생님이 응석을 부리듯이 호소한다. 어쩔수 없군. 유서의 문안 작성을 일단 중단한 하스미는 화학실험실을 뒤로했다.

"넌 어떻게 생각해?"

가타기리의 질문에 나고시는 팔짱을 꼈다. 시모즈루 형사와 만났던 곳이 아닌 다른 찻집으로 장소를 옮기고 이래저래 2시간이 지났다.

"지금 시점에서 경찰이 전혀 도움이 되지 않는다는 건 확실해."

"그런 건 나도 알아. 앞으로 어떻게 해야 하냐고 물은 거야."

"우리가 증거를 발견해 낸다면 좋을 텐데 말이야. 경찰이 움직일 만한 걸로."

"그렇지만 그런 증거가 뭔지도 모르겠는걸⋯⋯."

가타기리는 무엇을 찾으면 좋을지조차 짐작이 가지 않았다.

"학교에 아직 도청기가 남아 있을지도 몰라. 하지만 자칫 잘못하면 하야미의 전철을 밟을 테니까."

가타기리는 작게 중얼거리는 나고시의 말을 물고 늘어진다.

"전철을 밟는다니 무슨 뜻이야? 설마, 하야미가 벌써⋯⋯?"

"그런 의미가 아니야."

나고시가 당황하며 대꾸했다.

"그저⋯⋯ 아니, 나는⋯⋯."

그리고 다시 침묵해 버린다.

"그저, 뭐?"

가타기리가 추궁하자 나고시는 비통한 표정을 지었다.

"나도 하야미가 무사하다고 믿고 싶어. 그런데 그것보다 우리 세 명이 도립 ○○고등학교의 네 명과 같은 길을 걷는 게 아닐까 하는 기분이 더 강하게 들어서."

"그런 무서운 소리 하지 마."

가타기리는 작은 목소리로 항의했다.

"아아, 미안해."

나고시는 그렇게 말하고 탁자 위에 놓인 넷북으로 눈을 돌렸다.

"아까부터 뭘 조사하는 거야? 뭔가 실마리가 될 만한 거라도 찾았어?"

"아마 실마리는 되지 않겠지만 전에 하스미가 휘파람으로 불었던 〈모리타트〉라는 노래를 조사 중이야. 너도 볼래?"

나고시는 넷북의 화면을 가타기리 쪽으로 돌렸다. 거기에는 〈서푼짜리 오페라〉의 해석이 실려 있었다. 베르톨트 브레히트의 희곡에 쿠르트 바일이 곡을 붙인 뮤지컬의 원형 같은 작품이다.

무대는 살인마 잭이 창궐한 지 얼마 되지 않은 19세기 말의 런던이다. 주인공은 슬럼가 갱단의 보스인 매키 메사(영어로는 칼잡이 맥 Mack The Knife). 이야기는 경시총감인 타이거 브라운과 유착해서 제멋대로 범죄를 저지르는 매키가 런던 거지 일당의 두목인 조나단 피첨의 딸 폴리와 사랑에 빠지는 장면부터 시작된다. 배신, 투옥, 살인 등 자극적인 소재가 듬뿍 담긴 오락 작품이다.

〈모리타트〉는 〈서푼짜리 오페라〉에서 가장 유명한 곡으로 패티 페이지나 엘라 피츠제럴드가 리메이크해서 부른 영어판 〈칼잡이 맥〉은 재즈의 기준이 되었다. 'mord'는 '살인', 'tat'는 '죽였다'라는 뜻으로, 이 둘을 짜맞춘 'moritat'라는 합성어는 '살인귀'를 의미한다고 한다. 가타기리는 번역된 가사로 시선을 향했다.

상어의 이빨은
얼굴에 다 드러나 보여도
매키가 품은 칼은
눈에 띄지 않네.

밝은 대낮 일요일에
해변에서 죽은 남자
모퉁이를 도는 사내
칼잡이 매키 짓이네.

유대인 마이어 사라지고
부자가 여럿 죽어도
돈 빼앗은 칼잡이 매키
아무 증거 없다네.

창녀 제니 타울러가 발견되고
칼에 가슴 찔렸네.
선창가에 칼잡이 매키
아무것도 모르네.

소호 거리의 화재

불타 죽은 한 노인과 일곱 아이
군중 속의 칼잡이 매키
탐문하는 자 아무도 없네.

세상 모두 이름 아는
나이 어린 과부
깨어보니 강간이네.
매키 목에 걸린 현상금이 얼마인가.

"이게 뭐야?"
가타기리는 얼어붙어 버렸다.
"곡은 경쾌하지만 가사 내용을 의식하면서 휘파람을 분다면 상당히 악취미지."
나고시가 낮은 목소리로 말했다.
"그런데 이게 다가 아니야."
살인에 화재. 어쩐지 이 가사가 지금 상태를 예언하는 듯하다.
"여기 좀 봐."
가타기리가 넷째 단의 가사를 가리켰다. 들여다본 나고시는 의아한 표정을 지었다.
"이게 뭐?"
"창녀 제니 타울러라는 부분 말이야."

나고시의 입이 딱 벌어졌다. 가타기리의 생각은 이심전심으로 나고시에게 전해졌다.

"다우라* 준코 선생님? 설마, 그냥 우연이겠지."

"그래, 나도 알아. 옛날에 쓰인 가사가 지금 사건과 연관이 있을 리 없지. 하지만 세상에는 우연의 일치라는 것도 있잖아?"

"무슨 말이야? 다음에는 다우라 선생님이 살해당할 거라는 얘기야?"

"그런 게 아니야······. 다우라 선생님은 하스미와 내통하는 사람이야."

"그런 말도 안 되는······."

"전부터 꽤 긴가민가했는데, 이제 겨우 그 정체를 안 기분이야."

그 두 사람은 공범 특유의 묘한 분위기를 자아내곤 했다. 하스미에게 정보를 제공한 사람이 다우라 준코라면······. 가타기리의 머릿속에 두려운 상상이 퍼져 나갔다. 밤중까지 보건실에 숨었다가 학교를 조사하려던 하야미의 생각을 하스미는 사전에 알았다는 뜻이다.

나나쿠니야마산에 위치한 셋방으로 돌아왔을 때는 이미 해가 저문 뒤였다. 현관 옆으로 집주인에게 부탁받아 셀로판테이프로

---

* '타울러'의 일본식 발음이 '다우라'이다.

붙여놓은 '이 개를 보지 못하셨나요?'라고 쓰인 벽보가 보인다. 복사된 모모의 사진은 하스미를 보기만 하면 짖으며 덤벼들던 개라고는 생각하지 못할 정도로 온화한 표정이었다.

방에 틀어박힌 하스미는 우선 내일부터 보충수업에서 쓸 교재를 준비했다. 그런 다음 아까 완성하지 못한 야스하라의 유서를 마저 쓰기 시작했다. 거의 한 시간 동안 문안을 다듬자 얼추 만족스러운 유서가 완성되었다. 실제로 유서를 쓸 종이는 사전에 야스하라의 손을 거쳐서 지문을 남겨 두어야 한다. 오늘 밤에는 여기까지만 해도 충분하겠지.

영어권이라면 유서를 위조하기가 훨씬 수월했을 텐데……. 그쪽 지역은 타자기를 사용하는 전통이 아직 남아서 유서를 기계로 작성해도 의심을 사지 않는다. 영문 위조 유서를 손에 넣었던 몇 년 전의 일을 떠올렸다. 정말로 완벽한 위작이었지만 안타깝게도 그 유서는 하스미의 작품이 아니었다.

서구권 기업의 보안은 모든 면에서 일본과는 비교가 되지 않을 정도로 철저하다. 일본의 기업은 사무실 전문 털이범 같은 외부 침입에는 대비책을 세우지만, 여전히 성선설을 신봉하는지 직원은 의심하지 않는 곳이 많다. 그에 반해 서양에서는 가장 경계해야 할 대상으로 직원을 꼽는다.

덕분에 하스미는 한밤중에 사무실로 침입하기 위해 몇 개의 장애물을 넘어야 했다. 그러나 일본의 금융 그룹을 훨씬 웃도는 수익을 올리는 모르겐슈테른 투자은행이라고 해도 수단 방법을 가리지 않고 침입하려 드는 자들을 모두 막아낼 만한 방법 체계를 갖추지는 못했다.

하스미가 동료에게서 슬쩍한 ID카드를 써서 회사에 돌아왔을 때는 이미 새벽 두 시가 넘은 시간이었다. 물론 놓고 온 물건을 찾으러 온 것은 아니었다.

모르겐슈테른 투자은행에 입사한 하스미는 뉴욕에 위치한 북미 지역 총괄 본사에 배속되었다. 그리고 금리나 환율의 움직임을 냉정하게 읽고 동물적인 감을 발휘하여 미국과 유럽의 채권을 매매하는 트레이더로 두각을 드러냈다. 입사 2년 차가 되자 프로 야구선수 수준의 봉급을 받았지만 그걸로 만족하지 않았다.

매일같이 전화 한 통으로 백만 달러가 최저 단위인 매매를 하다 보면 돈에 대한 감각이 변질된다. 아무리 높은 보수를 받아도 자신이 회사에 안겨주는 이익에 비하면 미미하다는 생각을 하게 된다. 뛰어난 트레이더에게 욕망은 필수 자질이지만 하스미의 야심은 독수리 떼가 모여드는 투자은행에서도 특출났다.

도청기를 이용해서 몇 달 동안 정보를 수집한 하스미는 모르겐슈테른의 상층부 몇 명이 콜 옵션을 통한 내부 거래로 거액의 이익을 챙겼다는 사실을 알아냈다. 만약 이 일이 발각된다면 기업 차원을 넘어 국제 금융계를 뒤흔들 만한 거대한 스캔들로 발

전할 터였다.
 그러나 하스미는 부정을 고발할 생각이 전혀 없었다. 시시하게 그들을 협박해서 금전을 요구할 생각도 안중에 없었다. 그저 그들이 내부 거래에서 얻은 수익을 고스란히 자신의 계좌로 옮길 생각이었다.
 애당초 거래 자체가 중대한 범죄행위이니 형사고발을 당할 가능성도 없다. 사전에 보내 놓은 송금 지시에 따라 케이맨 제도나 앤틸리스 제도 같이 비밀 유지가 확실한 조세피난처의 여러 계좌로 나누어 송금을 해서 시간을 번 후 마지막에는 홍콩의 은행에서 현금으로 인출할 예정이었다.
 트레이딩 룸이 위치한 층은 깊은 어둠에 감싸여 있었다. 평소라면 이 시간에도 사람이 많겠지만 다음 날 모든 나라의 시장이 열리지 않는 토요일 새벽에 잔업을 할 별종은 없다.
 당연히 방의 조명을 켜지 못하는 데다가 휴대용 손전등조차 창문 밖에서 발견될 가능성이 있다. 하스미는 야시경을 끼고 트레이더를 지원하는 사무관리부의 책상 사이를 지나갔다. 자본시장이 잠든 이 시간에 침입한 이유는 거래를 하기 위해서가 아니다. 동료에게 죄를 덮어씌울 공작을 마무리하기 위해서였다.
 표적은 빈센트 창이라는 중국계 트레이더다. 같은 동양계에 체격 또한 서로 비슷하므로 경비원이 사무실에 출입하는 장면을 목격한다고 해도 속이기 쉽다. 평소에 자주 이야기를 나누어 신뢰도 얻어 두었다. 여기에 들어올 때도 빈센트의 ID카드를 사용했다. 그의 책상으로 다가간 하스미는 움찔했다. 사람 모습이 보였기 때문이다. 그 사람은 책상 위에 푹 엎드린 채 꼼짝도 하지 않았다. 술에 취했나 싶었지만 곧 그렇지 않다는 것을 알았다. 하스미의 후각이 두 종류의 자극적인 냄새를 맡았다. 피 냄새, 그리고 화약 냄새였다.

이 남자는 죽었다. 빈센트인가? 아니면······.

그때 아무런 예고 없이 사무실 조명이 켜졌다. 몇 배로 증폭된 강렬한 빛이 쏟아지자 하스미는 눈부심을 참지 못하고 얼굴에 쓴 야시경을 쥐어뜯듯이 벗겨냈다. 뒤를 돌아보니 몇 미터 앞에 낯익은 남자가 서 있었다. 40대 중반으로 백인치고는 키가 작다. 이마가 넓고 평범한 얼굴이지만 좀처럼 깜빡이지 않는 색소가 옅은 회색 눈이 인상 깊었다.

"여어, 하스미."

모르겐슈테른 투자은행의 CEO인 지미 모르겐슈테른(영어 발음은 모건스테인)이 슬픈 듯이 말했다.

"빈센트가 죽었군. 불쌍하게도······."

하스미는 책상에 엎드린 남자를 보았다. 역시 빈센트였다. 권총을 입에 물고 방아쇠를 당긴 듯했다. 소구경의 총이었는지 뒤통수가 날아가지는 않았지만 틀림없이 총알이 관통했고, 숨졌다.

"이건······ 대체 무슨 일입니까?"

하스미는 순식간에 냉정을 되찾고 질문했다.

"보이는 그대로 자살이야. 그는 트레이더로서의 지위를 악용해서 내부 거래에 관여했네. 그것이 발각되어 스스로 목숨을 끊었지. 거기 유서도 있을 텐데?"

빈센트의 책상 위에 놓인 문진 밑으로 여기저기 핏방울이 튄 종이가 보였다. 하스미는 '유서'를 들어 올려 눈으로 훑었다. 완벽한 작품이었다. 말투까지 똑같이 재현해서 누가 보아도 빈센트가 썼다고 생각할 법한 문장이었다. 끝 부분에는 진짜와 완전히 똑같은 한자 서명도 있었다. 그러나 하스미가 봤을 때 이 문서는 명백한 위조였다. 빈센트는 내부 거래에 일절 관여하지 않았다. 앞으로 하스미가 죄를 덮어씌우기 위해 고른 사람이니 당연했다.

"이 유서는 가짜입니다."

하스미는 냉정하게 말했지만 지미 모르겐슈테른은 동요하지 않았다.

"아니, 진짜일세. 왜냐하면 자네가 그렇게 증언할 테니까. 빈센트는 자신이 저지른 부정행위와 양심 사이에서 고민했고, 자네는 그 상담을 해주었지. 심상치 않은 빈센트의 전화를 받고 자네는 방금 전에 사무실로 돌아온 참일세. 즉 사체의 제1 발견자도, 경찰에 신고하는 사람도 자네라는 말이지."

"제가 그 제안을 거절하면 어떻게 할 생각이십니까?"

하스미는 그렇게 말하면서 상대와의 거리를 눈으로 가늠했다.

맨손으로 죽일 수도 있지만 옆 책상에는 놋쇠로 만든 작은 주머니칼이 있다. 이 남자를 찔러 죽이는 데는 5초면 충분하다. 그러고 나서 주머니칼에 빈센트의 지문을 찍어 두면······.

"자네는 거절하지 않을 걸세."

지미 모르겐슈테른은 고개를 저었다.

"자네가 왜 죽지 않았는지 생각해 보게나. 우연히 행운이 몇 개 겹쳤을 뿐일세. 증권거래위원회가 냄새를 맡았으니 이번 거래는 중지해야만 했고, 끝마무리를 할 희생양이 필요했지. 자네는 빈센트에게 죄를 뒤집어씌우기 위해 교묘하게 조작한 거래 기록을 남기는 등 용의주도하게 공작을 해놓았고, 우리는 자네를 제거하기보다 이용하는 편이 깔끔하다고 생각했네."

이 남자는 혼자서 자신과 대치하면서 어떻게 이렇게 평온한 태도를 보이는 것일까. 무기를 감추고 있다고는 생각되지 않는다. 이유는 하나뿐이다. 사무실 밖에 총을 지닌 지원군이 대기 중인 것이다.

"물론 자네가 공범이라 그와 함께 자살했다는 시나리오도 생각해 보았네. 하지만 두 명이 연달아 자살하는 건 아무래도 좀 부자연스러워서 말이지. 일본에는 사랑을 이루지 못한 연인이 함께 자살하는 신쥬*라는 전통이 있다고 들었지만 매스컴의 주목을 생

---

* 心中. 동반자살

각하면 좋은 방법이 아니지."

상대방은 하스미가 살인을 고발할 생각이 없다는 걸 꿰뚫어 보았다. 만약 모르겐슈테른 투자은행의 범죄를 폭로한다면 하스미의 죄도 함께 드러난다. 자칫 잘못하면 빈센트 창을 살해했다는 누명까지 쓸지도 모른다.

"역시 그렇군요. 그럼 제가 당신이 말하는 대로 증언한다면 어떻게 됩니까?"

"'충분한 보수를 받고 우리 동료가 되지'라고 말하고 싶지만 그렇게는 못 하겠군. 자네는 자본시장 및 국제 금융계에서 완전히 손을 떼주어야겠어. 그게 자네의 목숨을 살려주는 조건일세."

"그다지 매력적인 조건은 아니군요."

"솔직히 말하자면 나는 지금까지 일본인이 모두 양이라고 생각했다네. 그런데 자네는 분별없이 다른 생물을 습격하는 데다가 같은 양까지 태연하게 잡아먹는 육식 양이더군. 자네는 늑대의 눈으로 봐도 정상이 아닌 괴물일세. 그런 자네가 이 세계에 있으면 내가 심히 성가시거든."

"말씀이 지나치시군요. 저는 그저 당신들의 부정행위에 편승하려고 했을 뿐입니다."

"우리가 다 장님이라고 생각하나? 자네는 여기에 와서 이미 사람을 한 명 죽였네. 그것도 우리 회사의 직원이었던 매우 매력적인 여성을 말이야. 나도 얼마 전에 알고 충격을 받았다네. 왜 그런 참혹한 짓을 하지? 그래서 자네의 이력을 조사해 보라고 시켰다네. 일본에서의 행적은 잘 모르겠지만 주변에 죽은 사람이 꽤 나왔다지. 아마? 아무리 봐도 비정상적인 숫자라더군. 그리고 하버드에 유학할 때도 우연히 무서운 사건을 겪었다지? 자네의 동급생이었던 크레이 체임버스라는 남자가 네 명의 남녀를 살해한 그 사건 말일세. 물론 자네가 관련되었다는 증거는 하나도 없지만 말이네."

지미 모르겐슈테른은 여전히 눈조차 깜빡이지 않는다.

"왜 그러지? 나를 죽이고 싶나? 아까부터 나를 보는 자네의 눈이 아주 마음에 들지 않는군."

하스미는 이제껏 느껴보지 못한 살인 욕구에 사로잡혔다. 저 주머니칼을 집어서 지미 모르겐슈테른의 목을 단숨에 갈라 성대하게 분출되는 뜨거운 피를 보면 얼마나 통쾌할까. 하지만…….

"아무래도 자네가 목숨을 건지는 데는 또 하나 조건이 필요하겠군. 나도 은퇴 후에는 생명의 위협 없이 인생을 즐기고 싶거든."

색소가 옅은 눈으로 쏘아보듯이 응시하자 하스미는 꼼짝도 할 수 없었다.

"자네는 평생 아메리카 합중국의 영토에 발을 디뎌서는 안 되네. 9.11 이후로 우리나라의 입국 절차는 현저하게 엄격해졌지. 자네의 이름과 지문은 US-VISIT 프로그램의 블랙리스트에 등

록되어 입국이 금지될 걸세. 자네도 잘 알겠지만 나에게는 그 정도의 힘이 있거든."

하스미는 그의 말이 허세가 아님을 잘 알았다. 미국을 움직이는 것은 일부 특권층이고, 그들의 요구는 원칙이나 법규를 넘어서 이루어진다. 블랙리스트는 비공개지만 사소한 이유라도 테러에 관여할 여지가 있는 인물을 모두 망라하므로 최근에는 약 70만 명으로 급증했다. 그래서 사실무근의 누명을 쓴 사람이나 동성동명의 피해자 또한 많이 생긴다.

"안타깝지만 앞으로는 하와이에서 느긋하게 보내는 휴가도 포기해 줘야겠어. 물론 자네는 테러리스트가 아니니 블랙리스트에서 제외해 달라고 요청할 수도 있네. 그러나 만약 아메리카 합중국에 침입하려고 한다면 나에 대한 살해 시도로 간주하고 즉시 예방 공격을 실행하겠네. 자네는 내 몸에 손가락 하나 대지 못하겠지만 내 손은 길어. 미국에 있으면서도 충분히 자네의 목까지 닿을 정도로 말이야."

지미 모르겐슈테른은 한숨을 쉬었다.

"두 번 다시 돌아오지 말게나. 여긴 온 세계의 야심 찬 범죄자들이 돈 냄새에 이끌려 몰려드는 곳이지만 미치광이 살인마는 환영하지 않는다네."

다음에 가까이에서 저 눈을 볼 때는 옅은 회색의 홍채가 빛을 잃게 되리라. 지미 모르겐슈테른은 항상 보디가드의 보호를 받으며 두꺼운 철판으로 보강한 차를 타고 이동한다. 하지만 수단과 방법을 가리지 않고 죽여버리겠다는 마음으로 달려들면 그 대상이 설령 대통령이라도 완벽하게 지키지 못한다. 역사가 증명하는 사실이다.

내 경력에 오점을 남기고 추방시킨 남자를 눈감아줄 생각은 없다. 똑같이 살인으로 손을 더럽힌 주제에 자기 혼자 고상한 척하는 꼴이 불쾌했다. 녀석은 이쪽의 정체를 꿰뚫어 본 시점에서 추방이라는 미온적인 처벌이 아니라 바로 죽였어야 했다. 그러지 않은 것이 치명적인 실수였다고 뼈저리게 깨닫게 해주지.

그러기 위해서는 확실한 계획을 짜야 한다. 설령 다른 사람의 여권으로 미국에 입국한다고 해도 지문 검사를 어떻게 빠져나갈지가 문제다. 그러나 그건 아직 나중의 일이다. 지금은 눈앞에 닥친 문제를 해결해야만 한다.

하스미는 야스하라의 유서 문안을 다시 읽어서 완벽하게 외웠다. 그리고 초안들을 한데 모아들고 정원에 나가서 소각로 대신 사용하는 드럼통에 넣었다.

이미 주위는 어두웠다. 까마귀 울음소리가 들려서 고개를 드니 지붕 위로 시커먼 그림자가 보였다. 후긴을 처형한 이후로 다가오지 않던 까마귀가 최근 들어 다시 모습을 보이기 시작했다. 얼굴은 보이지 않지만 분명 무닌일 것이다. 지금도 짝을 죽인 자신을 원망하고 있음이 틀림없다.

백 엔짜리 라이터로 폐지에 불을 붙인다. 불꽃이 치솟고 주변의 어둠이 물러났다.

불꽃 사이로 아련하게 크레이 체임버스의 얼굴이 떠올랐다. 벌써 몇 년 동안이나 생각하지 않았는데……. 네 명의 남녀를 살해했다는 누명을 뒤집어쓴 데다가 마지막에는 불에 타 죽은 운 없는 남자였지만 하스미는 그를 조금도 동정하지 않았다. 월반해서 하버드에 입학할 정도로 수재인 그는 타고난 연쇄살인범이었다. 죽은 후 적어도 세 건의 다른 살인사건에 관여했다는 판결을 받았지만, 자신이 알기로는 그 외에도 두 손으로 꼽지 못할 만큼 살인을 저질렀다. 발각되지는 않았지만.

체임버스는 키가 190센티미터를 넘는 장신이었지만 먹는 데 흥미가 없어서 체중은 겨우 60킬로그램 안팎인 빼빼 마른 체격이었다. 도수가 높은 안경을 낀 컴퓨터광으로 머리카락은 항상 부스스했으며 얼굴에는 딱딱하고 차가운 미소를 띠곤 했다. 여자에게는 별로 인기가 없었지만 생물을 죽일 때만 쾌감을 느끼는 기이한 체질이라 본인은 그다지 신경 쓰지 않는 눈치였다. 어릴 때는 주위의 개나 고양이를 참살하며 참았지만 대학교에 입학해서 자유의 몸이 된 뒤에는 썩은 냄새를 풍기는 기생식물 라플레시아처럼 불길한 소질을 단번에 꽃피워 살인에 빠지기 시작했다. 피해자가 남자든 여자든 신경 쓰지 않는 점을 보면 양성애자인지도 모른다.

하스미는 만나자마자 체임버스의 본성을 알아차렸지만 가깝지도 멀지도 않은 적당한 거리를 유지했다. 재미있는 경험을 할 기회라고 생각한 까닭이다. 반면 체임버스는 동양에서 온 유학생에게 흥미를 보였다. 명석한 두뇌뿐만 아니라 뼛속까지 냉정한 성격까지 겸비했음을 알아차리고 끌린 눈치였다. 하스미가 자신도 같은 취미 생활을 즐긴다고 넌지시 비추자 득달같이 미끼를 물었다. 태어나서 처음으로 같은 영혼을 지닌 친구를 만났다고 생각했는지도 모른다.

연쇄살인범의 천국인 미국에는 두 명의 사이코패스가 만나 의기투합하면 그 다음에는 협력해서 범죄를 축적하며 아름다운 우정을 다진다는 전통이 있다. 하스미는 무대 뒤에서 체임버스를 조종해 잇달아 살인을 저지르게 할 작정이었다. 그러나 실제로 해보니 많은 문제가 발생했다. 가장 크게 어긋나는 부분은 하스미가 죽이고 싶은 사람과 체임버스가 죽이고 싶은 사람이 쉽사리 일치하지 않는다는 점이었다. 하스미는 자신보다 성적이 좋은 학생이나 그의 리포트에 B- 이하를 준 교수를 죽이고 싶어 했지만 체임버스는 기본적으로 쾌락 살인자라서 죽이는 행위 그 자체가 즐거운 상대에게만 흥미를 보였다.

결국 하스미는 계획을 변경했다. 체임버스는 자유롭게 표적을 고르게 하고 꼭 죽이고 싶은 상대는 자신이 직접 손을 썼다. 범행을 실행할 때는 반드시 체임버스의 알리바이가 성립되지 않는 시간대를 골랐고, 조사해 보면 체임버스에게 연결될 만한 유류품을 선별해서 현장에 놓고 왔다.

 곧 추적의 손길이 다가오리라고 생각했지만 예상과 달리 체임버스는 쉽게 체포되지 않았다. 명문 하버드대의 학생인 데다가 과거에 경미한 범법 행위조차 저지르지 않은 체임버스는 사법기관의 눈에서 벗어난 존재였다. 게다가 그는 살인을 할 때만큼은 예술적으로 뛰어난 솜씨와 신중함을 겸비한 사람이었다. 머지않아 체임버스는 하스미에게 쾌락 살인을 함께하자고 끈질기게 요구하기 시작했다. 그거야말로 우정을 증명하는 의식이라고 생각했겠지.

 하스미는 그렇게 하겠다고 흔쾌히 받아들였다. 먹이를 데리고 올 테니까 산 채로 통구이를 만들자고 제안해서 체임버스를 들뜨게 했다. 지금은 사용하지 않는 낡은 창고에 드럼통과 휘발유를 준비해 두라고 말하고는 체임버스의 뒤에서 대용품이 아니라 수제 가죽 제품인 블랙잭으로 머리 부분을 후려쳐서 기절시켰다. 그런 다음 드럼통에 넣고 휘발유를 부어 불을 붙였다. 그동안 하스미는 영어 공부를 위해 읽은 『화씨 451』라는 SF소설을 떠올렸다. 'It was a pleasure to burn'이라는 첫머리를 나중에 읽은 번역서에서는 '불꽃은 즐거웠다'라고 번역한 것을 보고 크게 감탄했더랬다.

폭발할 듯이 치솟는 불꽃 기둥은 새하얗다. 체임버스는 뜨거움에 의식을 되찾고 양손을 휘두르며 크게 날뛰었지만 드럼통에서 빠져나오지는 못했다. 그는 결국 옆으로 쓰러져서는 더 이상 움직이지 않았다. 이윽고 불길이 진정되고 불빛이 오렌지색으로 변했다. 하스미가 그 자리를 떠났을 때 체임버스의 사체는 아직 불타는 중이었다.

연습 삼아 쓴 종이가 재가 되자 불빛이 사라진 공간에 또다시 어둠이 밀려온다. 지금 생각해 보면 미국에 있을 때는 하루하루가 충실했다. 하스미는 한숨을 쉬었다. 결국 허무하게 불타버리고 말았지만 크레이 체임버스는 하스미가 친구라고 부를 만한 몇 안 되는 존재였다.

둘이 함께 사격장에 다니며 라이플과 권총을 다루는 법을 익힌 것도 그리운 추억이다. 그때 총기는 철저히 습격자에게 유리한 무기이며 호신을 위해 총이 필요하다는 미국인의 도착증적인 논리가 절로 헛웃음이 나올 만큼 어이없는 이야기라는 걸 통감했다. 총기가 정말로 호신에 도움이 되는 경우는 외계인이 지구를 침략해 올 때 정도일 것이다.

모기가 돌아다니기에 하스미는 집 안으로 들어왔다. 갑자기 허기가 느껴졌다. 스파게티 면을 삶고 미트소스 통조림을 열어 저녁을 준비했다. 오늘은 집중해서 일했으니 와인을 한 병 정도 곁

들여도 괜찮겠지.

 어쩌다 보니 이렇게 되기는 했지만, 그 나라에서 쫓겨난 것은 몇 번을 생각해도 원통하기 그지없다.

 하스미는 딱 좋을 정도로 익어 절묘한 맛을 내는 스파게티를 먹으며 생각했다. 여행을 즐기며 추억을 곱씹지 못하게 되어서가 아니다. 국제 금융계 이외에도 MBA 자격증이나 영어 실력을 살려서 일을 하려고 할 때 미국에 입국하지 못한다는 것은 치명적인 단점이다. 게다가 누구에게도 말 못 할 이유로 테러리스트 명단에 올랐다면 상황은 더욱 심각해진다.

 이전에 다카쓰카가 작년 교무회의에서 올해 수학여행 장소를 LA로 정하려고 했다고 말했을 때는 새삼스레 자신의 행운에 감사했다. 어떤 의도였는지는 모르지만 스리이가 억지로 장소를 교토로 바꿨다고 한다. 만약 LA였다면 입장이 곤란할 뻔했다. 지금이야말로 하스미 선생님이 영어 실력을 발휘할 때라고 주위에서 기대의 눈길을 보냈겠지만, 누가 뭐라고 하든 자신은 불참했을 테니까.

 그때는 실제로 그 문제로 고민했다. 모르겐슈테른을 그만두고 귀국했을 때 하스미는 태어나서 처음으로 겪은 깊은 좌절로 의기소침한 상태였다. 어처구니없게도 미국에 입국하지 못한다는 사실 하나로 인생의 선택지 중 대부분이 사라졌다. 국내 금융기업이나 증권회사, 수출회사는 모두 탈락이었다. 찾아보면 100퍼센트 국내에서만 활동하는 기업도 있겠지만 그런 하찮은 직장에서 평생을 보낼 생각은 없었다. 한때는 암흑가에서 살아가는 수밖에 없는 걸까 하는 고민도 했지만, 분명 그곳에서도 국제화의 첨병 역할을 요구할 터였다. 게다가 적어도 표면상으로는 자신의 경력에 흠이 없다는 사실이 아까웠다.

그래서 1년 정도 목적도 없이 어슬렁거렸다. 그런 때에 한 살 어린 사촌 동생 마쓰자키 미노리가 말을 걸어 왔다. 중학교 2학년 때 마쓰자키 집안에 거두어진 이후로 사이좋은 형제처럼 지낸 미노리는 교육대학교를 졸업한 후 도쿄에서 영어교사로 일했다.

하버드를 졸업하고 MBA까지 취득한 하스미는 미노리에게 자랑스러운 오빠였다. 하스미가 인간성을 무시하는 비즈니스 세계에 적응하지 못하고 상처 입은 몸과 마음으로 귀국했을(그렇게 말을 해두었다) 때는 그녀도 마음이 아팠던 모양이다.

마침 그때 미노리의 학교에 임시로 영어교사가 필요해졌다며 아르바이트하는 셈 치고 교단에 서달라는 부탁을 해왔다. 특별비상근 교사로 교육위원회의 허가를 받으면 교사 면허가 없어도 수업을 할 수 있으니 현지에서 배운 영어로 학생들을 자극해 주었으면 한다는 이야기였다.

하스미는 그다지 내키지 않았지만 받아들였다. 그리고 첫 수업에 들어가자마자 교직이 자신의 천직임을 깨달았다. 프레젠테이션 능력이 뛰어나고 마인드 컨트롤의 달인이기도 한 하스미에게 학급을 자기 마음대로 조종하는 것은 손쉽고 쾌감도 있는 일이었다. 학생들을 따르게 하는 데에는 2가지 요소면 충분하다. 즐거움과 멋있음. 둘 다 하스미가 처음부터 120퍼센트 갖추고 있는 특성이었다.

하스미는 순식간에 학교의 인기인이 되었다. 학생들을 사로잡아 단기간에 성과를 올리는 수업은 교육위원회에서도 평판이 좋았다고 한다. 어떻게 하면 학생들의 학력이 올라갈까 고민하던 당시의 교육감이 하스미에게 특별 면담을 요구할 정도였다. 그리고 그는 하스미의 시원시원한 말투와 인격에 완전히 매료되었다. 그때는 하스미도 교육계에 몸을 던질 결심이 선 후였다.

여기에는 경쟁자가 없다. 주위의 선생님들을 둘러보고 그렇게 느꼈다. 그들 중 어느 누구도 진정한 경쟁에 뛰어든 적이 없을뿐더러 정말로 무서운 상대와 맞부딪힌 경험도 없었다. 학교란 물이 고인 연못과 같다. 가재나 메기가 위세를 떨치고 기껏해야 어쩌다 실수로 자리 잡은 악어거북이나 블랙배스가 살 뿐이다. 메가로돈과의 싸움에서 당한 부상을 치료하기 위해 잠시 바다를 떠나온 황소상어의 눈에는 주위가 온통 먹이 천지로 보이는 이상적인 은신처였다.

물론 교사의 박봉에 만족할 생각은 없었다. 하지만 자신의 왕국을 만들어 내기만 하면 돈은 얼마든지 들어온다. 거기다 해마다 한창나이인 여자들이 모여드는 고등학교라면 마음껏 성적 욕망을 채울 수도 있다. 하스미는 이렇게 특별 면허를 취득하고 삼고초려 끝에 도립 ○○고등학교로 초청되었다.

정신을 차려보니 이미 와인 한 병을 다 비운 후였다. 오늘은 드물게도 쉽게 감상에 빠지는 날이었다. 이렇게 옛날 일을 곰곰이 떠올리는 건 오랜만이었다. 술이 부족한 느낌이라 위스키를 미즈와리*로 만들어 안주 없이 홀짝였다. 알코올을 좋아하지만 술에 강한 체질이어서 아무리 마셔도 조금밖에 취하지 않았다.

하스미는 어울리지도 않게 일기일회**라는 단어를 곱씹었다. 사람과 만나고, 같은 시간과 경험을 공유하고, 마지막에는 그 생명의 불꽃을 불어서 꺼준다. 그것이야말로 유한한 생을 사는 사람과 사람 사이에 존재하는 가장 농밀한 관계가 아닐까.

"미즈오치 선생님."

하스미는 복도에서 그녀의 뒷모습을 발견하고 말을 걸었다. 오늘은 여름방학의 등교일로 학생들은 이미 귀가한 뒤였다. 설마하니 오늘 만나리라고는 생각도 못 했다.

---

* 水割り. 술에 물을 타서 묽게 만들어 마시는 방법.
** 一期一會. 평생에 단 한 번뿐인 만남. 또는 생애에 단 한 번 일어날 수 있는 일을 말한다. 사람과의 만남과 인연을 소중히 해야 한다는 뜻으로 주로 쓰인다.

"안녕하세요."

하얀 가운을 입은 미즈오치 사토코는 돌아서서 웃어 보였지만 어딘가 조금 딱딱한 분위기였다.

"오늘은 무슨 일로 오셨나요?"

"상담이 있어서요. 아이들의 숫자가 제법 되니까 여러 번 나누어서 개학 전에 학생들이 등교하는 날마다 상담하기로 하지 않았나요?"

"아아, 그랬지요."

하스미는 수긍했다. 스리이 선생님이 목을 매달아 자살한 사건을 계기로 장난에 가담한 학생들의 마음을 돌보기 위해 한차례 면접을 실시해서 관리가 필요한 학생에게 지속적으로 상담을 해주기로 했더랬다.

"그래서 신경 써서 지켜봐야 할 학생은 나왔습니까?"

"지금까지는 모두 괜찮았습니다. 다들 크게 신경 쓰지 않더라고요. 너무 죄의식이 희박해도 문제지만요."

미즈오치는 복잡한 표정이었다.

"하긴, 학생이 장난삼아 조금 건드린 정도로 스리이 선생님이 죽음을 선택했다고는 생각하기 힘드니까요."

"그건 그렇지요. 하지만 저는 학생들이 사람의 죽음에 대해 조금 더 엄숙한 감정을 품어주기를 바라요. 사건이 트라우마가 되지 않게 상담을 하는 것과는 모순될지도 모르지만요."

"아뇨, 맞는 말입니다."

하스미는 넌지시 미즈오치 쪽으로 한 걸음 다가갔다. 눈을 치뜨는 그녀의 얼굴에 희미한 두려움이 스치는 듯했다. 기분 탓일까?

"요즘 아이들은 감정의 기복이 얕은 듯합니다. 게다가 현실감이라고 할까, 본인이 살아 있다는 실감이 흐릿해서 주변에서 비극이 일어나도 그걸 자신과 연관 지어 생각하지 못하지요. 타인과 공감하는 능력이 예전에 비해 현저하게 약해진 게 아닐까요?"

미즈오치는 고개를 끄덕였다. 심리학 전문가는 자신인데도 하스미를 대할 때면 무의식적으로 압도되어 배움을 청하는 태도를 취하게 된다.

"그것보다 이전에 기요타 리나에게 도움을 주셔서 감사합니다. 이제 확실히 회복된 듯이 보이더군요."

미즈오치는 이 말을 듣고도 눈살을 찌푸렸다.

"저는 별로 한 일이 없습니다. 그 아이는 스스로 아버지에 대한 감정을 정리했어요."

"애당초 그렇게 사이좋은 부녀 사이는 아니었다고 하더군요."

"네. 저는 아버지의 죽음을 애도함으로써 괴로운 기억을 극복하길 바랐는데, 기요타는 해방되었다는 기분이 아직 강하더라고요."

열심히 이야기하는 미즈오치의 얼굴은 씩씩하면서도 애처로웠다. 이대로 보건실에라도 데리고 들어가서 강간하면 얼마나 즐거울까.

"저기…… 하스미 선생님?"

미즈오치가 머뭇거리며 말문을 열었다. 나도 모르게 그녀의 얼굴을 뚫어져라 쳐다본 모양이다.

"아, 죄송합니다."

하스미는 깊은 한숨을 지어 보였다.

"요즘 들어 왠지 기분이 우울해서요."

"그러신가요? 지나치게 열심히 노력하시는 것도 좋지 않아요."

미즈오치는 걱정스러운 표정을 지었다.

"그렇게 열심히 하는 일도 없습니다. 문제는 연달아 일어나지만 제가 할 수 있는 일은 너무나도 적으니까요."

"그렇지 않아요. 하스미 선생님 덕분에 이 학교가 어떻게든 굴러가는걸요. 다른 분들이 계시니 큰소리로는 말 못 하지만요."

하스미는 감정 창고의 수많은 표정 중에서 '슬퍼 보이는 미소'를 골라서 지어 보였다.

"그렇지 않습니다. 저는 그저 제가 속한 곳에서 악전고투할 뿐인걸요."

"하스미 선생님은 책임감이 너무 강하세요. 가끔은 약한 소리를 하거나 하소연을 해보세요."

"그렇군요. 하지만 하소연을 들어줄 사람이 좀처럼 없네요. 가족이 없는 데다 사귀는 사람도 없으니까요."

조금 약삭빠른 행동일지도 모르지만 애인이 없다는 말을 은근히 흘려둔다.

"저라도 괜찮으시다면 언제든지 이야기를 들어 드릴게요."

미즈오치는 자연스럽게 그런 말을 입에 담았다. 그렇게 말하도록 유도당했다는 자각은 없어 보인다.

"정말입니까?"

제안을 철회하지 못하게끔 하스미는 요란스레 기뻐했다.

"말씀만으로도 기분이 조금 가벼워졌습니다."

그리고 미즈오치 쪽으로 또 한 걸음 다가갔다. 이번에도 희미한 두려움이 보인다. 그것은 그렇게 나쁜 신호가 아니었다. 여성의 마음속에는 공포와 사랑이 공존한다. 스톡홀름 증후군같이 오히려 서로 보강하는 경우도 많다.

"왜 그러십니까?"

악의 없는 얼굴로 물으며 서서히 미즈오치를 궁지로 몰아넣는다.

"아니, 그게……."

미즈오치는 자연스레 방어 자세가 되어 양팔로 자신의 몸을 끌어안았다.

"미즈오치 선생님께서 그렇게 말씀해 주셔서 정말 기쁩니다. 아무래도 전 다정한 말에 굶주린 모양입니다. 요즘 어쩐지 비난받거나 거절당하는 일투성이라 아주 지쳤거든요."

하스미는 선수를 쳐서 거절의 말을 봉쇄한 다음 또 조금 더 가까이 다가갔다. 이성인 직장 동료 사이라면 대개 1~2미터 이상 거리를 두는 법이지만 하스미는 무관심한 척하면서 그 선을 넘었다. 두 사람 사이의 거리는 이제 고작 45센티미터 정도다. 가족이나 연인에게만 허락하는 거리다. 미즈오치가 물러서려고 해도 뒤는 이미 벽이다.

"저기, 잠시만요."

미즈오치가 말리려고 했지만 하스미는 말을 끝까지 잇지 못하게 막았다.

"어떠신가요?"

"네?"

"이야기를 들어주셨으면 합니다. 염치없는 말이지만 요즘 못 견디게 힘들어서요."

"그건…… 하지만……."

미즈오치가 하스미를 밀어내려고 양손을 들어 올렸다. 지금이 기회다. 단숨에 입술을 빼앗아주지. 화는 내겠지만 일단 일을 친 다음에 상대가 어쩔 줄 모를 만큼 사과하면 된다.

하스미가 덤벼들려고 할 때 찰칵하는 소리가 들렸다. 하스미는 태연하게 뒤로 물러나 그쪽으로 시선을 돌렸다. 보건실 문을 열고 나온 다우라 준코가 이쪽을 보고 있었다. 왜 하필 오늘 다우라까지 출근했는지 모르겠다. 화가 치밀어 오른다. 하지만 가만히 생각해 보면 당연한 일이다. 학생이 등교하면 그중에는 다치거나 몸 상태가 안 좋은 아이도 나오기 마련이니 보건교사는 방학이라도 계속 쉬지 못하는 입장이다.

"그럼 상담 일정에 대해서는 나중에 연락드리겠습니다."

하스미는 상냥하게 말했다. 미즈오치는 "알겠습니다" 하고 중얼거리고는 하스미에게서 도망치듯이 자리를 떠났다.

"하스미 선생님, 아무리 여름방학이라지만 학교 복도에서 여자를 꼬시는 건 좀 그렇지 않나요?"

미즈오치가 모습을 감추자 다우라가 비꼬는 투로 말했다.

"꼬시긴 누가 꼬셨다는 거야."

하스미는 멋쩍음을 얼버무리려고 웃었다. 그 어떤 거짓말의 명수라도 이런 상황에서 여성의 눈을 속이기란 불가능하다.

"전에도 말했잖아? 저런 순진한 아이한테 못된 짓 하면 가만두지 않겠다고."

"말이 좀 심한데? 대체 누가 못된 짓을 했다고 그래?"

여자의 기쁨을 일깨워주는 건 오히려 선의의 봉사활동이다.

"다우라 선생님이야말로 특정 남학생을 지나치게 귀여워하시는 거 아닙니까?"

하스미는 성큼성큼 걸어와서 다우라를 보건실 안으로 밀어 넣고 문을 닫았다.

"자기가 요즘 나랑 안 놀아주니까 그렇지."

어리광 부리듯이 말한 다우라가 입술을 빨기 시작했다. 이거 끝까지 가야겠군. 그렇지 않으면 진정되지 않겠는걸. 억누르지 못할 만큼 성 충동이 강렬해졌다. 이왕 이렇게 된 바에 하스미는 문을 잠그고 다우라를 안아 올려 침대로 옮겼다.

"있잖아, 뭐 하나만 물어봐도 돼?"

다우라가 방긋거리는 얼굴로 몸에 힘을 빼고 침대에 누우면서 말한다.

"당연히 되지. 뭔데?"

"하야미한테 무슨 짓 했어?"

순간적으로 움직임이 멈출 뻔했지만 하스미는 "아니, 아무것도"라고 말하면서 몸을 겹쳤다.

"정말? 그렇지만 그 이후로 전혀 연락이 안 되는데?"

의욕이 떨어진 하스미는 침대 가장자리에 앉아 머리를 긁적였다.

"그날 밤에는 정말 아무 일도 없었어. 하야미가 무언가를 찾는 눈치였지만 귀찮으니까 말을 안 걸었거든. 그러고 보니 개 말고도 교내를 어슬렁거리는 녀석이 있었어."

"정말? 누군데?"

"한 명은 시바하라였어. 또 다른 한 명은 여학생 같았지만."

"그걸 보고 그냥 지나쳤어? 구해줬어야지!"

다우라가 발끈 화를 내며 말했다.

"난 교사와 학생 사이라도 자유연애에는 참견하지 않는 주의거든."

"말도 안 돼. 아무리 생각해도 그 자식이 협박 비슷한 짓을 해서 성추행을……."

하스미는 입을 맞추어 다우라의 말을 막았다. 그리고 한동안 농후하고 음란한 키스가 이어졌다. 역시 이 맛은 버리기 아까웠다. 미즈오치는 아직 백지상태고 야스하라도 이 경지까지는 이르지 못했다. 소질은 충분하지만 경험이 너무나도 부족하다. 그리고 아쉽게도 야스하라에게는 이제 더 이상 경험을 쌓을 시간이 남지 않았다.

제9장 유령의 집

PM 6:25

"네, 그럼 여기서 가시와바라 아리 씨에게 질문입니다. 지금 기분이 어떠십니까? 굉장히 어두운데 작업이 잘되시나요?"

캠코더의 렌즈가 자신을 향하자 하얀 바탕에 붉은색 래글런 소매 티셔츠를 입은 학년 제일의 미소녀는 순간 또 찍느냐며 지긋지긋하다는 표정을 지었다. 하지만 이 영상이 나중까지 계속 남는다는 사실을 떠올리고 마음을 고쳐먹었는지 고개를 약간 기울여 어깨 부근에서 찰랑이는 머리카락을 쓸어 올리고는 새하얀 볼에 보조개가 생기는 비장의 미소를 지었다.

"글쎄요. 전체적으로 예정보다 조금 늦어질 듯하네요. 하지만 4반의 역사에 남을 만큼 멋진 유령의 집을 완성하기 위해 노력하겠습니다."

"옙! 대단히 감사합니다!"

무늬 없는 흰 티셔츠에 녹색 알로하셔츠를 칠칠맞지 못하게 걸친 나카무라 히사시는 기뻐하며 인터뷰를 마무리 지었다. 나중에 가시와바라가 찍힌 부분만 편집해서 개인 소장용 DVD를 만들 생각인지도 모른다. 물빛 체육복을 입은 가타기리는 소도구로 쓸 마네킹 머리에 선지피로 분장을 하면서 그렇게 생각했다. 나카무라는 1학년 때부터 그걸로 장사를 했으니 이번에도 복사해서 남학생들한테 팔아먹을 생각임이 틀림없다. 체육대회나 수학여행 같은 행사가 있을 때마다 가시와바라의 영상을 찍어서 모아두었으니 인기 아이돌의 홍보 DVD 같은 것을 만들어낼지도 모른다. 나카무라는 지금까지 일관되게 무대 뒤의 제작진을 자처하며 촬영에 전념했다. 특히 이번 축제에서 최고의 영상을 만들어낼 작정인지 의욕에 넘쳐서는 몇 번이나 짧은 인터뷰를 주고받았다.

"야, 넌 일 안 해?"

마찬가지로 체육복을 입은 하야시 미호가 나카무라를 향해 불평했다. 천장에 매달 비닐을 가늘게 자르는 단순 작업에 신물이 난 모양이다.

"다들 열심히 작업하는데 왜 너만 그러고 노는데?"

"누가 논다는 거야. 지금 작업 현장 촬영 중이잖아?"

나카무라는 슬쩍 웃으며 상황을 무마하려고 했다. 반 여학생 모두가 던지는 차가운 눈빛을 알아차린 눈치다.

"작업 현장을 촬영한다면서 왜 가시와바라만 찍는데?"

티셔츠에 체육복 바지를 입고 창문에 암막을 달던 아베 미사키가 돌아보면서 낮은 목소리로 말했다. 덩치가 큰 아베는 하스미 선생님의 친위대에서도 대장 격으로 여학생 중에서는 야스하라 미야에 버금가는 박력 있는 인물이었다. 나카무라는 움츠러들었다. 비슷한 옷차림의 친위대원 사토 마유와 미타 아야네가 아베의 말에 득달같이 맞장구를 쳤다.

"맞아. 작업 현장 촬영 같은 소리를 하면서 결국 네 취미생활을 하는 거잖아?"

"왠지 열 받는데? 여러분 지금 이 사람 혼자 자기 마음대로 놀고 있어요!"

나카무라는 도움을 요청하기 위해 주변을 둘러보았지만, 그 시도는 자신이 고립무원에 처했음을 확인시켜 줄 뿐이었다.

"아니 그게, 이런 건 나중에 귀중한 추억으로 남거든? 두 번 다시 돌아오지 않는 청춘의 나날이잖아? 게다가 가시와바라뿐만 아니라 다른 사람들도 공평하게 찍었고……."

"얘가 빤히 보이는 거짓말을 당당하게 하네?"

친위대의 응원에 자신이 생긴 하야시가 재차 나카무라를 물고 늘어졌다.

"대체 어디가 평등한지 좀 알려주시죠? 보고 있자니 절반은 가시와바라던데? 가시와바라 말고는 이사가와나 우시오, 오노데라, 가타기리 같은 애들만 찍었잖아!"

가타기리는 자신도 촬영 대상에 들어갔다는 소리를 듣고 깜짝 놀랐다. 영광이긴 하지만 말싸움의 빌미가 되는 건 불쾌했다. 그리고 무엇보다 자신은 한 번도 나카무라와 인터뷰를 하지 않았다. 하야시가 그렇게 말한다면 자신의 영상은 반쯤 도촬이라는 소리다.

"남자들은 왜 그냥 내버려두는데? 4반의 축제 준비 작업 영상인데 너희 지금 완전히 무시당했거든?"

하야시의 화살이 학급의 다른 남학생들에게 돌아갔다.

"아, 우리는 별로 상관없어."

"찍히는 거 그다지 좋아하지도 않고."

짙은 남색에 하얀 줄이 들어간 체육복을 입은 야마구치 다쿠마와 마쓰모토 히로시가 입을 모아 말한다. 가타기리는 생각했다. 이 자식들 DVD 고객이구먼.

"뭐어, 됐으니까 냉큼 작업 진행하자고. 이렇게 해서는 오늘 밤 안으로 못 끝내."

책상에 올라서서 교실 천장에 밧줄을 매달던 와타라이 겐고가 갑자기 사태를 수습하려고 한다. 나름 멋을 부린 보라색 티셔츠에 회색 정장 바지 차림이었다. 그 표정을 보고 여기에도 나카무라의 손님이 있다고 확신했다. '너 가시와바라를 좋아한다며?' 가타기리는 기가 막혔다. 고백해 봤자 차일 게 뻔하니까 일찌감치 포기하고 그나마 영상이라도 소장하겠다는 결론을 내린 건가?

"그런 상황인데 왜 일 안 하고 노는 나카무라를 보고만 있냐고!"

하야시가 와타라이까지 물고 늘어졌다.

"나카무라, 이쪽으로 와서 하야시도 좀 찍어줘."

와타라이는 가는 눈매에 책사 같은 빛을 띠고 나카무라에게 지시했다.

"옙! 그럼 다음으로 하야시 미호 씨에게 질문하겠습니다. 역시 이런 착실한 작업이 축제를 성공으로 이끄는 비법이겠지요?"

갑작스레 카메라에 정면으로 찍힌 하야시는 기세가 한풀 꺾인 듯했다.

"에에에…… 뭐어, 그럴지도. 어디에서든 뒤에서 하는 일이 중요하니까."

마지못해 뻣뻣한 웃음을 띤다. 카메라에 찍혔다고 들뜰 만큼 촐랑대지는 않지만 역시 학급의 추억에 뾰루퉁한 얼굴을 남기고 싶지는 않은 모양이다. 비디오카메라에는 잔소리 많은 여자마저도 흐물흐물 녹이는 마력이 있는 모양이다. 그 자리에서 그것을 꿰뚫어 본 와타라이에게 감탄이 절로 나왔다.

그건 그렇고 일이 귀찮아졌다. 교실 창문(복도 쪽까지 다)을 골판지로 빈틈없이 막고 위에서부터 암막을 쳐서 완전한 암실로 만든 다음, 천장에 매단 밧줄에서도 암막을 늘어뜨려서 복잡한 미로를 만들어야만 한다. 기분 나쁜 감촉이 느껴지도록 발밑에는 매트 위로 빈틈없이 골판지를 깐다. 시야가 막힌 입장객에게 길을 안내해 줄 밧줄도 필요하다. 거기까지 준비한 다음에 드디어 겁을 주기 위한 소도구를 설치한다.

그렇지만 일이 이렇게 된 것은 다른 누구의 탓도 아니다. 축제에서 4반이 선보일 작품으로 유령의 집을 하자고 제안한 사람은 가타기리였으니까.

학급에서 의견을 모을 때 우연히 걸려서 기본 중의 기본을 말했을 뿐이었지만 일단 나름대로 구상은 있었다. 다른 유령의 집처럼 어중간하게 어두운 방으로는 엄청난 장치를 꾸미지 않는 한 입장객을 놀라게 하기 힘들다. 그러나 수학여행 때 기요미즈데라의 수구당에서 한 태내 순례는 차원이 달랐다.

그 안은 완벽하게 어두웠다. 밧줄 대신 쳐둔 염주만을 의지해 계단을 내려가는 동안 아무것도 보이지 않는 시야가 마음속 깊은 곳의 공포를 자극했다. 그곳과 마찬가지로 빛을 완전히 차단하고 소리나 촉감 등 시각 이외의 요소로 서서히 공격하면 숨이 멎을 만큼 무서운 유령의 집이 되리라고 생각했다. 태내 순례의 어둠 속에서 얼마나 불안에 휩싸였는지 지금도 선명하게 기억한다. 그때 자신은 앞서 걷는 하야미의 등을 붙잡고 간신히 마음을 진정시켰다.

하야미는 지금 뭘 하고 있을까.

어느새 생각에 잠긴 모양이다. 가타기리는 나고시가 등을 두드리는 느낌에 간신히 정신을 차렸다.

"무슨 일 있어?"

노란색 티셔츠를 입고 체육복 상의를 허리에 묶은 나고시는 가타기리가 걱정된다는 표정이었다.

"으응, 아무것도 아니야."

가타기리는 고개를 흔들었지만 나고시는 그녀가 무엇을 생각하던 중인지 훤히 꿰뚫어 보았다.

"여름방학이 끝나면 하야미는 아무 일도 없었다는 듯이 등교할 거야."

"응……. 꼭 그럴 거야."

가타기리는 수긍했다. 한때는 하야미에게 무슨 일이 생긴 것이 분명하다고 굳게 믿었지만 시간이 지나자 모두 자신의 망상일 뿐이라는 생각이 들었다. 하야미가 보낸 부자연스러운 문자나 보건실 침대 밑에 떨어진 부적은 모두 불길한 느낌을 주지만, 결정적인 증거가 아니었고 보충수업은 원래 땡땡이치기 일쑤였다. 사정을 설명했을 때 시모즈루 형사가 그런 반응을 보인 것도 당연했다. 하야미가 계속 행방불명이라면 누구보다도 먼저 가족이 걱정해서 신고했을 터였다.

〈모리타트〉에 나오는 제니 타울러라는 이름이 마음에 걸려서 다우라 선생님이 하스미 선생님의 앞잡이라고 의심하기도 했지. 역시 그땐 내가 조금 이상했어.

가타기리는 분장을 마친 마네킹 머리를 보고는 얼굴을 찌푸렸다. 제일 마지막에 어둠 속에서 튀어나올 중요한 소도구다. 머리에서 피를 흘리는 모습을 표현하고 싶었는데 완성된 모습은 꼭 얼굴에 붉은 줄무늬를 그린 축구 응원단 같다. 하나도 안 무섭다.

"마에지마 미술부지? 나 좀 도와주라."

파란색 티셔츠에 반바지를 입은 마에지마 마사히코가 마네킹 머리를 보자마자 웃음을 터뜨렸다.

"이걸로 사람을 놀라게 하려고? 좀 더 진짜같이 만들어야지."

"그러니까 좀 도와줘. 나 아무래도 미술, 아니 호러 센스가 꽝인가 봐."

마네킹의 머리를 마에지마에게 떠맡긴 가타기리는 천장에 매단 밧줄에서 암막을 늘어뜨리는 작업을 돕기로 했다.

"이 앰프랑 스피커는 어떻게 해?"

체육복을 입은 두 사람, 이사다 나오키와 아리마 도루가 두 손 두 발 다 들었다는 듯이 소리를 지른다. 어둠 속을 걷느라 신경이 날카로워진 입장객에게 잔뜩 일그러진 전자음을 퍼부어서 놀라게 할 음향 장비였다.

"그거 이즈미가 가지고 왔잖아? 개한테 물어봐."

와타라이가 말했다.

"이즈미가 없으니까 이러는 거잖아."

이사다는 머리를 긁적였다.

"그 자식들 여긴 내버려두고 지들 마음대로 연습하러 가버렸다고."

기타를 치는 이즈미 데쓰야와 키보드 담당인 세리자와 리사코, 그리고 베이스를 치는 2반의 마쓰이 쓰바는 축제에서 연주할 곡을 연습하려고 북쪽 건물의 음악실에 간 모양이다.

가타기리는 문득 '그럼 드럼은 누가 치지?'라는 생각이 들었다.

"야, 나카무라. 전파상 아들! 이거 어떻게 설치해야 돼?"

나카무라는 이쪽을 힐끗 보더니 바로 캠코더의 액정 화면으로 눈을 돌렸다.

"나도 몰라."

"왜 모르는데?"

"기타 앰프잖아. 오디오 앰프라면 또 몰라도 그런 건 만져본 적 없어."

"헉! 진짜야?"

이사다 일당이 한숨지을 때 나고시가 구원의 손길을 내밀었다.

"그래도 연결하는 방법은 다른 앰프랑 똑같지 않겠어? 일단 한 번 연결해 보자고."

이사다와 아리마가 스피커를 교단 양옆에 설치하고 나고시가 기타를 앰프에 연결했다. 그리고 대수롭지 않게 앰프의 플러그를 콘센트에 꽂으려고 했다.

"야, 이 멍청아! 당장 그만둬!"

곁눈질로 보고 있던 나카무라가 달려왔다.

"그거 진공관 앰프지? 스피커 연결하기 전에 전원 넣지 마. 한 방에 작살난다고!"

"우리가 그런 걸 어떻게 알아. 미리미리 말해줘야지!"

웬일로 나고시가 발끈했다.

"그냥 오디오라도 앰프에만 전원을 넣지는 않잖아? 고장이 안 난다고 해도 나중에 스피커 케이블을 연결할 때 감전된단 말이야."

"역시 나카무라 네가 제일 잘 안다는 말이잖아?"

"그럼 처음부터 네가 하라고."

세 명이 함께 쏟아내는 비난에 나카무라는 결국 눈물을 머금으며 작업 현장 촬영을 포기하고 음향 장비를 설치하기로 했다. 대신 까불이 아리마가 유령의 집 제작 과정을 촬영한다.

"다들 열심히 하는구나."

하스미가 싱글벙글 웃으며 나타났다. 붉은색 폴로셔츠에 면바지를 입은 편안한 차림으로 손에는 출석부와 인원수를 확인하기 위한 휴대용 계수기를 들었다.

"하스민 쌤, 이거 아무리 해도 끝이 안 나요!"

"적당히 좀 봐줘요."

"완전 지쳐서 죽을 맛이에요."

친위대나 ESS의 아이들뿐만 아니라 대부분의 반 학생들이 하스미에게 웃어 보였지만 가타기리와 나고시만은 눈을 돌렸다.

"자자. 예비 소집일도 아직 남아 있으니까 열심히 했는데도 다 못 끝낸 작업은 그날 하면 되잖니."

하스미는 양손을 들어 학생들을 달랬다. 가타기리는 문득 위화감이 들었다. 평소라면 제일 먼저 하스미 선생님에게 가서 착 달라붙을 야스하라 미야가 오늘은 얌전히 뒤쪽에 있다. 열이 식었나 하고 생각했을 때 야스하라가 하스미에게 의미심장한 눈길을 보냈고, 그에 대답하듯이 하스미도 눈에 띄지 않게 슬쩍 고개를 끄덕이는 장면이 눈에 들어왔다.

"일단 출결을 확인할까?"

하스미는 출석부를 펼치려고 했다.

"4반 전원 출석했습니다."

반장인 오노데라 후코가 대표로 대답한다. 똑같은 체육복인데 왜 오노데라가 입으면 깔끔해 보이는 걸까.

"전원? 올해는 굉장한데? 그리고 지금 집에 가야 하는 사람은 없겠지? 벌써 막차 끊겼으니까 가려면 역까지 걸어가야 해. 두세 명이라면 데려다주겠지만."

"괜찮아요."

"애들 다 한창 불붙었는걸요."

"그럼 다들 자고 가겠구나. 교감선생님께서 위문품으로 도시락과 과자를 보내주셨어. 작업이 대충 마무리되면 다 같이 먹자."

아이들은 손뼉을 치며 환호성을 질렀다. 신코 마치다 고등학교에서는 9월 1일에 벌어지는 축제 준비를 위해 매년 여름방학 중 하루 동안은 학교에 묵으며 떠들고 놀 수 있도록 허락한다. 체육관에 딸린 합숙소에는 넉넉한 수의 침낭이 상비되어 있지만, 한 학년 전체가 숙박하기에는 공간이 부족한 관계로 가능한 다른 학급과 겹치지 않도록 날짜를 잡는 것이 통례였다.

이날 밤 숙박할 예정인 학급은 2학년 4반뿐이었다.

PM 6:44

"OK. 그럼 시작부터 한 번 더 가보자."

날씬한 몸을 검은 티셔츠로 감싼 이즈미 데쓰야가 북쪽 건물의 음악실에서 어니볼*의 7현 기타를 조절하면서 말했다.

"알았어."

공연하는 날처럼 진주 같은 광택이 나는 튜닉 차림으로 신시사이저를 연주하던 세리자와 리사코가 한숨을 쉬었다.

---

* Ernie Ball, 기타와 기타 액세서리를 전문적으로 생산하는 회사.

"왜 그래?"

"역시 드럼이 없으니까 시시해. 드림 시어터Dream Theater의 노래를 리듬박스로 얼버무려서 연주하다니 끔찍하다고."

드림 시어터는 초절기교가 자랑인 프로그레시브 메탈 밴드로 마이크 포트노이가 드럼을 때리며 시작하는 비할 바 없이 정확한 변박자가 그들의 음악에 꼭 들어야 하는 대목의 하나로 꼽힌다. 이즈미 일당이 결성한 밴드인 드레드 시어터Dread Theater는 주로 드림 시어터의 연주를 카피했다.

"으응, 그건 그렇지. 나도 그렇게 생각해."

잘빠진 상반신을 노출하기 위해 냉방이 되는 실내에서도 탱크톱 하나만 입고 베이스를 치던 2반의 마쓰이 쓰바사도 세리자와의 말에 맞장구를 친다.

"하지만 다테누마를 대신할 만한 녀석이 없으니까."

이즈미는 이마로 흘러내린 앞머리를 쓸어 넘기며 씨익 웃었다.

"뭐어, 얌전히 기다려보자고……. 우선 〈The Best Of Times〉 앞부분부터 시작하자."

PM 7:01

"우왓, 이게 뭐야?"

가타기리는 마에지마 마사히코가 건네는 마네킹 머리를 조심스레 받아들였다. 끈적끈적한 피를 세차게 끼얹은 듯 검붉게 물들었다. 언뜻 보기에는 평범해 보이지만 그 밑에 부스럼 딱지같이 울퉁불퉁한 무언가를 붙이고 위에는 피와 먼지가 뒤섞인 듯한 거무스름한 얼룩을 덧발랐다. 게다가 피 분장을 하지 않은 맨 살갗에는 기름 같은 것을 발라 윤을 내서 대참사 때 희생된 사람의 잘린 목처럼 실감이 나서 박력이 느껴졌다.

"이 정도면 될까? 어둠 속을 걸을 때 불빛과 함께 갑자기 튀어나오면 제법 놀랄 거라고 생각하는데……."

마에지마가 쑥스러워하며 말했다. 말하는 사람은 귀여운데 만들어낸 작품의 끔찍함은 장난이 아니다. 유령의 집에서 심장마비를 일으키는 사람이 나오면 마에지마가 책임을 지게 되지 않을까 걱정될 지경이다.

"네. 여기는 특수 분장반입니다. 아주 무시무시한 마네킹 머리를 제작한 가타기리 레이카 씨와 마에지마 마사히코 씨에게 여쭈어보겠습니다."

간신히 캠코더를 돌려받은 나카무라 히사시가 인터뷰를 하러 왔다.

"헉. 이건 좀…… 심하지 않아?"

"음, 그러니까 제가 만들지 않았어요. 이건 전부 마에지마가 작업했습니다."

가타기리는 자신이 공포물을 너무 좋아하는 소녀로 보일까 걱정스러워서 재빨리 변명했다.

"우선 급한 대로 대충 만들면 이 정도죠. 피에 녹말가루를 조금 더 섞고 전동 커터와 회전식 연마기로 얼굴을 난도질하면 좀 더 으스스해질 텐데 아쉬워요."

마에지마는 티끌만큼의 의심도 없이 호평을 받으리라고 기대하며 싱글벙글 웃는 얼굴로 겸손하게 말했다.

"아니, 아니. 아주 충분해."

나카무라는 겉으로는 경련을 일으키며 억지 미소를 지었고, 마음속으로는 기겁했다.

"우와. 심하다. 마에지마, 이거 나중에 지워지는 거야?"

아버지가 운영하는 미용실에서 마네킹 머리를 가져온 쓰카하라 유키가 눈을 부라리며 손으로 입을 가린다.

"지워지냐니?"

마에지마는 얼떨떨하게 대꾸했다.

"원래대로 깨끗하게 지워지냐고!"

뚱뚱해서인지 연신 이마에 땀을 흘리는 쓰카하라는 눈을 부릅뜨고서 마에지마를 본다.

"이건…… 원상 복귀해야 한다는 말을 듣지 못해서……."

"물감은 수성이니까 아마 지워지겠지."

가타기리는 수성이라도 일단 건조 과정을 거친 뒤에는 지워지지 않는다고 생각하면서도 허둥대며 말을 덧붙였다. 피부색을 다시 덧칠하면 될지도 모르니까.

"아마라니? 안 지워지면 큰일 난다고!"

쓰카하라는 커다란 덩치에서 쥐어 짜내듯 깊은 한숨을 쉬었다.

"애들아, 밥 먹자."

하스미 선생님과 남학생 몇 명이 도시락과 음료수를 가져왔다. 도시락 전문점에서 사 온 듯 제법 근사한 도시락이었다. 정말 교감선생님이 한턱내신 거라면 배포가 크다. 교실은 발 디딜 틈도 없었기에 각자 여기저기로 흩어져서 도시락을 먹었다. 복도에는 하스미 선생님을 중심으로 열 몇 명이 빙 둘러앉았다. 가타기리는 나고시를 비롯한 몇 명과 옆 반인 3반에서 먹기로 했다.

"어? 더 안 먹어?"

요시다 모모코가 도시락을 먹다 말고 뚜껑을 닫자 가타기리는 물었다. 반찬은 반도 안 먹었고 밥은 두세 술 떴다.

"왜 그래? 어디 아파?"

요시다는 가타기리의 물음에 말없이 고개만 젓고 3반 교실을 나갔다. 그러고 보니 요즘 요시다의 안색이 계속 안 좋아 보였다. 좀 내성적이어서인지 가타기리와 비교적 마음이 통하는 사이인데.

"요시다가 왜 저러지?"

가타기리가 물었지만 나고시는 별로 관심이 없다는 표정이었다.

"글쎄…… 그날인가?"

"저질!"

가타기리는 나고시를 흘겨본다.

"정말 남자들이란!"

"왜?"

"얘들아! 너희 오늘 숙직하는 사람이 누군지 알아?"

나가이 아유미가 매직 스트레이트로 찰랑찰랑해진 머릿결을 흩날리며 교실로 뛰어 들어온다. 소문이나 험담을 아주 좋아하고 도시 전설 따위의 이야기까지 진짜라며 우겨대는 통에 별로 마음에 들지는 않지만, 정확한 정보를 가장 먼저 가져올 때도 많아서 나가이가 말을 하면 곧잘 귀를 기울이게 된다.

"숙직? 쓸데없는 소리 하긴. 그까짓 숙직을 누가 하든 무슨 상관이야."

스즈키 아키라가 볼이 미어지도록 입에 밥을 넣은 채 말한다. 분위기를 파악하지 못하고 무신경한 발언을 자주 해서 친구들과 잘 어울리지 못하는 아이였다. 예상대로 나가이가 무서운 눈으로 스즈키를 흘겨본다.

"그래서, 누구였어?"

가타기리가 달래듯이 묻는다.

"그게 있잖아, 세상에! 곰 사냥꾼이야. 좀 전에 1층에서 부르더니 이런 시간까지 뭐하냐고 묻더라고……. 잘못한 일도 없는데 쫄아서 엉겁결에 죄송하다고 했지 뭐야."

나가이는 열광적으로 이야기를 시작한다. 곰 사냥꾼은 소노다의 별명 중 하나다.

"하스민 쌤이 소노다 선생님한테 얘기 안 했나?"

말없이 도시락을 먹으며 참고서를 보던 시오미 다이스케가 갑자기 고개를 들고 말한다. 5대5 가르마에 검은 테 안경이라는 멸종 위기의 희귀동물 같은 모습인데, 나고시의 말에 의하면 '의식이 있는 동안에는' 계속 공부를 한단다. 그런데 성적은 와타라이 겐고나 이사가와 마이보다 못하다. 그러나 결코 굴하지 않고 계속 노력하는 자세는 존경할 만하다. 그건 그렇고 이 교실에서 도시락을 먹는 학생들은 어떤 의미로는 학급의 떨거지들뿐이다.

"숙직이 갑자기 곰 사냥꾼으로 바뀐 모양이야."

체육복 지퍼를 목 끝까지 잠근 호시다 아이가 툭 끼어든다. 내성적이고 소극적인 소녀라 교실에서 스스로 먼저 이야기를 꺼내는 경우는 극히 드물다.

"갑자기 바꾸었다고? 누가 그래? 왜?"

나가이는 자신이 듣지 못한 정보를 호시다가 안다는 사실에 자존심이 구겨진 모양이다. 나가이는 앙칼지게 물었다.

"저녁쯤 곰 사냥꾼이 아래쪽 공중전화에서 통화하는 소리를 들었어. 원래 여름방학 동안에는 고양이의 저주가 숙직을 도맡아서 하기로 했는데 갑자기 식중독에 걸렸대."

"식중독? 도대체 뭘 먹었기에?"
"자세히는 모르겠지만 주운 새를 먹었다나 어쨌다나."
마침 닭튀김을 먹던 가타기리는 사레가 심하게 들렸다.

PM 7:34

음악실 문이 열린다. 연주에 열중하던 세 명은 얼떨결에 손을 멈추었다. 순식간에 주위가 조용해진다. 들어온 사람은 해골이 그려진 검은 티셔츠에 데님 반바지를 입고 모자를 깊이 눌러쓴 다부진 분위기의 젊은이다.
"여어!"
다테누마 마사히로가 주머니에 손을 찔러 넣고 선 채로 가볍게 목례한다.
"다테누마!"
"웬일이야? 오랜만이네! 잘 지냈어?"
세리자와 리사코와 마쓰이 쓰바사가 환호성을 지른다.
"왜 이렇게 늦게 왔냐? 정말이지, 안 오는 줄 알았잖아."
이즈미 데쓰야가 오른손을 내밀었다.
"오기 괴로워. 아무리 여름방학이라지만 이 학교로 불러내지 마라, 좀."
이즈미와 악수하는 다테누마의 표정은 말과는 달리 오랜만에 들른 학교가 반가운 듯했다.

"요즘 뭐해?"

세리자와가 묻는다.

"일단 바보들이 다니는 고등학교에 편입해 봤는데 너무 바보, 멍청이들뿐이라 헛짓 같아서 그만뒀어. 지금은 백수야."

다테누마는 자조하듯 입술을 일그러뜨린다. 눈에 잘 띄지 않지만 이즈미는 그의 얼굴에 새로 생긴 상처 몇 개를 알아차렸다.

"그보다 다들 솜씨가 늘었던데? 리프*도 완벽하고 말이야."

"밖에까지 들렸어?"

세리자와의 물음에 다테누마가 고개를 끄덕인다.

"방음을 아무리 잘한들 그 정도로 큰소리면 들려. 문 앞에서 잠깐 들었어."

"안으로 들어와서 들어도 되는데."

"그렇구나. 그럼 우리가 드림 시어터를 넘어설 날도 머지않았네."

마쓰이가 신이 나서 떠든다.

"상당히 따라잡은 것도 같네. 드럼 파트가 심하게 조잡하긴 하지만."

"그거야."

---

* Riff. 2~4 소절의 짧은 구절을 반복하는 재즈 연주법 또는 그렇게 반복하는 멜로디.

이즈미는 다테누마의 어깨를 두드렸다. 체격 차이는 별로 안 나지만 권투선수처럼 탄탄하고 부드러운 근육이 불거져 나왔다.

"역시 네놈이 없으면 안 되지. 그래서 말인데, 이번 학교 축제에서 함께 연주하자."

다테누마는 눈살을 찌푸렸다.

"헛소리하지 마. 나는 이 학교에서 퇴학당했어."

"상관없어."

이즈미는 히죽거리며 한쪽 뺨으로만 웃었다.

"연주가 시작되면 그냥 밀어붙이면 돼. 손님들이 엄청 몰려들었는데 도중에 멈추라고 하겠냐."

"그래도……."

다테누마는 어울리지 않게 마음이 약해진 모양이었다.

"너희는 괜찮지만 다른 녀석들은 내가 난입하면 흥이 깨질 거야."

"그렇지 않아! 다들 네 드럼 리프를 얼마나 듣고 싶어 하는데!"

세리자와가 확신한다.

"말이 되는 소리를 해라. 반 애들은 죄다 날 비난했는데?"

"그 일 말이야. 투서한 사람은 몇몇 녀석들뿐이잖아?"

이즈미는 이마로 흘러내린 앞머리를 쓸어 넘기며 팔짱을 꼈다.

"그때 일은 몇 번을 생각해도 이상하단 말이지."

"그래 맞아. 나도 이해가 안 돼."

"나도 소문으로 들었을 뿐이지만 뭔가 이상했어."

"너희는 그렇게 얘기하지만……."

다테누마가 이즈미를 흘겨본다.

"그때 하스미 선생님은 나를 퇴학시켜달라는 내용의 편지 다발을 나한테 보여줬어. 아무리 봐도 한 학급 모두의 분량이었다고."

"무슨 소리야?"

이즈미는 인상을 찌푸렸다.

"그거야말로 말도 안 되잖아. 그런 이야기…… 난 들은 적 없어."

"그러고 보니 너 그때 그런 말 했었지. 그렇지만 나도 모르는 이야기야."

세리자와도 고개를 흔든다.

"너희도 같이 따돌림당했나 보지. 너희가 나랑 같이 밴드 하는 거 애들도 다 알았으니까."

"……그럼 확인해 보자."

이즈미가 단호하게 말했다.

"어쩌려고?"

"간단해. 지금부터 애들이 있는 곳으로 가서 물어보자."

"흐음……."

다테누마는 망설였다.

"괜찮으니까 가자."

이즈미는 억지로 다테누마를 끌고 가려고 했다.

"잠깐 기다려. 여기 오다가 봤는데 아래에 소노다가 있더라고. 하마터면 마주칠 뻔했어. 들키면 큰일 나."

다테누마도 소노다만은 무서운 눈치다.

"소노다? 숙직인가? ……알았어. 그럼 내가 먼저 갈게. 아무도 없는 걸 확인하고 신호 보내면 네가 뒤따라 와."

"조심해서 갔다 와."

세리자와가 말을 건다.

"다카하시도 널 보고 싶어 해."

다테누마의 얼굴이 조금 발그스레해졌다.

"……저기, 다테누마가 봤다는 사람 말이야. 소노다가 아니라 시바하라 아니었어?"

아까부터 고개를 갸우뚱하던 마쓰이가 말한다.

"멍청아, 운동복 입었다고 소노다와 시바하라를 구분 못 하겠냐?"

다테누마가 입을 삐쭉거린다.

"음? 나는 시바하라의 뒷모습을 봤다고 생각했는데……. 좀 전에 주스 사러 갔을 때."

"그래? 왜 그 원숭이까지 있지? 뭐 상관없어. 다테누마, 가자."

이즈미는 음악실의 방음문을 열고 아무도 없는지 확인한 다음 다테누마의 팔을 이끌고 나갔다.

PM 7:40

유령의 집은 착착 완성되어 갔다. 하스미는 한 명 한 명 돌아가며 수고했다고 격려했다. 생각보다 훨씬 잘 만들었다. 진심으로 학생들을 칭찬했다. 아쉽게도 올해 학교 축제는 중지되겠지만 말이다.

1학기에 잇달아 일어난 사고 탓에 시작부터 '바람 앞의 등불'이었던 학교 축제다. 오늘 밤 교내에서 학생 한 명이 자살한다면 완전히 날아가겠지.

"이거 전력은 얼마나 먹어? 전원이 나가지는 않겠지?"

이사다 나오키가 나카무라 히사시에게 진지하게 묻는다.

"보통은 한 선에 20A이니까 괜찮아."

여학생들이 작업하는 모습을 찍느라 정신이 팔린 나카무라가 귀찮다는 듯이 대답한다.

"'A'가 뭐야?"

"암페어."

"옆 반에서 전기를 사용하면 합쳐져서 누전되지 않을까?"

나고시 유이치로가 지극히 당연한 의문을 나타낸다.

"앰프는 2A 정도면 충분하니까 아마 괜찮을걸?"

"'아마'면 안 되는데."

"'절대'라고는 절대 말 못 해. 옆 반이 전기를 많이 써서 사용량을 초과해버리면 우리가 아무것도 안 해도 차단기는 내려가 버리니까."

나카무라가 액정화면을 보면서 네코야마의 입 모양을 흉내 내어 대답한다.

"복도의 분전반을 봐야 알겠지만 아마 4, 5, 6반이 같은 선을 사용할 거야. 그러니까 나머지 두 반이 뭘 하느냐에 달렸어."

"5반과 6반이 뭘 하는지는 내가 확인해 둘게."

하스미가 옆에서 거들었다.

"만일 용량이 초과될 듯하면 다른 데서 연결 코드를 끌고 오면 되지?"

"감사합니다."

"네, 부탁드려요."

나카무라는 촬영한 영상에서 눈을 떼지 않으며 말한다.

"하스민 쌤!"

야스하라 미야가 앞에서 손짓한다.

"무슨 일이야, 야스하라?"

하스미는 주위에서 수상히 여기지 않도록 자연스럽게 대답하며 다가갔다.

"이쪽도 좀 봐줘요."

그리고 소리를 내지 않고 입 모양만으로 말한다.

'빨리 둘만 있고 싶어.'

"그래, 웬일로 야스하라도 성실하게 일을 돕는구나."

하스미는 큰소리로 말하고 야스하라가 걸어놓은 방울을 보는 척하며 슬쩍 귓가에 속삭인다.

"나중에 옥상으로 가자. 신호 보내면 2~3분 있다가 따라와."

야스하라는 말없이 고개를 끄덕였다. 하스미는 야스하라의 옆을 지나면서 다시 한번 유령의 집을 둘러본다. 한 번도 관객을 들이지 않고 철거될 운명이라는 점에서 헛수고의 극치일 뿐이지만, 준비한 대로 내가 현장에 없었다는 증거를 조작하는 데는 생각지도 못한 절호의 상황이다.

방법은 아주 간단하다. 야스하라를 죽인 다음 미로 같은 유령의 집 어딘가에서 그녀와 이야기하는 척한다. 그것이 신뢰하는 교사의 말이라면 학생들은 간단히 암시에 걸린다. 거기에 야스하라가 있다고 여기겠지. 자신도 야스하라의 목소리를 들었다는 착각에 빠질지도 모른다. 그런 후에 반드시 학생 중 누군가의 옆에 가 있으면 내가 현장에 없었다는 증거가 완성된다. 적당한 때를 봐서 야스하라가 없다는 사실을 깨닫게 해주고 시체를 발견할 때도 함께 있으면 된다.

이 방법의 핵심은 속일 상대가 한 사람이 아니라 한 반의 학생 모두라는 점이다. 사람이 많을수록 속이기 어렵다는 선입견과 달리, 실제로는 누군가 한 명이 야스하라의 목소리를 들었다고 말하면 자신들도 들었다고 여기기 쉽다. 서로가 서로의 착각을 더욱 다져준다.

아무나 할 수 있는 방법은 아니지만 하스미는 자신의 연기력에 자신이 있었다. 학생들을 마음대로 유도하는 기술 역시 마찬가지다.

자살이라는 상차림은 완벽하다. 게다가 현장을 밀실로 만들어서 내가 그곳에 없었다는 증거까지 준비한다면 설마하니 의심받을 일은 없겠지.

PM 7:41

다테누마 마사히로는 본관 2층의 1학년 교실에서 다카하시를 기다리고 있었다. 마음이 진정되지 않는다. 얼마 전까지 다녔던 학교지만 지금은 외부인이라는 느낌이 사무친다. 아무도 오지 않겠지만 우선 오늘 밤 학교에 있다는 세 명의 교사인 소노다, 하스미, 시바하라 중 누군가와 맞닥뜨린다면 다툼을 피하지 못할 것이다.

갑자기 교실 문을 두드리는 소리가 나서 깜짝 놀란다.

"나야, 다카하시랑 같이 왔어."

이즈미의 목소리였다. 문이 열리고 이즈미와 함께 다카하시 유즈카가 들어온다. 다테누마가 일어섰다.

"다테누마……."

티셔츠에 체육복 바지를 입은 다카하시는 다테누마의 앞에 선다. 얼굴도 보이지 않을 만큼 어두운 교실이지만 독특한 목소리와 말총머리의 윤곽을 보고 확실히 다카하시임을 알아보았다. 심장 박동이 빨라진다.

"지금 이즈미한테서 들었는데, 그때 이야기 말이지? 우리 반 애들은 다테누마를 추방해달라는 편지 따위 쓴 적 없어!"

다테누마는 잠시 동안 말이 없었다.

"그거 확실해?"

"응."

"너만 몰랐던 건 아니고?"

다카하시는 세차게 고개를 저었다.

"그리고 요코타의 게시판에 다테누마를 비방하는 글을 쓴 사람도 야마구치가 아니야."

"정말이야?"

"응. 나중에 들었는데 야마구치는 다테누마에게 맞은 것보다 자신을 믿지 않았다는 사실이 충격이었나 봐."

"그래?"

분명 전부터 성격이 맞지 않는 상대였고 사이가 나쁘긴 했지만, 그런 비겁한 짓을 할 녀석은 아니었다. 머릿속이 아주 많이 혼란스러웠지만 이윽고 하나의 진실이 떠올랐다.

하스미다. 놈이 나를 함정에 빠뜨렸다.

"다테누마, 나는 다테누마가 학교 축제에서 드럼을 쳐줬으면 좋겠어."

불쑥 다카하시가 말한다. 마치 고백처럼.

얼굴이 뜨거워졌다. 아마 새빨개졌겠지. 이 순간만은 교실이 어두워서 다행이라고 생각했다.

"다테누마. 같이 하자!"

이즈미도 다카하시의 뒤를 이어 말한다.

"아직 부모님께는 말하지 않았지만, 나는 진심으로 프로가 될 생각이야. 이번 학교 축제에서 하는 연주도 그저 모두에게 들려주겠다는 의미만이 아니야."

"무슨 말이야?"

"공연장 대여료도 내지 않고 공짜로 많은 사람들에게 우리의 연주를 들려줄 기회잖아? 사실은 선배의 연출을 통해서 음악 관계자 몇 명에게도 와달라고 부탁해 놓았어."

"정말이야?"

다테누마는 중얼거렸다. 고등학교에서 퇴학당하고 장래 희망 따위는 사라져 버렸다고 생각했다. 음악인이라는 희망은 너무나도 현실과 동떨어진 꿈이어서 진심으로 목표로 삼을 용기가 나지 않았다.

그러나 이 녀석들과 함께한다면 어쩌면 실현될지도 모른다. 이즈미의 기타는 냉정하게 들어도 천재적이다. 드림 시어터의 존 페트루치까지는 아니더라도 일본의 록 음악계라면 이미 다섯 손가락 안에 들어가지 않을까.

"그렇다면 나도……."

"좋아, 결정!"

이즈미는 모깃소리만 하게 중얼거리는 다테누마의 소리조차 놓치지 않았다. 강제로 다테누마의 손을 잡고 악수한다.

"남아일언중천금, 알지? 학교 축제는 시작일 뿐이야. 너를 퇴학시킨 녀석들에게 한 방 먹여주자고."

"좋아. 해보자!"

마음속 깊은 곳에서 힘이 솟아난다. 이렇게 가슴이 두근거리는 것은 퇴학당한 이후로 처음이다.

PM 7:43

하스미는 옥상 문의 손잡이를 잡았다. 필요한 도구는 평소 교재를 넣어 다니는 두꺼운 천 가방에 담았다. 철제문을 열자 텁텁한 공기가 온몸을 휘감는다. 하스미는 옥상으로 나가며 소리가 나지 않게 조용히 문을 닫았다. 음력 초하루여서인지, 아니면 구름에 가려져서인지 달은 보이지 않았다.

스산한 바람이 불었다. 두껍게 깔린 구름을 보니 비가 한 차례 쏟아질지도 모른다. 비가 바로 내린다면 상황이 조금 안 좋아진다. 조금 더 있다가 내리면 좋겠는데…….

옥상에는 야간 조명이 없지만 학교 건물 옆에 가로등이 있어서 희미하게나마 불빛이 들어와 완전히 캄캄하지는 않다. 눈이 어둠에 익숙해지려면 잠시 시간이 걸리겠군.

하스미는 천 가방에서 블랙잭을 꺼냈다. 수학교사인 스리이 마사노부를 기절시켰을 때와 같은 방식으로 만든 블랙잭이다. 폴리에틸렌 재질의 쓰레기봉투를 다섯 장 겹쳐서 그 안에 운동장 모래를 담고 접착테이프로 꽁꽁 묶어서 보강했다.

하스미는 블랙잭을 들고 문 바로 옆의 벽에 몸을 바짝 붙였다. 기다리는 동안 이상한 감각에 휩싸인다. 전에도 이런 일이 있지 않았던가? 나는 그때도 이곳과 비슷한 장소에 서 있었다. 물론 바로 얼마 전에도 여기서 하야미 게이스케를 기다렸다. 시간이 얼마 지나기도 전에 같은 장소에서 또다시 범행을 저지르는 경우는 처음이다. 그러나 지금 느낌은 그때와는 전혀 다르다.

하스미는 눈을 깜빡였다. 천천히 기억이 되살아난다. 그래, 그날 밤이었다. 고등학교 1학년 여름방학. 밤중에 유미를 데리고 와서 학교를 구경시켜 주었을 때다. 교토의 밤은 너무나도 무더웠지만 밤바람 덕분에 그냥저냥 견딜만했다. 달은 점점 기울었고 하늘에는 엷은 먹빛을 흘리며 구름이 길게 깔렸다. 그날 유미는 진심으로 자신을 죽여 달라고 했을까? 그리고 나는 대체 왜 유미를 죽이지 않았을까?

그때 건물 안에서 계단을 올라오는 발소리가 들렸다. 하스미는 순간 정신을 차리고 블랙잭을 어깨높이만큼 들어 올렸다. 희미하게 삐걱거리는 소리를 내며 철문이 열린다.

"하스민 쌤! 어디예요?"

야스하라가 옥상으로 몇 발짝 나왔다.

지금이다. 하스미는 야스하라의 뒤통수에 블랙잭을 내리치려고 했다. 그러나 하지 못한다. 하스미는 경악했다. 마치 보이지 않는 손에 잡힌 듯 아무리 애를 써도 오른손이 움직이지 않는다.

"하스민 쌤?"

야스하라가 좌우를 둘러본다. 큰일이다. 금방 돌아볼 텐데.

그 순간 갑자기 마법이 풀렸다. 하스미는 모래가 가득 찬 비닐 봉투로 연인인 소녀의 머리를 내리친다. 야스하라는 다리에 힘이 풀려 그 자리에 쓰러졌다. 콘크리트 바닥에 부딪치기 전에 재빨리 들어 올려 안는다. 쓸데없이 상처가 생기면 자살이라는 시나리오에 차질이 생긴다.

그러나 자신의 팔 안에 힘을 잃고 쓰러진 소녀를 보고 아차 싶었다. 아주 조금이지만 머리에서 피가 흐른다. 권투선수의 펀치처럼 부드러운 물체에 의한 충격에도 피부가 찢어지는 경우가 있는데 아무래도 지금이 그런 상황인 듯하다. 조바심이 나는 바람에 때린 곳이 빗나갔나? 어쩌면 너무 힘이 들어갔는지도 모른다.

담장에 밧줄을 묶고 스리이 때와 마찬가지로 목을 매달 작정이었는데 이래서는 첫 번째 시나리오를 써먹지 못한다. 머리에 생긴 지 얼마 안 된 상처가 있으면 시체를 검사하는 경찰관이나 검시관이 분명 이상하게 여기리라.

야스하라를 안아 올린 하스미는 한쪽 손을 뻗어서 옥상 문을 잠갔다. 자, 어떻게 해야 좋을까? 야스하라는 기절했을 뿐이니까 여기서 계획을 중지해도 된다. 그러나 그렇게 되면 누가 그녀를 때렸는지에 대해 이해할 만한 설명이 필요하다.

"으으……"

야스하라가 희미하게 신음한다.

"하스민 쌤…… 대체 왜……?"

틀렸다. 야스하라는 정신이 들었다. 이렇게 된 이상 해치워야만 한다. 다행히 야스하라는 완전히 의식이 돌아온 상태가 아니고 몸도 움직이지 못한다. 그렇다면 지금부터 2분 이내에 범행을 완수하면 된다.

하스미는 학교 옥상을 둘러보았다. 해답은 금방 찾았다. 여고생의 자살로 자연스럽게 위장하면서 뒤통수의 외상을 의심받지 않을 방법은 하나뿐이다.

하스미는 야스하라의 몸을 안고 옥상을 건너서 안뜰 쪽으로 향했다. 정면 현관 쪽으로 야스하라를 던진다고 해도 떨어지는 순간을 다른 사람이 목격하지는 않겠지만, 가로등이 땅 위에 떨어진 시체를 비추어서 누군가가 금세 발견할 확률이 높다. 그렇게 되면 내가 사건 현장에 없었다는 증거를 만들 시간이 없어진다.

안뜰의 나무 그늘에 떨어뜨리면 된다. 그런 다음 이쪽의 상황을 봐서 적당한 때 발견되도록 사람들을 조종하면 된다. 하스미는 문득 오늘 밤 숙직이 소노다임을 깨닫고 얼굴을 찌푸렸다. 그러나 냉정하게 생각해 보면 문제는 하나도 없다. 가라테밖에 모르는 얼간이가 이 계획을 간파할 리 없다.

어쨌든 지금은 고민할 여유가 없다. 하스미는 야스하라를 안고 2미터 정도 높이의 담장을 기어오르려고 했지만, 너무 높아서 오르기가 힘들었다. 그래서 야스하라의 몸을 어깨에 둘러메고 한 손으로 철망을 올랐다. 그래도 쉽지는 않았지만 어쨌든 담장 위에 걸터앉을 만큼 올라갔다.

누군가에게 들킬 위험을 생각해 보았다. 학교 가까이에는 집이 없고, 이 시간에 이런 외딴 시골 도로를 지나는 차도 거의 없다. 게다가 정면 현관 쪽이 아닌 안뜰 쪽이다. 안뜰이나 북쪽 건물의 창문이 아니어서 보이지 않는 위치다. 밝은 달밤이 아니어서 이 정도로 깜깜한 밤이면 그쪽에서 봐도 아주 시커먼 윤곽밖에 보이지 않는다. 하스미는 야스하라를 어깨에 멘 채 담장 바깥으로 내려선다. 야스하라의 몸을 발부터 조심스레 내려서 옆구리 아래로 손을 넣어 몸을 세운다. 이제 그대로 밀어버리면 된다. 그렇게 생각했는데 웬일인지 몸이 말을 듣지 않았다. 또 인가? 도대체 왜 이러지?

야스하라가 희미하게 신음 소리를 낸다. 더 이상 시간이 없다. 10초만 더 지나면 야스하라가 정신을 차리고 큰소리를 지를지도 모른다. 죽이려면 지금 죽여야 한다.

하스미는 뻣뻣해진 양손을 풀려고 노력했다. 먼저 오른손이 말을 듣기 시작했다. 이번에는 오른손으로 야스하라를 꽉 껴안은 왼손을 풀려고 시도한다. 실제로는 10초도 안 되는 시간이었지만 마치 영원처럼 느껴졌다. 그러나 결국 하스미는 자신의 몸에 대한 지배권을 돌려받았다.

야스하라의 몸이 하스미의 손에서 벗어나 힘없이 무너져 내린다. 그대로 콘크리트 난간 너머 어둠 속으로 떨어졌다. 아래는 흙과 잡초가 깔려있을 텐데 쿵 하고 생각보다 큰소리가 울렸다.

하스미는 담장을 넘어서 옥상으로 돌아왔다. 또 손발이 말을 듣지 않는다. 자신의 몸이 자신의 뜻을 거스른다는 사실이 전에 없던 불안을 느끼게 한다. 그러나 곧 생각을 멈추었다. 살아남기 위해서 지금은 다른 걱정을 사서 할 여유가 없다.

하스미는 천 가방에서 야스하라의 가방을 꺼냈다. 가방 안에는 가짜 유서가 들어있다. 유서에는 시바하라에게 성폭행을 당해서 원통하다는 내용이 빽빽이 적혀있다. 이런 지옥 같은 세상에서 벗어나기 위해 죽음을 택한다고 쓰고, 마지막에는 어머니와 하스미에게 감사하다는 말로 마무리를 지었다.

목을 맬 밧줄은 필요가 없어졌다. 끝에 멍키렌치가 달린 또 하나의 밧줄을 꺼낸다. 옥상으로 나가는 문은 옥상 쪽에 달린 비틀개로 문을 여닫는 구조다. 건물 안쪽의 열쇠 구멍은 누군가가 나쁜 마음을 먹고 쑤셔 넣은 껌이 검고 딱딱하게 굳어서 자물쇠로 여닫지 못한다. 즉, 이 비틀개를 잠그면 옥상은 밀실이 된다는 뜻이다. 비틀개는 납작한 막대 모양인데 세로로 세우면 문이 열리고 오른쪽으로 돌려서 가로로 눕히면 잠기는 구조다.

하스미는 1층까지 닿는 긴 밧줄을 배수관의 선홈통*에 넣었다. 적당한 간격을 맞추어서 열림 나사를 접착제로 고정해 둔 멍키렌치를 비틀개 위에 끼운다. 멍키렌치는 문에 기대어 거꾸로 선 모양이다.

멍키렌치의 형태는 좌우비대칭이므로 손을 놓으면 자연스럽게 무게가 쏠리는 쪽으로 쓰러지고, 그 반동으로 멍키렌치에 물린 비틀개 역시 함께 돌아간다. 비틀개가 옆으로 완전히 돌아간 다음에는 회전하는 힘에 의해서 멍키렌치가 아래로 떨어진다. 그런 다음 건물 아래에 있는 선홈통의 출구에서 멍키렌치 끝에 연

---

* 빗물을 내리기 위해 지붕에서 땅바닥까지 수직으로 댄 홈통.

결된 밧줄을 끌어당기면 멍키렌치는 회수된다.

하스미는 건물 안으로 들어서서 문의 데드볼트*를 밀며 재빨리 문을 닫았다. 데드볼트에서 손이 떨어짐과 동시에 옥상 쪽에서 비틀개가 돌아가며 문이 잠겼다.

이것으로 완료. 그렇게 생각한 하스미의 귀에 누군가 계단을 뛰어 내려가는 발소리가 들렸다. 누구지? 하스미는 흠칫 놀란다.

순간 쫓아가서 잡을까 하고 생각했지만 지금 가봤자 어차피 잡지 못한다. 파닥거리는 고무 밑창의 실내화 소리로 보아 학생 같다. 이런 곳에서 도대체 무엇을 했을까?

PM 7:47

잠시 망설이던 하스미는 튀어 나가듯이 뛰어서 그 사람의 뒤를 쫓았다. 잡지는 못하더라도 누구였는지는 확인해야 한다. 옥상에서 4층까지 이어지는 어두운 계단을 육식동물처럼 유연하게 달려 내려간다. 계단 모퉁이의 미끄럼 방지턱에 발을 디뎌서인지 실내화로 쓰는 나이키 스니커즈에서는 조금도 소리가 나지 않는다. 4층에서 3층까지는 물결모양의 난간을 잡고 거의 뛰다시피 내려간다. 그 덕분에 3층에서 간신히 뒷모습을 포착했다.

* 스프링 작용 없이 열쇠나 손잡이를 돌려야만 움직이는 걸쇠.

어깨까지 오는 생머리가 찰랑거린다. 체격이 작은 여자. 양손을 거의 움직이지 않고 촐랑대며 뛰어가는 모습이 보인다. 틀림없다. 나가이 아유미다. 평소 교실에서는 별로 눈에 띄지 않지만 소문 퍼트리기를 무엇보다 좋아하는 예능 리포터 같은 학생이다. 비밀을 들키기에는 아주 안 좋은 상대다.

3층 복도에 들어선 하스미는 날뛰는 마음을 억제하며 천천히 걸었다. 서두른다는 모습을 보여서는 안 된다. 복도에는 서서 이야기하는 학생들도 있고, 중앙에 감시 카메라가 달려있어서 영상에 움직임이 잡히면 모두 녹화된다.

나가이는 카메라를 전혀 개의치 않고 뒤돌아보지도 않으며 허둥지둥 복도를 달려서 4반 교실로 뛰어 들어갔다. 하스미는 나가이보다 몇 초 늦게 4반 출입문에 도착했다. 나가이는 지금 막 손에 넣은 따끈따끈한 소식을 반 친구들에게 이야기하려던 참이다.

"그러니까 진짜로 봤다니까! 하스민 쌤이 옥상에서 나오는 모습을 말이야. 조금 전에 야스하라가 올라가기에 뭐 하러 가나 싶어서……."

이 녀석은 단 1초도 입을 다물지 못하는가. 하스미가 모습을 보이자 나가이는 깜짝 놀라 입을 다문다. 다른 학생들도 거북한 분위기가 되어 시선을 피한다.

"다들 잘되어가니? 슬슬 쉬는 시간도 끝이야. 오늘 밤 안으로 마무리해야지."

하스미가 아무 일 없었다는 듯이 말을 걸자 후유 하고 한숨 놓는 분위기가 흐른다. 학생들은 제각각 건성으로 대답하며 움직이기 시작했다. 그러는 동안 친위대나 ESS의 학생 몇 명이 나가이에게 비난의 눈초리를 던졌지만 특별히 그 이상의 일은 없었다.

하스미는 학생들의 작업을 지켜보는 척하면서 나가이를 철저히 감시했다. 어떻게든 나가이의 입을 막아서 그 이상 쓸데없는 말을 떠들지 못하게 해야 한다. 하스미가 교실에서 지켜보며 무언의 압박을 주는 탓에 나가이도 얌전하다.

"발밑을 불안정하게 하는 거야 괜찮지만 유령의 집 안을 완전히 어둡게 해도 괜찮을까? 손님들이 넘어지기라도 하면 혼란스러워지잖아?"

하스미는 의식을 나가이에게 고정하면서 작업 중인 학생들 사이를 돌아다녔다.

"그러니까 밧줄을 잡고 아주 천천히 걸어가라고 해야죠. 그럼 좁은 교실이라도 꽤 길게 느껴지지 않을까요?"

재색겸비의 표본 같은 이상적인 학생, 이사가와 마이가 생글거리며 대답한다. 그녀의 태도에서는 나가이의 폭탄 발언을 들은 영향이 느껴지지 않았다.

"그래도 만일을 대비해서 역시 지킴이가 필요하겠네. 당일에는 나카무라의 캠코더를 빌려서 설치해 두는 게 어때? 적외선 기능이 달렸으니까 말이야."

조언을 하는 한편으로 머릿속의 모든 뇌세포를 움직여서 현재 상황을 분석한다. 아무튼 좋지 않은 상황임은 틀림없다. 나가이가 야스하라의 이름을 꺼내는 바람에 야스하라 미야가 이곳에 없다는 사실이 학생들의 뇌리에 각인되어 버렸다. 즉, 처음 계획대로 암시를 걸어 내가 현장에 없었다는 증거를 조작하기가 불가능하다.

그뿐만 아니라 자신이 옥상에 있었다는 사실까지 떠들어버렸으므로 야스하라와 자신의 관계를 의심받게 되었다. 나중에 야스하라의 '투신자살'이 발견되면 불가피하게 의심을 피하지 못하게 생겼다.

추리소설과는 달리 현실에서는 밀실 트릭 정도는 자신을 지키는 방패로 삼기에는 부족하다. 진짜 의심을 받으면 반드시 밝혀져 버리니까. 그렇다면 예정을 변경해서 안뜰에 있는 야스하라의 시체를 처분하든지, 아니면 자살이 아니라 홀연히 사라져 버렸다고 말을 꾸며서……

아니, 그 방법도 쓰기 어렵다. 하야미 게이스케 때와는 상황이 다르다. 오늘은 4반 학생들이 밤새 학교에 머무른다. 게다가 숙직까지 하필이면 소노다로 바뀌었다. 안뜰에서 시체를 옮기는 모습을 누군가에게 들키면 그것으로 1막은 끝이다.

만약 오늘 밤에 야스하라가 없다는 사실을 얼렁뚱땅 얼버무린다고 해도, 내일 아침에 시체가 발견되는 상황은 더 이상 막을 방법이 없다. 그렇다면 사용할 시나리오는 하나밖에 없다. 하스미는 고민이 있다는 야스하라와 옥상에서 이야기를 하다가 잠시 혼자 있고 싶다는 그녀를 남겨두고 왔다. 그 직후에 야스하라는 옥상에서 뛰어내려 자살을 했다.

떨어진 곳은 본관 건물의 북쪽인 안뜰이다. 교실의 창문은 모두 커튼으로 가려졌고 특히 4반의 창문은 골판지와 검은 장막을 둘러놓아서 학생들에게 목격될 가능성은 없다. 학교의 창문은 아쓰기 기지를 이착륙하는 미군 항공기의 소음을 방지하기 위해서 이중으로 되어있다. 땅에 부딪칠 때의 충격음도 일단 들리지 않았다고 봐도 좋다.

역시 문제는 나가이다. 어디까지 봤을까? 자신이 도착하기 전에 학생들에게 무엇을 이야기했는지 확인해야만 한다. 4~5분이 지나자 나가이는 단조로운 작업에 싫증이 났는지 훌쩍 교실을 나갔다. 하스미는 1분 정도 참고 기다렸다. 그리고 뒤를 밟았다. 나가이의 모습은 어디에서도 보이지 않는다. 혹시나 싶어서 계단을 올라가 보니 나가이는 옥상으로 통하는 문 앞에 있었다. 문을 열려고 했는데 문이 잠겨있어서 당황한 눈치다.

평소에는 문을 잠그지 않고 열쇠 구멍에는 검고 딱딱한 껌이 채워져 있으니 상식적으로 생각한다면 옥상에 사람이 있다는 판단이 나온다. 하스미가 그곳에 가져다 놓은 천 가방을 나가이가 발견했다. 무서움에 덜덜 떨면서 손을 뻗어 안을 보려고 한다.

"나가이, 거기서 뭐 하니?"

하스미가 태평스런 목소리로 뒤에서 부르자 나가이는 펄쩍 뛰어오를 듯이 놀랐다.

"잠깐 바람 좀 쐬려고요."

손가락 끝으로 앞머리를 만지작거린다. 어딘가 어색한 태도였다. 하스미와 눈도 맞추려 하지 않는다.

"그래? 그런데 거기 잠겼지?"

"네. ……그런데 어떻게 아세요?"

비상등만 켜진 계단은 어두웠지만 나가이의 표정에 떠오른 감정만은 확실히 읽혔다. 불신감이다. 야스하라와의 사이를 의심한다기보다 무언가 정체 모를 의혹에 사로잡힌 듯했다.

4반 담임이 된 이후로 학생들 모두를 두루 살피려고 노력했지만, 역시 열 손가락을 깨물면 더 아픈 손가락과 덜 아픈 손가락이 있는 법이다. 지금까지 나가이 아유미는 '그 외의 학생들'로만 취급했다. 그러니 나가이의 마음속 어딘가에 자신을 향한 불만이 쌓였을지도 모른다.

"야스하라가 잠갔어."

나가이는 눈살을 찌푸렸다.

"야스하라는 옥상에서 뭘 하나요?"

"고민이 있나 봐. 지금은 혼자 있고 싶다고 하더라고."

"아아, 그렇군요. ……그럼 하스민 쌤은 아까 뭐했어요?"

나가이가 눈을 부릅뜨고 묻는다. 태연한 말투 뒤에 가시가 숨겨진 듯했다.

"야스하라가 좀 이상해 보여서 상담해 주려고 했어. 우연히 옥상으로 가는 모습을 봤거든."

"응? 그런데 하스민 쌤이 먼저 옥상으로 올라갔잖아요?"

아뿔싸. 그러고 보니 나가이는 야스하라가 옥상으로 가고 그 뒤에 내가 나오는 모습을 보았다. 이래서야 거짓말이 다 들통난다. 단순한 모순일수록 둘러대기가 어렵다. 이 이상 변명하면 할수록 수렁에 깊이 빠질 뿐이다.

"뭐, 아무튼 지금은 야스하라를 혼자 있게 해줘."

하스미는 그 자리를 뜨려고 했다.

"응? 선생님, 잠깐만요. 등에 뭐가 묻었어요."

돌아서는 하스미를 나가이가 불러 세웠다. 등에 손을 뻗는다.

"이게 뭐지?"

나가이의 손끝에 미량이지만 말라버린 피가 묻었다. 담장을 넘기 위해서 야스하라를 어깨에 둘러메었을 때 묻은 모양이다. 붉은 폴로셔츠의 등에 묻었으니까 교실에서는 눈에 띄지 않았겠지. 이렇게 어스레한 곳에서 발견하다니……. 조명이 우연히 그 부분을 밝게 비추었나? 아니면 아주 가까이에서 보았기에 알았나?

"가짜 피 아냐? 아까 마에지마가 만든 피투성이 마네킹 얼굴에서 묻었겠지."

"아뇨. 이건 가짜가 아니라 진짜 피예요."

나가이는 손끝에 묻은 피 냄새를 맡으면서 눈썹을 찌푸린다.

"하스민 쌤, 어디 다쳤어요?"

대답이 궁해져서 하스미는 입을 다물었다. 나가이는 무슨 생각이 떠올랐는지 눈을 크게 떴다. 등에 약간의 피가 묻었을 뿐이다. 그런 건 증거가 되지 않는다. 잠깐, 잠깐만 기다려. 여자의 직감 탓에 늘 이 꼴이라니까.

비명을 지를 듯한 낌새가 느껴져서 하스미는 계단을 뛰어 올라갔다. 나가이의 얼굴을 가슴에 끌어안고 왼손으로 입을 틀어막는다. 숨을 쉬기 힘들어진 나가이는 죽을힘을 다해 버둥거리며 하스미의 옆구리를 세차게 때렸다. 이제는 입이 자유롭게 되면 바로 크게 소리를 지를 게 뻔하다.

하스미는 오른팔로 나가이의 머리를 다시 깊이 끌어안고 힘을 주어서 목을 비틀었다. 한순간 머리카락이 흐트러지고 나뭇가지가 부러지는 소리가 나면서 나가이의 몸에서 힘이 빠졌다.

흐느적거리며 무너져 내리는 몸을 부축하면서 하스미는 고개를 흔들었다. 소란이 일면 큰일이다 싶어서 순간적으로 한 짓이지만 사태를 더욱 악화시켜 버렸다.

하스미는 우선 4층에 아무도 없는지 확인한 다음 나가이의 시체를 안고 계단을 내려와 남자 화장실로 들어갔다. 숨길 장소는 청소 도구함뿐이다. 안에 든 청소 도구들을 일단 꺼내놓고 시체를 웅크린 자세로 만들어 안에 넣은 뒤, 그 위에 양동이나 대걸레를 얹고 뚜껑을 닫았다. 운 나쁘게도 자물쇠는 없지만 오늘 밤에 이런 곳을 일부러 열어보는 별종은 없겠지.

나가이는 평소에도 빨빨거리며 나돌아다니는 경우가 많으니 한동안 보이지 않아도 수상하게 여기지는 않을 것이다. 그러나 이 사태를 어떻게 수습해야 좋을까? 두 번째 시체의 처리보다도 반 학생 모두의 의식을 어떻게 유도할까가 어려운 문제였다. 불과 몇 초 만에 나가이는 아이들의 머릿속에 야스하라에 관한 의혹의 씨앗을 심어놓았다. 그 직후 이번에는 나가이가 실종된다면 당연히 의심하겠지.

하스미는 잠시 생각에 잠겼지만 묘안이 떠오르지 않았다. 우선은 반 분위기를 확인해 두어야겠군. 야스하라가 죽은 뒤에 현장에 없었다는 증거를 조작하기에 유용하겠다고 생각해서 미리 교실의 도청기를 켜두었다. 하스미는 4층과 3층 사이의 층계참에서 천 가방에 든 수신기를 꺼내어 이어폰을 귀에 꽂았다.

교실에 있는 학생들의 모습을 확인한다. 평소와 다름없이 시답잖은 대화와 웃음소리가 들린다. 별다른 모습은 없다. 이어폰을 귀에서 빼려는 순간 여자 목소리가 들렸다. 그 목소리가 다른 학생의 목소리보다 선명히 들리기 시작한 이유는 그 아이가 도청기를 숨겨둔 창가 근처로 다가와서겠지.

— ……어. 분명히 밀회라니까.

하스미는 당장 소리에 의식을 집중했다.

― 그럴까?

대답하는 목소리는 남자였다.

― 그래. 아까 봤다니까. 두 사람이 눈으로 신호를 주고받더라고.

― 진짜?

긴장이 고조되었다. 이 두 사람은 누구지? 학생들의 목소리는 모두 구분할 자신이 있지만 낮게 속삭이는 소리라서 특정하기가 어려웠다.

― 어쩌면 야스하라를 옥상으로 불러내서 죽일지도 모르지.

농담처럼 말한 남자의 발언에 흠칫 놀랐다. 왜 그런 말이 나왔지?

― 설마. 그건 아니야. 그 애는 친위대보다 더 하스미 선생님에게 찰싹 달라붙었으니까.

그렇지 않으면 죽여도 이상하지 않다는 말인가? 여자의 목소리는 아주 진지했다.

― 그런 녀석이 오히려 더 위험할지도 몰라.

남자가 말한다.

― 왜?

"관계가 깊어지면 깊어질수록 보면 안 될 것을 볼 기회도 많아

지잖아."

나고시가 말한다. 가볍게 말했지만 완전히 농담이라고는 생각하지 않는 표정이었다.

"그렇지만 지금까지 일어난 사건은 안 그랬잖아."

가타기리는 하스미에게 살해되었거나 함정에 빠졌을 가능성이 있는 사람들을 한 명씩 다시 떠올려 보았다.

"○○고등학교의 네 명도 하스미와 서로 사이가 엄청 안 좋았고 말이야."

하스미는 깜짝 놀랐다. 어떻게 그런 일까지 알지? 설마하니 스리이가 말했을 리는 없을 텐데…….

— 하지만 그렇게 치면 하야미도…….

남자가 말하자 여자가 앙칼진 말투로 가로막았다.

— 거기서 하야미 얘기가 왜 나와! 하야미는 살아있다고!

— 그래, 네 말이 맞아. 미안.

잠시 침묵이 흘렀다.

— ……나 내일 그 형사를 한 번 더 만나러 가야겠어.

— 시모즈루 아저씨 말이야? 그렇다면 나도 같이 가. 새로운 증거가…….

걸어서 자리를 옮기는지 두 사람의 목소리가 점점 작아졌다. 한참을 더 들었지만 들린 음성은 하야시 미호가 누군가에게 투덜거리며 불평을 늘어놓는 소리뿐이었다. 하스미는 귀에서 이어폰을 뺐다.

아무래도 오늘은 재수가 없는 날인 듯하다. 이미 사태는 어설프게 손질할 단계를 넘어버렸다. 설마하니 벌써 형사와 접촉한 학생이 있다고는 생각지 못했다. 그것도 그 시모즈루와……. 미처 눈치채지 못한 사이에 발등에 불이 떨어졌다. 아니 불은 이미 거세게 타올라 몸을 태우고 있는지도 모른다.

오랜만에 도립 ○○고등학교의 일을 떠올렸다. 소노베 쇼코. 머리 좋고 행동력도 있는 학생이었다. 지나친 정의감으로 쓸데없이 소문을 들쑤시고 돌아다니지 않았다면 애석하게 젊은 목숨을 잃지도 않았을 텐데. 소노베만 없었더라면 나머지 세 명은 내버려두어도 방해가 되지 않았다.

어차피 이 두 사람을 살려두지는 않겠지만, 지금은 이 둘이 누구인지 모르는 탓에 대처할 도리가 없다. 의심스러운 학생은 몇 명 있지만 확증이 없다. 그러나 이 두 사람은 소노베와 비슷하거나 그 이상의 위협이다. 의심의 여지가 없다. 머릿속에서 경계경보가 울려 퍼진다. 바로 손을 써야 한다. 아니, 지금은 우선 야스하라의 자살에 대한 의혹을 말끔히 없애고 4층 화장실에 숨겨둔 나가이의 시체를 처리해야 한다.

하스미는 폴로셔츠를 벗어서 물에 적신 손수건으로 등에 묻은 피를 닦아냈다. 어떻게 뒷감당을 할지 고민했지만 문제가 너무 복잡해서 좋은 방책이 나오지 않았다. 학생들을 오랫동안 방치하면 좋지 않다. 아이들이 시끄럽게 굴어서 소노다가 끼어들기라도 하면 나중에 움직이기 힘들다. 우선은 4반 교실로 돌아가기로 했다.

"뭐야, 그동안 겨우 이것밖에 못 했어? 좋아, 나도 도울 테니까 힘내서 열심히 하자."

하스미는 학생들과 함께 유령의 집을 만드는 작업에 몰두했다. 그러는 동안 계속 귓가에 불길한 울림이 이는 기분이었다. 눈 덮인 산 정상에서 들리는 희미하게 삐걱거리는 소리. 눈사태가 일기 직전의 굉음이.

이대로 가면 파멸이다. 하지만 피할 방법이 보이지 않는다. 손을 쓸 시간은 끽해야 오늘 밤뿐이다. 내일 아침이 되면 손쓰지 못할 만큼 커져 버린 눈사태가 모든 것을 집어삼킬 것이다. 농땡이 부리던 학생들도 하스미가 옆에 있는 동안에는 유령의 집을 완성하기 위한 작업에 성실히 몰두했다.

"나무를 숨기려면 숲에 숨겨라…… 인가?"

30분 정도 시간이 지났을 때 하스미는 학생들의 모습을 바라보며 중얼거렸다.

"그게 무슨 말이에요?"

옆에 있던 친위대의 미타 아야네가 애교 섞인 미소를 띠우고 묻는다.

"아, 체스터턴*의 명언이야. 체스터턴은 수업 시간에 한 번 이야기 한 적이 있지? 기억하니?"

"으음, 어렴풋이 들은 기억이 나는 듯도……."

미타는 멋쩍어하며 슬슬 멀어져 갔다. 미타는 교과서나 수업 내용에 대한 이야기가 나오면 금방 달아나려 든다. 나무를 숨기려면 숲에 숨겨라. 당연한 말이지만 진리다. 시체를 숨기고 싶다면 시체의 산을 쌓는 수밖에 없다.

PM 8:25

하스미는 아무도 없는 교무실로 돌아와서 눈에 띄지 않게 한쪽 구석에 설치된 모니터 앞에 앉았다. 교내 감시 카메라의 영상은 모두 여기에서 확인한다. 작년에 갓 부임한 하스미는 사카이 교감의 지시로 감시 시스템을 도입했다. 카메라 위치에서 녹화 방식에 이르기까지 모르는 것이 없을 정도다.

학교 건물 밖에 설치된 카메라는 모두 네 대다. 정문과 출입문, 운동장, 그리고 사나다의 사건 이후로는 주차장도 감시 구역에 포함되었다. 아이들이 장난치다가 고장이라도 낼까 봐 모두 내구성이 좋은 실외용 캡슐 카메라로 설치했다.

---

* Gilbert Keith Chesterton(1874~1936), 영국의 소설가 겸 평론가.

한편 교내를 감시하는 카메라는 본관 1층에서 4층까지 각 한 대씩뿐이다. 여기는 눈에 띄지 않게 반구 형태의 카메라를 설치했는데, 아무리 가동식의 광각렌즈라도 한 대로 하나의 층을 모두 촬영하기는 불가능해서 사각지대도 많다. 카메라가 위치한 곳은 복도의 거의 중앙이므로 계단을 통해서 옥상으로 간다면 찍히지 않는다.

애당초 교내에 침입한 수상한 사람을 추적한다는 목적은 명분일 뿐이고, 실제로는 학생들을 감시하기 위한 시설이므로 배치 지점을 줄여도 된다는 생각이었다. 감시 카메라의 영상은 모니터에 실시간으로 나타나지만 화면에 움직임이 있을 때만 감지기가 작동하여 HD 프레임 레코드에 녹화된다.

하스미는 여덟 개로 나뉜 기본 화면을 3층 복도에 설치된 카메라 영상만 나오게 바꾸었다. 자세히 관찰하니 아이들은 확연히 긴장이 풀린 모습이었다. 그러나 교실을 나올 때 소란을 피우면 소노다 선생님이 오신다고 겁을 주었으므로 얼마 동안은 그냥 두어도 괜찮지 싶다.

문제는 하스미가 지금부터 취할 행동도 다 감시 카메라에 녹화된다는 점이다. 하스미는 HD 프레임 레코드의 전원을 끊고 녹화를 중단할까도 생각했지만 결국 그냥 내버려두기로 했다. 이미 나가이의 시체를 안고 4층 화장실에 들어간 모습이 확실히 녹화되었을 테니까 어차피 나중에 기록을 지워야만 한다. 그보다 계획을 실행하는 과정에서 녹화 기능을 활용하여 학생들의 움직임을 파악할 필요가 있으니 지금은 내버려두기로 했다.

교무실로 내려가기 전에 모든 도청기를 켰다. 이것도 실시간으로 학생들의 모습을 파악하기 위해서인데, 약점은 감시 카메라의 영상과 도청기의 음성을 동시에 확인하기 어렵다는 점이다. 하야미 게이스케를 꾀어낼 때 미끼로 사용한 전파와 달리, 도청기의 전파는 아주 약하므로 철근 콘크리트로 만들어진 학교 건물 안에서는 층수가 달라지면 수신이 안 된다.

하스미는 인스턴트 커피를 한 잔 탄 후 응접실 의자에 앉아 눈을 감았다. 영화 같은 장면을 머릿속에 그리면서 계획을 꼼꼼히 재검토한다.

아마도 할 수 있겠지. 아니, 해내야 한다. 이 같은 범행을 성공시킨 인간은 일찍이 없었으리라. 그러나 외부에서 들어온 침입자와 달리 하스미는 학교 건물 안에서 일어나는 일을 모두 알고 마스터키도 사용할 수 있다. 끝까지 해내는 데 필요한 두뇌와 체력, 그리고 정신력도 갖추었다.

그럼에도 불구하고 역시 망설여진다. 이제까지 단 한 번도 범행을 머뭇거린 적이 없지만, 이번만큼은 너무 심하지 않을까 하는 생각도 든다. 그러나 달리 대안이 없는 이상 이 방법을 써야만 한다.

하스미는 커피를 마시면서 생각한다. 이대로라면 자신은 야스하라와 나가이 두 사람을 살해한 혐의를 받게 된다. 경찰은 용의자를 자신에게로 좁혀서 철저하게 조사할 것이다. 그렇게 되면 과거의 모든 사건에 대한 의혹이 제기될 가능성도 있다. 안 된다. 무슨 일이 있어도 그런 사태만은 피해야 한다.

고개를 흔든 하스미는 집중할 때 자주 했듯이 긍정적인 방향으로 생각의 끈을 돌렸다. 실행의 장애물은 높지만 이 계획에는 뚜렷한 이점이 많다. 우선 나가이 아유미의 시체를 처리할 필요가 없다. 이제부터 할 일의 번거로움을 생각하면 나가이의 시체 처리 쪽이 훨씬 간단하겠지만 말이다. 두 번째로 반 학생들이 품은 야스하라와 나가이에 관한 의심이 깔끔하게 사라진다. 마지막으로 도청기로 엿들은 학생 두 명이 누구였는지에 대해서도 이 이상 고민할 필요가 없어진다. 지금부터 하려는 일은 그야말로 궁극의 재구성이니까.

자리에서 일어선 하스미는 동물원의 호랑이처럼 교무실 안을 어슬렁거렸다. 새삼스레 형사 처분을 걱정할 필요는 없다. 최근 들어 처벌이 강화되는 흐름을 보면 야스하라와 나가이 두 사람의 살인죄만으로 사형이 될 가능성이 크다. 그렇다면 한 반의 학생 모두를 말살해도 처벌은 매한가지다.

그럼 이 범행이 탄로 날 확률은 얼마나 될까? 대부분의 상식적인 사람들은 설마 그렇게까지 하리라고는 생각하지 않는다. 그 허점을 찌르면 의혹을 벗게 될지도 모른다. 최대의 관문은 물리적인 실행 여부다. 일단 시작하면 완벽하게 달성해야 한다. 한 명이라도 살려두어서는 안 된다.

모두의 입을 막기 위해서는 평범하지 않은 과감한 수단이 필요하다. 화재도 한 번 생각해 보았지만 젊고 힘 좋은 고등학생이 단 한 사람도 살아남지 못할 화재가 있을 리 없다.

결국은 대량 살인이라는 시나리오만 남는다. 어떻게 할까? 일본도를 준비하더라도 많은 사람을 베면 피와 기름이 엉겨서 계속 쓰지 못한다. 미야모토 무사시*가 아닌 이상 체력 면으로도 마흔 명을 죽이기는 힘들다. 따라서 총기를 사용해야 한다. 때마침 주변에는 살상 능력이 충분한 산탄총도 있다. 그리고 대량 살인에는 그럴듯한 범인이 필요하다. 흉기가 산탄총이라면 후보자는 한 사람으로 좁혀진다.

그래, 용의자가 없으면 언젠가 자신에게 조사의 손길이 뻗어 올지도 모르지만, 확실한 범인을 준비해 두면 경찰은 개떼처럼 그쪽으로 달려들 것이다. 관료기구인 이상 논리 정연하게 해결만 된다면 그들은 만족해하며 파일을 덮는다. 과거에 무고한 죄를 뒤집어쓰고 감옥에 간 사람이 많다는 사실이 경찰의 그런 습성을 말해주지 않는가.

하스미는 차츰 성공을 확신했다. 뜻을 굳히고 수화기를 들려다

* 宮本武蔵, 일본의 전설적인 사무라이이자 예술가.

가 생각을 바꾸었다. 학교 전화를 사용해서 기록을 남기면 안 된다. 자신의 휴대전화는 더욱 안 된다. 조용히 교무실을 나와서 복도의 불도 켜지 않은 채 1층 로비에 비치된 녹색 공중전화박스로 간다.

NTT*는 수지타산이 맞지 않아서 점차 공중전화를 철폐하는 방침이지만, 재해 등이 일어나서 긴급 연락을 해야 할 때 일반 전화보다 잘 연결된다는 이점이 있다. 그런 점을 고려한 학교 측이 교직원에게 억지로 사용하게 해서 어찌어찌 유지하는 최후의 한 대였다. 전화카드가 아니라 십 엔짜리 동전을 몇 개 넣은 뒤 휴대전화 화면에 띄운 번호를 보고 버튼을 눌러 전화를 걸자 곧 상대가 받았다.

"구메 선생님. 하스미입니다. 죄송합니다만, 지금 곧장 학교로 와주십시오."

— 네? 지금요? 그런데 공교롭게도 제가 지금…….

"긴급 상황입니다. 마에지마에게 안 좋은 일이 좀 생겼습니다."

— 안 좋은 일? 저기…… 무슨 일인가요? 그, 그 학생이?

걱정이 되어서인지 구메의 목소리가 뒤집어졌다.

"전화로는 이 이상 자세히 말씀드리기 어렵습니다. 어쨌든 오시면 압니다."

---

* '일본전신전화회사'의 약자. 일본 최대의 통신 기업이다.

하스미는 상대의 대답을 기다리지 않았다.

"지금 자택이신가요? 그쪽이라면 30분 내로 오시겠군요."

얼마 전에 구메가 요청하기에 검은색 포르셰 카이맨을 돌려주었다. 역시 할 일은 해두어야만 하는 법이다.

— 아마 그렇겠지요. 그런데 저기…… 적어도 어떤 종류의 문제 인지라도…….

"빨리 와주십시오. 가능한 다른 사람들에게 들키지 않도록 하시고요. 그리고 학교에 오신다고 아무에게도 말씀하시면 안 됩니다. 도착하시면 여하튼 곧장 교무실로 와주세요."

구메는 잠시 말이 없었지만 "알겠습니다"라며 전화를 끊었다.

PM 9:02

나나쿠니야마 산의 셋집으로 돌아가서 필요한 장비를 그러모아 되돌아오는 데 20분이 걸렸다. 서둘러야 한다. 구메는 곧장 달려올 것이다. 하스미는 주차장에 경트럭을 세우고 귀를 기울였다. 특별히 달라진 상황은 없는 듯하다. 경트럭에서 내려 짐칸에 실린 짐을 내린다. 푸른 방수시트를 둥글게 만 통은 너무 커서 오히려 산탄총이 들어있을 것으로는 보이지 않는다. 그 외의 물건은 나일론 배낭에 쑤셔 넣었다. 이 순간에도 자신의 모습은 감시 카메라에 촬영되고 녹화된다. 보는 사람이 없다는 사실을 알지만 별로 기분이 좋지는 않다.

교무실로 돌아와서 우선 모니터로 학생들의 모습을 확인해 보았다. 변함없이 대충대충 작업을 계속하는 가운데 완전히 손을 멈추고 수다 떠는 학생도 많다. 하스미의 눈에는 느긋한 그 모습이 풀을 뜯어 먹으며 쉬는 사슴처럼 보였다.

하스미는 방수 처리된 통을 열어서 산탄총을 꺼냈다. 베레타 682 골드 E 트랩. 길이 119센티미터의 접이식 상하쌍대 총이다. 같은 산탄총이라도 포엔드를 밀어서 새로운 총알을 장탄하는 펌프 연사식이라면 할리우드 영화처럼 마지막 장면을 멋지게 장식하겠지만 그건 호강에 겨운 소리다.

총기를 조작하는 방법은 미국에 있을 때 열심히 연습했다. 자연스러운 손놀림으로 중절 레버를 오른쪽으로 당기고 중앙 고리 부분에서 총신과 총틀을 반으로 꺾어서 총신 뒤쪽의 약실에 두 발의 산탄을 넣는다. 총신을 들어 올려서 총틀에 끼워 넣으면 발포 준비 완료다.

산탄총과 함께 구메에게서 갈취한 산탄은 50발 이상 있다. 사슴 사냥에 사용하는 12번경 OOB탄*인데 사람을 쏘기에 아주 효과적이라고 알려져 있다. 그리고 곰이나 돼지 따위의 큰 동물을 사냥하는 데 사용하는 총알도 10발 정도. 어째서인지 덤으로 공

---

* 직경 8.4밀리미터의 탄환.

포탄도 몇 발 들었다. 대충 수량은 충분한 듯하지만, 너무나 지능이 높은 사냥감을 생각하면 되도록 헛총질은 하지 않도록 아껴야 한다.

밖에서 차 소리가 났다. 빌려서 타는 동안 완전히 정이 든 포르셰 카이맨의 엔진 소리다. 밤에 들으니 여느 때보다 더 시끄럽다. 학생들에게 들킬까 봐 걱정했지만 엔진 소리는 다행히 금방 멈추었다.

하스미는 장전한 산탄총을 책상 위에 놓고 방수시트를 적당한 크기로 접은 다음 천 가방에 넣어둔 블랙잭을 꺼냈다. 이미 옥상에서 야스하라에게 한 번 사용했지만 비닐봉지는 찢어지지 않았고 안의 모래도 버리지 않았다. 재활용은 지구환경을 위하는 가장 좋은 방법이다.

희미한 발소리가 들린다. 불이 켜지지 않은 복도를 의아하게 여기는 듯하다. 드디어 교무실 문에 구메가 나타났다. 표정이나 태도 모두 심하게 허둥대며 날아온 모습이다. 허리를 묶은 검은 사파리 재킷에 폭이 좁은 보라색 바지를 입고 맨발에 모카신을 신은 차림새는 본인의 예술가적인 분위기나 옆머리를 쳐올린 독특한 머리 모양과 잘 어울렸다. 문제가 있다면 어딜 어떻게 봐도 대량 살인을 할 만한 범인으로 보이지 않는다는 정도다.

"하스미 선생님! 도대체 무슨 일인가요?"

구메가 숨을 헐떡이며 묻는다.

"마에지마…… 마에지마는요?"

하스미는 침통한 표정으로 고개를 끄덕였다.

"우선 여기 앉으세요."

교무실에 놓인 작은 소파를 가리킨다.

"아니, 그것보다 빨리 말씀해 주십시오! 무슨 일이 있었나요?"

"지금 설명하겠습니다. 우선 거기에 앉아주세요."

하스미가 다시 소파를 가리키자 구메는 미간에 세로로 깊게 주름이 생길 만큼 인상을 썼지만 말없이 소파 끝에 살짝 걸터앉았다.

"사실은 이런 일입니다."

하스미는 구메의 옆으로 다가가서 등 뒤에 숨긴 블랙잭을 내려쳤다. 구메는 작은 신음 소리를 내며 소파 위에 무너져 내렸다. 하스미는 방수시트를 바닥에 펼치고 뇌진탕을 일으킨 구메를 그 위에 눕힌 다음 굴려서 머리부터 발목까지 멍석말이처럼 말았다. 그 위에 접착력이 좋은 은색 접착테이프를 여러 번 둘러서 고정했다. 손이 많이 가지만 묶은 흔적을 남기지 않고 구속하기 위해서는 이 방법밖에 없다.

그리고 구메의 입에 수건을 한가득 쑤셔 넣었다. 수건이 입안에서 타액을 흡수해서 부풀어 오르면 손을 사용하지 않고는 뱉어내지 못한다. 테이프로 입을 막지 않아도 훌륭한 재갈 역할을 한다. 하스미는 구메를 어깨에 메고 교무실 옆에 있는 학생상담실로 옮긴다.

"선생님은 나중에 출연하셔야 하니까 그때까지 얌전히 기다려 주세요."

서서히 의식을 되찾은 구메는 누에고치 같은 모습으로 바닥에 누워 하스미를 흘겨본다. 분노 탓인지 얼굴이 벌겋게 달아올랐다.

"그리고 충고하겠는데 부디 부질없는 짓은 하지 마세요. 선생님이 이상한 소리를 지르기라도 하면 마에지마가 위험해집니다. 저는 지금 어떻게든 문제를 해결하려고 노력하는 중입니다. 한 시간 정도만 가만히 있으면 둘 다 무사히 돌려보내 줄게요."

터무니없는 약속이지만 아마도 구메는 믿겠지. 사람은 누구라도 자신이 믿고 싶은 것을 믿을 권리가 있다.

하스미는 그대로 학생상담실을 나가려다 문득 어떤 생각이 떠올라서 다시 돌아왔다. 이제부터 학교 건물 안에 피로 물든 발자국을 남기게 될 것이다. 움직이기 쉽다고 해서 실내화로 신는 나이키 스니커즈를 그대로 신고 가기는 좀 그렇다.

구메의 발에서 모카신을 벗긴다. 고급품으로 보이는 가죽은 코도반*인 듯하다. 하스미의 실내화보다 조금 커 보이지만 신어보니 그럭저럭 편하다. 행동에 지장은 없을 듯하다.

* 스페인의 코르도바 산의 결이 고운 산양 가죽. 주로 남성용 구두나 혁대를 만드는 데 사용한다.

미리 해두어야 하는 일이 아직 몇 가지 더 남았다. 우선 현관 밖으로 나갔다. 1층의 선홈통으로 통과시켜 둔 밧줄을 끌어당겨서 옥상의 자물쇠를 채우는 데 사용한 멍키렌치를 회수했다. 렌치와 밧줄은 교무실의 도구함에 넣어두고 대신 조금 빨갛게 칠해진 대형 쇠지레와 볼트 커터를 꺼냈다.

지금 선 곳은 돌아오지 못하는 강(point of no return)이다. 지금이라면 멈추어도 된다. 구메뿐이라면 이쪽이 약점을 쥐었으니 머리를 때려서 꽁꽁 묶은 짓이 장난이었다고 사과하면(틀림없이 격노하겠지만) 사태를 수습할 여지가 있다. 그러나 계속 진행하면 더 이상 되돌리지 못한다.

하스미는 엷은 미소를 지으며 고개를 저었다. 스스로 생각해도 잠꼬대 같은 소리다. 이제 와서 되돌린다고 해도 달리 나아갈 길은 없다.

우선 배리어 프리 운동* 차원에서 설치한 엘리베이터를 1층에 세운 뒤 관리자용 열쇠로 정지시켰다. 학생들이 엘리베이터를 이용해서 도망칠 가능성은 거의 없지만 여분의 퇴로는 하나라도 더 부수어야 한다.

다음에는 쇠지레와 볼트 커터를 손에 들고 서무실로 간다. 언제부터인가 하스미는 휘파람으로 모리타트의 선율을 흥얼거리

---

* 고령자나 장애인들도 생활하기 편하도록 물리적·제도적 장벽을 허물자는 운동.

고 있었다. 서무실 안에는 배전반이나 전등 분전반, 수신반, 학교 안 시스템을 관리하는 컴퓨터 따위가 줄지어 놓여있다. 하스미는 주배선반의 자물쇠를 열었다.

학교 안의 전화 회선은 NTT의 전봇대에서 교내의 전봇대까지 공중 배관을 통해서 전선을 연결하여 서무실에 설치된 주 배선반까지 끌어들이고, 거기서부터 각각의 전화에 배선하는 구조다. 하스미는 쇠지레의 뾰족한 앞부분으로 주배선반의 가운데에 있는 단자들을 산산조각 내고 볼트 커터로 모든 선을 절단했다. 이것으로 교내의 유선전화는 모두 끊겼다. 혹시나 해서 서무실에 놓인 전화의 수화기를 들어서 귀에 대보았지만 아무런 소리도 나지 않는다. 버튼을 눌러서 117*로 걸어보았으나 버튼 누르는 소리만 나고 전화는 연결되지 않았다. 그 다음은 북쪽 건물로 가야만 한다. 지금은 소노다와 만나도 별 문제 없지만 되도록 얼굴을 마주치고 싶지 않다. 발소리를 죽이고 본관과 북쪽 건물을 잇는 1층 복도를 통해서 북쪽 건물로 들어가 물리준비실 옆에 있는 아마추어 무선부실로 갔다. 마스터키로 문을 열고 커닝 대책으로 사용했던 기기를 들고나온다. 중간고사와 기말고사 때 아마추어 무선부의 고문인 야기사와가 하던 모습을 보았기에 요령은 안다.

기기의 접속을 완료하고 전력 증폭기의 전원을 켜는 순간 본

* 일기예보나 시간을 알려주는 전화번호.

관 옥상과 각층에 설치된 안테나에서 강력한 방해전파가 발신되어 학교 건물에 장벽을 친 듯이 휴대전화와 기지국의 교신을 단절했다. 학교의 통신 상황은 육지의 외딴섬과 같다.

PM 9:08

하스미가 자리를 비운 40여 분 동안 학생들은 마음껏 놀았다. 오노데라 후코나 이사가와 마이 같은 일부 성실한 여학생들은 작업을 하자고 말했지만 대부분의 학생들은 잡담을 즐기거나 휴대전화를 만지작거렸고 개중에는 빈 교실에 가서 담배를 피우는 녀석도 있었다. 와타라이 겐고는 샤프펜슬을 빙글빙글 돌리며 『대학수학』을 읽었고 그 모습을 본 시오미 다이스케도 지지 않으려고 참고서를 꺼내어 바닥에 앉아 본격적으로 수험 공부를 시작했다.

하스미 선생님은 뭘 하시느라 이렇게 안 오시지? 가타기리는 의문스러웠지만 이 기회를 살려보자 싶어서 휴대전화를 가지고 교실을 나와 복도 구석으로 갔다.

"여보세요. 저, 며칠 전에 뵌 가타기리라고 하는데요."

상대는 금방 가타기리를 기억해 냈다.

― 아, 너구나. 하야미의 일로 왔던…… 잠깐만.

시모즈루 형사는 동료인 듯한 사람과 대화를 한두 마디 나누었다. 아무래도 아직 경찰서에 있는 모양이다.

― 안 그래도 연락하려던 참이었어.

뭔가 알아냈을까? 기대와 불안이 부풀어 오른다.

― 우선 하야미의 문자 말이야. 발신지가 시부야역 주변이었어.

"그런가요?"

하야미가 늘 놀던 장소다. 그럼 역시 단순한 가출이었을까?

― 그런데 말이야, 그 뒤부터 좀 조사해 봤는데.

시모즈루 형사는 생활안전과 업무를 하는 틈틈이 하야미와 함께 놀던 친구들을 탐문했는데 그 결과 이해하기 힘든 사실이 드러났다고 한다.

― 아무도 하야미가 있는 장소를 모른다더군. 지금까지는 가출하면 아는 친구 집에서 머무는 경우가 많았다는데 말이야.

가슴이 옥죄어 오는 듯한 느낌이다. 하야미는 어디로 가버렸을까?

― 게다가 하야미와 만나기로 약속했는데 바람을 맞았다는 놈도 있었어. 뭐, 그 녀석은 별 볼 일 없는 마약 판매꾼이니까 하야미가 사귀지 않는 편이 훨씬 좋지만 말이야. 아무튼 이제까지 한 번도 이런 일은 없었다고 했어.

"무슨 일이 생긴 걸까요?"

― 그건 아직 몰라.

시모즈루 형사는 말을 얼버무렸다.

— 다만 하야미의 가족도 그가 어디 있는지 모른다며 수색요청서를 냈더구나. 여름 방학이 다 끝나갈 때까지 아무런 연락이 없어서 이제야 걱정이 됐대.

그래서 이제 경찰은 얼마나 본격적으로 움직여줄까?

"뭐야 이거? 우와, 말도 안 돼. ……애들아, 완전 놀라운 소식이 떴어!"

교실 문 근처에 서서 휴대전화로 인터넷 뉴스를 보던 아리마 도루가 소리를 질렀다.

"왜 그래?"

야마구치 다쿠마와 나루세 슈헤이, 그리고 이사다 나오키가 그 곁으로 모여든다.

"스리이네 집을 해체했더니 바닥에서 시체가 나왔대!"

"정말이야?"

"시체라니…… 누구?"

"그건 아직 몰라."

"실종됐다던 부인 아냐?"

주변 분위기가 급격히 소란스러워졌다. 여러 명이 휴대전화를 꺼내서 아는 사람들에게 걸기 시작한다. 다양한 착신음이 울려댔다.

"……저기, 제가 나중에 다시 전화 걸게요."

그렇게 말한 뒤에야 가타기리는 벌써 아홉 시가 넘었음을 깨달았다.

— 그래, 알았다. 내 휴대전화는 계속 켜져 있으니까 언제든 편할 때 전화해. 그리고 이런 말로 겁주려는 건 아니지만 아무쪼록 조심해.

느닷없이 통화가 끊겼다. 왜 이러나 싶어서 휴대전화 화면을 보았더니 어쩐 일인지 통화권 이탈 표시가 떴다.

"아, 끊겼다."

"어?"

"여보세요?"

주변에서도 일제히 같은 상황이 일어났다. 모두의 휴대전화가 끊어져 버렸다.

"왜 이러지, 이거?"

야마구치가 짜증을 낸다.

"방해전파군."

와타라이가 모두의 휴대전화를 차례로 들여다보며 중얼거렸다.

"방해전파? 뭐야, 그게?"

"그렇잖아. 모두가 동시에 통화권에서 이탈될 이유는 그것밖에 없지. 안 그래, 나카무라?"

와타라이의 말에 나카무라 히사시는 고개를 끄덕였다.

"휴대전화 수신을 방해하는 전파를 발신하는 기계가 있어. 이건 아주아주 강력한 녀석이네. 시판하는 기기가 아니야. 시판용이 이 정도일 리가 없어."

"야, 너희 새삼스럽게 무슨 소리야? 이런 일이 처음은 아니잖아."

이사다 나오키가 입술을 삐죽거리며 말한다.

"무슨 말이야?"

야마구치가 이사다에게 한발 다가섰다.

"1학기 중간고사와 기말고사. 두 번 다 시험 시간에 통화권 이탈 표시가 떴어."

"시험 시간이라니…… 무슨 얘기야?"

"아, 그렇군?"

와타라이가 말끝을 이어받는다.

"요컨대 너희가 휴대전화를 이용해서 커닝을 저질렀다는 말이잖아? 그런데 그걸 알아챈 학교 측이 방해전파를 발신했다는 얘기고."

"우리가 커닝을 했다는 증거가 어디 있다고 그런 말을 해?"

이사다는 와타라이의 빠른 머리 회전에 질린 듯했다.

"시험 시간에는 휴대전화가 연결되지 않는다는 소문을 듣고 정말 그런지 시험해 봤을 뿐이야."

"소문? 누구에게 들었어?"

"1반의 하야미라는 녀석한테서."

하야미의 이름이 나오자 가타기리는 입을 뻥긋했지만 나고시가 아무 말도 하지 말라는 듯이 고개를 가로젓는다.

휴대전화를 사용하지 못하게 된 이유는 어찌어찌 알았지만 이상하게 심장이 두근거려서 어쩔 줄 모르겠다. 정말 알고 싶은 의문은 아무도 설명해 주지 않았다.

왜 지금? 누가? 도대체 무엇 때문에?

PM 9:11

하스미는 필요한 장비를 준비해서 가장 먼저 학교 4층에 있는 음악실로 갔다. 총기업계의 로비가 강력한 미국도 아닌 일본에서 엽총을 멋대로 사용하게 내버려두다니 아무리 생각해도 이해가 가지 않는다. 엽총은 개인이 보관하기에는 너무나도 위험하다. 도둑에게 쉽게 빼앗기거나 차에 넣어둔 총이 행방불명되는 현상 역시 한심하기 짝이 없다. 하다못해 이 사건이 총기규제를 둘러싼 논의에 하나의 계기가 되기를 바랄 따름이다.

PM 9:12

다테누마 마사히로는 학교에서 조금 떨어진 곳에 세워둔 혼다 리드 110의 헬멧 박스를 열었다. 천으로 휘감은 길이 40센티미터 정도의 꾸러미를 푼다. 안에는 검게 칠한 알루미늄 막대기 두 개가 들어있다.

  이즈미가 음악실에 드럼을 준비해 주었지만 잠시 두드리다 보니 너무 가벼운 드럼 스틱이 영 마음에 들지 않았다. 그래서 다테 누마는 일부러 여기까지 애용품을 가지러 왔다. 항상 자신의 드럼 스틱을 휴대하는 이유는 음악을 향한 정열 때문은 아니었다.

  권투를 해본 적이 있는 경험자에게 알루미늄 드럼 스틱은 강력한 호신 도구가 된다. 손잡이를 빼도 30센티미터 정도 수비할 수 있는 공간이 생기는 데다가 더없이 가벼워서 주먹과 같은 속도로 세게 내지를 수 있다.

  그렇지만 얼굴을 겨냥했다가는 정말 큰일 난다. 아무리 끝이 둥글어도 눈을 찌르면 실명하기도 하고, 잘못하면 상대방을 죽일 수도 있다. 요령껏 몸통 부분만, 옆구리나 명치 혹은 팔이나 넓적다리 같은 곳만 공격해야 한다. 자신의 주먹이라면 상대방은 한 방에 정신을 잃고 까무러치거나 전의를 상실한다.

  그런데도 경찰의 불심검문을 받았을 때 양동이나 드럼통 등 길에 있는 물건들을 적당히 두드리는 길거리 드러머라고 말하면 막대기 모양의 흉기를 휴대하는 타당한 이유가 된다. 실제로 그런 것을 두드리면 드럼 스틱이 망가져 버리니까 절대 그럴 생각이 없는데도 말이다.

  지금 생각하면 드러머로서 죄책감이 든다. 드럼 스틱을 그런 목적으로 들고 다녔다니……. 아무래도 나는 과격해진 모양이다.

지금이야말로 드럼 스틱을 본래의 용도대로 사용할 때다. 이즈미가 보여준 우정이 다테누마의 마음속을 잔잔한 고마움으로 가득 채웠다.

PM 9:13

"다테누마 의욕이 넘치지 않았어? 나도 기쁘네."

세리자와 리사코가 뮤지컬처럼 대사에 반주를 넣어서 말한다.

"그 거친 리듬 라인이 확! 서야만 나의 섬세한 손놀림이 살아난단 말이지."

"방금 한 말 왠지 야한 느낌인데?"

마쓰이 쓰바사가 베이스 줄을 조절하면서 한마디 한다.

"다테누마를 기다리는 동안 다른 곡 좀 연습해 둘까? 좀 늦어서 시간이 별로 없어."

이즈미 데쓰야가 두 사람에게 복사한 악보를 나누어준다.

"에머슨, 레이크 앤드 팔머*? 왜 이런 옛날 곡을?"

세리자와가 잘 다듬은 눈썹을 치켜 올렸다.

"학교 축제 때 키보드 독주도 피처링하고 싶으니까."

이즈미는 별거 아니라는 말투로 말했지만 세리자와는 이즈미

---

*   Emerson, Lake & Palmer, 클래식과 재즈, 록의 융합을 시도한 영국의 프로그레시브 록 밴드

의 생각을 알아챘는지 발그스레한 얼굴로 미소를 지었다.

"연습 삼아 우선 처음부터 해볼까? 〈악의 교전(悪の教典)#9〉······ 원."

이즈미가 신호를 보냈을 때 아무런 예고도 없이 음악실 문이 열린다. "빨리 왔네"라며 이즈미는 고개를 들었다. 하지만 들어오는 사람은 다테누마가 아니라 하스미였다.

"애들아, 잠깐만 그대로 가만히 있어 볼래?"

이즈미는 어리벙벙한 표정으로 입을 벌렸다. 몇 번을 다시 봐도 하스미 선생님이 손에 든 것은 엽총이었다. 게다가 손에는 투명한 비닐장갑을 꼈다. 하스미는 한 손을 뒤로 돌려서 문을 닫고 총을 장전했다.

PM 9:14

하스미는 표적인 세 명의 위치를 눈어림한다. 서로의 거리가 떨어져서 한 발의 산탄으로 두 사람을 쏘기는 어려워 보였다.

상하쌍대는 한 번에 두 발의 총알만 들어간다. 즉, 한 발에 한 사람씩 사격하면 세 번째를 쏘기 전에 새로운 총알을 갈아 끼워야만 한다. 음악밖에 모르는 아이들이 그사이에 효과적인 반격을 하리라고는 생각지 않지만, 역시 위험한 상대부터 차례로 처리하는 것이 정석이다.

"저기, 선생님…… 무슨 일인가요?"

이즈미 데쓰야는 하스미가 자신을 향해 총을 겨누는데도 한 가닥의 위기감도 없이 멍청한 얼굴로 말한다.

"응, 잠깐 기다려."

하스미는 첫 번째로 탱크톱을 입은 마쓰이 쓰바사를 저격했다. 음악실 안에서 귀청이 찢어지는 굉음이 터졌다. 마쓰이는 몸 앞쪽으로 빗발치는 산탄을 맞고 피를 확 내뿜으며 사격장의 표적처럼 단번에 뒤로 날아갔다. 이어서 이즈미 데쓰야에게 발포한다. 몸 한쪽으로 치우치게 총알을 맞은 호리호리하고 키가 큰 고등학생 기타리스트는 몸이 반쯤 돌면서 뒤쪽으로 쓰러졌다. 산탄 몇 개가 전기기타의 현을 스쳤는지 앰프가 하늘이 무너지는 듯한 불협화음을 내지른다.

두 발을 다 쏘았기에 중절 레버를 당겨서 총을 꺾었다. 제거장치에 의해서 탄피 두 개가 힘차게 날아올라 음악실의 나무 바닥에 튕겼다. 약실에 탄환을 새로 넣고 총을 장전했다. 그리고 반짝반짝 빛나는 튜닉을 입고 신시사이저의 뒤에 서서 얼어붙은 세리자와 리사코에게 총구를 겨누었다.

세리자와의 핏기 없는 입술이 무슨 말을 하려는 듯이 우물거렸지만 결국 아무 소리도 내지 못했다. 무언가를 묻고 싶었겠지만 무엇을 질문해야 좋을지 몰랐으리라. 세 번째로 방아쇠를 당겨서 세리자와를 쏘아 쓰러뜨린다. 하스미는 고막이 조금 아팠다. 키—잉 하는 귀울림이 멈추지 않는다.

깜빡 잊었다. 한동안 총을 쏠 기회가 없어서 총소리를 미처 신경 쓰지 못했다. 총을 쏘기 전에 귀마개를 껴야 했는데 실수했다. 게다가 아무리 음악실이 완전 방음이고, 항공기 소음을 막기 위해서 학교 건물 자체의 차음성遮音性을 높였다고는 하지만 총성이 어느 정도는 새어나갔을 것이다. 서둘러서 일을 진행해야만 한다. 하스미는 목에 걸친 휴대용 계수기를 손에 들었다. 2연식이어서 남녀를 나눠 각각 더하고 뺄 수 있다. 남자는 2반의 마쓰이 쓰바사를 포함해서 20, 여자는 야스하라와 나가이를 빼고 18부터 시작한다.

찰칵찰칵 소리를 내며 마이너스 버튼을 눌러서 남자는 2, 여자는 1을 뺀다. 남은 학생은 남자 18, 여자 17. 모두가 무사히 '졸업'하기 까지는 길고 긴 여정이 남았다.

PM 9:15

"지금 무슨 소리가 들리지 않았어?"

가타기리가 나고시에게 묻는다. 어딘가에서 탕탕탕 하고 북을 치는 듯한 소리가 났다. 모두 세 번.

"어? 아아, 어디서 불꽃놀이라도 하는 거 아냐?"

나고시는 별로 관심 없다는 얼굴로 대답한다. 아까부터 계속 다른 생각을 하는 눈치다.

갑자기 통화권에서 이탈되어 버린 휴대전화는 항상 무언가와 연결되어 있지 않으면 불안을 느끼는 고등학생들에게 파랑처럼 동요를 일으켰다. 그렇다고 해서 특별히 어떤 행동을 일으키는 분위기도 아니었다. 다들 기기가 고장 났거나 학생들이 휴대전화를 사용하지 못하도록 하기 위해서 방해전파가 발신되었다고 여겼다. 정곡을 꿰뚫는 능력이 있는 학생조차 스리이 선생님의 집에서 시체가 발견되었다는 소식을 들키지 않기 위해서가 아닐까 하고 상상할 뿐이었다.

PM 9:17

본관에서는 총성이 잘 들리지 않았겠지만, 같은 북쪽 건물에서는 확실하게 들렸을 가능성이 높다. 하스미는 잠시 생각에 잠겼다가 산탄총에 두 번째 탄환을 넣고 서둘러 1층 숙직실로 갔다.

우선 가장 큰 위협이 되는 소노다를 처리해야 한다. 발소리를 죽이고 살금살금 숙직실 문에 서서 안을 엿보았지만 모습이 보이지 않는다. 교내 순찰이라도 간 모양이다. 아니면 지금의 소리를 듣고······?

하스미는 흠칫 놀라 뒤를 돌아보았다. 등 뒤에서 인기척이 느껴졌다. 복도 건너편에 소노다의 거구가 서 있다. 오른손에는 사스마타, 왼손에는 투명한 방패를 높이 든 모습이 꼭 중세나 미래에서 시공간을 이동해 온 전사 같았다. 복도의 어둠 속에서 들짐승처럼 날카롭게 빛나는 눈이 하스미의 손에 들린 산탄총을 의심스럽게 본다. 소노다가 나지막하게 누구냐고 묻는 듯했지만 귀가 이상해져서 들리지 않는다.

하스미는 재빨리 총구를 들어 올려서 어림짐작으로 발포했다. 총성이 복도에 메아리친다. 산탄은 점이 아니라 면을 표적으로 삼으므로 이 정도 거리에서는 정확히 조준할 필요도 없다.

명중했다고 생각한 순간 화약 연기를 날려버리는 바람의 기운을 느낀다. 갑자기 눈앞에 나타난 소노다의 몸에 부딪쳐서 하스미는 뒤로 튕겨 날아갔다.

넘어져 쓰러진 채 두 번째 총알을 발사하려고 했을 때는 이미 상대의 모습이 시야에서 사라진 뒤였다. 차올리는 듯한 소노다의 발길질에 산탄총은 어디론가 날아가 버렸다. 하스미는 허둥대며 무릎걸음으로 물러섰다.

처음 총을 쐈을 때 쓰러뜨리지 못한 이유가 뭐지?

소노다가 손에 든 방패가 하스미의 의문을 풀어주었다. 몇 발의 산탄이 박혀서 바큇살 모양으로 하얗게 금이 갔다. 소노다는 폴리카보네이트 방탄 방패로 급소인 얼굴과 가슴을 순간적으로 막았다.

그래도 손이나 발, 몸통 몇 군데에는 총알을 맞았을 텐데…….

소노다는 스니커즈를 신은 커다란 발을 들어서 하스미를 짓밟으려고 했다. 평소 소노다의 속도를 생각하면 당하고도 남을 상황이었지만 그 동작이 여느 때와 달리 조금 느렸기에 하스미는 간신히 몸을 돌려 피했다.

예상대로 타격은 주었다. 그것도 제법 중상이다. 하스미는 그렇게 직감적으로 알아차렸다. 간신히 일어나서 몇 미터 거리를 두고 소노다와 서로 노려본다.

소노다는 이제야 하스미의 모습을 또렷이 보고 분노와 경악으로 눈을 부릅떴다.

"이…… 괴물 자식이!"

돌발성 난청에 빠진 하스미의 귀까지 쩌렁쩌렁 울릴 만큼 큰 소리였다. 소노다는 왼손에 방패를 들고 한 발 한 발 앞으로 다가왔지만, 피가 뚝뚝 방울져 떨어지는 오른팔은 축 늘어진 채다. 아무래도 산탄을 팔에 맞고 사스마타를 떨어뜨린 모양이다.

하스미는 뒷걸음질 치며 무언가 무기가 없는지 바닥 구석구석을 눈으로 훑는다. 산탄총은 없었지만 사스마타가 하스미의 발밑에서 뒹군다. 하스미는 몸을 숙여 사스마타를 잡자마자 발돋움하듯 몸을 날려 소노다를 찌르려고 시도했다. 같은 U자형이라도 끝에 파이프가 아니라 금속판이 붙은 사스마타라면 칼이 아니어도 치명적인 흉기가 된다.

그러나 소노다는 왼손에 든 방패로 다부지게 막아냈다. 하스미는 일단 뒤로 물러선 뒤 이번에는 옆쪽을 세차게 후려쳤다. 소노다는 이것도 무난히 막아낸다. 오른손잡이인 소노다는 오른팔을 사용하지 못할 뿐만 아니라 배와 오른쪽 다리도 다친 듯했다. 그럼에도 불구하고 금강신처럼 넘쳐흐르는 압도적인 기백으로 하스미를 마구 밀어붙인다. 양손을 사용하는 데다가 사스마타를 손에 넣어서 유리한 하스미가 오히려 한 발 한 발 후퇴해야만 했다.

정신이 들고 보니 바로 뒤에 벽이 있었다. 소노다는 방패를 놓고 하스미의 몸을 벽에 밀어붙여서 왼손으로 목을 졸랐다. 하스미 역시 사스마타를 버리고 두 손으로 소노다의 왼손을 비틀어 떼어내려고 했지만, 하스미의 목을 조르는 괴력은 조금도 약해지지 않았다.

"내가 살아 있는 한 학생들의 손가락 하나도 못 건드린다!"

소노다의 외침은 흡사 곰의 포효 같았다. 하스미는 비닐장갑을 낀 오른손을 뻗어서 상대의 눈을 노렸다. 소노다는 얼굴을 피하기는커녕 오히려 하스미의 이마를 세게 내리쳤다.

의식을 잃을 듯한 충격을 받고 하스미는 무너져 내린다. 분명 코뼈가 부러졌겠군. 이번에는 어마어마한 위력의 사커볼 킥*이 뺨을 스쳤다. 정면으로 맞았다면 즉시 KO임이 틀림없다.

---

* Soccer Ball Kick. 앉아 있거나 쓰러져 있는 상대의 머리나 몸통을 축구공 차듯이 가격하는 킥 공격. 본래 격투기에서 많이 사용되던 기술로 워낙 위험하기에 단체에 따라서는 금지하기도 한다.

하스미는 이를 악물고 어떻게든 일어서려 했지만 곧장 바람을 가르며 소노다의 왼쪽 주먹이 들이닥친다. 하스미는 오른팔을 들어 막으려고 했지만 소노다의 주먹은 하스미의 방어를 뚫고 상상을 초월할 만큼 단단하고 묵직하게 광대뼈 위에 작렬했다.

헛짓이다. 이 녀석에게는 아무것도 통하지 않는다. 도대체 왜 이런 놈이 고등학교 교사 따위를 하는지 모르겠다. UFC로 가버리란 말이다!

또다시 바닥에 쓰러진 하스미는 소노다의 공격을 피하기 위해 곧장 몸을 옆으로 굴렸다. 운 좋게도 산탄총이 손에 잡혔다. 기막힌 속도로 주워 올려서 재빨리 방향을 돌려 소노다에게 총구를 겨눈다. 소노다 역시 매우 빠르게 반응했다. 방패를 주워서 얼굴을 가리고 바로 간격을 좁혀온다. 하스미는 마음을 가라앉히며 근접 거리에서 발포했다. 소노다의 움직임이 딱 멈추었다. 폴리카보네이트 방탄 방패에 커다란 구멍이 뚫렸다. 안쪽은 선혈이 낭자하다.

하스미가 두 번째로 산탄총에 넣은 총알은 납 탄환이었다. 납 탄환은 산탄이 아니라 문자 그대로 한 알의 커다란 탄환으로 원래는 곰이나 돼지 따위의 큰 동물을 쏘아 죽이기 위한 총알이다. 일반 산탄보다 무게가 나가서 대구경 총 수준의 운동에너지와 그것을 능가하는 관통력을 가진다. 미국의 법 집행기관에서 건물에 돌입할 때 문고리를 파괴하는 목적으로 주로 사용하는 바람에 문부수개나 마스터키라는 별명이 붙은 총알이다.

강력한 납 탄환은 첫 번째 총알을 막느라 강도가 약해진 폴리카보네이트 방탄 방패를 뚫고 소노다의 얼굴을 날려버렸다. 소노다의 얼굴이 있던 자리는 시뻘건 분화구로 바뀌어 버렸다.

소노다는 그 뒤로 몇 초 동안 그 자리에 가만히 서 있었다. 그리고 하스미를 향해서 왼손을 뻗으려 하다가 휘청거리며 커다란 나무가 쓰러지듯이 앞으로 거꾸러졌다.

"괴물 같은 놈!"

하스미는 웃었다. 얼굴이 날아간 몸으로도 끝까지 싸우려고 하는 집념에는 완전히 두 손 두 발 다 들었다. 정말 이 남자는 시대를 잘못 타고 태어났다.

PM 9:18

이번에 난 소리는 조금 전보다 훨씬 크게 들렸다. 학생들이 흠칫 놀라 주위를 둘러본다.

"저쪽에서 들렸어!"

소리는 안뜰 쪽에서 들린 듯했다. 학생들이 복도로 몰려나온다. 그러자 갑자기 들짐승의 신음소리 같이 무시무시한 소리가 들려왔다. 소리가 난 곳은 아무래도 북쪽 건물 같았다.

"뭐야, 도대체?"

모두가 마른침을 삼키며 지켜보는 가운데 또다시 낮은 폭발음이 우르르 쾅쾅 울려 퍼졌다.

"앗, 저기!"

나고시가 소리치며 북쪽 건물의 1층을 손으로 가리켰다. 가타기리도 확실히 보았다. 아주 잠깐이었지만 어두운 창문에서 희미하게 빛이 번쩍였다.

"역시 총소리였구나."

마에지마 마사히코가 중얼거린다.

"네가 그런 걸 어떻게 알아?"

나루세 슈헤이가 곁눈으로 마에지마를 매섭게 흘겨본다.

"이 소리 전에도 들은 적이 있으니까. 클레이 사격을 해본 적이 있거든."

"그렇다면 창가는 위험해! 유탄이 날아올지도 몰라."

와타라이 겐고의 말에 아이들은 일제히 창가에서 물러섰다.

"어떡하지?"

"경찰을 부르자!"

누군가가 말했다. 그리고 모두가 깨달았다. 먹통인 휴대전화로는 어디에도 신고하지 못한다.

PM 9:19

다테누마 마사히로는 북쪽 건물로 돌아오는 도중에 총성 같은 소리를 들었다. 흠칫 놀라 우뚝 섰다가 주차된 경트럭의 그림자에 순간적으로 몸을 숨긴다.

북쪽 건물에서 누군가가 나왔다. 본관 건물과 이어지는 1층 복도를 건너서 본관 쪽으로 간다. 다테누마는 경트럭의 짐칸 그늘에 숨어들었기에 그 사람의 얼굴까지는 보이지 않았다. 본관 출입문이 열리고 닫히는 소리가 났다. 게다가 자물쇠를 채우는 소리까지 들렸다.

확실히 뭔가 이상한 일이 일어났다. 다테누마는 신중하게 상황을 엿보고는 북쪽 건물을 향해서 달렸다. 북쪽 건물의 1층 문은 열린 채였다. 안으로 들어가자 다 탄 화약에서 날 법한 기묘한 냄새가 나는 연기가 자욱했다. 이건 화약 연기인가? 설마?

계단을 뛰어 올라가 서둘러 음악실로 갔다. 음악실의 방음문을 연 다테누마는 믿어지지 않는 광경을 보고 그 자리에 우두커니 멈추어 섰다. 음악실 바닥은 온통 피바다였다. 그 바닥에는 세 구의 시체가 참혹하게 쓰러져 있다. 다리가 떨리고 목이 바싹 말랐다. 다테누마는 한 사람씩 차례대로 호흡을 확인했다. 모두 숨이 끊겨 있었다.

이런 말도 안 되는……. 어째서 이런 일이.

다테누마는 멍하니 일어섰다. 그저 바닥 모를 늪으로 빠지는 듯한 상실감에 사로잡혔다. 다테누마는 비틀거리며 음악실을 나와서 1층 숙직실로 갔다. 복도에 커다란 남자가 가로누운 모습이 보였다. 체격을 보고 소노다임을 금방 알았다. 설마?

죽었다. 시체에는 얼굴이 없었다. 폭발로 날아가 버렸다. 아까부터 느껴지던 비현실감이 더욱더 커졌다. 다테누마의 마음속에서 소노다는 불사신이었다.

힘없이 고개를 흔든 다테누마는 복도 끝에서 속에 든 것을 모두 게워 냈다. 그리고 반쯤 무의식중에 휴대전화를 꺼내서 110번에 전화를 걸려고 했다. 걸리지 않는다. 통화권에서 이탈했다는 표시가 떴다. 어째서인지는 모른다. 완전히 사고능력이 마비되어 버린 듯했다.

어떻게 해야 하지? 다테누마는 충격이 너무 커서 감각이 없어져 버렸다. 그리고 퍼뜩 정신이 들었다. 다카하시. 본관에는 반 친구들이 모두 다 있다. 구해야만 한다. 위기감이 다테누마의 정신을 일깨웠다. 조금 전에 본 녀석이 범인이다. 내가 가지 않으면 모두 죽는다.

갑자기 공포가 밀려왔다. 온몸에 전율이 퍼진다. 이렇게 잔인하고 비정상적인 범행이 일어났다. 그리고 그런 일을 아무렇지도 않게 벌이는 괴물이 건물 안에 있다. 곧 몸속에서 뜨거운 분노가 끓어올라 공포심을 말끔히 없애주었다.

왜? 녀석들이 무슨 짓을 했기에 저렇게 죽어야 하지? 왜 이런 짓을 하느냔 말이다! 잘도, 잘도 죽였구나. 내 친구들을…….

다테누마는 드럼 스틱을 꽉 움켜쥐었다. 이런 상황에서라면 죽여도 되겠지. 내가 그놈을 죽여도 아무도 탓하지 않을 거다. 이런 경우에는 죽여야만 하잖아? 가만두지 않겠어. 내가 이 손으로 범인을 때려죽여 주지.

이즈미, 마쓰이, 세리자와……. 그리고 소노다 선생님도. 똑똑히 지켜봐 줘. 반드시 원수를 갚아줄게. 다카하시. 기다려줘. 너만은 꼭 구해낼 테니까.

제10장 졸업

PM 9:21

 교내 방송용 스피커에서 날카로운 금속성 소리가 나기 시작했다. 학생들은 모두 그쪽을 향해 시선을 돌렸다.
 "모두 잘 들어주세요. 교내에 살인마가 침입했습니다. 다시 한 번 이야기하겠습니다. 살인마가 침입했습니다. 위험하니까 무슨 일이 있어도 1층으로 내려오지 마세요."
 하스미의 목소리였다. 모두 쥐 죽은 듯 조용히 그의 말에 귀를 기울인다.
 "당황하지 마시고 침착하게 대응하세요. 가능한 한 위층으로 이동하십시오. 옥상으로 대피해 문을 걸어 잠그고 도움이 올 때까지 기다리세요."

"가자!"

여학생을 중심으로 모인 아이들이 옥상으로 가려고 한다.

"범인은 엽총을 갖고 있습니다. 접근하면 위험합니다. 반복합니다. 침착하게 대응해 주세요. 절대로 1층에 내려오지 마세요. 그리고 곧바로 옥상으로 대피해 주세요."

교내 방송이 갑자기 끊겼다. 가타기리는 하스미 선생님의 목소리가 평상시와는 다르다는 사실을 알아차렸다. 긴장한 나머지 침착함을 잃은 목소리가 아니다. 하스미 선생님은 평소에 자신의 목소리가 상대방에게 어떻게 들릴지를 하나하나 의식했고, 듣는 사람에게 미치는 효과까지 다 계산해서 말했다. 그런데 지금은 마치 헤드폰을 쓴 젊은이나 자신의 목소리가 잘 들리지 않는 노인처럼 어색한 말투였다. 거기다 입안을 다쳤는지 발음도 분명하지 않았다.

"다들 뭐 하고 있어? 빨리 도망가야지!"

서로 말을 주고받던 아베 마사키 무리는 방송에 따라 옥상으로 가려고 했다.

"잠깐 기다려 봐! 뭔가 이상하지 않아?"

기다려 보라고 한 사람은 와타라이 겐고였다.

"이상하다니, 뭐가?"

"지금 방송은 당연히 그 살인마도 들었을 거야. 그런데 왜 옥상으로 도망치라고 지시했을까? 이 방송을 들으면 그 녀석도 분명히 올라올 텐데 말이야."

"그건⋯⋯."

아베는 반박할 말을 찾았지만 마땅한 말이 떠오르지 않았다.

"그러니까 그전에 서둘러 옥상으로 도망치라고 했잖아. 어차피 살인마는 방송이 없어도 올라왔을 거야."

이사가와 마이가 아베 대신 반박한다.

"그렇다고 해도 이상해."

나고시가 조용히 말했다. 조심스러운 말투가 오히려 반 아이들 모두의 주의를 끌었다.

"방송실은 1층이잖아. 그 살인마가 1층을 서성인다면 어떻게 지금처럼 방송을 한 거지?"

수군대는 소리가 퍼져 나갔다. 다들 듣고 보니 그 말이 맞다며 고개를 끄덕였다. 하지만 사태는 한시가 급했다. 느긋하게 토론할 여유 따윈 없었다.

"무슨 말을 하고 싶은데? 하스민 쌤을 의심하는 거야? 하스민 쌤은 우리를 돕기 위해 위험을 무릅쓰고 방송을 했다고!"

사토 마유가 날카롭게 말을 내뱉었다.

"빨리 가자! 이런 애들이랑 어울릴 시간 없어!"

친위대와 ESS 멤버를 중심으로 많은 학생이 옥상으로 가려고 했다.

"기다려 봐. 이건 함정이야!"

가타기리는 자신도 모르게 소리쳤다.

"함정이라니? 너 무슨 말을 하는 거야?"

아베가 찌푸린 얼굴로 뒤를 돌아봤다.

"휴대전화를 떠올려 봐! 어떻게 이렇게 딱 맞춰서 휴대전화가 먹통이 되지? 우연치고는 너무 시기적절하잖아? 우리가 어디에도 연락하지 못하게 만들어 놓고 위로 몰아넣으려고 한다고밖에……."

"그 함정이라는 게 대체 누구의 짓이라는 얘기야?"

"그건 어쩌면 하……."

몹시 흥분한 아베가 파리한 얼굴로 가타기리의 멱살을 움켜잡았다.

"헛소리하지 마! 아무도 네 의견 따위 묻지 않았어!"

친위대인 사토와 미타도 험악한 표정으로 가타기리를 에워쌌다.

"그만둬! 싸움이나 할 때가 아니잖아?"

나고시가 그 사이에 끼어들어 준 덕분에 가타기리는 그녀들에게 맞지 않고 풀려났다.

"애들아, 일단 하스민 쌤이 말한 대로 하자!"

우시오 마도카와 가시와바라 아리가 호소한다. 같은 ESS 멤버라도 오노데라 후코만은 가타기리의 말도 있고 해서 어느 정도 망설이는 표정이었다.

"아니, 역시 기다리자! 함정인지 아닌지는 제쳐두고 위로 가지 않는 편이 좋겠어."

일단 옥상으로 가자는 분위기를 원점으로 되돌린 사람은 야마구치 다쿠마였다.

"다 같이 옥상으로 갔다간 독 안에 든 쥐 신세야."

"하스민 쌤이 말했잖아. 문을 잠그라고……."

이사가와가 수습하듯 말했다.

"범인이 총을 갖고 있다고도 말했잖아. 그런 잠금장치 따위 총으로 쏴버리면 그걸로 끝이야!"

주위가 잠잠해졌다.

"그럼 어쩌자는 거야?"

아베가 오히려 화를 내며 소리 질렀다.

"모르겠어."

야마구치는 팔짱을 끼고 말했다.

"그럼 난 아래로 내려가 볼게."

"그건…… 위험해."

오노데라가 떨리는 목소리로 충고하듯이 중얼거리자 야마구치는 슬쩍 그녀의 얼굴을 봤다.

"위험은 이미 각오했어. 휴대전화가 안 된다면 일반전화로 도움을 청할 수밖에."

"범인이 전화선을 끊었을지도 몰라."

가타기리가 조용히 중얼거렸다.

"그렇다 해도 이렇게 짧은 시간에 학교 안에 있는 모든 전화를 다 부수지는 못했을 거야. 어딘가 하나 정도는 멀쩡한 전화가 있겠지."

과연 그럴까? 가타기리는 생각했다. 방해전파를 이용해 휴대전화를 통화권에서 이탈시킬 정도로 교활한 범인이 그런 간단한 실수를 할까?

"누구 나와 함께 갈 사람 없어?"

야마구치의 호소에 나루세 슈헤이와 가토 다쿠토, 그리고 사사키 료타 세 명이 응했다.

"다들 뭐 하고 있어? 이대로 있다간 모두 살해당한다고!"

긴장을 견디기 힘들었는지 갑자기 아리마 도루가 소리 질렀다.

"알려야 해. 빨리! 비상 상황이야!"

아리마는 말릴 새도 없이 복도로 뛰쳐나가더니 비상벨 버튼을 눌렀다.

모두 흠칫 놀라 얼어붙었다. 확실히 구조를 부르는 데는 효과적인 방법이지만 살인마를 자극해서 이쪽으로 불러들일 위험도 있는 까닭이다. 신경 거슬리는 요란한 벨 소리가 건물 안에 울려 퍼졌다. 그러나 불과 20초 정도 만에 갑자기 그쳤다.

"어? 왜 그러지?"

아리마가 다시 버튼을 누르려고 했지만, 이미 한 번 누른 버튼은 들어간 채 나오지 않았다.

"그것 봐. 역시 이상하지?"

와타라이가 비꼬는 말투로 말했다.

"비상벨이 멎은 건 서무실이나 교내 어딘가에 설치된 주 스위치를 내려서야. 갑자기 침입한 살인마가 그런 짓이 가능할까?"

PM 9:23

하스미는 교무실에서 3층 감시 카메라에서 들어오는 영상을 봤다. 동시에 도청기 음성을 듣지 못하는 건 아쉽지만 학생들이 교실과 복도 사이에서 격론을 벌이며 우왕좌왕하는 모습이 상당히 재미있었다. 까불이 아리마 도루가 비상벨을 눌렀을 때도 화면을 보고 있던 덕분에 바로 대처했다. 그건 그렇고 학생들이 좀처럼 옥상으로 가지 않는 건 다소 계산 밖이었다.

현재 남은 35명의 학생을 몰살하기 위해서는 옥상에 몰아넣을 필요가 있다. 가장 안 좋은 시나리오는 초식동물들이 한꺼번에 우르르 달아나듯이 학생들이 물불 가리지 않고 일제히 도망치는 상황이다. 계단은 동쪽과 서쪽에 각각 하나씩 있다. 아이들이 한꺼번에 뛰쳐나온다면 그중 대부분은 죽이겠지만 혼란을 틈타 일부가 총에 맞지 않고 도망칠 가능성이 높아진다.

먼저 교내 방송을 내보내서 아이들을 진정시키고 냉정한 대응을 취하라고 설득한 이유도 그 때문이다. 옥상으로 통하는 문은 야스하라가 자살했다고 위장하기 위해 자물쇠를 채워놓았다. 거기에 학생들이 모인다면 완벽하게 독 안에 든 쥐 신세다. 한꺼번에 모두 해치울 수 있다.

복도에서 어렴풋한 소리가 들려와서 하스미는 순간 긴장했다. 무슨 일이지? 감시 카메라 영상을 보면서 출석부를 확인했다. 남은 학생은 모두 3층에 모여 있을 텐데.

하스미는 장전한 산탄총을 들고 발소리를 죽이며 교무실 문에 다가갔다. 있다. 누군가가 복도를 걷고 있다. 살그머니 미닫이를 열어 얼굴을 내밀었다.

누구지 저건?

언뜻 보기에도 벌벌 떠는 발걸음으로 어두운 복도를 걷는 사람은 시바하라였다. 저 녀석이 왜 여기 있지? 그러고 보니 시바하라는 하야미 게이스케를 죽인 날 밤에도 교내를 어슬렁댔다.

뭐, 어찌 됐든 상관없지. 죽어.

하스미는 총구를 겨냥했다. 그 순간 뭔가를 느꼈는지 시바하라가 어딘가를 향해 쏜살같이 달리기 시작했다. 하스미는 뒷모습을 향해 발포했지만 죽이지는 못했다. 시바하라는 그대로 계단을 뛰어올라 모습을 감추었다.

하스미는 혀를 찼다. 지금 가지고 있는 상하쌍대 엽총은 아래쪽 총구에서 먼저 발포되게 설정해 두었다. 위아래 총구의 굵기가 다르므로 산탄이 퍼지는 범위에도 차이가 나타난다. 아래쪽 초크*는 근거리용이라 헐겁다. 그러다 보니 산탄이 필요 이상으로 넓게 퍼져서 시바하라를 놓치고 말았다.

PM 9:24

아파, 아파, 아파 죽겠어. 죽을힘을 다해 계단을 올라가는 시바하라의 입에서 신음이 흘러나왔다.

나는 총에 맞았다. 살인마가 있다는 이야기는 진짜였다. 갑자기 총을 쏘다니……. 총알은 왼쪽 장딴지에 명중했다. 극심한 통증이 밀려와 한 발짝도 움직여지지 않는다. 그러나 여기에 가만히 있다가는 따라잡힌다. 살해당한다.

싫다. 죽고 싶지 않다. 시바하라는 오른발로만 껑충껑충 뛰어 쉬지 않고 미친 듯이 계단을 올라갔다. 이건 예정에 없던 일이다. 오늘 밤은 여고생의 젊은 육체를 마음껏 가지고 놀 예정이었다. 요시다 모모코의 살짝 그늘진 앳된 얼굴과 그에 반해 풍만한 가슴이 서로 대조되어 뇌리에 떠오른다. 학교 안, 그것도 평소 수업을 받는 교실이나 복도에서 굴욕을 맛보여주면서 실컷 능욕할 계획이었다. 그런데 어째서 이런 일이.

---

* 발사 효력을 높이기 위해 산탄이 통과하는 끝 부분을 죄었다 풀었다 하는 장치.

재수 없게도 앙숙인 소노다가 숙직이었기에 서둘러 북쪽 건물에서 빠져나왔다. 한동안 본관에 숨어 있으려던 차에 마침 교장실 문이 열려 있는 것을 발견하고 그 안에 들어갔다. 가죽소파에서 꾸벅꾸벅 졸다가 총성 같은 소리를 듣고 잠에서 깨어났다.

깜짝 놀라 어떻게 할까 걱정하던 중 교내 방송에서 나오는 하스미의 이야기로 터무니없는 사태가 벌어졌다는 사실을 알았다. 누가 좀 도와줘!

2층에는 아무도 없다. 진땀을 흘리면서 있는 힘을 다해 3층으로 향했다. 모든 체중이 실리는 오른발 근육이 비명을 질러댄다. 겨우 층계참을 지났다. 이제 곧 3층에 도착한다. 3층에 올라간 순간이었다. 발이 밧줄에 걸렸다. 시바하라의 온몸을 지탱해 주던 오른발은 한계에 다다라 잠시도 버티지 못했다.

정신을 차렸을 때는 이미 바닥이 눈앞을 덮친 뒤였다. 시바하라는 거꾸러져서 넘어졌다. 다음 순간 수많은 손이 달려들더니 시바하라를 짓누르고는 후려갈겼다.

PM 9:25

"붙잡았어!"
"이 자식이 살인마야!"
"죽어, 새끼야! 죽어!"

"가만히 있지 못해? 다리를 부러뜨려 버려!"

"팔도 부러뜨려 놓을까?"

학생들의 흉악한 함성과 환성이 시바하라를 완전히 에워쌌다.

하지 마. 아니야, 내가 아니야. 아파. 제발 그만…….

시바하라의 비명은 누구의 귀에도 닿지 않았다.

"애, 애들아! 나야! 시바하라 선생님이라고. 다들 그만둬!"

목이 찢어져라 절규하자 아이들은 그제야 겨우 정신을 차린 눈치였다. 조금이지만 주위가 조용해졌다.

"이…… 이게 무슨 짓이야? 어? 너희는…….."

야마구치 다쿠마가 시바하라의 말을 가로막았다.

"시바하라, 여기서 뭐 해?"

"뭐야 그 말투는? 나는 선생님이라고! 너희 같은 구더기가 어디서 함부로 입을……!"

야마구치가 갑자기 시바하라의 명치를 발로 걷어찼다. 시바하라는 숨이 막혀서 더는 말을 잇지 못했다. 거북이처럼 몸을 둥글게 말고 그저 고통을 참을 수밖에 없었다.

"쓸데없는 말 집어치우고 대답해! 너 왜 여기 있어?"

야마구치가 이제껏 본 적 없는 냉혹한 표정으로 시바하라를 내려다본다.

"그건……."

"얼렁뚱땅 넘어갈 생각 마! 역시 네놈이 살인마지?"

가토 다쿠토가 시바하라의 머리를 붙잡고 손등으로 후려갈겼다.

"아니야. 나는……."

"너 오늘 숙직 아니잖아?"

"이 자식이 오늘 여기 있을 이유가 없다고."

"방금 들렸던 총성 네가 쏜 거지?"

"역시 이 녀석이 범인이라니까!"

"아니야, 기다려…… 기다려줘!"

시바하라는 죽을힘을 다해 자신을 에워싼 학생들을 훑어봤다. 누군가, 누군가 이야기가 통할 녀석이……. 새파랗게 질린 얼굴을 한 요시다 모모코가 눈에 들어왔다. 그래. 이 녀석이라면 내 무죄를…….

"요시다. 모두에게 설명해 줘. 우리는 오늘 밤……."

그 순간 요시다가 주위를 훑어보며 큰 소리로 외쳤다.

"다들 속지 마! 이 녀석이 살인마야!"

"너 무슨 말을 하는 거야. 아니잖아. 우리는 그런……."

다시 가차 없는 폭력이 시바하라를 덮쳤다.

"제발 그만해! 아니야. 이봐, 요시다…… 부탁이니까 사실을 말해줘!"

"이 자식은 전부터 학생을 전부 죽여버리겠다고 말했어! 오늘 밤 모두를 죽일 계획이라고!"

요시다는 무언가에 홀린 듯한 표정으로 말도 안 되는 소리를 지껄여댔다.

"외부인이라면 불가능한 일도 이 녀석은 할 수 있잖아? 비상벨 스위치를 내린 것도 분명 이 녀석이야!"

"이 개새끼!"

"역시 그렇군!"

그 뒤로 집단 폭행이 시작되었다. 공포에서 도피하기 위한 폭력은 사바하라에 대한 평소의 원한과 불신감이 더해져 점점 격해졌다. 적게나마 말리려는 학생도 있었지만 군중심리에 의해 점점 손을 대기 힘든 상황에 이를 뿐이었다.

시바하라는 의식을 잃을 뻔했다. 이대로 살해당할지도 모른다는 생각이 들었다.

"얘들아, 다들 잠깐 기다려! 멈춰 봐!"

와타라이 겐고가 시바하라의 발밑에 몸을 수그렸다.

"이 녀석은 범인이 아니야."

"범인이 아니라고 어떻게 확신하는데?"

요시다가 와타라이에게 덤벼들었다.

"여길 좀 봐."

와타라이는 시바하라의 장딴지를 가리켰다.

"다리에 총을 맞았잖아."

주위가 단숨에 조용해졌다.

"자기가 꾸민 것일지도 모르잖아?"

그런데도 요시다만은 시바하라가 범인이라고 주장했다. 몇 명은 시바하라를 범인으로 몬 요시다를 기이한 시선으로 쳐다봤지만 대부분의 학생은 흥미를 잃어 마치 썰물 빠지듯 흩어졌다. 치료를 해주려는 사람도 없어 시바하라는 그 자리에 방치됐다.

"도와줘, 도와……."

"살해당할 거야."

이미 의식은 날아갔지만 시바하라는 원초적인 생존 본능을 발휘해서 남자 화장실 안으로 기어들어 갔다.

PM 9:25

"안 돼! 잠겼어! 안 열린다고!"

아베 미사키는 옥상으로 통하는 문손잡이를 몇 번이고 돌렸다.

"열쇠는……? 열쇠 어디 있어?"

이사가와 마이가 주위를 둘러보며 말한다.

"하스민 쌤이 갖고 있지 않을까?" 하고 가시와바라 아리가 말했다.

"하지만 하스민 쌤이 어디에 있는지 모르잖아."

우시오 마도카가 한숨을 내쉬었다.

"어? 근데 이래서는 열쇠가 있어도 소용없겠는데?"

다카하시 유즈카가 이사가와의 손이 쥐고 있는 부분을 들여다 보면서 무심코 말했다.

"무슨 소리야? 이상한 얘기하지 마!"

미타 아야네가 신경이 곤두선 목소리로 따졌다. 공포와 스트레스 탓에 날카로워졌다.

"열쇠 구멍이 아직도 껌으로 막혀있어."

"아……!"

"그거 이상한데. 이 문 계속 열려 있었잖아? 열쇠 구멍이 껌으로 막혔다면 잠그지 못할 텐데?"

오노데라 후코는 생각에 잠긴 얼굴로 이마에 손을 가져다 댔다.

"지금 그런 일은 어찌 됐든 상관없잖아?"

가만히 지켜보기 초조했는지 하야시 미호가 끼어들었다.

"기다려 봐! 오노데라가 말한 대로 역시 이상해! 열쇠 구멍이 계속 막혀있었다면 어떻게 문을 잠갔느냔 말이야!"

이사가와가 문득 떠올랐는지 이렇게 말한다. 모두가 입을 다물었다. 다들 그 대답을 찾아서 주위를 둘러봤지만 눈에 들어오는 건 자신과 똑같이 당혹스러운 표정뿐이다.

"지금 옥상에 누군가가 있어! 그렇게밖에 생각되지 않아."

오노데라는 온몸에 소름이 돋는 듯한 기묘한 전율을 느꼈다. 뭔가 틀림없이 이상한 일이 일어났다. 물론 살인마가 여름방학 밤에 학교로 침입했다는 사실만으로도 500퍼센트 이상한 상황이지만 말이다.

"정말이야? 그야 안쪽에서라면 문을 잠글 수 있겠지만……."

아베는 당혹스러운 목소리였다.

"하지만 이렇게나 큰 소동이 벌어졌는데 그 녀석은 왜 가만히 있는 거지?"

"글쎄……."

"그 녀석이라니 누구 말하는 거야? 설마 살인마?"

요코타 사오리가 중얼거리는 소리를 듣고 모두 깜짝 놀라 문에서 떨어졌다.

"그건 아닐 거야. 우리가 아직 3층에 있을 때 범인이 우리를 무시하고 옥상에 올라가 문을 잠그고 틀어박힐 이유가 없잖아."

오노데라는 필사적으로 상황을 정리하려고 했다. 그때 밑에서 여러 사람의 비명이 들려왔다. 3층이다. 순식간에 긴장감이 흘렀다.

"살, 살인마? 싫어! 올라오는 거야?"

"어떻게 하지? 여기에 있으면 어디로도 도망치지 못한다고!"

"잠깐 기다려 봐. 상황이 이상한데? 모두 놀라고는 있는데 총성은 안 들리잖아?"

"내가 잠깐 보고 올게."

말릴 새도 없이 다카하시가 몸을 휙 돌려 계단을 내려갔다. 오노데라는 그녀의 뒷모습을 눈으로 좇으면서 '위험하니까 가지 마!'라는 말을 꾹 참았다. 3층에는 절친한 가타기리도 있다. 오노데라는 솔직히 누군가가 약간의 위험을 감수하고서라도 상황을 확인하고 와줬으면 하는 심정이었다.

"안에 누구야? 있는 거지? 대답해 봐! 문 좀 열어줘!"

키가 큰 아베가 배구의 공격수처럼 격렬하게 문을 두드리며 소리쳤다.

"어쩌면 야스하라가 아닐까? 계속 안 보였잖아."

가시와바라 아리가 중얼거렸다.

"아니면 나가이일지도"라고 요코타가 말한다.

하스미의 방송을 믿고 옥상에 간 학생들은 ESS나 친위대 멤버를 중심으로 한 17명이었다. 일단 아리마 도루나 스즈키 아키라 등 남자도 5명 포함되었지만 분위기를 주도하는 여자의 기세에 눌렸는지 아무 말도 없었다.

그때 누군가가 계단을 올라오는 기척이 났다. 모두 깜짝 놀라 혼란 직전까지 갔지만 올라온 사람은 다카하시였다.

"시바하라였어."

"변태 개코원숭이? 그 자식이 왜 여기 있어?"

"에? 그럼 그 자식이 살인마야?"

"그거 말 되는데? 원래부터 변태였잖아."

"그 자식, 맨날 여자애들이 옷 갈아입는 거 훔쳐봤다고!"

전원이 일제히 흥분해서 다카하시에게 질문을 퍼부어대기 시작했다.

"다들 그렇게 생각했는지 남자애들이 흠씬 두들겨 팼더라고. 근데 아마 아닐걸? 총을 안 들고 있었어."

다카하시의 대답에 아이들은 한숨을 내쉬었다.

"야! 누구 가는 막대기 같은 거 가진 사람 없어?"

아베가 열쇠 구멍을 들여다보며 말한다.

"막대기는 뭐 하려고?"

"들러붙은 껌을 떼려고. 그냥 구멍만 막은 모양이니까 떼어내면 문을 열 수 있을지도 몰라."

"하지만 열쇠가 없잖아?"

"무슨 일이 있어도 하스민 쌤이 우리를 구해주러 올 거야! 그전에 우리가 할 수 있는 일은 해야지."

아베의 확신에 찬 말투에 대부분의 학생이 조금이나마 희망을 되찾은 듯 보였다. 오노데라만은 교실에서 야마구치 다쿠마가 내뱉은 말을 떠올렸다.

다 같이 옥상으로 갔다간 독 안에 든 쥐 신세야. 그런 잠금장치 따위 총으로 쏴버리면 그걸로 끝이야.

총의 위력에 대해서 하나도 모르는 오노데라는 철판이 뚫릴지 뚫리지 않을지 짐작도 가지 않았지만, 그런 생각을 하는 것만으로도 등에서 식은땀이 흘러내렸다.

하지만 지금은 그런 쓸데없는 소리를 하지 않는 편이 좋다. 오노데라는 기요타 리나가 준 금색 머리핀을 열쇠 구멍에 쑤셔 넣는 아베를 조용히 지켜보았다.

PM 9:27

하스미가 교내 방송을 내보내고 5분 이상 시간이 지났다. 교내에 침입했다는 살인마가 계단을 올라오는 기미도 없었고, 시바하라가 나타나기 전에 한 번 들린 총성 이후로는 총성도 뚝 끊겼다.
"왜 안 오지?"
가타기리는 중얼거렸다. 살인마가 오기를 바라는 건 아니지만 이런 식으로 정적만 감도는 상황에서 무작정 기다리다간 미쳐버릴 것만 같았다.
"혹시 살인마가 도망친 게 아닐까?"
나고시는 고개를 가로저었다.
"아니, 공들여서 휴대전화며 일반전화까지 다 못 쓰게 만들어 놓고 여기서 끝내리라는 생각은 안 들어. 아마 이쪽이 어떻게 나오는지 살피는 거겠지."
"뭐 때문에?"
마침 옆에 온 와타라이 겐고가 흥하고 콧소리를 내며 나고시 대신 가타기리의 질문에 대답한다.

"곰곰이 생각해 봤는데 이유는 하나뿐이야."

"뭔데?"

"보통 학교를 습격하는 미친놈은 말이야, 좀 더 충동적이라고 할까…… 되는 대로 행동하잖아? 그런데 이 녀석은 1층에서 가만히 기다리고 있어. 들이닥쳐서 총을 난사하면 사람을 줄줄이 죽인다는 쾌감은 있겠지만 혼란을 틈타 몇 명은 달아날 가능성이 높아지지. 아마 그게 마음에 안 드는 거야."

가타기리는 나고시와 눈을 마주했다.

"마음에 안 들다니?"

"한 명도 놓치고 싶지 않은 거겠지. 백 점 만점을 받고 싶다, 하나도 남김없이 모두 죽이고 싶다는 뜻이야."

가타기리는 등골이 오싹해졌다.

"뭐 때문에? 어째서 우리를 다 죽이려고 들지? 그런 짓을 대체 왜……? 아무리 생각해 봐도 말이 안 돼. 아무 의미 없는 짓이라고!"

"나도 거기까지는 몰라. 현실적인 계산이 있거나 아니면 오컬트 같은 정신 나간 이론에 빠진 놈일지도 모르지. 하지만 휴대전화가 안 터지게 손을 쓴 것만 봐도 범인은 단순히 미친놈은 아니야. 사이코와 사이코패스는 완전히 다른 생물이라고 생각하는 편이 좋아. 나고시는 어떻게 생각해?"

와타라이가 다른 사람의 의견을 묻는 일은 흔치 않다.

"나도 그렇게 생각해."

나고시는 짧게 대답했다.

"그럼 범인은 누굴까?"

와타라이가 나고시의 귓전에 얼굴을 들이대고 속삭였다.

"누구라니…… 아는 녀석이라는 말이야?"

"모른 척하지 마. 아까 방송은 너도 이상하다고 생각했잖아? 답은 두 가지야. 하나는 누군가가 하스미를 협박해서 방송을 내보내게 한 경우야. 만약 그렇다면 그 녀석은 학교에 대해 자세히 아는 놈이지. 그게 아니라면 하스미 본인이 범인인 경우고."

나고시가 가타기리를 흘끗 봤다. 아무 말도 하지 말라는 듯한 시선이었다. 여기서 하스미 선생님의 과거에 대한 의문을 꺼내봤자 사태가 복잡해질 뿐이라고 헤아렸겠지.

"나는 8대 2 확률로 누군가가 하스미를 위협했다고 봐. 목소리가 이상했잖아? 얻어맞아서 그런 게 아닐까?"

가타기리는 와타라이의 말에 일리가 있다고 생각했다. 그렇다고 해서 그 일이 바로 하스미 선생님이 무죄라는 근거는 되지 않지만 말이다.

"그럼 우리 갔다 올게."

야마구치 다쿠마, 나루세 슈헤이, 가토 다쿠토, 사사키 료타. 이렇게 네 명이 복도에 나섰다. 교실 안에서 무기를 찾았지만 쓸 만한 건 찾지 못했다. 그래도 유령의 집을 만들 때 사용한 대형 커터 칼이나 가위를 찾아 들고, 앞부분에 못을 잔뜩 박은 각목도 챙겼다. 사사키는 복도에 비치된 소화기도 집어 들었다.

"가서 뭐 할 생각이야?"

와타라이가 팔짱을 끼고 묻는다.

"아까 말했잖아. 1층 로비에는 공중전화가 있고 교무실이나 서무실에는 일반전화도 있어. 그걸로 구조를 요청해야지."

야마구치가 분명하게 대답했다.

"전화가 안 되더라도 학교 밖으로 도망치면 구조를 부르러 갈 수 있으니까."

"진심이야? 상대는 총을 가졌는데?"

"그러니까 서쪽 계단과 동쪽 계단 양쪽으로 나눠서 내려갈 거야. 최악의 경우 한쪽이 범인에게 들켜도 그쪽이 도망치면서 범인을 유인하는 사이에 다른 한쪽이 1층에서 밖으로 탈출하면 되니까."

가타기리가 듣기에는 도무지 성공 가능성이 없는 이야기였다. 범인도 당연히 그 정도는 예상했을 것이다. 가타기리가 야마구치를 말리려고 했을 때 와타라이가 한숨을 섞어서 말한다.

"너희 말이야, 아까 그런 말을 했다고 해서 꽁무니 빼지 못한 거라면 그만둬도 괜찮아."

"그런 거 아니야!"

야마구치가 날 선 말투로 말하더니 와타라이를 무시하고 주위

사람들에게 오노데라의 행방을 확인했다.

"오노데라 일행은 위로 갔지?"

"응. 결국 못 막았어"라고 나고시가 말했다.

"그 녀석들 히스미의 신봉자니까."

와타라이가 비웃듯이 말참견을 했다.

"혹시 오노데라를 만난다면 전해줄래? 만약 무사히 여기를 빠져나간다면 데이트하자고."

야마구치가 나고시를 향해서 말했다. 주위가 잠잠해진 와중에 와타라이가 웃음을 터뜨렸다. 모두가 도저히 믿겨지지 않는다는 눈으로 와타라이를 본다.

"이봐, 이 상황에서 그런 말을 하는 건 곤란하잖아? 지금 완전히 사망 플래그가 세워졌다고."

야마구치의 안색이 변했다. 와타라이에게 다가가서 멱살을 붙잡으려 했지만, 지금은 그런 짓을 할 때가 아니라는 생각이 들었는지 그만두었다.

"애들아, 가자!"

야마구치와 나루세는 동쪽 계단으로, 가토와 사사키는 서쪽 계단으로 향한다.

가타기리는 숨을 죽이고 그 행방을 지켜봤다. 가령 한쪽이 빠져나간다 하더라도 살인마와 맞닥뜨린 다른 한쪽은 살 가능성이 매우 낮다.

"휴우, 어떻게 되든 나는 몰라. 어쨌든 우리도 이대로 있다간 당해. 뭔가 조처를 취하지 않으면 말이야."

와타라이가 중얼거렸다.

"어떻게 하지?"

나고시가 묻자 와타라이가 새끼 돼지같이 포동포동한 얼굴에 묘한 미소를 띠었다.

"동쪽에서 오면 서쪽으로, 서쪽에서 오면 동쪽으로 도망칠 계획을 세웠지만 그런 임시변통으로는 살아남기 힘들겠지. 우선 수비를 단단히 하자. 지금이라면 어느 정도 시간이 남았을 테니까."

어째서 지금이라면 시간이 있다는 거지? 가타기리는 의아했지만 질문할 기회를 놓쳐버렸다. 와타라이가 3층에 남은 열세 명의 학생들을 불러 모아 잇달아 지시를 내리기 시작했다.

가타기리의 눈 한구석에 와타라이의 지시를 무시하고 혼자서 그곳을 떠나가는 남자의 모습이 보였다. 다카기 가케루. 양궁부 주장으로 고교 대항 경기에 출장해서 좋은 성적을 거둔 적도 있는 아이다.

어딜 가는 거지? 뒤에서 말을 걸려고 한 가타기리를 와타라이가 큰 소리로 부른다.

"가타기리! 멍하니 있지 마! 죽고 싶지 않으면 움직이라고!"

PM 9:28

교무실에서 계속 모니터를 지켜보던 하스미는 크게 기지개를 켜고는 시간을 확인했다. 학생들은 그럭저럭 세 팀으로 나뉘어 움직이기 시작했다. 예상대로긴 해도 너무 여유 부릴 때는 아니다.

"United we stand, divided we fall. 뭉치면 살고 흩어지면 죽는다. 수업에서는 아직 가르쳐주지 않았던가?"

하스미는 붓지 않은 왼쪽 볼로만 가볍게 미소 짓고 출석부에 연필로 표시를 해나갔다.

교내 방송의 지시대로 옥상으로 향한 아이들은 17명이었다. ESS에서는 이사가와 마이, 우시오 마도카, 오노데라 후코, 가시와바라 아리 네 명이다. 친위대에서는 아베 미사키, 사토 마유, 미타 아야네 세 명. 그밖에 기요타 리나, 다카하시 유즈카, 쓰카하라 유키, 하야시 미호, 요코타 사오리, 아리마 도루, 스즈키 아키라, 다지리 유키오, 쓰보우치 다쿠미, 와키무라 하지메 열 명이다.

17마리의 고분고분한 새끼 양에 대해서는 걱정할 필요도 없다. 언제라도 단번에 정리할 수 있다. 그에 반해 고집스럽게 3층에 남은 아이들이 14명이나 된다. 이사다 나오키, 기노시타 사토시, 시오미 다이스케, 다카기 가케루, 나카무라 히사시, 나고시 유이치로, 마에지마 마사히코, 마쓰모토 히로시, 와타라이 겐고, 가타기리 레이카, 구보타 나나, 시라이 사토미, 호시다 아이, 요시다 모모코.

이 녀석들 중에는 주의해야 하거나 무슨 짓을 저지를지 모르는 녀석이 여럿 있다. 끝까지 그들의 태도에 주의를 기울여야 한다. 그리고 지금 막 1층으로 내려오려 하는 무모한 녀석이 야마구치 다쿠마, 나루세 슈헤이, 가토 다쿠토, 사사키 료타 네 명이다. 하스미는 산탄총을 집어 들었다.

PM 9:28

"제기랄!"
나이프 앞부분이 미끄러지는 바람에 왼쪽 손가락을 얇게 베였다. 다테누마 마사히로는 신음했다. 겨우 자물쇠 하나에 이 정도로 쩔쩔맬 줄은 생각도 못 했다. 큰소리를 낼 상황이 아니었기에 너무 터무니없는 짓도 하지 못한다.

귀중한 시간을 몇 분이나 소비해 버렸지만 무슨 일이 있어도 무기는 필요했다. 드럼 스틱 따윈 어차피 규칙이 있는 싸움에서나 쓰는 도구다. 이제부터 할 일은 싸움이 아니라 서로 죽고 죽이는 전쟁이다.

검도부실에는 목도가 있다. 관광용품점에서 파는 싸구려가 아니라 묵직한 조록나무로 만든 고급품이다. 일격에 머리를 쪼갤 자신은 있지만 총을 가진 범인이 호락호락하게 목도의 사정거리 안에 들어와 줄 리 없다.

야구부에 있는 금속 재질의 마스코트 배트* 역시 마찬가지다. 추만 떼어내면 길이 80센티미터가 넘는 손잡이 달린 철제 파이프가 된다. 평소라면 지나치게 강력한 무기지만 상대가 총이라면 역시나 턱없이 부족하다.

학교 식당의 주방에 가면 식칼 정도는 있겠지만, 이 또한 마찬가지다. 살상력뿐만 아니라 어느 정도 떨어진 거리에서도 치명상을 입힐 만한 무기가 필요했다.

그걸 고민하다가 학교에서 입수 가능한 최강의 무기로 양궁이 떠올랐다. 양궁부의 에이스인 다카기가 양궁을 손에 쥔다면 총에 대항할 만한 위력을 발휘할지도 모른다. 하지만 다테누마 자신은 한 번도 활을 만진 적이 없다. 여차할 때 곧바로 화살을 날릴 자신이 없다.

그렇다면 남은 무기는 이것뿐이다. 다테누마가 문을 억지로 열고 있는 부실은 육상부였다. 간신히 나이프 앞부분으로 나사를 돌리는 데 성공했다. 자물쇠가 달린 빗장을 제거하고 상처 입은 손가락을 핥으면서 문을 열었다.

있다. 벽에 기대어 세워진 나일론 케이스가 보인다. 그 안에는 투창용 창이 있다. 케이스에서 꺼낸 창은 두랄루민 같은 가벼운 합금 재질로 길이는 2미터 50센티미터 정도이지만 무게는 1킬로

---

* mascot bat, 스윙 연습을 하기 위해 추를 단 무거운 연습용 배트.

그램이 채 안 된다. 무식하게 큰 드럼 스틱 같지만 앞부분이 송곳처럼 가늘고 날카롭다.

전에 딱 한 번 어쩌다 재미 삼아 육상부 녀석을 위협해서 창을 던져본 적이 있다. 근력뿐만 아니라 타고난 센스가 있어선지 처음부터 가볍게 50미터를 넘게 날렸다. 마침 그 모습을 본 육상부 고문이 끈덕지게 육상부에 들어오라고 권유할 정도였다.

갑자기 자신이 하려는 일이 얼마나 무모한지 깨닫자 오싹해졌다. 자신은 이런 원시적인 무기로 총을 가진 미친 새끼에게 대항할 생각인가. 이건 애당초 무기도 아니다. 그저 스포츠 장비일 뿐이다. 음악실에서 본 처참한 광경이 뇌리에 떠올랐다. 갑자기 무릎이 부들부들 떨려오기 시작했다. 죽는다. 정말로. 이기는 건 고사하고 목숨만 부지해도 기적이다.

지금 당장 여기서 도망쳐. 마음속에서 울리는 경고는 이제껏 느낀 적 없는 긴박감으로 가득 차 있었다. 그래, 지금 당장 여기서 뛰쳐나가 도망치자. 민가든 지나가는 차든 뭐든 상관없다. 구조를 요청하자. 그것만이 자기 자신과 아이들 모두를 구하는 방법이다.

그런데 과연 나는 그걸로 만족할까? 다테누마의 가슴속에서 갑자기 슬픔이 흘러넘치기 시작했다. 두 번 다시 이즈미의 화려한 기타 솔로를 듣지 못한다. 세리자와의 섬세한 키보드도. 마쓰이의 활기찬 베이스 역시 마찬가지다. 네 명이 각자의 소리로 자기주장을 하고, 때로는 맹렬히 다투고, 그리고 하나가 돼서 음악을 만들어내던 시간은 영원히 사라졌다.

모두 좋은 녀석뿐이었다. 삐딱한 성격이긴 해도 마음이 뜨거운 아이들이었다. 우리 넷이서 세계의 록 밴드에 싸움을 걸 작정이었는데. 빌어먹을.

눈앞이 안 보일 정도로 분노가 치밀어 올랐다. 창을 든 손이 부들부들 떨린다. 자기 혼자만 여기서 도망쳐서 뭘 하겠는가. 아무 의미도 없다. 이즈미의 죽음으로 다테누마의 꿈은 산산이 부서져 흩어졌다.

이 미친 새끼만은 무슨 일이 있어도 반드시 죽여버린다. 차가운 금속 창을 단단히 움켜쥐었다. 적어도 날리는 도구다. 어둠 속에서 뒤를 노리면 사정거리도 충분하다. 소리도 없이 어둠 속을 날아가 상대의 가슴을 관통하는 이미지를 그려보았다. 내가 죽는 한이 있더라도 그 자식을 죽여버리겠어. 흡혈귀의 심장에는 확실히 말뚝을 박아줘야지.

이즈미, 세리자와, 마쓰이, 미안해. 아주 짧은 시간이지만 내가 겁을 먹었어. 하지만 지켜봐 줘. 반드시 그놈을 죽여버릴 테니까. 그리고 다카하시, 너만은 내 목숨을 바쳐서라도 반드시 지켜줄게.

PM 9:28

4층과 옥상 사이의 층계참에서 다지리 유키오는 하릴없이 서성였다. 상황을 주도하는 사람은 모두 여자였다. 머리도, 입심도 좋은 ESS의 멤버와 난폭하고 성격이 급한 하스미 선생님의 친위대들이다. 그 이외에도 착실한 다카하시 유즈카, 잔소리가 심한 하야시 미호, 요코타 사오리, 기요타 리나 등 개성이 강한 아이들뿐이라 다지리가 그나마 말을 거는 사람은 뚱뚱하지만 상냥한 쓰카하라 유키 정도가 다였다.

그에 반해 남자들은 존재감이 없었다. 까불이 아리마 도루, 분위기 파악 못하는 스즈키 아키라, 왕따인 쓰보우치 다쿠미와 와키무라 하지메다. 다지리도 후자에 속한다. 애당초 옥상에 따라온 건 신중히 고민해서 내린 판단이 아니었다. 그저 이쪽이 사람 수가 많다는 이유 하나였다. 조금이라도 습격자로부터 멀어지고 싶었다. 거기다 여자와 함께 있는 편이 괴롭힘을 당할 기회가 적으리라고 생각했다. 단지 그뿐이었다.

그런데 여기에 와서 옥상과 통하는 문이 잠겼다는 사실을 알았다. 17명이 도망칠 곳 없는 좁은 계단에 뭉친 상황은 다지리의 눈으로 봐도 매우 위험했다. 그렇다고 해서 이제 와서 아래로 가자니 그건 훨씬 더 무서웠다. 지금은 그저 되도록 무서운 일을 생각하지 않으면서 위험이 지나가기를 기다리는 수밖에 없다.

대체 어떤 무서운 녀석이 학교에 침입한 거지? 살인마의 정체는 상상조차 가지 않지만 누구든 상관없다. 흥미도 없고, 알고 싶은 생각도 없다. 나 같이 아무 쓸모 없는 인간에게는 침입자 역시 관심을 갖지 않으리라 믿고 싶다. 나는 길바닥에 굴러다니는 돌멩이다. 쓰레기 같은 존재다. 죽여 봤자 헛수고다. 그러니까 못 본 척해줘. 죽고 싶지 않아.

반 아이들이 모두 살해당해도 상관없다. 그런 일쯤은 별거 아니다. 하룻밤 자고 일어나면 전부 잊어버릴 일이다. 무슨 일이 있어도 자신만은 살고 싶다. 하느님, 제발 살려주세요.

다지리는 정신적으로 궁지에 몰릴 때면 항상 그랬던 것처럼 〈사랑의 호산나〉의 가사를 마음속으로 읊기 시작했다. 3절까지 틀리지 않고 암송하면 어떤 불행이나 악령도 쫓아낼 수 있다. 이나다 요코라는 B급 아이돌이 부른 노래로 몇 번을 들어도 귀에 남지 않는 기묘한 멜로디와 의미 불명의 가사 때문에 개미 눈곱만큼도 인기를 끌지 못한 노래다. 그러나 이 노래에는 그런 신기한 힘이 깃들어 있다는 믿음이 다지리의 신앙이자 징크스였다.

PM 9:29

다카기 가케루는 남몰래 반 아이들에게서 떨어져 나와 4반 교실로 들어갔다. 야마구치 다쿠마 일행의 눈에 띄지 않게 재빨리 유령의 집에 숨겨둔 짐을 꺼내려고 할 때 다른 아이들이 우르르 들어왔다. 와타라이의 지시로 교실 뒤에 한데 모은 책상과 의자를 날라서 밖으로 내가려는 모양이다.

　여기서 혼자만 다른 행동을 보여서 눈에 띄면 곤란하다. 다카기는 앞장서서 책상과 의자를 복도로 날랐다. 그러다가 틈을 봐서 배낭 모양 케이스를 들고 교실 밖으로 나갔다. 아무도 보지 않는다는 사실을 확인하고 복도로 나와 옆의 3반 교실로 들어갔다. 교실 안은 휑했다. 책상이나 의자는 거의 밖으로 꺼내 갔고 교탁도 사라졌다. 청소도구함에 배낭을 숨겼다.

　자신이 강력한 무기를 가졌다는 사실을 알면 야마구치든 와타라이든 분명 자기 팀으로 들어오라고 강요하겠지. 야마구치는 성격이 곧은 녀석이라 호감이 가지만, 살인마가 배회 할지도 모르는 1층에 내려간다고 나서는 건 열혈남 특유의 객기다. 제정신으로 한 짓으로는 보이지 않는다. 그렇다고 와타라이의 명령대로 움직이자니 그건 또 질색이었다. 머리는 좋을지 몰라도 사람으로서는 전혀 믿음이 가지 않는다. 항상 사람을 깔보는 듯한 눈빛을 하는 와타라이와는 함께 있기조차 힘들다.

　배낭 안에는 양궁과 카본 화살이 있다. 오전에 학교 양궁장에서 연습을 한 후 내일 합숙이 끝나는 대로 가져가 손질하려고 교실에 놔두었다. 자신의 기술이 있다면 화살은 무시무시한 살상 무기가 된다. 그렇지만 상대의 무기가 엽총이라면 역시 불리하다. 숨어서 기다리다가 기회를 잡는 것만이 상대를 이기는 방법이다. 기회는 단 한 번뿐, 그것도 누구에게도 참견받지 않고 자신의 방법으로, 자신이 시기를 노려야 한다는 조건이 붙는다.

고등학교에 입학한 이후 모든 시간과 정열을 오직 양궁에만 바쳤다. 고교 대항 경기 개인전 우승과 세계 주니어 선수권 대회에서 한국을 쓰러뜨리는 것만을 목표로 달려왔다. 하지만 어쩌면 그 모든 것이 오늘을 위한 것이었는지도 모른다.

이런 생각지도 못한 위기 상황에서 총을 들고 학교를 습격한 악마를 사살해서 모두의 목숨을 구하는 일이야말로 하늘이 나에게 내려주신 사명이다.

PM 9:29

숨죽이며 어두운 계단을 한 칸씩 내려간다. 벌레의 날갯소리까지 들릴 만큼 신경을 곤두세워서 계단 아래 있는 사람의 숨결을 감지하려 했다. 3층과 2층 사이의 층계참까지 가는 데만 해도 1분이 넘게 걸렸다.

빌어먹을! 야마구치는 이마에 흐른 땀을 닦았다. 계단까지는 냉방이 되지 않는 탓에 무척이나 후텁지근했다. 온몸에서 뿜어져 나오는 축축한 땀과 긴장으로 인한 진땀이 서로 섞이지 않은 채 두 층으로 나뉘어 전신에 흘러내리는 듯한 기분이 들었다.

야마구치는 고개를 뒤로 돌려 바로 뒤에 바싹 붙어 따라오는 나루세를 보았다. 어슴푸레한 비상등 불빛 아래에서도 긴장으로 굳어 울면서 웃는 표정이 분명히 보였다. 자신도 분명히 저런 표정을 짓고 있겠지.

집게손가락을 흔들어 좀 더 빨리 가자고 신호를 보내고는 아까보다 두 배는 빠른 속도로 계단을 내려가기 시작했다. 밑창이 고무인 실내화는 발소리를 거의 내지 않았지만 감각이 날카로워져서인지 그 조그마한 소리가 계단 아래까지 울리지 않을까 하는 신경증에 사로잡혔다.

서쪽 계단으로 간 가토와 사사키는 어디쯤일까? 한 층을 내려갈 때마다 복도 양 끝에서 상대를 확인하고 앞으로 나아가자고 출발하기 전에 정해두었다. 이쪽이 너무 늦으면 모양이 빠질 뿐만 아니라 서쪽 계단 조에게 쓸데없는 압박까지 주게 된다.

2층에 도착한 야마구치와 나루세는 어두운 복도를 통해서 반대편을 봤다. 있다. 사람의 그림자는 보였지만 그게 가토와 사사키라는 확신은 서지 않았다. 그 둘은 이미 소리도 없이 살해당했고, 지금 이쪽을 보는 사람은 살인마일지도 모른다는 터무니없는 공포가 덮쳐온다. 냉정히 생각하면 거의 말도 안 되는 생각이지만 말이다. 저쪽 역시 같은 의혹에 사로잡혔는지 어색하게 움직였다. 그러나 두 개의 그림자가 보였기에 야마구치는 휴우 하고 한숨을 내쉬었다.

물론 이걸로 마음이 놓이지는 않았다. 이 앞, 2층에서 1층으로 내려가는 계단은 지금까지보다 한층 더 위험하다. 그리고 그 앞은…….

생각해 봤자 뾰족한 수는 나오지 않는다. 생각하지 마. 이 이상 생각했다간 더는 나아가지 못한다. 어떤 때든 멈춰 서서 그림자를 겁내기보다는 과감히 앞으로 나아간다. 그게 자신이 사는 모습이지 않은가. 야마구치는 어금니를 꽉 깨물고 다시 계단을 내려가기 시작했다.

그런데 이건 뭐지? 한 걸음씩 지옥으로 다가가는 듯한 괴이한 감각이 덮쳐온다. 힘껏 억눌렀던 후회가 서서히 힘을 키워 마음속을 채워 나간다.

되돌아가고 싶다. 이제 그만두고 싶다. 야마구치는 간절히 원했다. 용기를 쥐어짜서 여기까지 내려와 정찰을 했으니 헛수고는 아니었잖아. 그렇지만 그건 이미 불가능하다. 가토와 사사키만 서쪽 계단으로 내려가도록 할 수도 없고, 여기서 그만두고 돌아가자는 말을 전할 방법도 없다. 범인이 들을지도 모른다고 생각하면 큰소리 낼 용기도 나지 않는다. 마지막 기회는 방금 전 2층에 도착한 때였다. 그때 여기서 그만두고 돌아가자고 몸짓으로 전했으면 어떻게든 되돌릴 수 있었다.

하지만 더는 돌이킬 방법이 없다. 하스미 선생님이 수업에서 말한 돌아오지 못할 강을 건너버렸다.

나는 대체 왜 이런 무모한 짓을 시작해 버렸을까? 와타라이의 말처럼 영웅이 되어서 오노데라에게 멋진 모습을 보여주고 싶을 뿐이었을까? 누구라도 좋으니까 그때 우리가 출발하기 전에 강하게 말려주기를 바랐다. 와타라이는 그만두는 게 좋다고 말했지만 비꼬는 듯한 말투였기에 그만 반발해서 오기가 생겨버렸다.

만약 그런 말투로 말하지 않았다면……. 어쩌면 와타라이는 이렇게 되리라고 예상하지 않았을까 하는 의심이 문득 들었다. 모든 걸 계산하고서 자신이 내려가도록 부추긴 게 아닐까. 그러나 야마구치는 바로 고개를 내저어 자신의 생각을 부정했다. 그런 일을 할 이유가 없잖아. 녀석은 배배 꼬인 놈이니까 그런 투로 말했을 뿐이다.

드디어 2층과 1층 사이의 층계참을 지났다. 이제 조금 남았다. 손바닥에 배인 땀을 허벅지 쪽 체육복에 닦고 못이 박힌 각목을 움켜쥐었다. 범인이 숨어서 기다린다면 1층에 도착하는 순간 덮쳐올지도 모른다. 야마구치는 슬쩍 뒤를 돌아봤다. 나루세가 고개를 끄덕인다. 천천히 계단을 내려간다. 심장이 전력 질주를 할 때처럼 격렬하게 뛰기 시작했다.

PM 9:30

교실에서 가지고 나온 책상과 의자를 겹쳐서 복도에 높게 쌓았다. 두 사람이 지나가기조차 힘들어 보일 정도로 남은 공간은 좁았다.

"그러니까 벽에 붙어있는 철문은 회전해서 복도의 절반을 닫는 방화문이야. 나머지 절반은 천장에서 내려오는 방화셔터가 복도를 차단하는 구조고."

나카무라 히사시가 곤혹스러운 표정으로 설명했다. 자신이 기계를 잘 알기는 해도 이쪽은 그리 지식이 있는 분야가 아니었다.

"왜 절반씩 닫히는데? 셔터 하나인 편이 간단하잖아?"

와타라이가 동쪽 계단 앞에서 나카무라에게 질문 공세를 편다.

"그랬다간 셔터 안에 갇힌 사람이 빠져나가지 못하고 불타 죽잖아. 소방법인가 뭔가 하는 규정으로 방화문에는 탈출용 쪽문이 달렸어. 피난 훈련할 때 빠져나간 거기 말이야."

"흐음. 그럼 어떻게 하면 닫히는데?"

"방화셔터라는 게 기본적으로 수동으로 폐쇄가 가능하긴 하거든. 안 그랬다간 정전일 때 쓸모가 없으니까."

나카무라는 고개를 갸웃거린다.

"하지만 수동스위치가 어디에 있는지 모르니까 가장 간단한 방법은 연기야."

"연기?"

"복도 천장에 연기 감지 센서가 붙어있을 거야. 집에도 있잖아. 그…… 그 둥글게 생긴 거. 그게 연기에 반응하면 자동으로 방화문과 셔터가 내려와."

"누구 연기 낼 만한 거 가진 사람 없어? 폭죽이든 담배든 대마초든 뭐든지 상관없으니까!"

와타라이는 아직도 책상과 의자를 나르고 있는 반 아이들을 향해 소리쳤다.

"담배라면 있어."

이사다 나오키가 주머니에서 파란색 마일드세븐을 꺼낸다.

"그거야. 연기 감지 센서에 연기를 내뿜어 봐! 어서!"

이사다는 와타라이가 시키는 대로 책상 위로 뛰어올랐다. 익숙한 동작으로 담배를 물고 싸구려 라이터로 불을 붙여 연기 감지 센서에 입을 가까이 대고 연기를 내뿜는다. 스위치가 내려가서인지 경보는 울리지 않았지만 벽에 딱 달라붙어 있던 철문이 의지를 가진 생물처럼 움직이기 시작하더니 복도의 절반을 가렸다. 동시에 천장에서 철제 셔터가 내려온다. 같은 동작이 복도 반대편 서쪽 계단에서도 일어났다. 복도 양측이 봉쇄되어 3층은 밀실이 됐다. 탄성이 터진다.

"아직이야! 이 정도로는 아직 멀었어."

와타라이가 방화문을 구석구석 살피며 말했다. 회전해서 닫힌 거대한 철문 자체는 셔터와 함께 내려온 가동식 기둥에 단단히 고정되어 밀어도 꿈쩍하지 않았지만, 가운데 달린 작은 문은 손쉽게 열고 닫히도록 되어 있었다. 피난 훈련 때는 이 쪽문을 지나 밖으로 나갔다.

"누가 끈 좀 갖고 와!"

와타라이는 의자를 하나 집어 들어 방화문에 갖다 댔다. 쪽문을 열지 못하게 고정하려는 것처럼 보였다.

"잠깐 기다려! 뭐 하는 거야? 야마구치 일행이 아래에 있잖아!"

"알아."

가타기리가 소리쳤지만 와타라이는 건성으로 대답했다. 쪽문에 달린 납작한 원 모양의 케이스 핸들을 살펴본다. 반원의 손잡이를 일으켜 돌리면 걸쇠가 들어가서 문이 열리는 구조다.

"역시 그렇군. 열쇠가 없어도 이걸 고정하면 열리지 않겠군."

"와타라이! 그런 짓을 하면 야마구치 일행이 도망쳐 왔을 때 안으로 못 들어오잖아!"

가타기리는 격렬하게 항의했지만 와타라이는 귓등으로도 듣지 않았다. 자신의 말을 거들어달라고 주위를 둘러봐도 모두 시선을 피할 뿐이었다.

"녀석들은 위험하다는 사실을 알고 갔어. 스스로 알아서 하겠지."

와타라이가 의자 세 개를 차곡차곡 쌓아 높이를 조절하면서 말한다.

"너희……!"

"괜찮다니까. 1층에서 도망쳐 사람을 부르러 갈 거야. 우리는 여기서 농성을 벌이면서 기다리는 수밖에 없어."

"하지만 두 무리 중 누군가는 위로 도망쳐 올지도……."

"그럼 옥상에 올라간 녀석들 쪽에 합류하겠지."

"거길 닫으면 우리도 옥상으로 도망치지 못하게 되잖아!"

가타기리의 뒤에서 소리가 났다. 고개를 돌리자 울먹이는 요시다 모모코가 보인다.

"그래? 그럼 넌 지금 당장 옥상에 가."

쪽문을 연 와타라이는 요시다에게 나가라고 턱으로 가리켰다. 요시다는 잠깐 망설였지만 마음을 정했는지 쪽문을 지나 밖으로 나갔다.

와타라이는 아무 일도 없었다는 듯이 쪽문을 닫고 케이스 핸들 아래에 겹쳐 쌓은 의자를 놓았다. 시라이 사토미가 건넨 비닐 끈으로 반원형 손잡이를 의자 등받이에 동여맨다. 이제 반대편에서 손잡이를 돌리려고 해도 회전하지 않는다. 쪽문은 닫혔다.

"멍하니 있지 마! 바리케이드를 만들어! 시간이 없어!"

와타라이는 학생들에게 지시를 내리기 시작했다.

"서쪽 계단의 쪽문도 여기와 똑같이 동여매! 그 바로 앞에 책상과 의자를 쌓아 올려. 아, 시오미 잠깐만! 대걸레 가지고 와! 느긋하게 걷지 말고 뛰어!"

"너, 처음부터 그럴 작정이었어?"

나고시가 낮은 목소리로 묻는다.

"뭐? 처음부터라니 무슨 소리야?"

와타라이는 귀찮다는 듯 대답했다.

"시간을 벌기 위해서 야마구치 일행을 1층에 보낸 거지?"

가타기리는 깜짝 놀랐다. 그러고 보니 야마구치가 출발할 때 와타라이는 마치 도발하는 듯한 말투로 말했다.

'지금이라면 어느 정도 시간이 남았을 테니까.' 와타라이의 말이 귓가에 되살아난다. 어쩌면 그걸 노리고 태연하게 야마구치 일행 네 명을 사지로 내몰았는지도 모른다.

"시끄러워 죽겠네. 내가 억지로 가라고 하지는 않았잖아? 그 녀석들이 스스로 간다고 말을 꺼냈다고."

와타라이는 복도 중앙 부근 천장에 달린 돔형 감시 카메라를 가리켰다.

"나고시, 이러쿵저러쿵할 여유가 있으면 저걸 부숴봐. 우리 감시당하는 중이야."

가타기리는 정신이 번쩍 들었다. 늘 보아와서인지 조금도 의식하지 못했다. 나고시도 같은 생각을 한 모양이다. 분한 표정으로 의자를 들고 책상 위로 뛰어 올라가 닥치는 대로 두들긴다. 플라스틱 커버가 부서져서 휙 날아가자 안에 숨겨진 소형 카메라가 몇 번이나 얻어맞은 쪽으로 방향을 바꾸더니 떨어져 나와 복도에 굴렀다. 계속 범인이 보고 있었다고 생각하니 등골이 서늘해졌다.

와타라이는 언제부터 눈치챈 거지? 훨씬 전부터 알았다면 어째서 지금까지 아무 말도 하지 않았을까? 와타라이는 시오미 다이스케가 가지고 온 대걸레를 방화셔터가 내려온 천장 틈새에 끼워 넣고는 방화셔터 앞에 책상과 의자를 쭉 늘어놓던 기노시타 사토시와 마에지마 마사히코에게 호통을 쳤다.

"이 얼간이들아! 살인마를 막을 바리케이드잖아! 그냥 주욱 늘어놓아서 뭐에 쓰려고? 뒤집어!"

와타라이의 말대로 책상을 그냥 차곡차곡 쌓아 올리면 위에 놓인 것만 밀어내면 미끄러져 넘어지고, 그 위를 타고 넘어오기도 쉽다. 학생들은 와타라이의 지시대로 책상을 뒤집어서 밀어도 움직이지 않게끔 책상 윗부분을 바닥에 맞대어 양면테이프나 접착테이프로 고정했다. 그 위에 반대 방향으로 책상이나 의자를 불규칙하게 쌓아 올려 가능한 한 딱 들어맞게 짝을 맞추었다. 거기다 쉽게 무너지지 않도록 중요한 지점을 접착테이프나 포장용 비닐 끈, 철사, 밧줄 등으로 보강했다.

다만 한 곳만은 책상을 바닥에 고정시키지 않고 끈을 묶을 때도 나비매듭을 지었다. 만일의 경우 책상을 치워서 퇴로를 만들기 위해서라고 한다. 이제 양쪽 계단을 막은 방화셔터 앞에는 타고 넘기 힘들고, 이걸 치우고 침입하는 데도 시간이 걸리는 바리케이드가 완성됐다.

"다 됐어! 이제 우린 괜찮겠지?"

마쓰모토 히로시가 한숨 놓였는지 와타라이에게 웃어 보였다.

"괜찮다고? 참 나. 대체 뭐가 괜찮다는 말이야."

자신의 생각과는 달리 와타라이가 서슬퍼런 표정을 짓자 마쓰모토는 주눅이 들었다.

"아니, 그게…… 이제 살인마는 안으로 못 들어오잖아? 총을 쏴도 셔터나 책상이 총알을 막아줄 테고."

"넌 대체 머리를 왜 달고 다니냐? 이렇게 얄팍한 철판은 총에 맞으면 쉽게 뚫려. 생각 좀 하고 살란 말이다!"

와타라이가 이빨을 드러냈다. 모범생의 가면이 벗겨져 나가니 이제까지 본 적이 없는 사납고 악독한 얼굴이다.

"바리케이드도 사람의 침입을 막기 위한 거라서 틈이 많다고. 이 따위는 처음부터 총알을 막으려고 만든 게 아니야!"

"그럼 어떻게 하자는 건데?"

마쓰모토는 완전히 독기가 빠졌다.

"바리케이드가 하나 더 필요해. 나한테 전부 기대지 말고 바보도 바보 나름대로 머리를 좀 써!"

이쯤 되니 마쓰모토도 화가 난 모양이었다. "이 자식이……!" 하고 말을 꺼냈을 때 아래층에서 섬뜩한 총성이 울려 퍼졌다.

PM 9:30

"껌, 거의 떼어냈어."

아베가 열쇠 구멍을 들여다보며 말했다.

"상당히 안쪽까지 막힌 데다가 딱딱해서 시간은 좀 걸렸지만."
"그럼 이제 열쇠만 있으면 문이 열리는 거지?"

쓰카하라 유키가 기대에 찬 눈으로 묻는다. 후텁지근한 계단에 있어서인지 코끝에 땀방울이 맺혔다.

"잘은 모르지만 아마 열리겠지."

아베의 안색이 썩 좋지 않았다. 껌을 떼기 시작했을 때 지었던 확신에 찬 표정은 완전히 자취를 감추었다. 기요타 리나에게 금색 머리핀을 돌려주려고 했지만 기요타는 얼굴을 찡그리며 받지 않았다.

"하스민 쌤이 와줄까?"

우시오 마도카가 중얼거렸다.

"무슨 일이 있어도 와! 우리를 못 본 척할 리 없잖아?"

이사가와 마이가 우시오 마도카의 어깨에 손을 올린다.

"하지만 어쩌면 이미 범인에게 당했을지도 몰라."

몇몇 여학생이 흐느껴 울기 시작했다.

"그럼 아무도 구해주러 안 와?"

평소에는 날 선 목소리로 말하던 하야시 미호도 울먹이는 소리로 말했다.

"괜찮아."

오노데라는 차분한 목소리가 들리는 쪽을 돌아보았다. 다카하시 유즈카였다. 낯빛은 창백했지만 미소를 띤 모습이었다.

"괜찮다고? 왜?"

가시와바라 아리가 한 가닥 희망을 품고 묻는다.

"다테누마가 오니까."

"다테누마가? 걔가 왜 오는데?"

아베가 미간을 찌푸리며 묻는다.

"축제에서 이즈미네 무리랑 같이 연주하거든. 연습하러 왔더라고."

"그…… 근데 이즈미는 괜찮을까? 처음에 총성이 난 건 북쪽 건물이잖아?"

오노데라는 가만히 있기 힘들어서 입을 열었다.

"그건…… 모르겠어. 하지만 다테누마는 다른 애들과는 달라. 처참한 아수라장도 뚫고 나왔잖아. 무슨 일이 있어도 우리를 구하러 올 거야!"

다카하시에게는 확신이 있어 보였다.

"그게 걱정이야."

아베가 불쑥 말했다.

"무슨 얘기야?"

"차라리 도움을 청하러 가준다면 좋을 텐데. 녀석의 성격을 봐선 자신이 범인을 해치우려고 들 테니까."

침묵이 찾아왔다.

"너 말이야 아까부터 뭘 그렇게 중얼대는 거야! 시끄럽다고!

뭐라고 지껄이는 거야?"

 미타 아야네가 옆에 있는 남자에게 덤벼들었다. 멱살을 잡힌 사람은 다지리 유키오다. 부들부들 떨면서도 입으로는 주문 같은 말을 읊조린다.

 "호산나…… 호산나…… 당신의 사랑에…… 매우 높은 곳에 …… 하늘의 매우 높은 곳에 호산나."

 그러고 나서 평상시와는 완전히 다른 사람이 된 듯 격렬한 몸짓으로 미타의 손을 떨쳐냈다.

 "아아, 정말! 어떻게 할 거야? 도중에 2절이랑 섞여버렸잖아!"

 "너 전부터 이상하다고 생각하긴 했는데 이제 보니 정말로 미쳤구나?"

 평소에는 소심한 성격이라 잘 몰랐는데 손을 떨쳐낸 강한 힘을 보고 다지리가 남자라는 사실을 새삼 깨달았다. 미타는 콧등을 찡그려 불쾌감을 나타내며 다지리에게서 떨어졌다.

 "쉿! 조용히 해."

 이사가와 마이가 입술에 손을 갖다 댄다. 무슨 소리를 들은 모양이다. 모두가 움직임을 멈추고 입을 다문 채 귀를 기울였다. 소리는 점점 또렷해졌다. 쇠붙이가 삐걱거리는 듯한 소리. 모터 소리. 셔터가 닫히는 소리.

 "3층 같은데……"라고 요코타가 말했다. 방화셔터를 내렸겠지. 오노데라도 거기까지는 추측했다. 하지만 그것만으로 총을 가진 살인마를 막을 수 있을까? 그전에 책상이나 의자를 나르는 소리가 들렸으니 그것들을 쌓아 올려 장애물을 만들었을지도 모른다.

기계음이 사라지고 얼마 지나지 않아 다른 소리가 희미하게 들려왔다. 발소리다. 누군가가 발소리를 숨기려고도 하지 않고 쿵쿵거리며 계단을 올라온다. 모두가 공포로 굳어서 어둠이 드리워진 계단을 내려다본다.

"너희 거기 있니?"

요시다 모모코의 목소리였다. 다들 안도의 숨을 내쉰다.

"어떻게 된 거야?"

층계참에 서 있던 사토 마유가 계단을 올라오는 요시다에게 묻는다.

"그 녀석들과 도저히 같이 못 있겠어! 그 돼지새끼가 모조리 제멋대로 하잖아!"

요시다는 반 아이들과 합류하고 마음이 놓였는지 큰소리로 재잘거리기 시작했다.

"더는 못 믿겠어! 지가 뭐 그리 잘났다고 사람을 내려다보면서 명령해? 대체 무슨 권리가 있냐고!"

"조용히 해."

아베가 낮은 목소리로 말한다.

"에? 나는……."

"조용히 하라고 했잖아. 지금이 어떤 상황인지 알고나 있어?

총을 가진 살인마가 교내를 어슬렁거린다고. 조용히 안 하면 여기서 쫓아내겠어."

아베의 으름장에 요시다는 완전히 풀이 죽었다. 그러고 나서 한동안 우울한 침묵이 계속됐다. 3층에서 무언가를 때려 부수는 듯한 소리와 책상이나 의자를 난잡하게 쌓아 올리는 것 같은 소음이 울려 퍼졌지만 이제는 어찌됐든 상관없었다.

"우리 언제까지 여기 있어야 해?"

기요타 리나가 조그맣게 중얼거렸다. 말수가 적고 눈에 띄지 않는 아이였지만 아버지가 죽은 뒤로 마음속에서 망설임이 사라졌는지 묘하게 반에서 존재감이 커졌다.

"언제까지라니……. 누가 구해주러 올 때까지지."

이곳의 리더라는 자각이 있어선지 아베가 질문에 대답한다.

"하지만 총을 가진 녀석이 여기로 오면 모두 끝나잖아."

"그전에 하스민 쌤이 구해주러 와."

"안 오면?"

"꼭 와."

"하지만 만약에 안 오면?"

"닥쳐. 그럼 너한테 뭐 좋은 생각이…….."

그 순간이었다. 귀청을 찢는 듯한 총성이 계단 전체에 울려 퍼졌다. 양손으로 귀를 틀어막은 오노데라는 다리에 힘이 풀려서 그 자리에 주저앉아 버렸다.

PM 9:30

 계단을 한 칸 한 칸 내려가서 1층에 가까워지자 복도 전체가 시야에 들어왔다. 조명이 꺼져서 새까맣다. 주위는 쥐 죽은 듯이 조용하다. 인기척도 없다. 계단은 1층에서 끝나므로 몸을 숨길 장소가 없다. 야마구치는 바닥에 엎드려서 어둠 너머의 복도 반대편을 확인한다. 심장은 여전히 격렬히 뛰었다.
 있다. 복도 맞은편에서 서성이는 가토 다쿠토와 사사키 료타의 그림자가 보인다. 한편 어디에도 살인마로 보이는 그림자는 없다. 야마구치는 뒤에 있는 나루세 슈헤이를 손으로 제지하고 잠시 기다렸다. 아무런 소리도 들리지 않는다. 살인마는 이미 여기에 없는 걸까?
 계속 여기에 있어봤자 별달리 뾰족한 수도 없다. 몸을 일으킨 야마구치는 발소리가 나지 않게 천천히 어두운 복도를 나아갔다. 나루세는 야마구치가 손짓으로 지시한 대로 계단 근처에서 대기했다. 가토와 사사키는 서쪽 계단을 내려온 위치에서 서성거린다. 어렴풋이 표정이 보일 정도로 가까워졌을 때 가토가 로비 쪽을 가리킨다. 공중전화다. 야마구치는 못이 박힌 각목을 꽉 움켜쥐었다. 뒤돌아 신호를 보내자 나루세도 전진하기 시작한다.
 로비에 왔을 때 뒤쪽에서 희미한 소리가 들린 듯했다. 교무실 근처인가? 유리가 깨지는 듯한 금속성의 울림이었다. 깜짝 놀라 제자리에 멈춰 섰지만 들리는 건 서서히 거칠어지는 빗소리뿐이었다.

야마구치는 교무실 쪽으로 온 신경을 집중하며 살금살금 걸어서 스테인리스 스탠드에 걸린 공중전화에 다가갔다. 어둠 속에서 붉은 램프가 빛난다. 수화기를 들려다가 주저했다. 아주 작은 소리라도 살인마가 우연히 듣게 될지도 모른다.

램프가 켜져 있는 걸 보아하니 전기는 들어오는 모양이다. 겉보기에는 부순 흔적이 없지만 문제는 전화 회선이 무사한가, 그렇지 않은가다.

아니, 문제는 없다. 공중전화에서 뻗어 나온 2개의 코드가 각각 벽의 콘센트와 잭에 연결되어 있다. 네 사람은 주위의 기척에 주의를 기울이며 천천히 공중전화 앞으로 모여들었다.

다른 세 아이가 고개를 끄덕이자 야마구치는 슬쩍 수화기를 잡았다. 귓가에 갖다 댄다. 이상하다. 아무 소리도 들리지 않는다. 야마구치의 집게손가락이 몇 번이고 1, 1, 0을 연달아 눌렀지만 아무런 반응이 없다. 이 회선은 끊겼다. 전화기 주위는 손대지 않고 훨씬 근본적인 부분에서 전화선을 끊어 놓았다. 역시 이 범인은 그저 머리가 이상한 사이코가 아니다.

이건 함정인가? 야마구치가 교무실 쪽을 살폈을 때 로비 바로 옆인 정면 현관 앞에 나란히 놓인 커다란 신발장 그림자에서 총을 든 사람의 그림자가 나타났다. 상대의 모습을 확인할 여유 따원 없었다. 네 사람은 죽을힘을 다해 뛰기 시작했다.

천둥 같은 소리가 울려 퍼진다. 한 발, 두 발.

맞았다. 야마구치는 급히 자신의 몸을 확인했다. 다행히 총에 맞지 않았다. 뒤에서 달리던 나루세가 힘없이 바닥에 쓰러진다.

"정신 차려!"

야마구치가 나루세를 안아 일으킨다. 범인이 엽총을 꺾어 새로운 총알을 넣는다. 사사키 료타가 손에 든 소화기를 범인을 향해 뿌렸다. 그렇지 않아도 어두워서 앞이 잘 보이지 않는 1층 복도는 소화기 분말이 자욱하게 끼어서 일시적으로 앞이 전혀 분간이 가지 않았다. 야마구치는 나루세를 짊어지고 가능한 한 자세를 낮추어 있는 힘을 다해 복도를 빠져나갔다.

제기랄! 나루세는 완전히 의식을 잃어 스스로는 걷지도 못한다. 이대로라면 따라잡힌다. 연기 속에서 나타난 가토와 사사키가 반대쪽에서 나루세를 떠받친다.

"보건실이야!"

가토가 야마구치의 귓가에 속삭인다. 보건실 문은 잠겼지만 창문에 유리 대신 아크릴판을 끼워놓아서 여차할 때는 바로 부수고 안으로 들어갈 수 있다. 이 학교에 단 한 대뿐인 자동제세동기가 설치된 곳이 보건실인 까닭에 만약의 사태를 대비해서 그렇게 만들었다. 야마구치가 팔꿈치로 한 번 치자 아크릴판이 안쪽으로 휙 날아갔다. 손을 집어넣어 잠긴 문을 열고 나루세를 들쳐

업고 안으로 들어간다. 일단 원래대로 문을 닫았지만 여기에 틀어박혔다는 사실을 살인마에게 숨기지는 못한다.

"문을 막아!"

야마구치는 나루세를 보건실 안쪽에 놓인 침대로 옮겼다. 그 사이에 가토와 사사키가 캐비닛을 질질 끌고 와서 문 앞을 막았다. 총을 가진 범인을 상대하기에는 헛된 저항일지도 모르지만 필사적으로 맞서야만 한다. 가토는 커터 칼을 들었지만 사사키는 무기를 떨어뜨렸는지 빈손이었다. 총에 맞았는지 오른손에서 피가 흐른다. 야마구치는 못이 박힌 각목을 사사키 쪽으로 미끄러뜨렸다.

"나루세, 정신 차려!"

말을 걸어도 의식이 돌아오지 않는다. 방이 어두워서 앞이 잘 보이지 않는데도 총을 맞은 곳이 적어도 세 군데는 보인다. 왼쪽 가슴, 왼쪽 팔, 그리고 왼쪽 넓적다리다. 특히 왼쪽 가슴의 출혈이 심각하다. 야마구치는 나루세의 가슴에 손을 댔다. 심장 박동이 느껴지지 않는다. 이대로 있다간 죽는다. 이전에 교육을 받았을 때 설령 출혈이 심각한 경우라도 우선 전기 충격을 주어서 심장을 움직이게 해야 한다고 배운 기억을 떠올렸다.

"나는 나루세를 살릴게. 범인을 절대로 안에 들여보내지 마!"

야마구치가 소리치자 가토와 사사키는 고개를 끄덕인다. 두 명은 캐비닛으로 막아둔 출입문의 양옆에 달라붙었다. 범인이 억지로 침입해 오면 결사의 각오로 양옆에서 협공할 생각인 듯했다.

빗소리만이 울려 퍼진다. 야마구치는 보건실 벽에 설치된 상자에서 'AED(자동제세동기)'라고 적힌 주황색 가방을 끄집어냈다. 그 안에는 가방과 똑같이 주황색 플라스틱으로 만든 자동제세동기 본체가 들어있다. 투명한 덮개를 열자 자동으로 전원이 들어오면서 녹음된 여성의 목소리가 흘러나온다.

환자의 의식과 호흡을 확인해 주세요.

글렀다. 양쪽 다 느껴지지 않는다. 야마구치는 음성 가이드에 따라서 나루세의 체육복과 티셔츠를 걷어 올리고 오른쪽 가슴과 왼쪽 옆구리에 패드를 붙였다.

환자의 몸을 만지지 마세요. 심전도 조사를 시작합니다.

복도는 개미 소리 하나 들리지 않을 만큼 조용해졌다.

전기 충격이 필요합니다. 충전합니다. 환자의 몸에서 떨어지세요. 불빛이 깜빡이는 버튼을 꽉 눌러주세요.

이런 제기랄. 만약 나루세가 죽으면 전부 내 탓이다. 제발 살아줘. 야마구치는 기도하는 마음으로 깜빡이는 버튼을 눌렀다.

전기 충격을 실행했습니다. 환자의 몸을 만지셔도 됩니다. 즉시 흉부 압박과 인공호흡을 시작해 주세요.

눈동냥으로 배운 대로 나루세의 가슴을 누르기 시작했다. 힘을 너무 주어서 늑골이 부러지지 않을까 하는 걱정이 들었지만 지금은 무엇보다 심장을 소생시키는 것이 우선이었다.

갑자기 복도의 조명이 켜졌다. 야마구치가 흠칫 놀라 그쪽을 본다. 문을 지키던 가토와 사사키도 공포에 얼어붙었다.

"애들아, 괜찮니?"

하스미 선생님의 목소리였다.

"거기에 있지?"

긴장이 풀려 대답할 뻔했지만 야마구치는 위험한 순간에 입을 다물었다. 문을 지키던 두 사람에게도 고개를 내젓는다. 방심하지 마. 설마하니 하스미 선생님이 범인이라고는 생각하지 않지만 아까 교내 방송에는 의심스러운 점이 많았다. 거기다 이 타이밍에 나타나다니 누가 봐도 부자연스러운 상황이다.

"조심해! 살인마는 구메 선생님이야. 엽총을 갖고 있었어. 지금 막 위로 올라갔고."

구메 선생님이라니, 그 미술 선생님? 설마……. 대체 상황이 어떻게 돌아가는 거지?

"거기엔 몇 명이나 있니? 아! 바닥에 피가 묻었잖아! 대답 좀 해줘. 누가 총에 맞은 거야?"

"하스미 선생님."

야마구치는 마음의 결정을 내리고 대답했다.

"지금 하신 말 진짜예요? 구메 선생님이 범인이라는……."

"그래. 나도 믿고 싶지 않지만 진짜야."

아크릴판이 떨어져 나간 창으로 하스미가 얼굴을 내밀었다. 야마구치는 바싹 긴장했다. 빛이 뒤에서 비추고 캐비닛으로 얼굴 절반이 가려졌는데도 심하게 부어오른 오른쪽 볼과 비뚤어진 코가 확연히 보였다. 코뼈가 부러진 모양이다.

"선생님 얼굴이 왜 그러세요?"

"응. 구메 선생님에게 감금당했었어. 그때 엄청 두들겨 맞아서······. 그보다 누가 총에 맞았니?"

"나루세예요! 나루세가 총에 맞았는데 심장이 멈췄어요. 뛰지를 않는다고요!"

야마구치가 울부짖었다. 그러고 나서 서둘러 흉부 압박을 재개했다.

"선생님! 도와주세요!"

자신도 모르는 사이에 눈물이 어렸다. 저 붓고 비뚤어진 얼굴은 진짜다. 역시 하스미 선생님은 범인이 아니었다. 살았다. 이제 나루세는 죽지 않을지도 몰라.

"알았어. 일단 이걸 치워줘."

가토가 캐비닛을 치우려고 했지만 사사키는 움직이지 않았다.

"선생님, 구메 선생님이 왜 이런 짓을 저질렀을까요?"

하스미는 한숨을 내쉬었다.

"뭐라고 말해야 좋을까. 구메 선생님이 어떤 학생을 일방적으로 사랑했는데 그게 받아들여지지 않아서 이런 일을 저지른 모양이야."

"우리 반 여학생인가요?"

사사키가 갑자기 반문했다.

"아니. 마에지마였어."

"네? 걘 남자잖아요?"

"그런 건 어찌 됐든 상관없잖아! 빨리 선생님을 들여보내 줘!"

야마구치가 소리치자 사사키는 가토와 함께 서둘러 캐비닛을 옮겼다. 하스미는 문을 열고 성큼성큼 보건실 안으로 들어왔다. 나루세 위로 몸을 수그리며 웅크리더니 진지한 표정으로 맥을 짚는다.

"소용없어. 뛰지 않아. 좀 더 세게 늑골을 압박해 봐."

야마구치는 체중을 실어 나루세의 가슴을 있는 힘껏 끊임없이 눌렀다. 조금 더 시간이 지나자 자동제세동기가 다시 심전도를 잰다. 전기 충격을 한 번 더 해야 할지도 모른다.

아니, 그보다 범인이 되돌아오면 어쩌지? 야마구치는 걱정스러웠지만 하스미는 아무 말 없이 야마구치의 움직임을 지켜볼 뿐이었다. 이윽고 하스미가 갑자기 문밖으로 나갔다. 무슨 일인가 싶어 의아해할 때 하스미가 다시 문 앞에 나타났다.

"선생님! 이대로는……."

그렇게 말하며 고개를 든 야마구치는 절규했다. 하스미는 손에 엽총을 들고 있었다.

PM 9:30

본관 주변을 한 바퀴 돌아봤지만 1층 문이나 창문에는 모두 자물쇠가 채워져 있었다. 차가운 바람이 불기 시작하더니 하늘에서 빗방울이 뚝뚝 떨어졌다. 다테누마 마사히로는 침을 뱉었다. 침입하려면 어딘가의 창문을 깨야 하는데 큰소리를 냈다간 범인에게 들킬 위험이 있다. 그렇지만 이런 곳에서 우물쭈물할 여유가 없다. 1초라도 빨리 안으로 들어가야만 한다. 지금은 안이 조용하지만 총격이 시작된 뒤에는 이미 늦는다.

학교는 야간 경비 시스템을 도입했다. 유리를 깨고 창문을 열면 바로 경보가 울린다. 그래서 경비 회사에 연락이 간다면 차라리 잘된 일이다. 만약 범인이 자동 경비 스위치를 껐다면 유리가 깨지는 소리만 안 들리면 알아차리지 못할 것이다.

아니, 잠깐만. 다테누마는 희미한 기억을 더듬었다. 분명히 학교에서는 냉난방을 관리하기 위해서 창문의 개폐 상황을 컴퓨터 모니터에 표시하는 설비를 갖추었다. 만약 범인이 거기까지 체크한다면……

아니, 그런 일까지 신경 썼다간 한 발짝도 앞으로 나가지 못한다. 그보다는 교무실에 있는 감시 카메라 모니터가 문제다. 건물 주변을 어슬렁대는 자신의 모습이 몇 번이고 카메라에 포착됐을 테니까 말이다.

다테누마는 교무실 창문 밖으로 이동했다. 불빛은 꺼졌고 안에서 인기척도 나지 않았다. 설마하니 새로운 침입자가 오리라고 예측하고 어두운 방에서 가만히 숨어 있는 건 아니겠지.

아까부터 찔끔찔끔 내리다 그치기를 반복하던 비가 드디어 본격적으로 내리기로 결심했는지 빗줄기가 서서히 굵어진다. 다테누마는 계속 가지고 있던 창을 꽉 잡고 창문 걸쇠 바로 옆 부분을 창끝으로 있는 힘껏 찔렀다. 청명한 소리가 나더니 이중창에 자그마한 구멍이 뚫렸다. 긴 물건으로 한 번에 뚫어서인지 오히려 깨지는 소리는 작았다. 빈집 털이를 하려면 창이 꼭 있어야겠는데? 길이가 2미터 50센티미터를 넘으니 모든 불심검문에 걸리겠지만 말이다.

다테누마는 유리창에 난 구멍으로 손을 집어넣어 창문 걸쇠를 열었다. 소리가 나지 않도록 미닫이창을 조금씩 열고는 고양이처럼 부드러운 몸놀림으로 창을 넘어 교무실로 들어갔다.

교무실 한쪽에 켜져 있는 모니터가 눈에 들어왔다. 화면에는 8등분 된 감시 카메라 영상이 나온다. 깜짝 놀랐다. 왼쪽 아래 화면에 사람 그림자가 비친다. 클릭해서 그 화면을 전체 화면으로 전환했다. 1층 복도 영상이다. 카메라가 암시暗視 모드여서 흑백 화면이지만 로비의 공중전화 앞에 네 명이 서 있다는 사실을 알았다. 가장 키가 큰 녀석이 아마 야마구치겠지.

바로 교무실에서 나가 그들과 합류하는 편이 좋을까? 야마구치라면 함께 싸울 동료로서 이상적이다. 그러나 이 상태로 나갔다간 자신이 살인마로 오해받을 위험이 있다는 사실을 깨달았다. 자신은 오늘 밤 여기에 있을 리 없는 사람이었고, 게다가 퇴학 처분을 받은 일로 학교에 원한을 품었다고 생각할 가능성이 높다.

순간의 망설임 덕분에 다테누마는 죽음의 늪에 빠지지 않았다. 격렬한 총성이 울려 퍼졌다. 잇따라 2발. 모니터를 보고 선 다테누마는 그대로 굳었다. 강하게 창을 움켜쥔다.

누군가가 소화기를 분사한 탓에 화면은 안개가 낀 듯 잘 보이지 않았다. 네 명이 이쪽을 향해 도망쳐 온다. 복도에서 울리는 그 발소리는 곧 다테누마의 귀까지 다가왔다. 보건실 문을 부수고 안으로 들어간 모양이다.

범인은 지금 1층에 있다. 그것도 거의 코앞이다. 무자비하게 이즈미 일행 세 명을 사살하고 소노다 선생님까지 살해한 범인이 말이다. 공포와 분노가 동시에 밀려와 목덜미 털이 바싹 섰다.

다테누마는 모니터를 주시했다. 범인이 어디에 있는지 확인하지 않으면 교무실에서 나가지도 못한다. 아니, 그보다 범인의 얼굴을 보고 싶었다. 대체 어떤 미친 새낀지 이 눈으로 확인하고 싶었다. 설마라고 생각하지만······.

범인으로 보이는 인물의 그림자가 신발장 그림자에서 나타나 복도의 조명 스위치를 누른다. 등이 켜지는 순간 감시 카메라 영상이 잠시 헐레이션*을 일으키더니 이내 다시 선명해졌다.

다테누마는 경악해서 눈을 부릅떴다. 엽총을 들고 이쪽으로 오는 사람은 얼굴 일부가 심하게 부어오르긴 했어도 분명 하스미였다.

"애들아, 괜찮니?"

틀림없이 하스미의 목소리였다.

"거기에 있지?"

씨발! 다테누마는 어째서인지 눈물이 흘렀다.

이 미친 사이코 자식. 착한 사람인 척하는 얼굴로 사람들을 속였군. 잘도 이런…….

"조심해! 살인마는 구메 선생님이야. 엽총을 갖고 있었어. 지금 막 위로 올라갔고."

하스미가 천연덕스럽게 계속 지껄인다.

"거기엔 몇 명이나 있니? 아! 바닥에 피가 묻었잖아! 대답 좀 해 줘. 누가 총에 맞은 거야?"

그렇게 말하고서 보건실 바깥쪽 벽에 가만히 엽총을 기대어 세운다.

"하스미 선생님, 지금 하신 말 진짜예요? 구메 선생님이 범인이라는……."

야마구치의 목소리다. 속지 마! 다테누마는 마음속으로 소리쳤

---

* 강한 빛이 들어와서 화면이나 필름이 새하얗게 변하는 현상.

다. 그 녀석은 인간의 탈을 쓴 괴물이야.

"그래. 나도 믿고 싶지 않지만 진짜야."

짧게 말을 주고받더니 보건실 문이 열리고 하스미가 안으로 들어갔다.

다테누마는 창을 움켜쥐고 교무실 문으로 향했다. 그쪽에 소리가 들리지 않게 최대한 천천히 문을 열었다. 한 발 앞으로 내딛으려 했을 때 교무실 구석에 있는 모니터의 영상이 눈에 들어왔다. 하스미가 보건실에서 나온다.

위험한 순간이었다. 간발의 차로 다테누마는 멈춰 섰다. 하스미가 세워둔 엽총을 손에 쥐고는 보건실 문 앞에 서서 안을 들여다본다.

"애들아 조금만 더 물러나 줄래?"

"선, 선생님…… 대체 왜? 무슨 일이에요?"

"좀 더 안으로 들어가라니까."

하스미의 모습이 다시 보건실 안으로 사라졌다.

안 돼, 위험해! 다테누마는 창을 움켜쥐고 교무실에서 뛰쳐나왔다. 그 순간 연속해서 두 발의 총성이 울렸다. 늦었다. 눈앞이 깜깜해진다. 총을 꺾었을 때 튀어나온 탄피가 바닥에 떨어지는 소리가 울린다. 밖의 빗소리가 선명히 들려왔다.

"역시 두 발로 네 명을 처리하기는 어렵구나. 지금 편하게 해줄게."

다테누마는 보건실 입구에서 창을 던질 준비를 하고 안을 힐끗 본다. 침대 위에 한 명, 그리고 그 앞에는 세 명이 온몸이 피투성이가 되어 쓰러져 있다. 하스미가 총에 새로운 탄환을 넣으면서 뒤를 돌아보았다.

"하스미잇! 죽어!"

다테누마는 혼신의 힘을 다해 창을 던졌다. 이 거리에서 던진 창을 어떻게 피하겠어. 알루미늄 합금 창이 하스미의 몸 한가운데를 멋지게 관통해 죽이겠지.

하지만 좁은 입구에 긴 창의 뒷부분이 스치는 바람에 궤도가 틀어졌다. 창끝은 하스미의 볼을 빠르게 스쳐 지나가 총격으로 깨진 창문 밖으로 날아갔다. 하스미는 살짝 얼굴을 돌렸을 뿐이다. 탄환을 집어넣고는 둘로 꺾인 총을 원래대로 조립했다.

여기서 도망치려고 한다면 바로 총에 맞아 죽겠지, 다테누마는 겁먹지 않고 럭비 태클을 하듯이 낮은 자세로 돌진했다. 총구가 이쪽을 향하기 직전에 양손으로 총신을 꽉 움켜쥐는 데 성공한다.

자, 붙잡았다 이 자식아. 이걸로 가장 큰 위험인 총을 봉쇄했다. 맨손 싸움이라면 이런 녀석에게 질 리 없다.

다테누마는 고통에 신음했다. 뜨겁다. 발포 직후의 총신이 이렇게 뜨거울 줄은 미처 예상하지 못했다.

"다테누마, 놓지 않으면 화상 입는다."

하스미가 느긋한 말투로 말한다. 저쪽은 총대와 목제로 된 손잡이를 잡았으므로 조금도 뜨거움을 느끼지 않는다.

놓을까 보냐. 다테누마는 총신을 움켜쥐었다. 비로 축축해진 손바닥은 금세 말랐고, 견디기 힘든 열기가 밀려오기 시작했다.

손이 타는 정도 가지고 뭘. 이즈미 일행은…… 야마구치 일행은 훨씬 괴로웠지 않은가. 이 녀석에게도 그 고통을 맛보게 해줄 테다. 이를 악물고 양손에 힘을 줘서 총을 잡아 뺏으려고 했다. 다테누마는 악력에 자신이 있었지만 하스미는 상상 이상으로 힘이 셌다. 총을 억지로 뺏기는커녕 꼼짝도 하지 않았다.

양손을 쓰지 못하니 특기인 펀치도 못 썼다. 청바지 벨트 사이에 꽂아둔 드럼 스틱만 꺼내면 단번에 쓰러뜨리겠지만 그걸 잡을 여유가 없었다. 두 사람의 힘은 완전히 호각이었다. 한 손을 놓는 순간 총을 빼앗은 하스미가 총대로 세게 후려치든가, 거리를 두고서 총을 쏘겠지. 이쪽이 자세가 낮아서 발차기를 하기도 어려웠다. 리놀륨 바닥은 살짝만 균형을 잃어도 미끄러질 정도로 피가 흥건하다.

빗소리가 다시 잦아들었다. 이 상황이 지속된다면 저쪽이 불리하다. 하지만 손바닥의 극심한 고통으로 봐서 앞으로 그리 오랜 시간을 잡고 있기는 힘들 듯하다.

"슬슬 손을 놓는 편이 좋아. 그렇게 있는 힘껏 잡았다가는 피부뿐만 아니라 살까지 타버릴걸?"

개소리 집어치워. 다테누마는 그 말을 듣고 양손에 더 힘을 주었다. 그 순간 놀랍게도 하스미가 총에서 양손을 놓았다. 예상치 못한 움직임에 다테누마는 순간 망설였지만 하스미가 눈을 찔러 오리라고 짐작하고는 고개를 숙였다. 그러나 하스미는 눈을 공격하지 않고 다테누마의 위를 덮듯이 머리를 껴안았다. 다테누마는 상대가 정면에서 목을 조르는 길로틴 초크*를 쓰리라는 예상에 산탄총을 움켜쥔 채 양손을 당겨 목을 지키려고 했다.

하지만 싸움에 익숙한 다테누마에게도 하스미의 기술은 예상 밖이었다. 하스미는 다테누마의 머리를 껴안은 채 온몸을 크게 비틀어 돌렸다. 다시 바닥을 차서 크게 다리를 벌리고는 송곳을 쥐고 세게 비벼 돌리듯이 빠르게 회전했다. 목이 180도 돌아가서 천장이 보였을 때 경추가 부서지는 소리가 들렸다.

빌어먹을…… 이런 말도 안 되는 일……. 결국 원수를 갚지 못했다. 애들아 미안해. 다카하시, 도망쳐. 이 녀석은 괴물이야. 온몸에서 감각이 사라진다. 그리고 눈앞이 깜깜해졌다.

PM 9:33

하스미는 산탄총을 쥐고 다테누마 마사히로를 내려다보았다. 아직 미미하게 경련을 하기에 개머리판으로 내리쳐 숨통을 끊었

* 상대의 목을 잡아 경동맥을 압박해 상대를 제압하는 기술.

다. 완전히 예상 밖의 복병이었다. 여기서 처리해서 오히려 다행이다.

상대의 머리를 비틀어서 경추를 파괴하는 이 기술에 하스미는 데스롤death roll이라는 이름을 붙였다. 사냥감을 물고 늘어지며 회전하는 악어의 습성에서 연유한 기술로, 이 기술에 당하면 죽든가 전신 불구가 된다. 당연히 발리투도 규칙을 따르는 일반 종합격투기에서는 사용하지 못하는 기술이다.

브레이크댄스가 유행하던 시절에 어깨로 거꾸로 서서 회전하는 윈드밀이라는 기술을 집중적으로 연습해 마스터한 이유도 데스롤을 하기 위해서였다. 사람의 뼈나 관절은 직선의 압력에는 강해도 비트는 공격에는 잠시도 버티지 못한다. 하스미는 헬스클럽에서 웨이트 트레이닝을 할 때 로터리 토르소*라는 기구로 100킬로그램 이상의 무게를 설정해서 몸을 비트는 근육을 착실히 단련했다. 이제까지 팔이나 발 관절을 파괴한 적은 있어도 이런 식으로 목을 비틀어 치명상을 입힌 건 이번이 처음이다.

I put Mr. Tadenuma on the death roll by the death roll.

속으로 중얼거린다. ……나는 데스롤을 써서 다테누마를 데스롤**에 실었습니다. 말장난치고는 그런대로 괜찮았지만 아쉽게도

---

*   상체를 스윙하듯이 비틀면서 복근 운동을 하는 기구.
** death roll, 사망자 명단. 자신이 만든 격투 기술 이름인 'death roll'에 '사망자 명단'이라는 뜻이 있음을 이용한 말장난이다.

수업에서 쓸 기회는 없겠지.

그러고 나서 아까 산탄을 퍼부은 네 명의 상태를 확인한다. 세 명은 이미 사망했지만 야마구치 다쿠마는 빈사의 중상을 입었을 뿐, 아직 숨이 붙어 있기에 잽싸게 고통을 끝내줬다.

하스미는 목에 건 휴대용 계수기를 봤다. 남자 18, 여자 17이었다. 다테누마를 수에 넣지 않았으므로 마이너스 버튼을 눌러 남자에서 4를 빼려고 했지만, 곧 마음을 바꾸었다. 먼저 남자에 1을 더한 다음에 5를 뺐다. 예전 담임으로서 적어도 다른 학생들과 함께 다테누마 마사히로를 '졸업'시켜 주고 싶다는 생각이 들어서이다.

남은 사람은 남자가 14, 여자가 17이다. 일부러 시간을 할애해서 상대하기 버거운 학생을 유인해 먼저 처리했으니 이제부터는 조금 속도를 올려도 괜찮겠지.

PM 9:33

아래층에서 울려 퍼진 두 발의 총성은 야마구치 일행의 신변에 안 좋은 일이 생겼음을 암시했다. 3층에서 농성 중인 학생들이 더욱 위기감에 내몰려 바지런히 움직인 덕분에 세 번째 바리케이드는 지극히 짧은 시간에 완성에 가까워졌다.

위치는 3반의 앞문과 뒷문 중간이었다. 덕분에 복도가 완전히 막혔지만 3반 교실 안을 통해서 바리케이드를 우회해서 지나갈 수 있다.

이쪽 바리케이드는 뒤집지 않은 책상을 나란히 여덟 줄 늘어놓고 그 위에 옆으로 눕힌 책상을 두 줄씩 양쪽 방향으로 얹었다. 위의 책상은 천장 사이에 틈이 생기지 않도록 가장자리를 맞물려서 불규칙하게 배치했다. "방패같이 옆으로 죽 늘어놔"라는 와타라이의 지시에 일을 하는 아이들은 어찌할 바를 몰랐지만, 그의 말이 세로가 아니라 방패*를 의미한다는 사실을 알고부터는 작업이 순조롭게 진척됐다.

아래 책상다리 앞에도 위와 똑같이 책상을 늘어놓아 보완한다. 책상과 복도 사이에 생기는 틈은 유령의 집을 만드는 데 사용한 매트를 둥글게 말아 채웠다.

이 바리케이드는 총알을 막아내는 쪽으로 특화했다. 모든 책상 서랍 안에 교과서나 공책을 빽빽하게 채웠다. 두툼한 나무 합판과 책상 서랍의 철판, 그리고 몇 권의 교과서까지 꿰뚫는 강력한 총탄은 드물다.

마지막으로 중앙 바리케이드에 올라간 구보타 나나와 시라이 사토미가 압정으로 천장에 암막을 매달았다. 이제 범인이 방화셔터에 구멍을 내도 시야가 복도 사이에서 차단된다.

---

*   일본어에서 세로를 뜻하는 縦(たて)와 방패를 뜻하는 楯(たて)가 같은 발음이어서 생긴 착각이다.

와타라이는 복도의 조명 스위치를 켰다 끄기를 반복했다.

"못 쓰겠네. 형광등이라 반응이 너무 늦어. 모스부호로는 안 보이잖아."

"그래도 수상쩍게 여기는 사람이 있을지도 모르잖아?"라고 기노시타 사토시가 말한다.

"멍청아, 단순히 조명 상태가 이상하다고 생각할 뿐이라니까."

와타라이는 이제 대부분의 아이들에게 '멍청아'라는 말을 앞에 붙여서 말했다.

"조명도 끌까? 셔터에 구멍이 뚫리면 보이는 부분이 다 공격 범위 안에 들어가. 커다란 손전등 있었지? 누가 좀 가지고 와. 그리고 스위치가 복도 가장자리에 너무 가까워. 나카무라. 범인이 침입했을 때 불을 못 켜게 막을 방법은 없어?"

"으음. 차단기는 복도의 분전반 안에 있지만 열쇠가 없으니까 못 열고……. 쉽게 복구 못 하게 할 의도라면 분전반을 억지로 열기보다는 합선시키는 편이 나을 거야."

나카무라는 교실로 들어가 샤프심을 가져왔다.

"샤프심의 재료인 카본 그라파이트는 훌륭한 전도체지."

그렇게 말하면서 플라스틱 케이스를 절연체로 써서 두 개의 콘센트 구멍에 각각 심을 찔러넣었다. 그것만으로는 아직 아무 일도 일어나지 않았다.

"오랜만이네. 이건 초등학교 때 자주 했던 장난인데 말이야."

나카무라는 콘센트에 꽂힌 2개의 샤프심 위에 세 번째 샤프심을 살짝 내려놓았다. 파지직 하는 소리와 함께 스파크가 일더니 위에 얹은 샤프심이 휙 날아갔다. 그리고 복도 조명 중 절반이 꺼졌다.

"교실 세 곳과 복도 절반이 하나의 선으로 이어졌나 보네. 저쪽도 해놔."

나카무라는 3반을 통해서 중앙 바리케이드 맞은편으로 이동했다. 얼마 지나지 않아 나머지 복도 조명도 절반이 나갔다. 밝을 때는 밝게 켜진 조명 자체가 무서웠지만 암흑 속에 남겨지자 견디기 힘들 정도로 불안이 심해진다.

와타라이는 시라이가 건네주는 손전등을 받아 들고 3반 교실에 들어가 커튼을 젖혔다. 엄지손가락으로 능숙하게 스위치를 조작해 밖을 향해 빛을 깜빡인다.

짧게, 짧게, 짧게, 길게, 길게, 길게, 짧게, 짧게, 짧게. 가타기리도 아는 모스부호인 SOS였다.

"와타라이, 창문은 왜 안 열어?"

시라이가 와타라이에게 묻는다. 싫은 녀석이긴 해도 그 두뇌는 믿음직스럽다고 생각하기 시작한 듯했다.

"응? 아아, 안의 소리가 밖으로 샜다간 범인에게 들킬 위험이 있으니까."

"누군가가 알아차려 주겠지?"

"언젠가는 알아차리겠지. 문제는 그게 언제냐는 거야."

차단기가 내려가면서 냉방도 꺼져서 이미 교실 안은 상당히 후텁지근했다. 그래도 와타라이는 창문을 열 생각을 하지 않았다.

주위로 다른 학생들이 모여든다. 달은 뜨지 않았고 가랑비가 조금씩 내리기 시작했지만, 커튼 밖에서 가로등 불빛이 들어와 서로의 얼굴을 어렴풋하게나마 알아볼 정도로는 밝았다.

"구조가 오는데 어느 정도 시간이 걸려도 여기는 안전하겠지?"

시라이와 와타라이의 대화를 이어받아 시오미 다이스케가 물었다.

"짧은 시간이라면 괜찮겠지."

와타라이가 무뚝뚝하게 대답했다.

"일정 시간을 버티면 반드시 구조는 와. 휴대전화가 터지지 않아서 이상하게 생각한 가족이라든가 친구가 있을 테고, 아무리 우리 학교가 후미진 곳이라지만 이게 보이는 범위에 사람이 살 거야. 운만 좋으면 그 사이에 누군가가 모스부호를 알아차릴지도 몰라."

SOS 신호를 보내면서 턱으로 손전등을 가리킨다.

"문제는 그때까지 어떻게 버티느냐지."

"근데 짜, 짧은 시간이라는 말이 무슨 뜻이야? 여기는 살인마도 못 들어오고 초, 총탄도 막아내잖아."

와타라이가 가엾다는 듯이 말했다.

"그러니까 너는 아무리 시간이 지나도 그 수준인 거야. 잘 생각해 봐. 이렇게까지 해서 우리를 다 죽이려고 하는 범인이 '3층은 닫혔군요. 예, 알겠습니다' 하고 그만두겠냐? 하려고 마음만 먹으면 침입할 방법은 얼마든지 있어. 적어도 나한테는 서너 개 떠올라."

누구 하나 반론할 말을 찾지 못했다. 어둡고 후텁지근한 교실은 지독한 침묵에 휩싸였다.

"그, 그럼 어떻게 해야 하는데?"

시오미가 더듬더듬 묻는다.

"그렇군. 이젠 신한테 기도하는 일밖에 더 할 게 없어. ……뭐, 구조를 부르러 가는 방법도 있기는 하지만 너무 위험하니까."

"구, 구조를 부르러 가는 방법? 그, 그건 아무도 못 할 거야. 그게 야마구치조차 돌아오지 못했잖……."

교실에 있는 모두가 고개를 숙여 묘한 분위기가 형성되었다. 시오미는 허둥지둥 말을 이었다.

"아니, 물론 당했는지 어쨌는지는 모르고 어딘가에 숨었는지도 모르지만……. 그, 그리고 출구는 이미 막혔고……."

"아니. 다른 방법이 있기는 해. 범인에게 들키지 않고 학교 밖으로 나가는 데 성공한다면 적어도 그 녀석만큼은 도망칠 수 있어. 하지만 가장 용기 있고 체력 좋은 녀석들은 이미 나갔고, 여기 남은 사람들에게는 힘들어 보이니까……."

"잠깐. 그렇게 멋대로 단정 짓지 마. 그게 어떤 방법인지만이라도 알려줘!"

시라이가 진지하게 와타라이를 다그쳤다.

"방법은 간단해. 운 좋게도 여기에 밧줄이 있어. 유령의 집에서 입장객을 유도하려는 용도로 준비한 밧줄이지만 척 봐도 충분히 튼튼하지. 이걸 창으로 늘어뜨려서 내려가면 돼."

시라이는 깜짝 놀란 표정을 지었다.

"하지만…… 범인에게 들키지 않을까?"

"그 가능성이 전혀 없지는 않지만 매우 낮아."

"하지만 범인이 어느 층에 있든지 복도에서 보이잖아."

"밧줄을 늘어뜨릴 곳은 이쪽, 그러니까 교실 창문이야. 창밖을 그냥 내려가는 게 아니고 교실과 교실 사이의 벽을 타고 내려가면 되지. 범인이 건물 안에 있는 한 절대 눈치채지 못할 거야."

시라이가 침을 삼키는 소리가 들렸다. 검도부에서 승리를 이끄는 여자 부원이고 적극적이며 과감한 성격이다. 할 마음이 생기기 시작한 눈치다.

"잠깐 기다려! 그건 너무 위험해!"

가타기리가 소리쳤다.

"방금 말했듯이 리스크가 제로는 아니야. 그러나 객관적으로 봐서 상당히 낮아."

"무슨 말을 하는 거야? 아까 너무 위험하다고 네가 말했잖아? 그리고 그렇게나 안전하다면 왜 네가 직접 안 하는데?"

와타라이가 손전등으로 가타기리의 얼굴을 비추었다. 가타기리는 눈이 부셔서 고개를 돌렸다.

"위험하다는 건 당연한 얘기잖아. 건물 3층에서 밧줄을 타고 내려가는데 안 위험할 리가 있냐? 비도 내려서 미끄러지기 쉽고 말이야. 거기다 할 수만 있다면 나 역시 내가 하고 싶어. 나 혼자라도 빠져나가면 어떻게든 목숨을 건지잖아. 하지만 아쉽게도 나한텐 무리야. 난 운동신경도 신체 능력도 없으니까. 피난용 구조대라면 나라도 내려갈 수 있겠지만 아무리 그래도 그건 너무 눈에 띌 테고."

"헛소리하지 마!"

나고시가 앞으로 나왔다.

"야마구치만으로는 부족해? 애들을 꼬드겨서 무슨 짓을 할 작정이야!"

"나는 시라이가 듣고 싶다고 하기에 아이디어를 말했을 뿐이야. 누군가에게 억지로 시킨 적 없어."

와타라이는 언제나처럼 시치미를 뗐다.

"게다가 여기 있는 우리는 한동안 괜찮겠지만 옥상에 간 애들은 과연 어떨까? 조금이라도 빨리 구조를 요청하면 녀석들이 목숨을 건질 가능성도 높아져."

"나, 내가 할게!"

시라이가 결의에 찬 목소리로 말했다.

"줄타기라면 꽤 자신이 있어. 그냥 내려가기만 하면 되잖아? 간단하지, 뭐."

"시라이……."

가타기리가 말릴 새도 없었다.

"나, 나도 할게."

이어서 시오미가 자신도 하겠다고 나섰다. 시오미보다 훨씬 운동신경이 좋은 이사다 나오키는 침묵을 지켰다. 와타라이가 낸 아이디어에서 어딘가 수상한 느낌을 받은 눈치다.

어쩌지. 가타기리는 어찌할 바를 몰랐다. 너무 위험한 데다가 와타라이에게 뭔가 꿍꿍이가 있어 보인다. 그러나 와타라이가 옥상에 간 반 아이들을 구하기 위해서라고 말하자 반론할 말이 떠오르지 않는다. 힐끗 살펴본 나고시는 고개를 숙이고 팔짱을 낀 채 우두커니 선 모습으로 손쓸 방법이 없다는 사실을 고백했다.

PM 9:34

하스미는 교무실에서 감시 카메라 영상을 확인했다. 정문, 출입문, 운동장, 주차장. 모든 감시 카메라 영상에서 다테누마가 지금까지 움직인 과정을 추적해 어디에도 동료가 없다는 사실을 확인했다. 문제없다. 초대받지 않는 손님은 한 명뿐이었던 모양이다. 문제는 오히려 3층 감시 카메라에서 녹화한 영상이었다.

교실에서 꺼낸 책상과 의자를 복도에 나른다. 바리케이드를 만들 생각인 듯하다. 복도 천장에 달린 연기 감지 센서에 담배 연기를 내뿜어 방화셔터와 방화문을 닫고, 거기다 방화문에 달린 쪽문을 의자에 동여매서 열리지 않게 고정했다.

그 사이 와타라이 겐고가 감시 카메라를 가리키며 무슨 말을 하자 나고시 유이치로가 책상 위로 올라가 의자를 휘둘러 카메라를 때려 부쉈다. 그 직후에 신호가 끊어졌다는 사실을 표시하는 'Video Loss'라는 문자와 함께 영상이 끊겼다.

농성 자체는 오히려 환영이다. 가장 곤란한 경우는 공황 상태에 빠진 학생들이 일제히 도망치는 상황이니까. 그렇게 되면 두 발 쏠 때마다 장전을 해야 하는 총으로는 몇 명 정도를 놓칠 위험이 있다. 3층에 틀어박혀 준다면 우선 도망칠 걱정을 할 필요가 없으니 옥상에 간 학생들에게 집중할 수 있다. 3층은 그 후에 느긋하게 공략하면 된다.

그렇군. 하스미는 알아차렸다. 왜 이렇게 감시 카메라를 늦게 부수는지 의아했다. 다른 학생들은 허둥대느라 거기까지 신경 쓰지 못했다고 해도 이상하지 않지만, 와타라이 겐고만은 훨씬 일찍 알아차렸을 것이다.

이건 메시지다. 우리는 여기서 농성을 할 테니까 나중에 죽여달라는 의미다. 와타라이 겐고는 범인에게 거래를 청했다. 그렇게 생각하니 야마구치 다쿠마 일행을 1층에 가게 한 것도 의도적인 게 분명하다. 그들을 버리는 말로 써서 조금이라도 시간을 벌려고 했다.

거래를 받아들이지. 머리 나쁜 형들을 희생양으로 내민 똑똑한 막내 돼지는 상으로 가장 나중에 먹힐 권리를 멋지게 획득했다.

어디에도 이상이 없다는 사실을 확인한 하스미는 산탄총을 집어 들었다. 이대로 제일 위층에 갈 생각이었지만 만약을 위해 일단 서무실에 들리기로 했다.

PM 9:35

시라이 사토미는 5반 교실에서 제일 서쪽에 위치한 창문을 조용히 열었다. 모습이 보이지는 않지만 바로 옆인 6반 교실에서는 시오미 다이스케가 먼저 창문을 열고 기다리고 있었다.

시라이는 매듭을 지어 무겁게 만든 밧줄의 끝을 휙휙 돌리다가 시오미를 향해 던졌다. 시오미는 밧줄을 받아 몇 미터 잡아당기더니 6반 창문의 창살 바깥쪽으로 통과시킨 뒤에 다시 시라이에게 던졌다. 시라이는 돌아온 끝 부분을 5반 창문의 창살에 걸고 나서 밧줄 중간쯤에 고리매듭을 지었다.

이번에는 5반과 6반의 창문 창살을 휘감은 커다란 고리 바로 아래에 직경이 몇 센티미터 정도 되는 작은 고리를 만든 다음 밧줄 끝을 1미터 정도 통과시킨다.

그러고 나서 넥타이 매듭을 목 언저리에 맬 때처럼 조그마한 고리가 달린 매듭을 조금씩 옮겨 교실과 교실 사이 벽면으로 이동시켰다. 매듭이 거의 중앙에 오자 이번에는 조그마한 고리를 지나가는 밧줄을 조금씩 내려보내서 땅 위로 늘어뜨렸다. 밧줄 길이는 넉넉했지만 만에 하나 조금 부족하다고 해도 문제는 없다. 밧줄을 내려보내는 속도는 더뎠지만, 얼추 3분 정도 지나자 창문에서는 보이지 않는 위치에서 늘어뜨린 밧줄이 땅까지 닿았다.

시라이는 모두를 향해서 조용히 고개를 끄덕이고 창틀에 걸터앉았다. 여전히 가랑비가 조금씩 내리다가 그치기를 반복하는 불안정한 날씨인 데다가 다시 바람이 조금 강해질 듯했다. 달은 보이지 않았지만 가로등 덕분에 밖이 교실보다 밝아서 훨씬 멀리까지 보인다.

가타기리는 양손을 움켜쥐었다. 주먹에 흥건하게 땀이 배었고 손가락 끝은 감각이 없어질 정도로 차가워졌다. 어떻게든 무사히 도망치기를 바랐다. 그렇게만 되면 여기 있는 모두가 살해당하는 최악의 사태가 벌어져도 이 안에서 무슨 일이 일어났는지가 밖에 전해진다.

시라이는 커다란 고리가 된 밧줄에 양팔을 걸고 창가에서 미끄러져 내려갔다. 가타기리가 조마조마한 마음으로 바라보는 동안 시라이는 밧줄에 단단히 매달렸다. 몸을 흔들면서 천천히 매듭 위치까지 이동한다. 그러고 나서 아래로 뻗은 밧줄로 갈아타더니 조용하게 가다 서다를 반복하며 미끄러져 내려간다.

6반 교실에서는 시오미가 창밖으로 나가 밧줄을 쥐고 기다렸다. 두 명의 체중이 동시에 실리면 밧줄은 둘째치고 창의 창살이 버티지 못한다.

시라이는 무사히 바닥에 내려섰다. 해냈다. 가타기리는 소리 없이 갈채를 보냈다. 다음은 자세를 낮추고 전속력으로 도망칠 차례다. 두 사람은 각각 다른 방향으로 달려, 한 사람이 총에 맞아도 절대로 돌아오지 않고 학교 부지를 빠져나가 안전한 장소에 몸을 숨긴 뒤 휴대전화로 110번에 신고할 계획이었다. 그런데 시라이가 달릴 기색을 보이지 않는다. 아마도 시오미가 내려오기를 기다렸다가 도울 생각인 듯하다.

안 돼. 빨리 도망쳐. 가타기리는 안절부절못했지만 소리를 내면 안 되는 상황이었기에 그저 지켜볼 수밖에 없었다.

시오미는 밤눈으로 보기에도 하얗게 빛나는 머리띠를 했다. 그런 걸 했다가는 오히려 눈에 띈다. 꼭 만화 주인공 같다. 시라이와 비교하면 처음부터 끝까지 어색한 움직임이다. 길게 내려뜨린 밧줄까지 간신히 도착하더니 양손 양발로 매달린 자세로 질질 내려간다.

빨리, 빨리, 빨리, 빨리. 가타기리는 양손을 마주 잡고 하늘에 기도 했다. 제발 하느님. 아주 조금이에요. 아주 조금. 그때까지만
……

밤의 정적을 가르는 굉음이 울려 퍼지자 가타기리는 펄쩍 뛰었다. 다들 무슨 일이 일어나는지 모른 채 자지러진다. 가타기리는 깜짝 놀라서 창밖을 내려다보았다. 시오미가 쓰러졌다. 그리고 시라이는 전력을 다해 달려 도망치려 한다. 하지만 뭔가 이상하다. 평소처럼 빠른 속도가 아니다. 진창에 발이 빠진 사람처럼 다리를 질질 끌면서 달린다.

아아, 실패구나. 가타기리는 절망으로 가슴이 찢어지는 듯했다. 다시 격렬한 총성이 울린다. 어디서 쐈는지는 모르겠지만 푹 고꾸라진 시라이는 그대로 두 번 다시 일어나지 않았다.

"위험해!"

누군가 가타기리의 팔을 붙잡아 교실 안으로 잡아당겼다. 나고시였다.

"창문에서 떨어져! 발견되는 순간 총에 맞는다고!"

"어떻게?"

가타기리가 나고시를 향해 속삭이듯이 묻는다.

"어떻게 이렇게 간단히 알아차린 거지? 응? 대체 어떻게?"

"모르겠어."

나고시가 살짝 고개를 내젓고는 힘겹게 중얼거린다.

"감시 카메라에도 비치지 않는 장소고, 설마하니 범인이 소리를 들었을 리도 없는데……."

눈앞에서 반 친구가 사살당한 충격에 눈물조차 나지 않았다.

가타기리는 와타라이를 노려보았다. 이 자식은 이렇게 될 줄 예상했을까?

와타라이는 고개를 숙인 채 꼼짝도 하지 않았다. 그 모습은 진심으로 슬픔을 참는 사람처럼 보였다.

PM 9:38

하스미는 정면 현관을 통해 본관 건물로 들어갔다. 밧줄은 일부러 그대로 놔두었다. 더는 저기로 탈출하려는 학생은 없을 것이다. 게임이라면 의표를 찔러 다시 한번 시도해 본다는 선택지도 있겠지만, 거기에 자신의 목숨을 거는 녀석은 없다.

그건 그렇다 쳐도 서무실 컴퓨터를 체크한 건 행운이었다. 교사의 냉난방을 관리하는 시스템 화면을 통해 3층의 창문이 열렸다는 사실을 알았기에 정면 현관 안쪽에 숨어서 결사대가 내려오기를 기다렸다.

용기 있는 여자는 필시 시라이 사토미겠지. 머리띠를 한 남자아이를 보고는 웃음이 났다. 아마도 시오미 다이스케일 것이다. 출석부에 줄을 그어 이름을 지우고 휴대용 계수기의 숫자에서 남녀 각각 하나씩을 뺐다. 남은 사람은 남자가 13, 여자가 16이다. 오늘 밤에만 벌써 열두 명의 학생을 죽였지만 아직 할당량의 3분의 1도 채우지 못했다.

하스미는 티슈를 둥글게 말아 만든 귀마개를 뺐다. 첫 발포의 후유증으로 아직도 귀가 멍멍하다. 그렇다고 계속 귀마개를 했다간 청력이 너무 제한된다. 사냥을 할 때는 오감 전부를 민감하게 유지해야 하는데 귀마개를 낄 타이밍을 맞추기가 여간 어렵지 않았다.

학생상담실을 들여다보니 구메가 여전히 바닥에 자빠진 채 공포에 질린 눈으로 이쪽을 올려다본다. 구메 같이 만사태평한 남자라도 이만큼 총성을 들으면 뭔가 무서운 일이 일어나고 있다는 사실을 알겠지. 모든 학생이 이 남자만큼 순진무구했다면 일이 편했을 텐데. 두 사람이 창문으로 도망치려고 했던 일은 와타라이 겐고의 계략 중 하나겠지.

와타라이는 학교가 창의 개폐까지 관리한다는 사실을 안다. 이전 수업 시간에 잡담으로 그런 이야기를 한 적이 있다. 와타라이는 기억력이 아주 좋다. 한 번 들은 이야기는 절대로 잊어버리지 않는 그 아이가 그 사실을 기억하지 못할 리가 없다. 이쪽이 항상 시스템 화면을 체크하는지 알아보기 위해 일부러 두 사람을 버리는 말로 사용했으리라. 운이 좋으면 둘 중 한 명이라도 탈출할지 모른다는 희망도 있었겠지.

그 계획은 틀어졌지만 또 다른 목표 하나는 멋지게 달성했다. 방음 효과가 좋은 학교 건물이 아닌 사방이 뚫린 곳에서 두 발이나 총을 쏘는 큰 실수를 했다.

여름방학 중이니 폭죽을 터뜨리는 소리라고 생각할지도 모르지만, 이 소리를 들은 사람이 경찰에 신고할 가능성도 제로가 아니다. 이 소리를 발포 사건으로, 그것도 장소가 학교라고 특징지을 때까지는 한동안 시간이 걸리겠지. 그전에 빨리 전원을 처리해야만 한다.

PM 9:38

다카기 가케루는 화장실 구석의 칸막이 안에서 막 조립한 양궁을 점검했다. 활에서 세 개의 뿔처럼 튀어나온 스태빌라이저*의 상태를 확인하고 조준기를 꼼꼼하게 조절한다. 화살집에서 카본 화살을 하나 뽑아서 시위에 메겨봤다.

어딘가에서 시험 사격을 한번 해보고 싶었지만 지금 당장 했다간 누군가에게 들켜버린다. 한동안 기다리는 편이 좋겠군.

시합 전이면 항상 그랬듯이 심호흡을 해서 호흡을 가다듬는다. 아무 문제 없다. 할 수 있다. 양궁 화살의 속도는 시속 230킬로미터에 달할 정도고 두께 5밀리미터 철판을 관통하는 위력이 있다. 게다가 나에게는 정확하게 급소를 쏘아 꿰뚫을 기술이 있다. 반드시 한발에 숨통을 끊어놓겠다.

---

* 화살이 발사되었을 때 활이 흔들리는 진동을 흡수하여 화살이 바르게 날도록 활에 설치하는 봉 또는 무게를 다는 안전장치.

이건 스포츠에 대한 모독이겠지. 아니, 그렇지 않다. 모든 무도는 애당초 살인 기술이다. 문제는 그 목적이 정당한가 그렇지 않은가 뿐이다.

다카기는 조금 전에 밖에서 울린 총성을 떠올렸다. 또 누군가가 살해당했다. 상대는 살인마다. 활로 쏴 죽이기를 망설일 필요가 조금도 없는 상대다. 애초에 화살로 산탄총에 싸움을 거는 자체가 제정신이 아니다. 이쪽이 압도적으로 불리하다.

연사에는 자신이 있지만 두 번째 화살을 시위에 메길 여유는 없을 것이다. 단 한 발에 모든 것을 걸어야만 한다. 이 한 발에 지금까지 자신이 해온 모든 것이 담겼다.

다카기는 눈을 감고 태어나서 처음으로 사람을 쏘기 위한 이미지 트레이닝을 시작했다. 스탠스. 세트. 노킹. 세트 업. 스로잉. 풀 드로. 릴리스. 폴로 스로.[*]

PM 9:41

하스미는 고양이처럼 발소리를 죽이고 서쪽 계단을 통해 3층

---

[*] stance, 화살을 발사하기 위해 사선에 선 자세. set, 사선에 스탠스를 정하여 몸을 안정시키는 동작. nocking, 화살을 활에 메김. set up, 화살을 든 두 손을 위로 드는 동작. throwing, 활에 현을 끼워 당기는 상태. full draw, 활이 완전히 당겨진 모양. release, 활에 현을 끼워 등기는 상태. Follow throught, 발사 후 드로 핸드의 움직임 또는 발사 후 동작.

으로 올라갔다. 굳게 닫힌 방화셔터의 바깥쪽에서 안의 상황을 살핀다. 학생들이 이야기를 나누는 소리가 들린다. 억누른 목소리로 상당히 격하게 말다툼을 벌이는 듯했다. 송신기의 이어폰을 귀에 대고 도청기에서 들려오는 음성을 골라낸다.

― 몰랐다니까. 그런 일을 내가 알았을 리 없잖아?

― 아니, 너는 알았어! 알면서 일부러 두 사람을 가게 했잖아!

― 뭐 때문에? 응? 그런 일을 해서 나한테 무슨 이득이 있냐고?

― 시간벌기잖아? 야마구치 때와 똑같이.

와타라이 겐고를 추궁하는 학생이 대체 누구인지 하스미는 의아했다. 4반에 이런 열정적인 학생이 있었나?

― 말도 안 되는 소리 하지 마. 네가 나를 싫어하는 건 알겠지만 그런 이야기는 모든 게 끝나고 나서 해줘. 지금은 일치단결해야 하는 상황이잖아? 그렇지 않으면 우리는 정말로 모두 살해당해.

와타라이 겐고는 능숙한 언변으로 그 자리의 분위기를 지배했다. 상대의 비난을 감정론으로 몰아넣고, 트집 잡기 힘든 정론으로 자신에게 쏟아지는 비난 여론을 차단한다.

― 와타라이 말대로야, 이제 그만하자.

고등학생치고는 노숙한 특징 있는 목소리. 이사다 나오키다.

― 나고시, 어쨌든 우리가 이렇게 버티는 건 이 녀석 덕분이야. 지금은 서로 협력해야 하잖아.

하스미는 상대방이 나고시 유이치로였다는 사실에 깜짝 놀랐다. 머리는 좋은 학생이지만 자기 의견을 강하게 내세우지 않는 눈에 띄지 않는 학생이었다. 위험에 처했을 때 평소에는 보이지 않던 일면이 나온다는 사실이 상당히 흥미로웠다. 이후의 학급 운영에 참고가 될지도 모르겠군.

서로 협력하자니 무슨 의미야? 와타라이가 살아남기 위해서 그 외의 모두를 장기짝으로 쓰다 버려도 괜찮다는 의미야?

새로운 여학생이 참전한다. 하스미는 출석부를 봤다. 3층에서 농성하는 여학생은 가타기리 레이카, 구보타 나나, 시라이 사토미, 호시다 아이, 요시다 모모코 이렇게 다섯 명이다. 요시다 모모코는 복도를 봉쇄하기 전에 여기를 나갔고, 시라이 사토미는 방금 전에 사망했다. 그러면 나머지는 세 명이다.

그렇군. 역시 가타기리 레이카인가. 그렇게 생각하고 듣자 그 억양을 어딘가에서 들은 적이 있는 듯했다. 나가이를 죽인 직후 도청기를 통해서 들은 목소리는 아마도 나고시 유이치로와 가타기리 레이카의 대화일 터다. 이 두 사람은 절대로 살려둬서는 안 된다는 사실이 분명해졌다. 어차피 전원을 처리해야 하니까 특별히 계획을 변경할 필요는 없지만 말이다.

하스미는 4층과 3층에 남은 학생들을 몰살할 계획을 다듬으면서 계단을 내려갔다. 북쪽 건물의 학교 식당에 가서 한 말짜리 식용유 깡통을 들고나온다. 중간까지는 수레로 날랐지만 계단에서는 손으로 들고 올라가야만 했다. 이번에는 동쪽 계단으로 올라가서 우선 2층과 3층 사이의 층계참에 내려놓았다.

일단 교무실로 돌아와 필요한 장비를 점검하고 다시 한번 동쪽 계단을 오른다. 이번에 든 짐은 아까보다 더 무겁다. 평소에 단련해 둔 몸으로도 숨이 끊어질 듯하다. 하스미는 3층을 그냥 지나쳐 4층으로 향했다.

PM 9:45

"미타."

갑자기 어두운 복도 뒤쪽에서 자신을 부르는 소리가 들렸다. 미타 아야네는 심장이 멎는 줄 알았다.

"나야. 아무 소리도 내지 마."

소리를 지를 뻔했지만 가까스로 자제했다. 뒤돌아보자마자 눈물이 흘러넘치기 시작했다.

"하스민 쌤!"

"쉿! 조용히 해. 범인이 들어."

미타는 고개를 끄덕였다. 하스미는 누군가를 양손으로 안고 있었다. 운동복을 입은 남자였다.

"그 사람은 누구예요?"

"야마구치야."

하스미가 침통하게 말했다. 그 이외의 설명은 없다.

"그러니까 정신 차려. 범인은 구메 선생님이야."

"미술 선생님 말이에요? 거짓말이죠?"

"쉿."

하스미에게 주의를 받자 서둘러 입을 다물었다.

"구메 선생님은 엽총을 가지고 있어. 들켰다간 총에 맞아."

"근데 어째서……?"

하스미에게 가까이 다가간 미타는 크게 놀랐다. 오른쪽 광대뼈 부근이 심하게 부어올랐고, 코도 비뚤어졌다. 피도 여기저기에 묻어있다.

"얼굴이 왜 그래요?"

"구메 선생님에게 당했어. 방금 전까지 붙잡혀 있었지."

하스미가 빠르게 속삭인다.

"다른 사람은 어디에 있어?"

"아직 대부분 옥상 문 앞에 있어요. 나머지 몇 명은 숨었지만요."

미타는 4층 교실 쪽으로 눈길을 보냈다.

"몇 명이야?"

"네?"

"정확한 사람 수를 알려줘. 그리고 아이들 이름도. 나는 무슨 일이 있어도 너희를 구해야 하니까."

미타는 고개를 끄덕였다. 생사가 달린 극한의 상황이지만 하스미 선생님에게 도움이 된다는 사실이 기뻤다. 자신만이 특별한

지위를 얻은 것 같아 우쭐해졌다.

"옥상에 있는 사람은 아베하고 사토, 이사가와, 우시오, 오노데라, 가시와바라, 쓰카하라일걸요? 남자는 아리마, 쓰보우치, 와키무라예요."

"열 명이구나. 여기 없는 아이들은 교실에 숨었니?"

"네, 아마 아무도 아래로는 가지 않았을 거예요. 다카하시, 하야시, 요코타, 요시다, 기요타. 아, 스즈키도 있어요."

"나머지는?"

"저뿐이에요."

"전부해서 17명? 한 명 더 있잖아?"

"네? 그랬던가요? 아, 그 머저리다. 다지리도 있어요. 걔도 어디 숨었을걸요?"

대답을 마친 미타는 이상한 생각이 들었다.

"근데 하스민 쌤, 어떻게 한 명 더 있는 줄 알았어요?"

"감이야. 그런데 왜 다지리를 머저리라고 부르니?"

"계속 뭔 소린지 모르겠는 말을 중얼거리더라고요. 근데 쌤, 감이라는 게······."

"미타는 왜 혼자 여기 남았니? 나였으니 망정이지 범인에게 들켰다간 죽었을지도 몰라."

하스미가 여전히 속삭이는 목소리로, 하지만 강한 말투로 미타의 말을 가로막았다. 미타는 행복에 흠뻑 젖었다. 하스민 쌤이 이렇게나 자신을 걱정해 주다니!

"죄송해요. 하스민 쌤이 꼭 와주리라고 믿었으니까 다른 애들하고 함께 있으려고 했어요. 그런데 갑자기 무서워져서 아무래도 어딘가에 숨어야겠다는 생각이 들었어요."

"그랬구나."

하스미 선생님은 무언가를 궁리하는 듯이 보였다.

"하스민 쌤, 야마구치 내려놓으세요. 무겁잖아요? 그리고 치료도 해야죠."

하스미가 고개를 내저었다.

"에? 설마 야마구치 죽었나요?"

쿵 하고 충격이 덮친다. 들떴던 기분이 금세 흔적도 없이 사라져 버렸다. 자세히 보니 하스미 선생님은 일회용 비닐장갑을 끼고 있다. 이것도 야마구치가 죽어서인가?

"그래, 미타. 이게 열쇠야."

하스미는 오른팔로 야마구치 다쿠마의 시체를 지탱하며 왼손으로 열쇠를 꺼내 들었다.

"옥상 열쇠예요?"

"응. 지금 당장 위로 가서 문 열고 다 같이 옥상으로 나가. 안에서 문을 잠그면 괜찮아. 알겠지? 무슨 일이 있어도 절대로 아래로 내려오면 안 돼. 아래에서 무슨 소리가 들려도 꼼짝하지 말고 숨죽이고 있어."

미타는 야마구치의 시체에 닿지 않게 슬쩍 손을 뻗어 하스미가 손에 든 열쇠를 받아 들고 고개를 끄덕였다.

"저기, 하스민 쌤."

"뭔데?"

"야마구치가…… 아까 옥상 문 같은 건 총으로 쏘면 금방 열린다고 했는데 그거 사실이에요?"

하스미는 어딘가 묘한 미소를 띠었다.

"그렇구나. 야마구치는 분명 너희를 걱정해서 한 말일 거야. 하지만 영화와 현실은 달라. 엽총에 들어가는 총알은 산탄이야. 은단 같이 작은 탄환이 흩날리는 방식이라서 철문을 부술 정도의 위력은 없어."

"다행이다."

미타는 진심으로 안도의 한숨을 내쉬었다. 역시 하스미 쌤이 시키는 대로만 하면 괜찮다. 돌아서 옥상으로 통하는 계단으로 향한다. 빨리 아이들에게 말을 전해야 한다. 미타는 걸으면서 눈썹을 찌푸렸다. 마지막에 본 하스미 선생님의 복장에 뭐라 말하기 어려운 위화감을 느꼈다.

뭐지? 이 이상한 느낌은……. 그래, 신발이다.

하스미 선생님은 항상 나이키의 스니커즈를 실내화로 신었다. 그런데 지금은 모카신처럼 생긴, 뭔가 어울리지 않는 구두를 신었다. 어디선가 본 적이 있는 신발이었다.

그러고 보니 범인인 구메 선생님이 그런 디자인의 구두를 신은 적이 있었는데…….

PM 9:47

미타의 모습이 보이지 않자 하스미는 야마구치 다쿠마의 시체에서 아무렇지도 않게 손을 떼어 머리부터 바닥에 떨어뜨렸다. 체격이 크고 체중이 나가서 여기까지 나르기가 상당히 힘들었다. 하지만 다른 학생의 시체로는 길이가 119센티미터나 되는 산탄총을 숨기기 힘들다. 가운데를 접는 형태이기에 꺾이는 부분을 꺾어 구부려서 사체에 딱 맞게 만들었다. 총신은 웃옷 뒤쪽에 쑤셔 넣고 총대를 바지 안에 집어넣었는데 체육복 바지가 부자연스럽게 뻣뻣해 보이는 데다가 가늠쇠 부분이 목덜미 옆쪽으로 삐져나와서 수건을 둘둘 말아 감추어야만 했다. 어두운 데다가 미타가 사체에서 눈을 피한 덕분에 다행히 들키지 않았다.

하스미는 미끄러져 넘어진 사체에서 솜씨 좋게 산탄총을 빼내어 약실에 총알 두 발을 장전하고 총을 원래대로 조립한다.

숨은 학생은 일곱 명. 시간이 오래 걸려 봤자 5분이면 사냥이 끝나겠군. 가엾지만 교실에는 숨을 만한 장소가 거의 없다. 화장실도 마찬가지다.

PM 9:47

계단을 뛰어 올라가는 도중에 4층에서 무언가가 바닥에 떨어지는 소리가 들렸다. 미타는 움찔했지만 하스미의 말대로 발을 멈추지 않았다.

"얘들아, 얘들아!"

속삭이는 목소리로 부른다.

"무슨 일인데?"

아베 미사키가 대답한다.

"하스민 쌤이야! 하스민 쌤이 와줬어!"

"정말?"

"쌤 무사했구나!"

큰 소동이 날 뻔했지만 아베가 "조용히 해!"라고 한 번 큰소리로 꾸짖어 조용히 시켰다.

"그래서 하스민 쌤은 지금 어디에 있어?"

"쌤은 4층에 있었어. 우리 먼저 옥상으로 도망쳐서 문을 걸어 잠그고 기다리래. 열쇠 받아왔어."

미타가 손에 움켜쥔 열쇠를 아베에게 건넨다.

"알았어! 모두 가자!"

아베는 열쇠를 열쇠 구멍에 찔러넣고 돌리려고 했다.

"어?"

"왜 그래?"

옆에 있던 오노데라 후코가 묻는다.

"안 돌아가. 아직 껌이 남았나 봐."

아베는 서둘러 열쇠를 빼내고는 기요타 리나에게 돌려주지 않은 머리핀을 집어넣어 실린더 안을 박박 긁기 시작했다.

PM 9:48

동쪽 계단에서 가장 가까운 장소는 화장실이다. 먼저 남자 화장실부터 조사한다. 칸막이 안은 전부 비었고 가장 안쪽의 청소도구함 문까지 열린 채다. 주위에는 대걸레나 양동이 등이 아무렇게나 널브러져 있다.

들여다보니 나가이 아유미의 사체가 눈에 들어왔다. 2시간 정도 전에 하스미가 넣어둔 모습 그대로 양 무릎을 두 팔로 끌어안은 자세였다. 풀어헤친 머리카락이 어깨를 덮은 모습이 꼭 울고 있는 사람 같다. 슬슬 사후경직이 시작될 무렵이다.

누군가가 여기에 숨으려고 문을 열었다가 시체를 발견하고 놀라서 주변에 놓인 것들을 넘어뜨리고 도망친 모양이다. 그 모습을 상상하며 하스미는 살며시 웃었다. 역시 아이는 아이다. 시체를 창밖에 던지고 자신이 시체인 척하는 지혜는 발휘하지 못한다. 그런 잔재주를 부려도 머리 모양 등으로 금방 들통나겠지만 말이다.

다음으로 여자 화장실을 탐색한다. 들어가자마자 기척으로 느껴졌다. 누군가가 여기에 있다. 역시나 칸막이 안은 비었다. 숨을 만한 공간은 안쪽의 청소도구함뿐이다. 하스미가 다가가자 쿵 하는 소리가 났다. 너무 긴장한 나머지 몸을 움직이다 무언가를 건드린 모양이다. 스릴러 영화 속 주인공은 아무런 소리도 내지 않고 버텨서 적이 그냥 지나치게 하지만, 현실은 이렇다.

하스미는 문을 열었다. 공포와 절망으로 얼굴이 딱딱하게 굳은 기요타 리나가 바닥에 주저앉아 있다. 하스미의 얼굴을 확인하자 순식간에 얼굴색이 밝아진다.

"하스민 쌤! 나 정말 죽는 줄 알았어요!"

하스미는 상냥하게 고개를 끄덕이고는 산탄총을 기요타의 가슴 언저리에 갖다 대고 방아쇠를 당겼다. 좁은 화장실 안에서 굉음이 울려 퍼진다. 흩날리는 혈액과 화약 연기가 뒤섞인 악취에 질린 하스미는 화장실에서 빠져나왔다. 근거리에서 쏜 OOB탄의 위력은 강력하다. 기요타의 가슴이 날아가 커다란 구멍이 생겼다. 순식간에 끝났으니까 불에 바싹 탄 부친보다는 편하게 죽었겠지.

복도는 쥐 죽은 듯이 조용했다. 숨어 있던 아이들은 이번 총성을 듣고 공포로 옴짝달싹 못 하게 되었을 것이다. 가능한 한 이 기회를 놓치지 않고 남은 여섯 명을 쏘아 쓰러뜨려야만 한다.

PM 9:49

 옥상 문 앞에 모인 학생들은 갑작스런 총성에 몸을 들썩이며 비명을 질렀다. 총성이 울리는 곳이 아까보다 훨씬 가까웠다. 바로 아래층, 4층에서 들린 소리다.
"왔어!"
"범인?"
"싫어!"
"뭐해? 빨리 열어!"
 주위의 여자아이들이 소란스럽게 떠드는 가운데 아베 미사키는 여전히 열쇠를 돌리려고 분투했다.
"이상해. 이미 전부 떼어냈는데 왜 이러지? 분명 어디 한군데가……."
 오노데라 후코는 결단을 내렸다.
"도망치자! 여기 있으면 죽어!"
"하지만 하스민 쌤은……."
"하스민 쌤이 옥상으로 나가라고 말했지만 문이 열리지 않으니 어쩔 수 없잖아!"
 오노데라가 반론하려고 하는 미타 아야네를 가로막았다.
"하지만 오노데라, 아래에는 범인이 있어. 도망치지 못한다고."
 우시오 마도카가 눈물이 글썽이는 얼굴로 말한다.

"그래! 문만 열면 우린 무사해. 하스민 쌤이 이 문은 총으로 못 부순다고 말했다고! 아베! 빨리해!"

미타가 신경질적으로 소리친다. 아베는 온 신경을 집중해서 열쇠 구멍에 머리핀을 집어넣었다.

"그거 아마 열리지 않을 거야."

이사가와 마이가 중얼거렸다.

"뭔 말이야? 껌만 제거하면……."

"껌은 이미 없어. 아까 떨어진 거 봤는데 한 덩어리로 굳은 모양이었어. 어디에도 다른 껌이 남은 흔적은 없었어."

"그럼 왜 문이 안 열리는데?"

미타의 광기 어린 외침에 이사가와가 낮은 목소리로 대답했다.

"그 열쇠가 옥상 열쇠가 아니겠지."

"그, 그럼…… 하스민 쌤이 열쇠를 잘못 줬다는 말이야?"

이사가와는 대답하지 않았다. 소리 내지 않고 우는 듯했다.

"난 갈래! 갈 사람만 따라 와."

오노데라는 계단을 내려가기 시작했다.

"어떻게 하지?"

"범인이 교실에 들어간 틈을 타서 계단을 내려가자. 범인은 우리가 옥상에 올라갔다고 생각해. 이 타이밍에 도망친다고는 예상하지 못할 거야!"

오노데라의 뒤로 가시와바라 아리, 아리마 도루, 쓰보우치 다쿠미, 와키무라 하지메까지 줄지어 따라온다. 아베는 그 장소에 있던 사람 중 절반이 넘는 인원이 그곳을 내팽개치고 도망치려는 모습조차 눈에 들어오지 않는 듯 뭔가를 중얼거리면서 열쇠 구멍을 바라봤다.

오노데라는 한 칸 한 칸 계단을 내려갔다. 무릎이 부들부들 떨린다. 4층만 지나가면, 그보다 아래로 내려가기만 하면 설령 위에서 뒤쫓아와도 따돌릴 가능성이 없지는 않다. 그때까지는 절대로 소리를 내면 안 된다. 발소리는 물론 숨소리조차도. 아까부터 격렬하게 뛰는 심장 소리가 주위의 공기를 진동시켜서 범인의 귀에 닿는 건 아닐까 하는 걱정까지 든다.

뒤에서 따라오는 누군가가 크게 한숨을 내쉬었다. 대체 누가 이런 바보짓을 하는 거야! 그런 생각을 했지만 당연히 말로 하지는 않았다. 실패다. 이렇게 많은 인원으로 내려가는 게 잘못이다. 좀 더 적은 인원으로, 하다못해 두세 명이서 왔으면 좋았을 텐데.

층계참을 지났다. 4층까지는 직선 계단 하나만이 남았다. 운명의 계단. 마치 13계단 같다는 생각을 했다. 하반신에 힘이 들어가지 않아 묘하게 붕 뜬 느낌이다. 아까 발포한 이후로 4층에서는 아무런 소리도 들려오지 않았다.

오노데라는 이상하다고 생각했다. 범인이 어슬렁대거나 교실을 뒤진다면 조금은 소리가 들리기 마련이다. 그런데 어둠으로 뒤덮인 복도는 평소와 똑같이 매우 조용하다. 오노데라는 갑자기 발을 멈췄다. 뒤에서 헛기침 소리가 들려왔다. 어떤 멍청이가 이런 짓을 하는 거야! 오노데라가 어깨너머로 손을 올렸지만 뒤에 있는 누군가는 오히려 그녀의 어깨를 쿡쿡 찔렀다.

오노데라는 뒤를 획획 돌아봤다. 까불이 아리마 도루였다. 아리마가 오노데라를 제치고 앞으로 나갔다. 그 뒤를 이어 쓰보우치 다쿠미와 와키무라 하지메도 자신의 앞으로 나왔다.

아까까지는 말도 제대로 하지 못한 주제에, 자기들끼리 도망칠 결단도 못 내리던 주제에 갑자기 겁쟁이 여자를 깔보는 듯한 태도를 취한다.

아리마가 4층으로 내려갔다. 엉거주춤한 자세로 복도 쪽을 쳐다보면서 조용히 발을 끌어 3층으로 내려가려고 한다. 쓰보우치와 와키무라는 금붕어 똥처럼 그 뒤에 들러붙었다. 그때 철컥하는 소리가 울렸다.

범인이다. 하지만 어디에……?

오노데라의 몸이 경직된 순간 대포 같은 소리가 울려 퍼졌다. 쓰보우치가 번개에 맞은 사람처럼 픽 쓰러졌다. 이어서 한 발 더. 이번에는 와키무라가 엉덩방아를 찧고 옆으로 쓰러지더니 그대로 움직이지 않는다.

범인은 계단 아래에 숨어서 우리를 기다리고 있었다. 일단 다시 위로 돌아가려고 했던 오노데라는 갑자기 몸을 돌려 4층 복도를 향해 달리기 시작했다. 살고 싶다면 이 길밖에 없다. 뒤에서 모두가 따라오는 기척이 난다. 마치 조건반사로 우두머리를 따라다니는 양 떼처럼.

뒤에서 다시 총성이 울렸다. 한 발, 두 발. 오노데라는 계속 달렸다. 복도가 이렇게 길 줄은 생각도 못 했다. 달리고 또 달려도 저 맞은편에 도달하지 못한다. 마치 악몽 속에 있는 듯 두 다리가 제자리를 맴돌고 힘이 들어가지 않는다.

살려줘, 엄마.

갑자기 아무 소리도 들리지 않는다. 의식이 암흑에 삼켜진다. 달리는 감각만을 허공에 남긴 채.

PM 9:51

오노데라 후코가 복도 구석에서 푹 고꾸라졌다. 두개골을 부스러뜨린 총탄이 소리보다 먼저 날아갔으니 마지막에는 아무 소리도 들리지 않았겠지.

하스미는 타들어 갈 만큼 뜨거워진 산탄총을 꺾어 탄피를 빼내고 새 탄환을 두 발 넣었다. 힘들게 4반에 모아둔 미소녀들을 이런 식으로 쏴죽이게 되다니 정말 유감스럽다. 하지만 경우에 따라서는 아무리 어려운 일이라도 해야만 할 때가 있다. 어차피 해야 하는 일이라면 즐겨야겠지. 사냥감치고 이보다 더 사치스러운 포획물이 또 있을까.

복도에 쓰러진 학생 두 명이 힘겹게 신음한다. 아리마 도루와 쓰카하라 유키다. 몸 어딘가에 산탄을 맞았지만 치명상을 입지는 않았다. 그 건너편에는 미처 도망가지 못한 가시와바라 아리가 꼼짝도 못하고 서 있다. 믿기지 않는다는 표정으로 눈을 부릅뜨고 하스미를 응시한다.

가시와바라가 신경 쓰였지만 담임으로서 괴로워하는 학생을 못 본 척 내버려둘 엄두가 나지 않았다. 지각한 학생의 머리를 출석부로 톡톡 두드리듯이 머리에 한 발씩 산탄을 내리쏜다.

또다시 빈 탄피를 빼내고 새 총알을 장전한다. 뜨겁게 달구어진 총신이 폭발하지는 않을까 걱정될 지경이다. 그 사이 가시와바라는 복도 창문을 열고 창틀에 걸터앉았다. 하스미는 가시와바라가 무슨 짓을 할지 의아했다. 설마 뛰어내릴 생각은 아니겠지. 비바람이 열린 창문을 통해 복도로 불어왔다.

"위험하니까 내려오렴."

하스미는 부드럽게 타일렀다. 평소 같으면 4층에서 뛰어내렸다간 살지 못하겠지만 지금은 비 때문에 땅이 젖어서 어떻게 될지 모른다. 위에서 겨냥해서 쏘기도 전에 어두컴컴한 곳으로 도망가 버리면 일이 성가셔진다. 하지만 그 어떤 감언으로 꾄들 이 상황에서는 상대방을 설득하기 어렵다.

"자, 괜찮으니까 이쪽으로 오렴."

하스미가 한걸음 다가가자 가시와바라는 몸을 획 틀었다. 위험하다. 뛰어내릴 생각이다. 하스미는 서둘러 발포했다. 광범위하게 퍼지는 산탄이 주위의 유리창을 산산조각 낸다. 여러 발의 총탄이 가시와바라의 몸을 확실하게 관통한다.

2학년에서 제일가는 미소녀가 등 떠밀린 사람처럼 허공에 두둥실 떠오르더니 시야에서 사라졌다.

PM 9:51

4층에서 연달아 울려 퍼지는 총소리는 3층에서 농성 중인 학생들을 떨게 했다. 말다툼이 주먹다짐 직전까지 발전한 나고시와 와타라이 겐고는 움찔하며 움직임을 멈추고 천장을 올려다본다.

"무서워어어! 애들이 다 죽는 거야!"

호시다 아이가 귀를 막고서 웅크리고 앉았다. 양옆에서 가타기리와 구보타가 호시다의 어깨를 끌어안는다.

"이런 일이……. 이건 거짓말이야."

이사다 나오키가 멍하니 중얼거렸다.

"이대로라면 다음 차례는 우리야."

나고시의 팔을 뿌리친 와타라이가 머리를 쥐어뜯는다.

"제길, 빨리 도움을 요청해야 해. 시간이 없어. 어떻게 하면 좋지? 분명 방법이 있을 거야."

와타라이가 나카무라를 돌아본다.

"맞아, 스피커야! 꽤 큰 소리가 나오잖아."

"하지만 마이크가 없으면 소리를 못내."

"아무거나 괜찮아. 갑자기 큰 소리를 내자. 경찰에게 소음 항의가 쇄도하게 말이야. 게다가 나 모스부호 정도는 칠 줄 알아."

"알았어!"

나카무라가 4반 교실로 뛰어간다.

"와타라이, 너 그것도 훨씬 전에 생각났지?"

나고시가 날카로운 눈초리로 와타라이를 본다.

"대체 뭐가 문제야? 내가 왜 아이디어 내기를 꺼리겠어? 생명이 걸린 문제라고."

"간단해. 3층에서 큰소리로 도움을 요청하면 범인이 이쪽을 먼저 습격할 테니까 그랬겠지. 너는 4층의 모두를 희생시키고 상태를 보고 나서야 아이디어를 냈어."

"쳇. 그렇게까지 나를 나쁜 놈으로 몰아세우니 더는 할 말이 없네."

"앗! 내려간 차단기를 먼저 복구해야 해."

서둘러 돌아온 나카무라가 복도에 있는 분전반 덮개를 드라이버로 비집어 열기 시작했다.

"서둘러. 우리는 스피커를 옮기자."

와타라이의 말에 나고시가 마지못해 고개를 끄덕인다. 그때 두 발의 총성이 이어지고 4층에서 창문이 열리는 소리가 들렸다. 모두가 동작을 멈추고 위를 올려다본다.

"어느 쪽이지? 범인인가? 학생이라면 좋겠는데."

와타라이가 중얼거린다.

"하, 하지만 창문으로 나가 봤자 도망갈 곳이 없잖아?"

가타기리의 목소리가 비명처럼 뒤집어졌다. 설마 오노데라는 아니겠지?

"멍청아. 범인이 위에서 밧줄을 타고 내려올 가능성도 있잖아!"

와타라이가 소리쳤다.

"말했잖아. 몇 겹으로 바리케이드를 만든다 한들 범인은 침입할 방법을 찾아낼 거야."

복도에서 서성이던 학생들이 흠칫 놀라 뒷걸음질 친 순간 귀청이 찢어질 듯한 총성이 울렸다. 유리가 산산조각 나서 흩어지는 소리도 함께였다.

그리고 모두가 주시하는 창밖으로 반짝이는 유리 파편과 함께 떨어지는 학생의 모습이 스쳐 지나갔다. 얼굴은 보이지 않았지만 독특한 옷소매가 가로등에 비쳐 망막에 새겨졌다. 붉은색 래글런 소매의 티셔츠를 입은 가시와바라 아리였다.

"아…… 그럴 리가 없어!"

나카무라가 비통하게 소리 지르더니 힘없이 고개를 떨어뜨리고 복도에 주저앉았다.

"야, 시간 없어! 빨리 스피커를 준비해야 해."

와타라이가 나카무라를 나무란다.

"소용없어."

나카무라가 웅크리고 앉아 잠긴 목소리로 중얼거린다.

"왜?"

"소리를 내자마자 범인이 주 배전반의 차단기를 내릴 테니까."

"그래도 안 하는 것보다 낫잖아. 1분이라도 소리를 낸다면……."

"아니, 그것보다 더 확실한 방법이 떠올랐어."

나카무라는 드디어 고개를 들고는 지금까지 들어본 적 없는 음산한 목소리로 말했다.

"절대 용서 못 해! 가시와바라를 죽인 사이코는 내가 지옥으로 보내주겠어."

PM 9:53

하스미는 4층에 숨은 학생들의 소탕에 착수했다. 먼저 3학년 1반 교실부터 시작했다. 가시와바라 아리를 사살했던 총성은 광범위하게 울려퍼졌다. 이번에야말로 경찰에 신고가 들어갈지도 모른다. 남은 시간은 기껏해야 20~30분이다.

지금까지는 순조로웠다. 혼자서 40명이나 되는 사냥감을 바짝 뒤쫓아서 한 번에 두 발씩밖에 쏘지 못하는 총으로 모두를 죽이고자 한다. 시작부터 지극히 어려운 작업이다.

그래서 선택한 방법이 학생들이 나올 때까지 기다렸다가 초장에 공격하는 전략이었다. 방금 전에도 순간적인 감으로 움직여서 도망가려던 옥상 팀의 일부를 쏴 죽였다. 기대 이상의 성과다. 이제 남은 학생들은 꼼짝도 못 한다.

1반 교실에서 청소도구함을 열어 요시다 모모코를 발견했다. 2반 교실의 교탁 안에 요코타 사오리가 숨어 있었다. 둘 다 근접 거리에서 한 발을 맞고 즉사했다. 하스미가 실수로 납 탄환을 사용하는 바람에 요코타는 머리 대부분이 날아갔다. 청소하기 힘들겠다. 학생지도부를 꾸려나가는 역할을 맡은 탓인지 뒤처리까지 걱정하게 된다.

3반에는 아무도 없었다. 그때 복도에서 기척을 느꼈다. 하스미는 재빠르게 뛰어나가서 산탄총을 겨누었다. 복도 20미터 앞에서 다카하시 유즈카가 멈춰 섰다. 하스미는 그녀의 대담함에 감탄했다. 주위에는 시체가 몇 구나 나뒹군다. 보통 이런 상황에서는 도망칠 엄두를 내지 못한다. 다카하시는 당차게 하스미의 눈을 되받아보았다.

"대체 왜……?"

작지만 분명한 어조였다.

"아까 오랜만에 다테누마를 만났어. 생각보다 건강해 보이던데?"

다카하시가 눈을 크게 떴다.

"저세상에서 만나면 안부 전해줘."

가능하다면 다카하시의 답변을 듣고 싶었지만 유감스럽게도 시간이 없다. 하스미는 방아쇠를 당겼다. 염라대왕의 망치 소리 같은 총성과 함께 소녀의 티셔츠가 갈기갈기 찢어지고 붉게 물든다. 다카하시는 포니테일로 묶은 머리를 흔들며 쓰러졌다. 이걸로 네 명. 이제 4층에 숨은 학생은 세 명 남았다.

4반과 5반을 둘러보았지만 아무도 없었다. 하스미는 이상한 생각이 들어 눈살을 찌푸렸다. 숨바꼭질을 할 때는 좀 더 흩어지기 마련이다. 한 교실에 숨은 인원으로 세 명은 지나치게 많다. 애당초 한 교실에는 세 명이나 숨을 장소가 없다.

6반 역시 아무도 없다. 하스미는 재빨리 복도로 나갔다. 여전히 움직임 하나 없다. 아무래도 제자들의 지능을 과소평가한 모양이다. 생각해 보면 처음 세 명은 너무 뻔한 장소에 숨었다. 조금만 더 궁리했다면 좋았을 텐데.

하지만 이 상황은 뭔가? 세 명이나 찾지 못하리라고는 예상조차 하지 못했다.

미타가 말해준 일곱 명이라는 정보가 틀렸을까? 아니, 그렇지 않다. 지금까지 친위대의 한사람으로서 정보수집에 도움을 준 그녀의 말은 항상 정확했다. 미타는 아무도 아래로 가지 않았다고 말했고, 하스미는 그 점을 확신했다. 살인마와 마주칠 위험을 각오하고 앞으로 나설 용기가 있는 학생은 극소수다. 행방이 묘연한 사람은 스즈키 아키라, 다지리 유키오, 하야시 미호, 이렇게 세 명이다. 셋 다 그렇게 용감한 성격은 아니다.

다시 한번 여섯 개의 교실을 순서대로 둘러보기로 한다. 6반에는 역시 아무도 없다. 5반에서도 숨을 만한 장소를 발견하지 못했다. 하지만 5반에서 나오려던 찰나 하스미는 어렴풋하게 공기의 흐름을 느끼고 뒤돌아보았다.

그렇군. 퍼뜩 생각이 떠올랐다. 그 정도도 추측하지 못하다니 아무래도 제정신이 아닌 모양이다. 교실 창문의 커튼을 열어젖힌다. 미닫이창 중 하나가 완전히 닫히지 않은 탓에 쌀쌀한 바람이 조금이지만 그 틈으로 불어온다.

하스미는 창문을 열었다. 밖으로 튀어나온 난간에 발을 디딘 자세로 비를 맞으며 필사적으로 창틀에 매달린 사람은 스즈키 아키라였다.

"하, 하스미 선생님?"

스즈키는 놀라움과 안도가 뒤섞인 표정으로 말했다.

"Read the air, Mr. Suzuki!"

하스미는 웃는 얼굴로 대답했다.

"실제로 이런 영어는 없지만 말이야. 공기의 흐름을 읽고 확실하게 창문을 닫아야 했어."

하스미는 창문으로 몸을 쑥 내밀어 총구를 겨냥했다. 스즈키는 멍한 표정을 지었다. 그때 옆 교실 창문 밖에 숨은 여학생이 보였다.

하야시 미호다. 하야시는 경악과 절망, 그리고 분노가 어린 복잡한 시선으로 이쪽을 보았다.

"이 바보야! 제대로 해야 할 거 아냐!"

하야시가 큰소리로 스즈키 아키라를 비난했다. 하스미가 범인이었다는 놀라움이나 자신의 운명에 대한 슬픔보다도 멍청한 실수를 한 스즈키에 대한 분노가 폭발했다.

"Don't be upset, Miss Hayashi! This is what is called joint responsibility. 이게 연대책임이라는 거야."

하스미는 두 사람을 차례로 저격했다. 두 명의 사체가 사격 연습용 인형처럼 힘없이 4층에서 떨어진다. 하는 김에 밧줄을 떨어뜨린 3층 창문에도 총을 쏴두었다. 이제 아이들은 더더욱 저쪽 창문으로 도망치기 어려워졌다.

자, 이제 한 명만 남았다. 하스미는 창문에서 몸을 크게 내밀어 좌우를 확인했다. 없다. 만약을 대비해 다른 교실에서도 창문을 열어 보고 사각지대가 없는지 확인했지만 마지막 한 명인 다지리 유키오의 모습은 어디에서도 발견하지 못했다.

말도 안 된다. 그럴 리 없어. 도대체 어떻게 사라졌지? 마술처럼 감쪽같이 사라졌잖아.

PM 9:56

나카무라 히사시는 손전등을 입에 물고 기타 앰프의 섀시를 열었다. 앰프에 사용되는 진공관은 고전압이 필요하므로 내장된 변압기가 100V의 가정용 전원을 500V까지 전압을 높인다. 사람이 감전사하기에 충분한 전압이다. 이것을 일렉트릭 기타로 역류시키려고 했지만 기타를 앰프에 접속하는 코드가 너무 짧아서 연결하기 어렵다. 나카무라는 앰프에 끼우는 쪽의 잭을 절단하고 전선을 벗겼다. 두 개의 스피커 케이블을 합치려 하자 와타라이 겐고가 당황한 얼굴로 말을 걸어온다.

"그렇게 하면 소리가 나오지 않을 텐데?"

"그렇겠지."

나카무라가 고개를 들자 손전등 불빛이 와타라이의 얼굴을 비추었다. 와타라이는 포동하게 부풀어 보이는 볼을 일그러뜨리고 눈을 깜박인다.

"생각 좀 해봐. 구조를 요청하지 않으면 우리는 죽을지도 모른다고."

"상관없어."

설령 죽게 되더라도 사이코를 길동무로 데려갈 작정이다.

"상관없다니. 나카무라, 네가 하려는 일을 말리지는 않을 테니까 일석이조를 노려보는 건 어때? 앰프로 덫을 놓으면서 스피커를 이용해서 도움도 요청해 보자."

"안 돼."

나카무라가 쌀쌀맞게 말했다.

"스피커로 소리를 냈다가 범인이 차단기를 내려서 전력을 차단하면 덫까지 소용이 없어져."

타협의 여지가 보이지 않는 나카무라의 태도에 와타라이도 설득을 단념했다. 나카무라는 구보타 나나와 마에지마 마사히코가 옮겨온 교탁 위에 올라서서 일렉트릭 기타의 목 부분을 천장에 밧줄로 매달아 준비를 마쳤다.

"나카무라, 이게 진짜 성공할까?"

구보타는 같은 검도부이자 절친한 친구인 시라이를 죽인 범인을 향한 복수심으로 불타올랐지만, 나카무라가 설치하는 덫의 구조는 잘 이해가 가지 않았다.

"성공할 거야. 사람의 몸은 100V의 전류만 흘러도 죽어. 500V를 얕보지 말라고."

나카무라는 스피커 케이블을 기타 앰프의 변압기에 연결한다. 변압기와 진공관을 연결한 코드를 잘랐다. 그리고 눈에 띄지 않게 암막 뒤를 통해서 한 쪽 끝을 일렉트릭 기타의 잭으로 잇는다.

"하지만 이쪽은 기타를 그대로 매달았을 뿐이잖아."

구보타의 의문은 당연했다.

"구보타, 픽업*이라고 알아?"

---

* pick up. 줄의 진동을 전기 신호로 바꾸는 장치. 외부의 잡음을 없애는 작용을 한다.

구보타가 고개를 젓는다.

"일렉트릭 기타는 현이 철제잖아? 소리가 탁해지지 않게 하려고 전파나 정전기 같은 잡음이 전부 현에서 인체로 방출하게 설계되어 있어."

"진짜?"

구보타가 미간을 찌푸린다.

"그래. 평소에는 미세한 전파만 흘러서 대부분 느끼지 못할 정도지만 말이야. 하지만 인체에 접지한다는 말은 실수로 기타에 대량의 전류가 흐르는 경우 곧바로 현을 통해 감전된다는 뜻이야. 가끔 감전사하는 기타리스트도 있을 정도니까 믿어도 돼."

"그럼, 이건……."

"플러그를 꽂은 다음에 현을 만지면 죽는다는 의미지."

PM 9:57

호산나. 호산나. 당신의 사랑으로 나를 안아줘. 가장 높은 곳으로. 하늘의 가장 높은 곳으로, 호산나. 아아, 꼭 끌어안아 줘.

다지리 유키오는 경문을 외는 귀 없는 호이치*의 주인공처럼 한마음으로 우상의 가사를 읊조렸다.

* 다이라 가문과 안토쿠 천황을 모시는 아미다 절을 무대로 하는 설화.

성스럽구나. 두 사람의 사랑은. 성스럽구나. 불쌍한 연인의 마음. 성스럽구나…….

범인의 기척이 느껴진다. 교실에 들어갔다고 생각했는데 다시 복도로 나왔다. 반대쪽으로 가.

호산나, 호산나. 아아, 내 사랑 호산나.

발소리가 멀어지지 않을까 기대했지만 오히려 점점 가까워졌다. 오지 마. 오지 말아줘. 오지 마. 오지 마……!

다지리는 숨을 죽인 채 모든 감각을 닫고 오로지 가사에 집중한다. 호산나. 나를 구해줘. 애절한 염원을 들어줘. 아아, 내 사랑 호산나. 신이시여, 부탁…….

"가슴이 움직이잖아."

하스미 선생님의 목소리다. 다지리는 눈을 뜰 엄두가 나지 않았다. 그럴 리가 없다. 발각될 리가 없다. 나는 들키지 않았어, 호산나.

"방금 전에 다카하시 유즈카가 도망치려고 했어. 복도에 있는 시체들 사이에 섞여서 죽은 척하면 못 찾을 줄 알았나? 시체를 연기하는 연기자에게는 자기 나름의 노하우가 있어. 아마추어가 갑자기 시체인 척한들 먹힐 리가 없지."

고였던 눈물이 흘러내렸다.

"다카하시는 정말 대단한 아이야. 네 쪽으로 눈길 한번 주지 않았어. 자신은 죽더라도 친구를 구하고자 했지. 하지만 이제 포기해."

다지리는 결국 굳게 감았던 눈을 떴다. 바로 눈앞에 총구가 있다. 작년의 기억이 떠오른다. 갓 부임한 하스미는 따돌림을 당하던 다지리를 도와주었다. 코피를 흘리며 바닥에 쓰러진 다지리에게 손수건을 건네주었다. 그리고 가해자들을 설득해서 따돌림을 그만두게 했다.

도저히 믿어지지 않는다. 하스미 선생님이 나를 죽일 리가 없다. 호산나. 호산나. 나를 구해줘. 애절한 염원을…….

그때 총구가 사라졌다.

역시 그랬어. 전부 잘못된 거야. 분명 '사랑의 호산나'의 마법이 나를 구해주…….

다음 순간 무언가가 재빠르게 시야를 가로질렀고 목 부분에 충격을 느꼈다. 그대로 의식이 끊겼다.

PM 9:58

개머리판을 수직으로 내리쳐서 다지리의 경추를 부러뜨린 하스미는 그가 즉사했는지 확인했다. 탄환은 충분하지만 가능한 절약하는 편이 좋다.

딸각딸각 소리를 내며 휴대용 계수기의 숫자를 줄여간다. 4층에 올라갔던 학생들 중 남자 다섯 명과 여자 여덟 명, 총 열세 명을 '졸업'시켰다. 남은 숫자는 남녀 각각 8명, 총 16명이다. 옥상 문 앞에 여자 다섯 명이 있고 3층에는 남자 여덟 명과 여자 세 명이 있다.

산탄총을 접고 탄환을 장전했는지 확인하면서 하스미는 천천히 복도를 걸었다. 두 마리의 까마귀, 후긴과 무닌이 어디에선가 나타나더니 하스미의 쓰유하라이*라도 된 듯이 날아다니기 시작한다.

"절반 이상 왔어. 골대가 가까워졌다고, 친구."

발포를 거듭함에 따라 귀울림이 심해지더니 갑자기 손에 든 총이 나지막한 야수의 목소리로 떠들어댄다.

"먼저 옥상 문 앞에서 꼼짝도 못 하는 여자 다섯 명을 정리하지. 깔끔하게 해치워버리자고."

이건 또 뭐야 하고 하스미는 생각한다. 이건 분명 현실이 아니다. 살육에 취해 정신을 잃은 뇌가 마약 성분을 비정상적으로 분비해서 허상을 보여주는 현상이다. 미국인을 망상으로 사로잡은 총기를 향한 비정상적인 페티시즘을 지금만큼 이해한 순간도 없다. 뜨거워진 산탄총은 완전한 한 사람의 인격을 가졌다. 야수처럼 포효하면서 희생양의 생명을 빼앗아 더할 나위 없는 희열을 느끼는 악마의 인격을…….

---

* 露はらい, 스모 경기에서 요코즈나 선수보다 앞장서서 씨름판으로 들어가는 씨름꾼.

"왜 그러나, 친구. 정신 좀 차려. 이런 기회는 두 번 다시 오지 않아. 쏘고 싶은 대로, 죽이고 싶은 대로 해. 후회가 남지 않을 만큼 충분히 즐겨야지."

하스미 자신은 여전히 냉정함을 유지했다. 이 녀석은 자신에게서 분리된 흉악한 별개의 인격이다.

"나를 죽이고 싶나? 아까부터 나를 보는 자네의 눈이 아주 마음에 들지 않는군."

허공에서 지미 모르겐슈테른의 목소리가 울린다.

"자네는 어차피 미치광이 살인마야. 육식하는 양처럼 괴물일 뿐이지. 자네가 있을 장소는 이 세상 어디에도 없어."

"닥쳐."

하스미는 소리가 난 방향으로 두 발 연속해서 발포했다. 회반죽을 바른 천장이 벗겨져 후드득 떨어진다.

"자, 가자, 친구. 우선은 다섯 명. 그리고 그다음에는 3층에 틀어박힌 열한 명을 해치우면 돼. 끝까지 해내면 세상이 달라 보일 거야."

후긴과 무닌이 원혼 같은 소리로 까옥까옥 우짖으며 좁은 복도 안을 이리저리 날아다닌다.

"하스미, 안 돼. 그만둬."

살육을 그만두라고 호소하는 이시다 유미의 목소리가 들린다. 하지만 가냘픈 그 목소리는 수많은 악령들의 비웃음 소리에 묻혀버렸다.

휘파람 소리가 들린다. 모리타트다. 자신이 휘파람을 불면서도 한동안 그 사실을 깨닫지 못했다. 하스미는 악마 총에게 새로운 탄환을 먹이로 주고 더없이 유쾌한 기분이 되어 계단을 올라갔다. 문 앞에서 다섯 명의 소녀들이 몸을 맞대고 있는 그 기운이 손에 잡힐 듯 전해져 왔다. 이상한 도취와 흥분이 감각을 민감하고 예민하게 만들었다.

"하, 하스민 쌤……!"

맨 처음 인기척을 느낀 사람은 미타 아야네였다.

"어. 진짜?"

"하스민 쌤! 우리……!"

소녀들은 구원의 손길이 나타났다고 착각했다. 그다음 하스미의 손에 들린 산탄총을 알아보았다.

"하스민 쌤. 그게 뭐예요?"

"범인이 가졌던 총?"

"아깝게도 시제가 틀렸어. 'had'가 아니라 'has'를 써야지. 범인이 가졌던 총이 아니라 범인이 현재 가진 총이야."

웃음이 멈추지 않는다. 하스미의 웃는 얼굴은 흐릿한 비상등 불빛 아래에서도 명확하게 보였다.

"하스민 쌤, 장난이 너무 심하잖아요."

"무서운 말 하지 말아요. 제발."

"그래, 알았어."

하스미는 총구를 들어 올려 미타를 조준했다.

"하……."

섬뜩한 야수의 포효.

미타가 방망이에 머리를 얻어맞은 사람처럼 뒤로 넘어갔다.

소녀들의 절규가 울린다.

"하스민 쌤!"

"왜?"

"그만두세요!"

하스미는 두 번째 총탄을 발사한 뒤 총을 꺾어 새 탄환을 넣고 다시 두 발을 쏘았다. 소녀들이 죽음을 맞이하는 마지막 표정이 마치 스냅사진처럼 머릿속에 흔적을 남긴다.

사토 마유는 미타와 마찬가지로 마지막까지 상황을 파악하지 못했는지 그저 망연자실하게 서 있었다. 우시오 마도카의 온화한 표정이 순식간에 공포로 일그러졌다. 이사가와 마이는 무슨 일이 일어났는지 확실히 이해했다. 최후의 순간 공포에 분노와 혐오가 뒤섞인 눈초리로 하스미를 응시한다.

마지막 남은 한 명은 아베 미사키였다. 하스미가 맡긴 열쇠(옥상 열쇠가 아니라 교무실 열쇠)와 머리핀을 움켜쥐었다. 그녀의 얼굴에는 그저 슬픔만이 떠올랐다. 하스미가 다시 탄환을 장전하는 동안 아베는 미동도 하지 않았다. 그리고 계단까지 울려 퍼지는 굉음과 함께 악마는 입맛을 다시며 기다리고 기다리던 산 제물을 삼켰다.

PM 10:00

가타기리는 조심스레 천장을 올려다보았다. 조금 전부터 이어지던 총성이 휑한 학교 건물의 구석구석까지 울려 퍼져 창문 유리가 덜커덩 흔들렸다. 드디어 총성이 멎었다. 총탄이 바닥을 관통해서 머리 위로 쏟아져 내리지 않는다는 것은 알지만, 총성이 한 발씩 울릴 때마다 몸이 움츠러들었다.

총성이 그치자 지금까지와는 다른 불길한 예상이 머릿속을 스친다. 위로 도망간 학생들이 모두 살해당했을지도 모른다. 그렇다면 살인마는 이제 이곳으로 올 것이다.

"거기는 위험해."

나고시가 가타기리의 팔을 잡아끌고 4반 교실로 들어간다. 안에서는 나카무라 히사시, 구보타 나나, 마에지마 마사히코 세 명이 천장에 무언가를 다는 중이다. 나카무라가 자신의 캠코더를 마에지마에게 건네면서 뭐라고 말한다. 암흑 속이라는 점만 빼면 고등학생들이 축제 준비를 하는 평화로운 풍경이었다. 오늘 밤 고작 두 시간 전까지 그랬던 것처럼.

"소리가 멈췄어."

가타기리가 중얼거렸다. 그 이상 어떤 말을 덧붙이더라도 울음이 터져버릴 듯한 기분이 든다.

"그래, 그러니까 더 조심해야지. 이제 언제 여기를 습격할지 모르니까."

조명은 줄곧 꺼진 채지만 어둠에 익숙해져 밤눈이 밝아졌다. 어금니를 악물었는지 나고시의 턱 주변이 경직되었다.

"범인이 들이닥치면 우리 어떻게 하지?"

"모르겠어. 우선은 되는대로 내버려둘 수밖에……. 그렇게 쉽게 바리케이드를 돌파하지는 못할 거야."

나고시는 진정하지 못하고 교실과 복도 창문을 번갈아 보았다. 난 오늘 밤 여기에서 죽는 걸까? 멍하니 생각한다.

오래전에 읽은 어떤 작가의 책에서 죽음은 누구에게나 가장 의외의 형태로 찾아온다는 문장을 본 적이 있다. 물론 그렇게 되었으면 한다. 사형 선고를 받고 남은 시간을 세고 있는 죽음에 비할 만한 괴로움은 없으니까. 갑자기 닥쳐오는 죽음은 어떤 의미에서는 자비로운지도 모른다. 하지만 그런 죽음은 몇십 년이 더 지나 내가 할머니가 되었을 때의 일이어야 한다. 정원을 손질하는 도중에 갑자기 죽게 되는 평화로운 죽음을 맞이하고 싶다.

"가타기리, 너한테 꼭 하고 싶은 말이 있어."

나고시가 갑자기 뒤돌아서 가타기리의 얼굴을 정면으로 바라

보았다.

"뭔데?"

"하야미가 있어서 지금까지 말하지 않았는데……."

"지금도 마찬가지야. 하야미는 아직 살아있어."

"그건 그렇지만…… 지금 말하지 않으면 후회할 것 같아서."

나고시가 머뭇거린다.

"어쩌면 오늘 내가 죽을지도 모르잖아. 그러니까 내 얘기를 들어줘. 나 오래전부터 널 좋아했어."

가타기리는 침묵했다. 그렇지 않을까 하고 생각한 적도 있었다. 자신이 하야미와 나고시 중에서 누구를 연애 감정으로 좋아하는지 잘 모르겠다. 둘에게 순위를 매기는 일 따위는 불가능하다. 그래서 되도록 그런 생각은 하지 않기로 했다. 그저 언제까지나 계속 세 사람이 함께하기를 빌었다.

언젠가는 이런 순간이 올 거라고 각오했다. 하지만 이렇게 슬프고 무서운 극한 상황에서 나고시에게 고백을 받으리라고는 꿈에도 생각지 못했다.

"대답해 줘."

나고시가 진지하게 말한다.

가타기리는 잠시 침묵한 뒤에 입을 열었다.

"나도 좋아해."

"가타기리."

"코알라 마치*를 좋아하는 만큼."

"응?"

"나고시는 눈썹 있는 코알라처럼 생겼잖아."

"나 진지하게 하는 말이야."

성격이 온화한 나고시지만 상당히 울컥한 눈치다.

"있지, 만약 진짜 나를 좋아한다면 내 부탁을 들어줘."

"어, 뭔데?"

"여름방학 숙제 아직 많이 남았으니까, 내일 살아 있다면 대신 해줄래?"

나고시는 한숨을 쉬며 고개를 저었다. 그리고 다시 이야기를 위험한 방향으로 되돌리려고 시도한다.

"나 자신에게 무엇이 가장 소중한지 생각해 봤어. 이곳을 무사히 벗어난다면 이번에야말로 솔직하게……."

"그만둬! 왜 자꾸 사망 플래그를 세우려고 해?"

가타기리가 단호하게 말한다. 나고시는 잠시 멍하니 있었다.

"알았어. 여기를 무사히 빠져나가기만 한다면 처음부터 다시 할게. 파이널 판타지 시리즈를 전부 다시 말이야. 그러면 괜찮지?"

"응."

---

* 일본 롯데에서 1984년부터 생산 중인 과자. 비스킷 위에 코알라 캐릭터가 인쇄되어 있다.

가타기리는 고개를 끄덕였다. 언제나 자신의 변덕을 이해하고 따라주는 사람은 나고시뿐이다.

소설이나 영화를 보면 어떤 종류의 대사를 내뱉거나 행동을 취하는 등장인물은 그 후에 죽을 확률이 높다는 정형화된 패턴이 있다. 그게 바로 '사망 플래그를 세우는' 상황으로, 심각한 이야기까지 전부 장난스럽게 해버리면 사망 플래그가 절대 세워지지 않을 듯한 기분이 든다. 주술적인 사고다. 어차피 엉터리 주술이지만 위안이 된다.

"넌 그런 물건을 가졌으면서 왜 지금까지 감췄어?"

갑자기 복도 쪽에서 와타라이의 성난 목소리가 들려왔다.

"나는 네 녀석의 장기짝이 되지 않아. 내 방식대로 싸울 뿐이야."

다른 한 명은 다카기 가케루였다.

"잠깐 기다려. 보고 올게."

나고시는 가타기리를 교실에 남겨두고 복도로 나갔다. 여러 차례 계속되던 말다툼은 곧 결론이 났다. 나고시가 서둘러 돌아왔다.

"다카기야. 저 녀석 양궁용 활과 화살을 가졌어!"

"그래?"

"저 녀석이라면 큰 보탬이 되겠어. 여기서 마냥 구조를 기다리지 않고 승리를 기대해 봐도 괜찮을 듯해."

"하지만 활과 화살로는 총을 이기지 못하잖아?"

"정면으로 맞선다면 그렇겠지. 목표는 어디까지나 카운터펀치야. 이제 범인이 4층에서 밧줄을 타고 내려올까 봐 무서워하지 않아도 돼. 창문에서 들어오는 순간은 반드시 무방비 상태가 될 테니까. 다카기라면 확실하게 급소를 맞히겠지. 고교 대항 경기에서 준우승을 거머쥔 남자잖아."

나고시는 흥분했지만 가타기리는 여전히 냉정했다. 이 범인─하스미인지 누군지는 모르겠지만─은 악마같이 교활하다. 그렇게 간단하게 쓰러트릴 수 있는 상대가 아니라는 예감이 든다.

"후후후, 사이코는 내가 죽여주지."

나카무라가 가타기리의 옆을 지나쳐 가면서 낮은 목소리로 한마디 했다. 낮에 본 나카무라와는 전혀 다른 말투다. 가타기리는 놀랐다. 기계 마니아이긴 하지만 싸움을 싫어하는 평화주의자라고 생각했는데…….

"어떻게 죽일 생각이야?"

나고시가 물어본다.

"응. 저걸로 말이야."

나카무라는 뒤돌아서 천장 부근에 설치한 일렉트릭 기타를 가리켰다. 아무리 봐도 그렇게 위험한 덫으로는 보이지 않는다.

"저걸로?"

"얕보지 마. 사람 하나 정도는 저걸로 충분해. 이제부터 차단기를 복구하기만 하면 말이야."

 암흑 속에서 나카무라의 이빨이 희미하게 빛났다. 나카무라는 즐거워 보이는 발걸음으로 그대로 교실을 나갔다. 가타기리와 나고시는 자기도 모르게 문까지 쫓아갔다. 나카무라는 이미 드라이버로 잠금장치를 부순 복도의 분전반 뚜껑을 열었다.

 "시간차 공격으로 사형을 집행한다. 사이코는 이걸로 사망 확정. Switch on!"

 나카무라는 중얼거리며 차단기를 복구했다. 그러자 복도의 조명들이 켜졌다. 가타기리는 눈이 부셔서 고개를 돌렸다.

 "멍청한 놈. 얼른 꺼!"

 와타라이의 성난 목소리가 울려 퍼진다. 오늘 밤에 화를 너무 많이 냈는지 목소리가 쉬었다.

 "알았어."

 나카무라는 조명 스위치가 설치된 복도의 서쪽 끝으로 걸어갔다. 그 순간 무언가 폭발하는 듯한 총성이 울렸다. 철제 셔터가 삐걱거리며 흔들린다. 헐떡이는 비명이 들린다. 깜짝 놀라 시선을 돌리니 나카무라가 녹색 알로하셔츠를 나부끼며 바닥에 쓰러지는 모습이 보인다.

 "교실로 돌아가!"

 나고시가 가타기리의 팔을 잡아당겨서 4반으로 들어갔다. 방화셔터 너머에서 충격이 가해졌음을 가타기리도 눈치챘다. 셔터 안쪽에 범인의 침입을 막기 위해 바리케이드를 쌓아두었지만 총탄을 막는 효과는 거의 없다. 만약 나고시가 끌어주지 않아 그대로 복도에 서 있었다면 틀림없이 자신도 함께 사살되었을 것이다.

"젠장, 상황이 불리해."

나고시가 탄식한다.

"3반으로 도망갔어야 했어. 여기 있으면 움직일 길이 없어."

총알을 막기 위한 바리케이드는 3반 앞에 쌓았다. 바리케이드 서쪽에 위치한 4반 교실은 범인이 있는 쪽과 가까워서 복도로 나가기 어렵다. 서쪽의 방화셔터에서 기계가 삐거덕거리는 낮은 소리가 울려 퍼진다.

"무슨 소리지?"

"범인이 셔터를 올리려고 해."

"어? 그게 가능해?"

나고시가 고개를 숙여서 슬며시 복도를 훔쳐본다.

"나카무라가 살아 있다면 물어볼 테지만……. 당연히 방화셔터는 밖에서 복구할 수 있겠지?"

가타기리는 나카무라의 죽음을 애통해할 겨를도 없이 온몸에서 핏기가 가시는 느낌을 받았다.

"그럼 범인이 들어오잖아?"

"아니, 와타라이가 무슨 대책을 세워놓는다고 했어."

모터 소리가 도중에 멈추더니 괴로워서 헐떡이는 듯한 소리로 바뀌었다. 나고시는 다시 한번 복도로 머리를 내밀었다. 가타기리는 나고시가 범인이 쏘는 총에 맞지는 않을까 조마조마했다.

"도중에 멈췄어. 셔터에 대걸레를 끼워뒀구나!"

바리케이드를 만들기 전에 와타라이가 시오미에게 대걸레를 가져오라고 해서 천장 틈에 끼워두었던 장면이 그제야 떠올랐다. 와타라이가 이렇게 정확하게 범인의 행동을 예측할 줄은 몰랐다. 아무렇지도 않게 사람을 이용하는 재수 없는 녀석이지만 이번만큼은 칭찬할 만하다.

"지금 총격으로 셔터는 구멍투성이가 되었을 테니까 복도에 나가면 완전히 노출돼. 도망칠 방법이 없어."

나고시는 상당히 긴장했다.

"형광등을 부숴야겠어."

의자를 손에 쥐고 문에서 나갈 타이밍을 노린다. 천장을 향해 던질 생각이다.

"안 된다니까!"

가타기리가 필사적으로 나고시를 말렸다.

"복도로 몸을 조금이라도 내밀면 바로 총을 맞게 돼!"

"하지만 이대로는 어떻게 할 방법이 없잖아. 셔터나 방화벽 중 어느 한쪽이 무너진다면……."

"아직 바리케이드가 남았잖아."

"그것도 시간문제야."

나고시는 고개를 저었다. 노란색 티셔츠에 땀이 흥건히 배었다.

"나고시, 들어봐. 지금 아무 소리도 안 들려."

나고시는 안심했다.

"진짜다."

셔터 구멍을 통해 바리케이드를 본 범인이 방화셔터를 억지로 연다고 해도 쉽게 안으로 들어가지 못한다고 깨달은 모양이다. 그렇다면 어떻게 할 생각일까.

"여기에는 몇 명이나 있어?"

나고시가 뒤를 돌아서 4반을 둘러보았다.

"모두 다섯 명이야."

마에지마 마사히코가 말했다. 다른 두 명, 구보타 나나와 호시다 아이도 겁먹은 표정으로 우두커니 서 있다. 그 외에 여섯 명, 아니 나카무라를 제외한 다섯 명은 총알막이의 반대편이나 3반 교실에 숨었다.

그때 희미하게 소리가 들렸다. 아래층일까? 책상이나 의자를 옮기는 소리다.

"범인이 내는 소린가? 뭐 하는 거지?"

가타기리가 속삭이며 말했다.

"글쎄."

나고시도 짐작이 가지 않는 모양이다.

"하지만 범인이 아래에 있다면 지금이 기회야."

가타기리는 밝게 빛나는 형광등이 켜진 복도를 보았다. 학생들이 이렇게 생각하게 만들어서 복도로 유인해 내려는 범인의 함정일지도 모른다. 가타기리는 판단이 서지 않았지만 나고시는 결단이 빨랐다.

"뛰어! 3반으로 도망가!"

나고시는 재빠르게 복도로 뛰어나갔다. 가타기리도 곧바로 뒤를 이었다. 조명이 환하게 빛나는 복도를 뛰는 동안은 살아 있다는 느낌이 들지 않았지만, 사방이 암흑인 안전지대인 3반으로 들어가자 안도의 한숨이 새어 나왔다. 뒤를 돌아보니 마에지마와 구보타, 호시다는 없었다. 그대로 4반에 남기로 선택한 모양이다.

"좋아. 이제는 범인이 어느 쪽에서 와도 총알막이를 우회해서 반대쪽으로 도망갈 수 있어."

사지에서 탈출한 나고시는 안도한 표정이었다.

"너희 왜 복도 조명을 안 끄고 그냥 왔냐?"

와타라이 겐고가 트집을 잡아 따지고 들었다. 나고시는 순간 화난 표정을 지었지만 말다툼할 때가 아니라고 마음을 고쳐먹었다. '밝은 게 좋아서'라고 가볍게 질문을 받아넘긴다.

가타기리는 3반을 둘러보았다. 와타라이와 이사다 나오키, 기노시타 사토시, 마쓰모토 히로시가 있다. 그리고 또 한 명. 교실 가장 안쪽에 이런 소동에 신경 쓰지 않고 좌선하고 있는 학생이 있다.

PM 10:02

다카기 가케루는 의자와 책상을 밖으로 옮기는 바람에 텅 빈 교실 바닥에 책상다리를 하고 앉아서 정신을 통일했다. 복도에서 울리는 총성을 듣고 눈을 번쩍 뜬다.

드디어 왔나?

천천히 일어나서 심호흡으로 몸속에 새로운 공기를 넣고 활에 살을 먹인다. 범인이 어느 쪽에서 오든지 간에 중앙 바리케이드를 우회하기 위해서는 3반을 지나쳐야만 한다. 기다릴 장소로는 이 교실이 제격이다.

교실 안은 어둡지만 복도에 조명이 켜져서 입구 쪽은 밝다. 덕분에 복도에서는 교실 안이 전혀 보이지 않는다. 7m×9m 크기 교실의 대각선 길이는 12미터가 조금 안 된다. 표적이 복도 중앙에 서 있다고 해도 겨우 15미터 정도의 거리다. 평소에 연습하는 거리는 그 배인 30미터, 혹은 50미터 앞의 과녁이다. 이 거리라면 빗맞히기가 더 어렵다. 아무리 상대가 초인적인 반사 신경을 가졌다고 해도 테니스 서브보다 훨씬 빠르게 정면에서 날아오는 화살을 피하는 것은 불가능하다.

3반 문 근처에 여러 명의 학생이 모여서 교실 밖 상황을 알아보는데 두 명의 학생이 도망쳐 와서 합류했다.

마지막은 일 대 일이다. 다카기는 그렇게 확신했다. 그때가 오기를 기다리는 기분마저 든다. 나는 오늘 밤 영웅이 된다.

PM 10:05

신경이 비틀리고 찢어지는 극한의 긴장이 계속된다. 손목시계의 초침 소리마저 선명하게 들릴 지경이다. 침을 삼키기조차 꺼려진다. 하긴 목이 바싹 말라서 그럴 침조차 나오지 않는다.

그저 기다리는 방법밖에 없지만 괴로워서 견디기 힘들었다. 가타기리는 손목시계를 봤다. 방금 전 총격이 일어나고 벌써 5분 정도 지났다. 갑자기 공기가 탁해지는 느낌이 들었다.

"뭐지, 이건?"

가타기리는 소리쳤지만 나고시는 동요하지 않았다.

"당황하지 마. 가만히 있어."

"어? 화재?"

"범인이 불을 질렀나 봐."

몇몇 학생이 당황하기 시작한다.

"진정해. 괜찮아. 이건 화재가 아니야."

나고시는 어째서인지 확신에 찬 모습이었다. 그리고 또다시 총성이 울렸다. 가타기리는 말 그대로 뛰어올랐다. 왔다. 범인이 드디어 결판을 낼 작정이다. 나고시가 복도로 머리를 내밀었다.

"위험해! 하지 마!"

"좀 전과 똑같아. 서쪽이야."

나고시는 냉정하게 탄환이 오는 방향을 확인했다. 학생들은 자세를 낮추고 왔던 길 반대쪽 문을 통해 복도로 나가 총알막이 뒤에 숨었다.

"제길! 왔어, 왔어, 왔다고!"

와타라이도 얼굴이 창백해졌다. 평소에는 밉상일 정도로 자신만만한 그가 이렇게 허둥거리는 모습을 보기는 처음이다. 또다시 격렬한 충성과 함께 무언가가 서쪽 복도에서 날아왔다. 그 무언가가 총알막이에 부딪쳐서 철거덩하는 금속 소리를 낸다.

"방화문의 케이스 핸들을 뚫었어. 이건 산탄이 아니야. 훨씬 위력이 있는 탄환이야."

나고시가 중얼거린다. 그 말에 부합하듯이 기세 좋게 열린 철문이 앞에 쌓아놓은 바리케이드에 쾅 하고 부딪히는 소리가 났다. 남은 장벽은 이제 단 하나. 책상을 뒤집어서 쌓아 올린 바리케이드뿐이다.

"이쪽이다!"

와타라이가 동쪽 바리케이드로 가서 초조한 손놀림으로 의자와 책상을 연결한 비닐 끈을 풀었다. 책상 몇 개를 치우자 미리 만들어 둔 긴급탈출용 통로가 모습을 드러낸다. 와타라이는 납작 엎드려서 통로를 지나갔다. 이사다 나오키, 기노시타 사토시, 마쓰모토 히로시가 그 뒤를 따랐다.

이대로는 4반에 숨은 구보타 나나와 마에지마 마사히코를 남겨놓게 된다. 가타기리는 차마 발걸음이 떨어지지 않았지만 나고시가 앞으로 가라고 재촉하는 통에 밀려 나갔다. 마지막으로 두 사람이 통로를 빠져나갔을 때 먼저 출발한 네 명은 여전히 방화문 앞에 있었다.

"뭐해? 어서 문 열어!"

이사다가 소리쳤지만 와타라이는 표정을 일그러뜨릴 뿐이었다.

"끈이 너무 단단하게 묶여서 안 풀려!"

"아, 셔터다! 셔터를 들어 올리면 돼!"

이사다와 기노시타, 마쓰모토 세 명은 천장에 끼워둔 대걸레를 빼내고 힘을 합쳐 방화셔터를 들어 올렸다. 나고시와 가타기리도 가세했지만 너무 무거워서 올라가지 않는다. 그 사이 연기는 더욱 짙어졌다.

"설마하니 밖에서 불을 붙였나? 그럼 여기를 열었다가는 타 죽잖아."

이사다가 섬뜩하다는 듯이 큰소리로 외치며 셔터에서 손을 떼었다.

"아니, 이건 발연통에서 나는 연기야!"

나고시는 처음부터 간파한 모양이다.

"연기가 희뿌연 걸 보니 틀림없이 피난 훈련할 때 피우는 그 연기야."

"나도 그렇게 생각해."

와타라이는 뒤늦게나마 주머니에서 커터 칼을 꺼내 끈을 자르려다가 나고시의 말에 동의했다.

"연기에서 냄새가 나지 않고 열기도 없어. 뭔가가 타오르는 소리도 없고."

"그런가. 그렇다면 역시……."

이사다가 다시 셔터를 고쳐 잡는다.

"포기하라니까. 소용없어. 방화셔터는 무게가 몇백 킬로그램이나 돼."

와타라이가 다시 한번 자신감을 되찾은 목소리로 말했다. 방화문에 달린 쪽문의 케이스 핸들과 의자 등 부분을 엮은 비닐 끈을 드디어 잘라냈다.

가타기리는 귀를 기울였다. 복도 동쪽에서는 여전히 범인이 바리케이드를 파괴하는 소리가 울린다. 우리가 이쪽 계단으로 도망친다는 것을 범인이 눈치채고 아래층을 돌아서 이곳까지 온다고 해도 어떻게든 달아날 수 있을 듯하다.

"가자!"

와타라이가 쪽문을 열었다. 순간 희뿌연 연기가 물씬 흘러들어왔다. 계단은 앞이 거의 보이지 않는 상태였다. 자극이 적은 연기라고 해도 여섯 명 모두를 숨 막히게 하기에는 충분하다. 연기는 밑에서 위로 올라온다. 연기를 빼내기 위해 어딘가에서 모터가 윙윙거리는 소리를 내며 돌아가지만 효과는 별로 없는 듯하다.

"위다!"

나고시가 외쳤다.

"멍청아! 4층으로 가봤자 빠져나갈 곳이 없잖아!"

와타라이가 날카로운 말투로 반론한다.

"발연통은 우리가 화재라고 생각해서 위로 올라가게 유도하는 함정이야. 살고 싶다면 밑으로 가야 해."

"그거야말로 함정이야!"

"이렇게 짧은 시간에 효과적인 덫을 준비하기는 불가능해. 가자. 밑이야!"

와타라이가 난간을 잡고 계단을 내려가기 시작한다. 이사다와 기노시타, 마쓰모토도 바로 뒤를 따라간다.

"안 돼!"

나고시는 강제로 가타기리의 손을 당겨서 4층으로 향했다. 위와 아래 중 어느 쪽이 정답인지는 모르지만 가타기리는 나고시의 판단에 자신의 생명을 맡기기로 했다. 어쩌면 정답은 존재하지 않고 어느 쪽이든 똑같은 죽음만이 기다리고 있을지도 모른다.

PM 10:07

불빛이라고는 비상등밖에 없는 계단은 희뿌연 연기가 뒤덮인 탓에 한 치 앞도 보이지 않는다. 와타라이 겐고는 난간의 감촉과 걸음을 내딛는 발아래의 감촉만을 의지해서 계단을 내려갔다. 무더운 열기 때문만이 아니라 공포로 인해 땀이 물 흐르듯 흘러내린다. 자신의 판단에 대해서는 항상 절대적인 자신감을 가지지만 지금은 그 자신감이 흔들린다.

정말 밑으로 내려가도 괜찮을까?

순간적인 결단을 내려야 할 때는 항상 소거법으로 생각한다. 위로 도망간들 살 가능성이 조금도 없기에 아래를 선택했다. 내 판단이 틀릴 리가 없다. 마구잡이로 덤벼든 야마구치 일행과는 경우가 다르다. 야마구치의 행동은 근육 덩어리 바보의 포호빙하*지만, 내가 선택한 방향은 이 길밖에 없다는 아슬아슬한 승부수다.

하지만…….

이사다 나오키를 포함한 세 명이 내 뒤에 딱 달라붙어 따라온다. 와타라이는 일부러 난간에서 손을 떼고 잠시 옆으로 물러났다. 숨을 죽인 채 이사다와 일행이 난간에 의지해서 계단을 내려가는 소리를 듣는다.

내가 선두에 앞장서서 위험 속으로 돌진할 의리는 없지. 지금까지 내 두뇌 덕분에 목숨을 건졌으니 이번엔 너희가 날 도울 차례야. 최악의 경우 여기에서 세 명이 소모되더라도 함정을 없애

---

* 暴虎馮河, 맨손으로 범을 때려잡고 걸어서 황허강을 건넌다는 뜻으로, 용기는 있으나 무모함을 이르는 말.

버리면 어떻게든 1층에 도착하겠지. 그 후에는 혼자서 도망치면 된다.

말리는 말을 듣지 않고 위로 올라간 나고시와 가타기리가 딱할 따름이다. 나고시는 의외로 머리가 잘 돌아간다. 내심 한 수 위라고 인정한 녀석이지만 막판에 눈앞의 공포가 두려워 미래도 없는 막다른 골목을 선택하는 걸 보니 결국 녀석도 거기까지인 모양이다.

3층에서 격렬한 총성이 들린다. 산탄이 복도 이곳저곳에 튕기는 소리도 그 뒤를 따른다. 엉겁결에 서둘러 발을 뗀다. 그때 가장 앞에서 걷던 이사다가 악 하고 소리를 질렀다. 기노시타와 마쓰모토의 비명이 연달아 그 뒤를 이었다. 앞서가던 세 사람은 앞으로 구부정하게 몸을 기울인 자세로 어떻게든 난간을 잡으려고 발버둥 쳤지만 헛수고였다. 결국 세 명은 넘어지면서 계단 아래로 굴러떨어졌다.

뭐야. 와타라이는 멈춰 서려고 했지만 그 순간 발밑이 미끄러졌다. 난간을 놓쳐 버렸으므로 이젠 몸을 지탱할 만한 무언가도 없다. 기름이다. 알아차렸을 때는 이미 늦었다. 처음 열 계단 정도는 아무것도 없었지만 중간을 지난 지점에 대량의 기름을 부어 놓았다.

제길. 이런 단순한 함정에 걸리다니. 걸려든 순간 분노와 공포보다 굴욕감이 들었다. 함정은 단순할수록 효과적이다. 가속도가 붙은 몸이 물리 법칙에 따라 아래로 미끄러진다. 계단을 손으로 잡으려고 했지만 기름으로 마찰계수가 제로에 가깝게 낮아진 몸은 멈추지 않는다.

층계참에 떨어지자마자 재빨리 일어나서 도망가야 한다는 생각이 의식을 스쳐 갔다. 하지만 함정은 그걸로 끝이 아니었다. 갑자기 가느다란 봉과 같은 물체의 끝에 가슴과 대퇴부를 강타당했다.

온몸이 기름 범벅이 되었다. 호흡 곤란과 심한 통증으로 소리조차 내지 못하고 층계참에 떨어진다. 와타라이는 보기 좋게 상대의 술수에 빠진 사실에 이를 갈며 범인의 냉혹함과 비정함에 몸서리쳤다. 범인은 층계참에 여러 개의 의자를 거꾸로 뒤집어 지그재그로 세워놓았다. 계단 위를 향한 의자 다리는 군인들이 창을 겨누고 늘어서 있듯이 튀어나온 모습으로 기다리다가 위에서 떨어지는 네 명을 가격했다.

와타라이의 눈앞에서 누군가가 쓰러졌다. 이사다다. 손을 뻗어서 흔들어보았지만 반응이 없다. 눈에서 피가 철철 흘러나온다. 의자 다리에 직접 부딪힌 모양이다.

기노시타 사토시와 마쓰모토 히로시도 만만치 않은 타격을 받고 연기를 들이마시며 짧게 숨을 쉰다. 누군가가 상체를 일으키려고 한다. "으윽…… 아파……" 하는 신음 소리로 그 사람이 기노시타임을 알았다.

그때 와타라이의 귓가에 무서운 소리가 들렸다. 누군가가 2층 복도를 느긋하게 걸어서 이쪽으로 오는 발소리다. 한 다스 정도의 발연통은 더 이상 연기를 내뿜지 않는다. 희미하게 떠다니는 연기를 뚫고 사람 그림자가 계단을 올라온다. 손에는 총으로 보이는 물건을 들었다. 참지 못할 공포로 땀이 비 내리듯 흐른다.

휘파람 소리가 들린다. 〈모리타트〉. 쿠르트 바일이 작곡하고 베르톨트 브레히트가 작사한 노래다.

거짓말……. 하스미 선생님이 기분 좋을 때 가끔 휘파람으로 부르던 곡이다. 교내 방송으로 들었을 때 설마 하고 생각했는데 이런 말도 안 되는 일이…….

"Mr. Watarai. Look before you leap! 돌다리도 두드려보고 건너라."

어딘가에서 환기용 팬이 돌아가는지 연기가 순식간에 사라진다. 하스미가 웃는 얼굴로 말한다.

"아니면 이런 격언도 있지. Fools rush in where angels fear to tread. 하룻강아지 범 무서운 줄 모른다. 함정이 있을지도 모르는데 희망적인 관측만으로 돌진하다니 모범생인 너답지 않아."

어떻게 해야 살 수 있을까. 어떻게 해야……. 와타라이는 필사적으로 머리를 굴렸다.

"서, 선생님. 저희 범인이 만든 함정에 걸렸어요. 이사다는 중상을 입었고요. 바로 병원으로 옮겨야 해요."

기노시타는 바로 옆에 망연자실하게 앉아 있다. 와타라이는 필사적으로 연기했다. 하스미가 범인이라고 눈치챘다는 티를 내서는 안 된다. 기노시타, 제발 알아차려 줘. 전부 나에게 맡기고 너는 쓸데없는 말을 하지 마.

"급조한 덫치고는 그럭저럭 쓸만하군. 사실 이 함정은 너에게 배운 아이디어로 만들었어."

하스미가 성적이 좋은 학생을 칭찬하는 말투로 말한다.

"네?"

"네가 만든 바리케이드를 본떠서 만들었지. Excellent! 특출하게 잘 만들어서 감탄했어. 특히 책상과 의자를 거꾸로 연결한 점은 훌륭했어. 그걸 보고 아이디어가 떠올랐지 뭐야."

아아, 이제 다 끝장이다. 와타라이는 울고 싶다는 생각을 하며 자신의 운명을 깨달았다. 이 녀석은 진짜 괴물이다. 포기해야 한다. 정말 이걸로 끝이다. 이젠 어떻게 해도 살아날 길이 없다.

"어? 네 명뿐이야? 아까 같이 도망친 아이가 더 있지 않았어?"

하스미가 쓰러진 학생들을 둘러보면서 묻는다.

"……우리뿐입니다."

와타라이는 이를 악물고 눈물을 삼키며 대답했다.

"그래?"

하스미는 다시 한번 교활한 미소를 띠었다.

"네가 그렇게 친구를 생각하다니 의외구나. 대답할 때까지 시간이 오래 걸린 게 옥에 티지만 말이야."

거꾸로 놓인 의자가 쾅 하는 소리를 낸다. 기노시타가 기어서 도망친다. 시선을 그쪽으로 돌린 하스미는 엽총을 들어 아무런 감정도 없이 냉정하게 기노시타를 쏘았다. 섬뜩한 굉음에 고막이 떨린다. 계단 위에서 아래까지 뒤흔드는 잔향들이 꼭 지옥에서 튀어나온 수없이 많은 악령의 웃음소리 같았다.

총구가 이쪽을 향한다. 절망으로 눈앞이 캄캄해진다. 와타라이는 지금 죽음의 구렁텅이를 정면으로 바라보고 있다.

"그래서 실제로는 몇 명이었어?"

"여섯 명. 나고시와 가타기리는 위로 갔어요."

어차피 살아남지 못할 거라고 생각하면서도 나도 모르게 대답하고 말았다.

"선생님, 저, 저 도쿄 대학교에 가야 해요."

마음속 깊은 곳에서는 아직도 이것이 현실이라는 것을 부정한다. 나도 모르게 애원하고 매달리는 말투가 튀어나온다.

"Oh, You were to enter…… Todai? Sorry, you are going to die."*

하스미가 자신의 말장난에 웃는다. 와타라이는 등골이 서늘해졌다. 이 괴물은 도대체 정체가 뭐지?

삶의 마지막 순간에 눈에 비친 광경은 총구에서 발생한 눈부

---

* 도쿄 대학교의 약자 東大의 영어 발음인 'Todai'와 영어의 'to die'의 발음이 비슷한 것을 이용한 말장난.

신 불길이었다.

PM 10:07

가타기리와 나고시는 희뿌연 연기에게 내쫓기듯이 계단을 올라갔다. 암흑을 비추는 비상등 불빛이 연기 입자를 뚜렷하게 드러내서 꼭 깊은 바닷속에 있는 듯한 느낌이었다. 기침을 하면 안 되기에 온 힘을 다해 참았지만 기관지 안쪽에 연기가 들러붙었는지 숨쉬기가 점점 힘들어진다.

나고시는 공황 상태에 빠지지 않고 가타기리의 손을 잡아 이끌면서 신중하게 발걸음을 내디뎠다. 그때 3층에서 총을 쏘는 소리가 들려왔다. 가타기리는 몸을 바르르 떨었다. 총알막이용 바리케이드와 천장에 탄환이 부딪혀서 튀는 소리도 들린다.

"진정해. 천천히 올라가자."

나고시는 가타기리에게 말한다기보다는 자신에게 들려주기 위해 말했다.

"위협하는 거야. 범인은 아직 바리케이드에서 나오지 않았어."

"하지만 서둘러서 도망가야 해."

가타기리는 최대한 소리를 죽여 기침하면서 속삭였다. 4층에서 무엇이 기다릴지 생각하면 다가가기 무서웠지만, 1초라도 빨리 3층에 있는 살인마에게서 멀어지고 싶은 마음이 그 이상으로

강했다.

"아무것도 없겠지만 일단은 경계해야 해."

나고시는 촉각을 곤두세우면서 계단을 한 칸 한 칸 올라갔다.

"뭐를?"

"만약 범인이 우리가 계단을 오른다고 예측한다면……."

그때 계단 아래에서 비명과 함께 사람이 굴러떨어지는 소리가 들렸다. 가타기리가 잠시 멈추어 섰지만 나고시는 잠자코 그녀의 팔을 당겨 계속 위로 올라간다.

함정을 파놓았나? 와타라이 일행은 어떻게 됐을까?

발연통의 연기 때문에 화재 감지기가 작동했는지 4층에도 방화셔터가 내려왔다. 가타기리와 나고시는 방화문의 쪽문을 열어 복도로 진입했다.

방화문의 안쪽은 발연통의 연기가 훨씬 옅었지만 불꽃놀이를 한 직후처럼 화약 냄새가 진동했다. 이게 발포로 생긴 화약 냄새라고? 믿기지 않는다. 여기는 이라크나 아프가니스탄이 아니라 평화의 나라, 일본이다. 그리고 복도에는 학생들의 시체가 여기저기 널브러져 있었다.

가타기리는 멈춰 섰다. 다리가 가늘게 떨린다. 의식이 멀어지고 현기증 같은 감각이 온몸을 뒤덮는다. 거짓말……. 이런 일이 있을 리가 없어.

나고시도 할 말을 잃고 꼼짝 않고 서 있다. "잠깐만 여기서 기다려"라고 말하고는 가타기리를 남겨두고 어딘가에 가려 한다.

"어디 가려고? 가지 마!"

가타기리는 공황 상태에 빠질 지경이었다.

"옥상을 보고 올게. 아마 문은 열리지 않겠지만 그래도 확인은 해봐야지."

나고시는 그렇게 말하고 쪽문 너머로 사라졌다.

가타기리는 혼자 그 자리에 남았다. 복도 바닥에는 아직 마르지 않은 핏자국이 흥건하다. 이미 깨진 유리 창문 틈으로 들어온 여러 마리의 파리가 시끄럽게 날아다닌다. 가타기리의 코는 그제야 겨우 탄약 이외의 악취를 맡았다. 코를 찌르는 피 냄새와 소변 냄새. 누군가가 무서움에 질린 나머지 실금한 모양이다. 그것들이 뒤섞여서 만들어내는 하나의 악취가 바로 죽음의 냄새였다.

가타기리는 발아래에 놓인 시체를 보았다. 옆으로 쓰러져서 태아처럼 몸을 둥글게 말았지만 뚱뚱한 체형으로 보아 쓰카하라 유키다. 이어서 시체의 얼굴로 시선을 옮겼다. 복도 창문에서 희미하게 가로등 불빛이 비추지만 시체의 눈은 아무런 빛도 반사하지 않는다. 시체 머리에 뻐끔히 구멍이 벌어진 참혹한 총상을 그제야 알아챘다. 가타기리는 쓰카하라의 시체에서 떨어져 나와 복도 끝에서 구토했다.

"보지 마."

서둘러 돌아온 나고시가 가타기리의 어깨를 안았다. 그때 아래에서 재차 섬뜩한 총성이 울렸다. 한 발, 두 발. 약간의 시간 간격을 두고 또다시 두 발이 울렸다.

가타기리는 몸을 떨었다. 더 이상은 안 돼. 우리도 살해당할 거야. 이런 곳에서 죽어야 한다니. 눈물이 하염없이 넘쳐흐른다. 여기는 범인이 계산해 둔 마지막 사냥터, 즉 처형장이다. 사냥감을 막다른 골목으로 몰아넣고 천천히 쏘아죽이기 위한 장소다. 살인마가 지금 당장이라도 여기로 다시 올라올지 모른다. 이제 도망칠 장소는 어디에도 없다.

"옥상은 안 되겠어. 문이 잠긴 데다가 연다고 해도 막다른 길이야. 범인은 분명 곁쇠를 가졌을 테고, 아니라고 해도 3층처럼 자물쇠를 날려버릴지도 몰라."

머뭇거리며 말하는 나고시를 보고 가타기리는 위에도 많은 시체가 있었으리라고 예상했다.

"셔터는 닫혔고 바리케이드는 만들 시간이 없어. 엘리베이터는 어차피 사용하지 못하는 데다가 움직였다간 소리가 나. 운을 하늘에 맡기고 계단으로 뛸까? 산탄은 넓게 퍼지지만 사정거리가 복도보다 길어. 단 한순간이라도 범인의 눈에 띈다면……."

나고시는 이마에 손을 대고 재빠르게 중얼거린다. 가타기리가 지금까지 한 번도 본 적 없는 날카로운 표정이다.

"동쪽? 아니, 서쪽일지도 몰라. 둘이 함께 움직여서는 탈출하지 못해. 하지만 한 사람씩 양 쪽 계단 앞에 있으면 적어도 한 사람에게는 기회가 있지 않을까?"

"안 돼!"

가타기리는 소리쳤다.

"그 방법은 절대 싫어. 어느 쪽이든 한 사람이 희생하고 한 사람만 살아서 나간다니!"

"하지만 다른 방법이 없어."

나고시의 목소리에 괴로움이 가득하다.

"방법은 있어. 틀림없이!"

나고시는 팔짱을 끼고 생각에 잠겼다. 가타기리는 복도로 눈을 돌렸다. 또 눈물이 울컥 쏟아져 나온다. 방금 전까지만 해도 모두 살아 있었는데······. 아무도 나쁜 짓을 하지 않았는데 어째서······ 너무해. 이런 짓을 저지르다니 그 자식은 사람도 아니야.

가타기리의 시선이 느닷없이 한 구의 시체에 머물렀다. 설마····· 그럴 리가 없어. 거짓말이야. 자신의 눈에 보이는 장면을 믿고 싶지 않았다. 하지만 그것은 틀림없이 오노데라 후코의 시체였다.

가타기리는 아무런 소리도 내지 못하고 쓰러져 울었다. 범인이 무서워서 소리를 죽인 것이 아니다. 가슴이 찢어질 듯이 아프다. 숨이 막혀 소리조차 나오지 않는다.

오노데라. 절대 너를 이대로 두지 않을게. 여기에서 무슨 일이 일어났는지 세상 사람들에게 알려서 너를 이렇게 만든 놈에게

죗값을 치르게 할게. 그러니까, 그러니까…….

자신은 반드시 살아서 나가야 한다. 희생된 모두를 위해서라도. 가타기리는 천천히 숨을 내쉬었다.

그래. 나중에 천천히 슬퍼하면 된다. 지금은 어떻게 해야 죽지 않고 살아서 나갈 수 있을지를 생각해야 한다. 그저 최선을 다하는 것만으로는 부족하다. 무슨 짓을 해서라도 살아남아야 한다.

눈을 크게 뜨고 귀를 기울이자. 어떤 미세한 단서라도 놓쳐서는 안 된다. 어딘가에 반드시 실마리가 있을 것이다. 그렇게 생각하며 가타기리는 고개를 들어 올렸다. 오노데라의 시체가 무언가를 가리키고 있는 듯이 보였다. 손가락 끝이 가리키는 방향으로 시선을 돌리니 창가에 설치된 커다란 상자가 눈에 들어온다. 수직낙하식 피난용 구조대가 든 상자다.

이제 길은 하나다. 가타기리의 시선을 알아챈 나고시는 고개를 가로저었다.

"자살행위야. 교실 창문에서 밧줄을 타고 내려갈 때도 사각지대였지만 쉽게 간파당했어. 이렇게 눈에 띄는 물건을 교정 안뜰에 떨어뜨리면 바로 들켜."

"하지만 이걸로 2지선다형이 아니라 3지선다형 선택지가 만들어졌어."

가타기리는 나고시에게서 배운 수학 문제를 떠올렸다. 몬티 홀 문제다. 세 개의 문 중에 오직 하나만이 삶으로 연결된다. 다른 두 개의 문은 지옥으로 통한다.

"3지선다? 세 곳 중에 두 곳을 선택한다면……. 범인이 꽝을 고르면 둘 다 살게 될까? 아니야, 역시 안 돼. 피난용 구조대를 내리는 순간 들켜서 총을 맞을 거야."

가로등의 희미한 불빛으로도 나고시가 고민하는 표정이 똑똑히 보였다.

"아니, 잠깐. 어쩌면 잘될지도 몰라."

나고시는 중얼중얼 말하면서 상자로 다가가 뚜껑을 열었다. 안에는 여러 겹으로 차곡차곡 접힌 하얀색 구조대가 들어있다.

"이제 생각할 시간이 없어. 해야만 하겠지? 제길! 이런 짓을 해야 하다니……. 하지만 해야만 해."

"나고시?"

"가타기리, 나를 믿고 내가 말하는 대로 해줘."

가타기리는 고개를 끄덕였다.

PM 10:09

하스미는 휴대용 계수기의 숫자를 확인했다. 4층에서 남자 5, 여자 13을 빼서 남자 8, 여자 3, 합계 11이 되었다.

그 후 3층에서 나카무라 히사시를 셔터 너머로 사살했고, 와타라이 겐고 일행 넷을 쏘아죽여서 남자 다섯을 빼니 남은 숫자는 남자 3, 여자 3, 총 6이다.

출석부와 맞춰가며 확인하고 나서 하스미는 와타라이 겐고 일행 네 명의 시체를 뒤져 휴대전화를 회수했다. 설령 통화가 가능하지 않다고 해도 휴대전화에는 아직 위협이 될 만한 기능이 남아있다. 확인해 보니 어느 것도 녹음 또는 녹화 기능을 실행하지 않았다. 이 기능을 활용하면 내가 범인이라는 증거를 남길 수 있는데 그렇게까지 머리가 잘 돌아가는 아이는 없었던 모양이다. 당연한 결과인지도 모른다. 자신들이 살아남을 수단을 찾는 데만 혈안이 되었으니 죽은 후에라도 진실을 전하겠다는 생각까지는 미처 하지 못했겠지.

위로 가고 싶지만 현재 동쪽 계단은 3층과 2층 사이가 기름 범벅이어서 통행이 불가능하다. 하스미는 일단 2층으로 내려가 복도를 건너서 반대쪽인 서쪽 계단을 오르기로 했다.

와타라이 겐고에게서 얻은 정보에 의하면 남은 여섯 중 네 명은 3층에, 두 명은 4층에 있다. 어느 쪽을 먼저 정리할지는 어려운 선택이었다. 여기까지 와서 한 명이라도 놓치면 지금까지 한 고생이 모두 헛수고가 된다.

"4층부터 가세, 친구."

산탄총이 또다시 야수의 목소리로 말하기 시작한다.

"3층에 남은 녀석들에게 도망갈 배짱 따위는 없어. 있다면 훨씬 전에 도망쳤겠지."

하스미는 맞는 말이라고 생각했다. 한편 4층으로 올라갔다는 나고시와 가타기리는 서둘러 싹을 잘라두어야 하는 아이들이다. 자기들 힘으로 자신의 비밀에 그만큼 가까이 다가간 학생들이니까 말이다.

2층에서 3층으로 올라가려던 순간 하스미는 갑자기 멈춰 섰다. 아직 귀울림이 심해서 주변 소리는 하나도 들리지 않았지만, 시야의 한쪽 구석에 무언가 하얀 물체가 들어왔다. 하스미는 뒤를 돌아보았다. 2층 복도의 창문으로 밖을 내다보니 상황이 일목요연하게 정리되었다. 수직낙하식 피난용 구조대. 때마침 끝부분이 4층 창문에서 땅 위로 내려오는 참이다.

잘도 이렇게 대담한 짓을 하는구나. 만에 하나 눈치채지 못하고 4층까지 계단을 올라갔다면 녀석들은 그사이에 멀리 도망쳤을지도 모른다. 하스미는 사냥감이 놀라지 않도록 피난용 구조대의 정면에 있는 창문을 조용히 열어 산탄총을 겨누었다.

바로 눈앞에 있는 돛천 재질의 주머니가 비를 머금은 바람에 흔들린다. 왔다. 무게와 부피를 가진 형체가 지금 눈앞을 통과한다. 하스미는 바로 사격하지 않고 두 번째 사람을 기다렸다. 다시 또 하나의 형체가 주머니 속을 회전하면서 내려간다.

하스미는 2층 창문에서 몸을 내밀어 첫 번째 사람이 주머니에서 빠져나오는 순간을 정확히 포착해서 총격을 퍼부었다. 가타기리는 입 밖으로 아무 소리도 내지 못하고 그저 마음속으로만 비명을 질렀다. 그 순간 마치 자신이 총에 맞은 듯한 고통이 몸속을 내달리고 끝없는 공포심에 정신이 아득해졌다.

돛천 재질의 피난용 구조대가 산탄에 맞아 구멍투성이가 되고 출구에서 첫 번째 시체가 데굴데굴 굴러 나온다. 노란색 티셔츠를 입은 남자다.

도중에 눈치를 챘다 한들 두 번째 사람은 멈추지 못한다. 속수무책으로 낙하한 형체는 하스미의 두 번째 총격을 정면으로 받았다. 출구에서 튀어나온 시체가 첫 번째 시체 위로 포개어 쓰러졌다. 짧은 머리에 체육복을 입은 여자다. 아래를 내려다보니 여자 시체의 오른쪽 팔이 조금 움직여 남자의 몸을 만지는 듯했다. 아직 숨이 붙어 있나?

만약을 위해 산탄총을 꺾어 새로운 총알을 장전하고 다시 한 번 쏘았다. 두 구의 시체는 총격을 받고 마치 살아있는 듯 튀어 올랐지만, 그 이후로 두 번 다시 움직이지 않았다.

PM 10:10

하스미는 휴대용 계수기에서 남녀 각 1씩을 뺐다. 남은 숫자는 남녀 모두 각각 2이다. 출석부에서 확인해 보니 남자는 다카기 가케루와 미에지마 마사히코, 여자는 구보타 나나와 호시다 아이다. 우연의 일치겠지만 살아남은 인물 구성이 흥미진진하다. 만약 사전에 교무실에서 누가 최종 베스트4에 들어갈지 내기했다고 해도 맞힌 사람은 거의 없었으리라.

"이제 라스트 스퍼트야, 친구! 시간이 없으니 서둘러. 그렇다고 실망하지는 마. 즐거운 시간일수록 빨리 지나가는 법이잖나!"

산탄총이 이제는 완전히 익숙해진 야수의 목소리로 으르렁거렸다. 하스미는 계단 중간에 놓아둔 생수병을 입으로 가져갔다. 무더운 교내에서 맹렬한 활약을 하다 보니 꽤 목이 마르고 피로도 쌓였다.

어느 정도 예상은 했지만 한 반을 모조리 쓸어내기란 역시 보통 일이 아니었다. 이만큼 에너지를 소모한다는 사실을 알았다면 바나나든 뭐든 음식을 준비해 두어야 했다. 먹고 마신 흔적을 증거로 남기면 안 된다는 생각은 집어치웠다. 갈증을 해소하자 갑자기 허기가 느껴진다. 별수 없다. 지금은 참아야 한다. 경찰의 사정청취가 끝나면 뭐라도 먹겠지. 하지만 식욕이 너무 왕성하면 오히려 이상하게 보일 가능성이 있다. 일단 셋집에 돌아간 다음에 라면이라도 끓여 먹어야겠군.

그건 그렇고 이 사건이 알려지면 상담교사가 굉장히 바빠지게 생겼다. 일거리를 늘린 셈이어서 미즈오치 사토코에게 미안한 마음이 든다. 앞으로는 좀처럼 만날 기회를 마련하지 못할지도 모른다.

잠깐, 이제 담임하는 반도 없어졌으니 근무시간 중에 당당하게 상담을 받으면 되잖아? 반 학생들이 몰살당하는 쓰라린 경험을 한 담임선생님은 이 세상에 나밖에 없을 테니 꽤 동정을 살 테고. 그렇게 되면 이 사건이 둘의 관계를 진전시키는 계기가 될지도 모른다.

그렇게 생각하자 기분이 조금 들떴다. 하지만 틀림없이 학교의 존속 자체가 흔들릴 만한 사건이 될 테니 현실적으로 상황이 그렇게 순조롭게 나아가리라고는 생각지 않는다. 단순히 실직하고 끝나 버릴 경우도 각오해 두어야 한다.

하스미는 어깨를 늘어뜨리며 다시 서쪽 계단을 올라갔다. 3층의 동태를 살펴보았지만 학생들이 숨을 죽이고 있는지 아무런 소리도 들리지 않는다.

복도 서쪽의 방화문은 아까 쪽문의 케이스 핸들을 뚫어버리고 바리케이드도 일부 파괴했지만 장애물이 아직 남아서 안으로 침입하려면 시간이 걸린다. 복잡하게 쌓아 올린 의자와 책상을 하나하나 철거할 여유는 없다.

하스미는 4층으로 올라갔다. 지금은 악마의 부하 역할이 판에 박은 듯 어울리는 후긴과 무닌이 앞쪽에서 복도를 날며 하스미를 이끌다가 때때로 뒤돌아서 희멀건 눈동자로 이쪽을 본다.

어두운 복도 여기저기에 하스미를 향해 고개 숙여 엎드린 듯한 자세로 쓰러진 학생들의 시체가 늘어서 있다. 마치 전위예술을 하는 듯 초현실적인 풍경이다. 지금까지의 성과를 확인해 보고 싶지만 시간이 없어서 빠른 걸음으로 스쳐 지나갔다.

창문이 열려 있다. 텅 빈 상자 위로 교정 안뜰까지 늘어뜨린 수직낙하식 피난용 구조대의 입구가 보인다. 하얀 돛천 여기저기에 피가 묻었다. 하스미는 4층 복도 반대쪽으로 걸어가 동쪽 계단을 내려갔다. 오늘 밤에만 복도와 계단을 몇 번 왕복하는지 모르겠다. 교사 일은 체력 싸움이라고 절실히 깨닫는다. 즐겨 신는 나이키 스니커즈라면 문제가 없겠지만 구메의 모카신은 아직 익숙하지 않다. 꼭 걷다 쓰러지라고 만든 신발처럼 발이 아프다.

3층까지 내려갔다. 동쪽 방화문은 와타라이 일행이 탈출했을 때 그대로 쪽문이 열려 있다. 빛이 새어 나오는 걸 보니 복도의 조명이 켜진 상태 같다.

하스미는 소리가 나지 않게 조심조심 쪽문을 열고 안을 들여다보았다. 남은 학생 네 명 중 위험한 인물은 다카기 가케루와 구보타 나나다. 다카기 가케루는 특히 더 위험하다. 지금까지는 크게 주의하지 않았지만, 그가 만약 양궁 도구를 들고 있다면 매우 위험한 존재가 된다.

자세히 살펴보니 복도 중앙에 설치한 바리케이드가 영 신경에 거슬린다. 만약 다카기 가케루가 바리케이드 너머에 숨어 있다면, 부주의하게 복도로 들어갔다간 바로 저격당한다. 하스미는 그럴 가능성을 검토했지만 있을 법하지 않기에 무시하기로 했다. 다카기는 자신이 동쪽 계단에서 나타난다고 생각하지 못했을 것이다. 만약 그가 바리케이드 너머에 있다면 서쪽 셔터에 뚫린 구멍으로 훤하게 들여다보인다. 자신만은 상대에게 들키지 않을 안전한 장소에 있으려고 하는 것이 매복하는 인간의 심리다.

하스미는 살며시 쪽문을 열어 안으로 들어갔다. 바리케이드와 방화문 사이의 공간은 한 사람이 간신히 설 정도로 좁았다. 게다가 바리케이드를 통과하려면 엎드려서 책상 사이의 좁은 통로를 기어나가야 한다.

안으로 들어가서 귀를 기울였다. 여전히 귀울림이 남아서 잘 들리지 않지만 복도는 쥐 죽은 듯이 조용했다. 하지만 하스미의 동물적 감각은 신경을 곤두서게 하는 공기 중의 살기를 느꼈다.

남은 학생들 중에는 쥐구멍에서 떨며 죽음을 기다리는 일본겨울잠쥐뿐만 아니라 아직 반격을 노리는 살모사도 있다.

가장 위험한 장소가 어딘지는 알지만, 우선은 가까운 곳부터 청소해야 한다. 하스미는 남자 화장실의 입구 옆에 몸을 숨기고 총으로 문을 밀어젖힌다. 안에는 바닥에 쓰러진 사람이 있었다. 하스미는 누구인지 확인하기도 전에 총을 겨누며 다가갔다.

운동복 차림이지만 학생은 아니다. 엎드린 자세만으로도 시바하라임을 알았다. 완전히 의식을 잃었다. 왼쪽 장딴지 주변의 옷이 피로 흠뻑 젖었다. 1층에서 저격한 산탄이 장딴지에 명중한 모양이다. 하스미는 남자 화장실에 다른 사람이 없는지 확인한 뒤 시바하라의 상처를 총구로 눌러 비틀었다. 신음 소리. 반응이 있다. 드러난 얼굴은 말 그대로 엉망진창이다. 상당히 심하게 얻어맞은 모습이다. 아무래도 학생들에게 폭행을 당한 듯하다.

"시바하라 선생님. 괜찮습니까? 일어나세요."

정중한 말투와는 반대로 총구는 여전히 집요하게 상처를 후비며 고통을 더한다. 끔찍한 고통을 느낀 시바하라는 단번에 의식이 돌아왔다.

"으윽. 아악! 하스……미? 아파! 아악, 그만둬!"

"고생하시는데 대단히 죄송합니다만, 선생님께 한 가지 부탁을 드리고 싶습니다."

하스미가 웃는 얼굴로 말했다.

PM 10:12

다카기 가케루는 의자에서 일어났다. 시합 전에 하는 의식으로 왼손을 양궁 속에 넣어 활을 빙글 회전시킨 뒤 적당한 자리를 잡고 섰다. 화살 잡는 손으로 화살집에서 카본 화살을 빼내어 활에 메긴다.

배꼽 아래를 의식하며 복식호흡을 한다. 발뒤꿈치의 호흡, 발바닥 중심의 호흡, 교실 바닥이 발 안쪽에 달라붙는 듯한 감각이다. 적은 이미 손 닿을 만한 곳까지 왔다. 벽으로 가로막히지만 않았다면 완전히 사정거리 안이다.

일사절명一射絶命. 궁도의 성인이라고 불리는 아와 겐조가 한 말로 '한 번 쏘아서 생명을 끊을 정도'라는 의미다. 양궁과 궁도에는 차이가 있지만 마음가짐과 호흡법은 거의 똑같다. 다카기는 그 네 글자를 한결같이 마음속으로 외쳤다.

조준기에 눈을 맞춘다. 적이 방화셔터 안쪽으로 침입한 뒤로 이미 2분 가까이 경과했다. 화장실부터 순서대로 안에 숨은 학생이 없는지 살펴보겠지.

이제 슬슬 이곳 3반 교실로 올 시간이다. 여기가 숨어서 기다리기 가장 적합한 곳이라는 사실은 적도 인식했겠지. 그런 점을 생각하면 의외의 장소를 선택하는 편이 좋았을지도 모른다.

하지만 이제 돌아갈 길은 없다. 이 장소에서 맞서 싸운다. 적은 틀림없이 문에 들어서는 순간 난사할 것이다. 순식간이다. 그전에 순식간에 쏘아죽인다.

공기가 바뀌었다. 분명 무더운 교실 안인데 마치 공기가 건조해서 정전기가 일어나는 겨울 아침처럼 얼굴의 솜털이 곤두서고 오싹해진다.

온다. 다카기는 태어나서 처음으로 오장육부를 후비는 진짜 공포를 맛보았다.

인기척. 곧이어 문 너머로 그림자가 드리운다. 다카기는 천천히 숨을 들이쉬면서 힘껏 활을 당겼다. 출입구에 역광을 받은 시커먼 그림자가 나타난다. 손에 든 긴 막대기가 보인다

후우. 숨을 내쉬면서 침착하게 활을 쏜다. 화살은 레이저빔처럼 곧장 검은 물체의 목 부분으로 빨려 들어갔다. 표적은 비명조차 지르지 못했다. 그대로 무릎이 꺾이며 무너져 내린다.

성공했다. 환희가 폭발했다. 나는 이제 영웅이다. 방금 사람을 사살했지만 죄책감은 티끌만큼도 느껴지지 않는다. 사이코 놈은 죽어 마땅하다.

"잘도 반 친구들을 모두 죽였구나. 지옥에나 떨어져!"

중얼거리면서 한 걸음 앞으로 나아가던 다카기는 움찔하며 멈춰선 채 꼼짝도 하지 못했다. 문에 다른 그림자가 또 하나 서 있다.

"Excellent! Mr. Takagi."

하스미의 목소리다. 손에는 엽총을 들었다.

"역시 다카기야. 멋지게 목을 관통했구나."

쓰러진 사람을 내려다보며 말한다.

"숨어서 기다렸다가 한 발로 쏘아죽인다는 계획은 정답이었어. 하지만 마음을 가라앉히고 표적을 잘 살폈어야지. 안타깝구나."

이미 늦었다고 생각했지만 다카기는 재빠르게 두 번째 활을 쏠 준비를 했다. 카본 화살을 집어 활에 메기고 상대를 향해 조준한다. 하지만 시위를 힘껏 당기기 직전에 번쩍이는 섬광이 모든 상황을 종료시켰다.

PM 10:13

목을 관통당한 시바하라는 몸을 경련하며 고통으로 허덕였다. 마치 핀으로 몸 한가운데를 고정시킨 바퀴벌레처럼 고통스러워한다. 바로 옆에는 지팡이 대신 쥐여 준 대걸레가 굴러다닌다.

화살에 걸려서 똑바로 눕지 못하는 모습이 안쓰럽다. 하스미는 시바하라의 가슴에 발을 대고 눌러서 검은 화살을 빼주었다.

신선한 피가 샤워기의 물처럼 뿜어져 나오는 광경이 흥미롭다. 웅크리고 앉아 잠시 구경했지만 도중에 흥미를 잃고 일어난다. 하스미는 휴대용 계수기에서 남자 1을 뺐다. 남은 숫자는 남자 1, 여자 2이다.

이미 고비는 지났다고 봐도 좋다. 약간의 주의가 필요한 사람은 검도부의 구보타 나나 정도지만 검을 들지 않은 이상 그다지 위협이 되지 않는다.

4반 교실은 으스스한 기운에 감싸여 적막했다. 암막을 둘러치고 내부를 어두컴컴하게 만든 교실은 유령의 집 분위기로는 만점이다. 하지만 교내에 이만큼 시체가 뒹구는 상황에서 교실 안과 복도 중 어느 쪽이 더 무서운지는 미묘했다.

하스미는 열린 출입문을 지나 교실에 들어갔다. 천장에서부터 암막을 늘어뜨려서 눈앞을 식별하기가 어렵다. 적당히 열 발 정도 난사해 볼까 하고 생각한 순간 갑자기 오른쪽 천장에서 진자처럼 흔들리는 물체가 다가왔다.

사람 목이다. 한 번 본 적이 있어서 마네킹이라고 바로 알아차렸지만 불안한 나머지 반사적으로 몸을 피했다. 반대 방향에서 흔들리는 물체가 또 하나 덮쳐온다. 이번에는 그다지 위험해 보이지 않는다. 일렉트릭 기타였다.

하스미는 왼손에 쥔 화살로 기타를 대충 밀어젖히려 했다. 화살촉이 현에 부딪힌 순간 격렬한 불꽃이 일어나며 야구방망이로 얻어맞은 듯한 충격을 느꼈다. 의식이 멀어졌다.

PM 10:14

학생들의 목소리가 들린다.
"죽었어?"
"몰라. 전혀 움직이지 않아."

먼저 말을 꺼낸 남자는 마에지마 마사히코, 여자는 구보타 나나다. 자신은 지금 엎드린 자세로 쓰러져 있다. 아무래도 한순간 의식을 잃은 모양이다.

"나카무라는 분명히 죽을 거라고 했는데……."
"그렇겠지? 이건 500V니까."

방심했다. 나카무라 히사시가 죽기 전에 설치해 놓은 덫이 있었다니. 마음속으로 'Exellent!'라고 중얼거린다. 가정용 전원인

100V에 감전된 적은 있지만 그때와는 비교도 되지 않는 위력이었다. 어떻게 그만큼 전압을 올렸는지는 모르겠지만 500V라면 이렇게 극심한 충격을 받은 것도 이해가 간다. 게다가 하필이면 전도율이 뛰어난 카본 화살—더욱이 시바하라의 피가 흠뻑 묻어 있다—로 건드렸으니.

발포에 따른 화약 잔류 반응, 흔히 말하는 초연 반응을 피하기 위해 비닐장갑을 이중으로 껴서 다행이었다. 그렇지 않았다면 감전되어 죽었다고 해도 이상하지 않다. 전기가 흐르는 홰에서 처형당한 후긴의 허옇게 탁해진 눈동자를 떠올렸다. 나도 그렇게 허연 눈을 부라렸는지 모른다.

하스미는 간신히 고개를 들어 올려 상황을 확인했다. 구보타가 산탄총을 든 모습이 눈에 들어왔다. 마에지마는 큰 쇠망치를 손에 쥐었다. 그래봤자 아이들이다. 손에 무기를 들었다 한들 부적 수준의 효과밖에 내지 못한다.

"너희, 괜찮니?"

하스미가 말을 걸었다. 두 사람은 움찔하며 몸을 굳혔다.

"하, 하스민 쌤?"

구보타는 하늘이 무너진 듯이 놀란 표정이었다. 교실이 어두운 탓도 있지만 지금까지 누구인지 알아차리지 못했다는 것은 무서운 나머지 가까이 다가오지 못하고 얼굴이나 복장도 확인하지 않았다는 뜻이다.

"이게 대체…… 일이 어떻게 된 거지?"

"방금 뭐였어? 갑자기 번쩍하면서 전기가 올라서 죽는 줄 알았어."

하스미가 일어서려고 하자 구보타는 재빠르게 뒤로 물러나 총을 겨누었다. 하스미는 몸 뒤쪽의 바닥을 손으로 짚은 자세로 그 자리에 앉아 일단 구보타를 진정시켰다.

"구보타, 그만둬. 위험하니까 사람한테 총 겨누지 마. 설마 내가 침입자라고 생각하는 건 아니겠지?"

하스미는 '침입자'라는 단어를 사용해서 자신이 침입자가 아니라는 인상을 심으려 했다.

"아니라면 왜 선생님이 총을 가지고 있죠?"

"뺏었어. 줄곧 감시당했는데 틈을 엿봤지. 이 얼굴 좀 봐. 침입자한테 당한 상처야."

"하스민 쌤."

구보타는 긴장을 풀었다.

"속으면 안 돼!"

마에지마가 새된 소리를 지른다.

"말이 안 되잖아. 범인이 아니라면 교실에 들어왔을 때 왜 말을 걸지 않았겠어? 게다가 방금 전에 울린 총성은?"

이 게이 도련님은 성적은 조금 저조하지만 그렇다고 바보는 아닌 모양이다.

"좀 전에는 진짜 범인이 발포한 소리였어. 총은 한 자루 더 있어. 그러니까 나도 섣불리 소리를 내지 못했고."

"그럼 범인은 어디로 갔어요?"

"아직 근처에 숨어 있어. 그러니까 너희도 조심해."

둘은 침묵했다. 여전히 의문이 풀리지 않는 모양이다. 이 상태로 계속 추궁당하는 사이 허점이 드러날지도 모른다. 하스미는 교묘한 입담으로 반격에 나섰다.

"너희가 충격을 받겠지만 아무래도 얘기를 해둬야겠구나. 침입자는 학교 선생님이야."

"네? 말도 안 돼요!"

아니나 다를까 구보타는 금세 미끼를 물었다.

"누군데요?"

마에지마는 여전히 의심스러운 눈초리로 하스미를 추궁했다. 하스미는 깊게 한숨을 내쉬고 뜸을 들인 다음 최대의 효과가 나게 계산한 어조로 말했다.

"구메 선생님이야."

"거짓말!"

마에지마의 반응이 너무 격렬해서 구보타는 멍해졌다.

"거짓말이 아니야. 구메 선생님은 클레이 사격이 취미잖아? 그 총도 구메 선생님 거야."

기왕이면 이니셜이라도 새겨놓았다면 더 설득력이 있었을 텐데. 마에지마는 그 총을 본 적이 있는지 얼굴색이 확 변했다.

"구메 선생님이 왜 그런 일을 저지르겠어요?"

"이유는 너야."

하스미는 앉은 자세로 마에지마의 눈을 똑바로 보며 말했다.

"하스민 쌤, 마에지마가 이유라니 무슨 말이에요?"

구보타는 이미 반 이상 넘어왔다.

"구메 선생님은 동성애자였어. 마에지마에게 마음을 품었지. 나는 선생이 학생과 사귀는 건 용서받지 못할 일이라고 경고했어. 학생이 이성이든 동성이든 말이야. 그랬더니 구메 선생님은 욱해서 오히려 나를 위협하려고 했지. 그리고 아무래도 안 되겠다고 생각했는지 결국은 학교를 습격했어. 모두를 저세상 길동무로 삼아 마에지마와 강제로 동반자살 할 작정이었는지도 몰라."

구차한 설명인 데다가 뒷부분은 거의 엉망진창이었다. 하지만 오늘 밤처럼 흔치 않은 상황이 발생했을 때에는 듣는 사람의 판단력이 저하된다. 이런 이야기라도 자신감 있게 말하면 제법 잘 먹힌다.

"거짓말……."

마에지마가 멍하니 중얼거린다. 구보타는 마에지마를 흘끗 본다. 조금만 더 하면 이간질 계략이 성공할 듯하다. 마에지마가 어떻게 생각하든 총을 가진 구보타만 넘어오면 상황은 해결된다.

"솔직히 말해도 괜찮아, 마에지마. 너 구메 선생님과 그런 사이였니?"

마에지마는 창백한 얼굴로 말없이 하스미를 노려보았다. '당신은 이미 알고 있잖아'라고 말하고 싶겠지만 그렇게 하면 자백이나 다름없다.

"비난할 마음은 없어. 너한테 무슨 잘못이 있겠니. 하지만 넌 가와사키시에 위치한 구메 선생님의 아파트에 간 적이 몇 번이나 있지?"

마에지마는 대답하지 않았다. 질문이 구체적인 만큼 침묵은 긍정을 뜻한다.

"수학여행 때도 넌 구메 선생님이 호텔에 별도로 준비한 방에서 머물렀잖아. 아니면 아니라고 말해."

누가 침입자인가 하는 문제를 은근슬쩍 동성애 의혹으로 바꿔치는 데 성공했다. 역시 대답이 없다. 구보타는 입을 떡 벌리고 마에지마를 보았다.

"오늘 밤에 구메 선생님을 만났지?"

"아뇨! 만나지 않았어요!"

마에지마는 단호하게 부정했다. 계산했던 반응이다. 이걸로 지금까지의 침묵이 전부 긍정이라고 스스로 인정하는 결과가 되었다.

"구메 선생님이 학교에 온 줄은 알았지? 포르셰 엔진 소리가 들렸을 텐데?"

마에지마는 움찔하는 표정을 보였다. 역시 알아차렸구나. 솔직하고 착한 아이다.

"창문은…… 닫혔구나. 그래도 주차장을 보면 알 거야. 주차장에 검은색 포르셰가 있어. 만약 구메 선생님이 침입자가 아니라면 오늘 밤 학교에 올 이유가 있을까? 잘 생각해 봐."

'잘 생각해 봐'라는 말은 상대의 사고를 정지시키는 마법의 문장이다. 구보타는 완전히 넘어왔는지 고개를 끄덕였다.

"자, 그런 물건을 계속 가지고 있으면 위험해. 언제 구메 선생님이 들이닥칠지 모르잖아."

하스미는 천천히 일어섰다. 구보타가 하스미의 말대로 산탄총을 내놓는다.

"안 돼. 주지 마!"

마에지마가 큰 소리로 외치면서 교실 조명을 켰다. 하스미는 눈이 부셔서 눈을 깜박인다.

"화살은 어떻게 된 거예요? 다카기의 양궁 화살이잖아요. 피가 묻었어. 왜 선생님이 그걸 들고 있죠?"

바닥에 떨어진 검은 화살을 가리킨다.

"방금 전에 복도에서 주웠어."

"그럼 그 구두는? 그거 구메 선생님 구두잖아요?"

하스미는 고개를 끄덕였다.

"역시 너는 구메 선생님과 친한 사이구나. 난 고문당하고 나서 묶인 채로 학생상담실에 쓰러져 있었어. 구메 선생님이 내 신발을 뺏어 신었고. 발자국이 남을까 신경이 쓰였겠지. 나는 간신히 밧줄을 풀고 구메 선생님이 남겨둔 신발을 신었어."

"대체 왜?"

"〈다이하드〉 본 적 없어?"

하스미는 재치 있게 되받아칠 의도였는데 둘은 그 영화를 본 적이 없는지 반응이 없었다.

"총기류에 익숙하지 않은 사람이 가지고 있다간 언제 폭발할지 몰라. 나한테……."

하스미는 아주 자연스럽게 구보타를 향해서 왼손을 뻗었다.

"그 손!"

마에지마가 믿지 못하겠다는 말투로 외쳤다.

"범인이 아니라면 왜 장갑을 꼈어요?"

깜짝 놀란 구보타가 몸을 뒤로 물리려고 했다. 하스미는 뱀의 머리를 깨무는 몽구스처럼 재빠르게 총구를 잡고 아래로 눌렀다. 그 순간 구보타가 검도 2단 유단자다운 모습을 발휘했다. 총을 당기는 대신 오른손으로 총 손잡이를 획 들어 올려 하스미의 머리 앞부분을 강타했다.

운동으로 다져진 탄력 있는 몸이어서 그런지 여자의 힘이라고는 생각되지 않을 만큼 강력한 공격이었다. 하스미는 뇌진탕을 일으켰지만 총을 놓치지 않고 두 손으로 꽉 쥐었다. 왼손으로 총구를 잡고 거꾸로 선 총을 이마로 받친 묘한 모습이다. 얼굴에서 피가 주르륵 흘렀다.

하스미는 총구를 구보타에게 겨눈 뒤 그 자세 그대로 머리 위에서 방아쇠를 당겼다. 머리 위에서 폭발이 일어난 듯한 충격이 느껴졌다. 구보타는 근접 거리에서 가슴에 산탄을 맞고 뒤로 날아갔다.

실수했다. 건들거리지 말고 확실하게 총을 빼앗은 다음에 기본 자세로 쐈어야 했다. 총을 쏜 반동으로 이마의 상처가 더욱 깊게 파였다.

온몸이 얼어붙은 마에지마는 그 자리에서 꼼짝도 못했다. 티셔츠에 반바지를 입은 모습이 원래 나이보다 어려 보인다. 마에지마는 쇠망치를 든 손을 힘없이 떨어뜨렸다.

하스미가 잠자코 총구를 겨눈다.

"구메 선생님이 범인이라는 말, 거짓말이군요."

마에지마가 속삭이듯 묻는다.

"당연하지."

이제 와서 왜 그런 질문을 하는지는 모르겠지만, 교사는 아무리 바보 같은 내용이라도 학생의 질문에 대답해 줘야 한다.

"네가 가장 잘 알 텐데? 구메 선생님은 다른 사람을 상처입힐 만한 인물이 못 돼."

마에지마는 조용히 눈을 감았다. 하스미는 방아쇠를 당겼다.

지금까지의 사살 중에서 가장 감칠맛이 났다.

휴대용 계수기에서 남녀 각각 1씩을 뺀다. 남은 숫자는 여자 1, 호시다 아이다. 출혈이 좀처럼 멎지 않아 손수건으로 이마를 누르면서 암막으로 뒤덮인 4반 교실을 샅샅이 뒤졌다. 호시다는 의외의 모습으로 발견되었다. 커터 칼로 손목을 그은 호시다는 과다 출혈로 죽었다. 점점 가까이 다가오는 공포를 견디지 못한 모양이다.

자신이 맡은 반의 마지막 학생이 자살을 하다니 담임으로서 몹시 유감스러웠다. 사살은 사고와 마찬가지로 거의 불가항력이다. 그러나 스스로 목숨을 끊어 살아남으려는 노력을 포기하는 행동은 현재의 교육이 안고 있는 근원적인 문제에 그 원인이 있다는 생각이 들었다.

휴대용 계수기에서 마지막으로 남은 1을 뺀다. 남은 숫자는 남녀 모두 0이 되었다. 인원수를 끝까지 다 세었다. 일단 기억에 의지해 출석부도 확인해 둔다. 모순은 없다. 이걸로 전원이다.

'졸업' 축하해. 2학년 4반 학생들은 예상했던 것보다 더 선전해주었고 마지막까지 포기하려 하지 않았다. 자살한 학생이 한 명 있어서 원통하지만, 그래도 담임으로서 자랑스럽게 생각해야 한다.

하스미는 그대로 4반 교실을 뒤로하려 했다. 그 순간 갑자기 형광등이 꺼졌다. 흠칫 놀란 하스미가 뒤를 돌아보자 암흑 속에서 희미하게 붉은 빛이 보였다. 교실에 들어갈 때 스쳤을 텐데 그때는 미처 보지 못한 모양이다. 그 빛은 교실 뒤에 늘어선 사물함 중 하나에서 번쩍였다. 찾아보니 사물함 중 한 칸의 문을 열고 대신 두꺼운 종이로 덮어놓았다. 두꺼운 종이를 둥글게 도려낸 그 구멍으로 카메라 렌즈가 4반을 엿본다. 녹화 중임을 알리는 붉은 빛도 그곳에서 새어 나왔다.

나카무라 히사시의 캠코더다. 요즘에 나온 캠코더는 어두운 방 안에서도 촬영이 가능하다. 일렉트릭 기타만으로는 적을 죽이기 힘들다고 생각했는지 그는 마지막까지 또 하나의 덫을 설치해 두었다.

"Great!" 하고 하스미는 중얼거렸다. 나카무라 히사시가 이렇게까지 집념을 불태운 이유는 모르겠지만 그 노력은 칭찬해 줄 만하다. 앵글이 고정되어서 교실에서 처치한 두 사람을 살해하는 현장이 녹화되었는지는 운에 따르겠지만, 소리만 녹음되었다 하더라도 증거로는 충분하다. 하지만 어느 쪽이든 덫은 실패로 끝났다. 하스미는 산탄총에 탄환을 한 발 넣고 캠코더를 쏴서 파괴했다. 산산조각 난 하드디스크는 복구되지 않는다.

하스미는 4반 교실에서 나와 서쪽 계단을 걸어 내려갔다. 머리 한구석에 무언가 걸리는 점이 있다. 어딘가에서 치명적인 실수를 한 기분이 들어 못 견딜 지경이다. 하지만 천천히 생각할 여유는 없다. 해야 할 일이 아직 많이 남아 있으니······.

PM 10:20

하스미는 방화문의 쪽문을 열고 1층 복도로 들어갔다. 세 곳 이상의 연기감지기가 발연통의 연기를 감지해서 반응한 결과 화재로 인식되어 교내의 모든 방화셔터가 내려왔다.

학생상담실의 문을 연다. 구메가 젖 먹던 힘을 다해 목을 들어 이쪽을 본다. 여전히 방수시트에 감싸인 도롱이벌레 같은 모습으로 바닥을 뒹군다. 다 뱉지 못한 수건의 일부분이 입 밖으로 늘어졌다. 창백한 얼굴에 눈에는 핏발이 섰고 머리는 흐트러졌다. 이 한 시간 동안 어떻게든 포박을 풀려고 뒹군 흔적이 역력하다.

명령한 대로 점잖게 있을 줄 알았는데……. 하긴 교내에서 몇 번이나 총성이 들려오니 가만히 있기 힘들었겠지.

"구메 선생님, 오래 기다리셨죠? 이제 끝났습니다."

하스미는 웃는 얼굴로 보고하며 구메를 어깨 위에 둘러멨다. 학생상담실에서 다시 한번 교무실로 장소를 옮긴다. 구메는 저항하지 않았다. 하스미는 여전히 방수시트로 둘둘 말린 구메를 소파에 앉혔다. 구메가 빈사 상태의 야수처럼 으르렁거렸다. 무언가를 말하고 싶어 한다.

"지금 재갈을 빼겠습니다. 큰소리를 내지 말아주세요."

큰소리를 낸들 들을 사람은 한 명도 남지 않았지만, 일단 거듭 일러둔다. 구메는 몇 번이나 크게 고개를 끄덕였다. 하스미는 구메가 자신의 손가락을 깨물지 못하게 주의하면서 그의 입에서 수건을 빼냈다. 구메는 한동안 기침을 하며 괴로워했다. 생수병의 물을 입에 넣어주었다. 입 상태는 가능한 한 자연스럽게 회복시켜 두는 편이 좋다.

"하, 하스미 선생님. 어서 이걸 풀어줘요. 무슨 일이든 다 협력하겠습니다. 약속해요. 그러니까……."

구메가 애원했다. 살기 위해 필사적으로 입가에 미소를 띤다.

"그러시군요. 우선 물을 조금 더 드세요."

생수병을 구메의 입에 대고 기울인다. 구메는 하스미의 의도를 이해하기 어려운지 눈을 두리번거리다가 얌전히 물을 받아 마셨다.

"한 가지만 알려주세요. 마에지마는 무사합니까?"

구메의 말투가 거의 정상으로 돌아왔다.

"입안을 좀 헹굴까요?"

구메는 하스미가 말하는 대로 입안을 헹구었다.

"잠깐 기다리세요."

하스미는 교무실 구석에 위치한 세면대에서 양동이를 들고 와 그 안에 물을 뱉게 했다. 이걸로 입안에 남은 수건의 섬유도 거의 씻어냈다. 양동이 안의 내용물을 세면대에 버리고 그 안을 가볍게 물로 헹구었다. 하스미는 구메의 눈을 피해 몰래 블랙잭을 손에 쥐었다. 오늘만 벌써 세 번째로 쓴다. 이렇게 몇 번이나 사용하리라고 예상하지 못했기에 폴리에틸렌 봉투가 찢어지지 않을까 걱정된다.

"하스미 선생님! 마에지마는 무사한가요?"

"마에지마 말입니까? 방금 전에 죽었습니다."

구메의 눈이 휘둥그레졌다. 그제야 농담이 아니라는 사실을 깨달았는지 한줄기 눈물이 볼을 타고 흘러내린다. 고개도 힘없이 떨어뜨린다. 바로 위에서 뒷머리를 겨냥해서 블랙잭으로 내려쳤다. 바닥으로 굴러떨어지려는 몸을 안아서 멈춘 뒤 조심스레 바닥에 눕혔다.

하스미는 학생상담실로 가서 놓아둔 나이키 스니커즈와 산탄총을 들고 왔다. 먼저 모카신을 벗고 스니커즈로 갈아 신는다. 그것만으로도 이렇게 다른가 싶을 정도로 발이 편안해졌다. 산탄총을 꺾어 새 탄환을 두 발 넣는다.

은색 접착테이프를 떼고 구메를 감싼 방수시트를 치웠다. 그리고 실신한 구메를 소파에 앉혀 산탄총을 바닥에 세우고 총구를 구메의 입에 쑤셔 넣었다. 각도가 자연스러워 보이도록 산탄총의 위치를 조금씩 조절한다.

바닥에 한쪽 무릎을 괴고 구메를 올려다보았다. 왼손으로 몸을 지탱해서 균형을 맞추며 오른손으로 방아쇠를 당긴다. 굉음과 함께 구메의 머리 뒷부분이 순식간에 날아가며 뒷벽에 크게 자국을 만들었다. 구메의 몸은 그 반동으로 앞으로 쓰러졌고, 손을 떼자 바닥으로 굴러떨어졌다.

이번에는 구메의 오른쪽 양말을 벗긴 다음 발가락을 산탄총의 방아쇠에 건다. 발가락으로 방아쇠를 당기는 건 전형적인 엽총 자살의 형태였다. 한 번 더 방아쇠를 당기자 교무실에 큰소리가 울려 퍼졌지만, 두 번째는 공포탄을 넣었으므로 산탄이 튀어나오지 않았다. 이렇게 해두면 감식반이 조사했을 때 구메의 발가락에서 화약 잔사 반응이 나온다.

산탄총을 꺾어서 탄피를 빼고 새 실탄을 두 발 넣었다. 감시 카메라의 영상을 녹화하는 HD 프레임 레코드에 두 발 연달아 총을 쏴서 하드디스크를 산산조각 냈다. 그러고 나서 산탄총을 방금 전과 같은 위치에 두고 손을 뗐다. 산탄총은 쿵 하는 소리를 내며 바닥에 쓰러졌다.

"거참, 매정하기는. 이제 볼일 다 봤다 이거야?"

야수의 목소리가 처량하게 항의한다.

"아직 탄환이 남았어. 이제부터 경찰이 들이닥칠 텐데, 커다란 불꽃을 한 발 쏘아 올리지 않겠어? 파티는 이제부터라고."

하스미는 산탄총의 유혹을 무시하기로 했다. 지금까지 끼고 있던 두 겹의 비닐장갑 중 초연 반응이 나오는 바깥 장갑을 구메의 손에 끼운다. 일부러 두 겹이나 낀 이유는 구메가 사용할 비닐장갑 안쪽에 자신의 지문을 남기지 않기 위해서다.

도청전파를 받았던 수신기에도 구메의 지문을 묻혀서 바닥에 내팽개쳤다. 다른 한 장의 비닐장갑을 뺀다. 마지막으로 HD 프레임 레코드의 잔해와 방수시트, 접착테이프, 블랙잭, 그리고 미리 준비해 둔 등유가 담긴 폴리에틸렌 용기를 가지고 교정 안뜰로 간다. 블랙잭의 모래를 버리고 나서 가지고 온 물건들을 전부 한곳에 모아 등유를 뿌리고 라이터로 불을 붙였다. 올해 축제는 중지되겠지만, 지금 타오르는 불꽃은 죽은 사람을 환송하는 조촐한 캠프파이어처럼 보였다.

경찰차의 사이렌 소리가 들린다. 서서히 다가온다. 위험한 순간이다. 모험이 절정에 달하는 순간이다. 하스미는 서둘러서 학교 건물로 돌아왔다. 학생상담실 바닥에 엎드려 누운 다음 양손을 뒤로 돌려 수갑을 찬다. 처음에 계획을 세울 때는 스스로 얼굴에 상처를 낸 뒤 손가락을 부러뜨리고 손톱을 뽑아서 구메에게 고문을 당한 척하려 했지만, 소노다와 구보타 나나가 적절하게 상처를 내준 덕분에 그럴 필요는 없어졌다.

타이어가 모래를 밟는 소리가 난다. 여러 대의 경찰차가 열린 교문으로 들어온다. 경찰차는 정면 현관 앞에서 멈춰 섰다. 손전등 불빛이 창문을 물들인다. 경찰들이 돌진하기 전에 진중하게 학교의 모습을 살펴본다. 무선으로 연락하는 소리가 들린다.

하스미는 다시 한번 시나리오를 되새겨본다. 여학생 한 명의 자살. 그리고 교사 한 명에 의한 대량 살인. 두 사건을 연결 짓기는 상당히 어렵다.

어차피 깊게 생각한들 소용없다. 이 상황에 이해하기 쉬운 설명을 붙이는 일은 자신이 아니라 경찰의 역할이다.

제11장 신의 목소리

연쇄살인범과 대량 살인범은 닮았지만 다른 범죄자다. 시모즈루 형사는 범죄심리학 전문 서적에 적힌 내용을 떠올렸다. 경찰학교의 수업 과목에는 심리학이 포함되지 않고, 살인 범죄에 대해 조사하는 수사 1과에서도 FBI 같은 정보 수집은 일체 하지 않는다. 개인적인 흥미와 문제의식으로 가끔 읽었던 책의 한 구절이었다.

연쇄살인범의 대부분은 자기과시형과 쾌락추구형의 정신질환자이며 재미를 위해 사람을 죽인다. 그들은 피해자를 단순한 사냥감으로 여기며, 스쳐 지나가는 길에 무작위로 희생양을 고른다. 예외로는 보험금을 노린 살인 사건처럼 금전을 목적으로 한 범죄가 상습적으로 되풀이되는 경우가 있다.

한편 대량 살인범의 경우 가장 일반적인 동기는 '쓰야마 30명

살인 사건*과 마찬가지로 복수심이다. 피해자는 가족이나 친구, 지인 등 범인과 알고 지낸 사람이 많다. 번화가나 학교 등을 습격해서 무차별 살인을 벌이는 경우도 대부분 범인을 부추기는 요인은 소외감과 열등감이다. 가까운 곳에 있는 약자를 죽여서 울분을 풀고자 하는 심리는 복수심의 보상 행위다.

그리고 대량 살인은 여러 차례 이어진 자살 시도의 연장선이기도 하다는 점에서 연쇄살인과 대비를 이룬다. 대량 살인범은 강한 자살 욕구에 지배되는 경우가 많고, 피해자는 범인이 생명을 끊을 결심하게 하는 희생양이다. 따라서 범행 후 범인이 자살을 꾀하는 경우는 대규모의 강제 동반자살 가능성이 높다. 하지만 이번에 발생한 경악스러운 참극이 자살 시도의 연장선상에 있다고 말할 수 있을까?

소식을 듣고 달려왔을 때의 충격과 무릎의 떨림이 아직도 진정되지 않는다. 젊은 형사들은 대부분 구토를 참지 못하고 교대로 화장실로 뛰어가서 속에 든 것을 게워 냈다. 수사 부서에서 10년 이상 경력을 쌓아 이미 시체에 익숙해진 시모즈루 형사 역시 조금만 방심하면 금세 구토할 지경이었다. 경찰관이기 이전에 사람이다. 경찰 모두가 처참한 현장에 익숙하지는 않다. 이번 사건의 수사에 참여한 사람 중 상당수는 나중에 정신과 치료가 필

* 1938년 5월 21일에 현재의 오카야마현 쓰야마시에서 발생한 대량 살인 사건.

요할 듯하다.

시모즈루 형사는 하스미 세이지를 바라보았다. 교장실 소파에 걸터앉아 이마를 수건으로 누르고 있다. 상당히 피곤해 보인다. 그 이외에 특별히 별다른 모습은 없다.

"하스미 선생님은 상처를 입으셨고 필시 충격도 크시겠지만, 사건이 사건이니만큼 조금만 더 참아주셨으면 합니다."

반대편에 앉은 경찰청 수사 1과의 마스부치 형사가 말했다.

"예, 물론입니다."

하스미는 침착하게 말했다. 산탄총의 손잡이 부분으로 맞았다고 말한 이마의 상처는 상당히 깊어서 아직도 출혈이 다 멎지 않았다. 코뼈가 부러졌는지 코 모양이 휘어졌다. 광대뼈에도 금이 갔는지 오른쪽 볼이 이상할 만큼 부어올랐다.

이 정도의 중상에도 불구하고 태연하게 행동하는 그를 기이한 눈으로 보는 형사도 있다. 시모즈루 형사는 과거에 범죄나 사고 피해자를 몇 명이나 봐왔다. 모두 한결같이 지친 모습이었고, 모공이 벌어진 피부는 흙빛이었다. 그런 사람들은 몸 안의 기운을 다 쓴 듯 몸 전체가 위축된다.

하지만 하스미는 그렇지 않았다. 몸 전체에서 사나운 정기를 발산한다. 자신이 색안경을 끼고 이 남자를 봐서 그런 느낌이 드는지도 모르지만, 이 모습은 오히려 체포당한 직후의 흉악범의 특징이다.

교장실 밖에서 많은 사람들이 돌아다니는 소리가 들렸다. 감식반뿐만 아니라 형사부 전체와 관할 경찰서에서 모인 경찰들이 필사적으로 상황을 파악하고 증거를 수집한다.

"미술을 담당하는 구메 다케키 선생님이 범인이며 엽총을 들고 침입해 하스미 선생님에게 폭행을 가하고 수갑을 채워 구속했다. 그리고 학교에 있던 학생들과 선생님을 사살한 후 자살했다. 방금 이렇게 말씀하셨는데 틀린 부분은 없습니까?"

"네. 없습니다."

"그렇다면 이해가 가지 않는 점이 몇 가지 있습니다. 하스미 선생님의 말씀을 의심하지는 않습니다만, 매우 희귀한 사건인 데다가 저희들도 아직 전체 윤곽을 파악하지 못한 상태이므로 양해해 주십시오."

마스부치 형사는 헛기침을 하고 메모로 시선을 떨어뜨렸다. 펜을 든 손이 미세하게 흔들린다. 평소에는 거만한 남자지만 모두가 경악할 만한 사건을 담당해서인지 동요하는 모습이 엿보인다.

"먼저 이 범행의 전말이 단독 범행으로 이루어졌다고는 생각하기 어렵습니다. 학교에는 상당히 많은 학생과 선생님이 있었고, 더욱이 바리케이드를 만드는 등 필사적으로 저항한 흔적이 보입니다. 그럼에도 불구하고 한 사람도 학교 밖으로 도망치지 못했다면 범인이 고도의 군사훈련을 받은 경험이 있든지 혹은 공범자가 있다는 생각밖에 들지 않습니다."

하스미는 고개를 갸우뚱했다.

"제가 아는 한 공범자는 없었습니다. 적어도 교무실에 쳐들어와서 저를 구속했을 때는 구메 선생님 혼자였습니다."

"그렇습니까?"

마스부치 형사는 한숨을 쉬었다. 살인이나 강도가 발생했다는 소식을 들으면 흉악한 사건일수록 공적을 세울 기회라고 의욕을 불태우는 남자지만, 아무래도 이번 사건은 짐이 무거운 모양이다.

"다만 혹시나…… 아니 그만두겠습니다. 단순한 억측으로 고인을 폄하하지는 말아야죠."

하스미가 넌지시 비추는 말투로 말했다.

"사생활이나 명예는 배려하겠습니다. 아시는 점이 있다면 전부 알려주시겠습니까? 저희들은 모든 가능성을 생각해 두어야 합니다."

마스부치 형사는 바로 물고 늘어졌다.

"실은 오늘 밤 학교에 있을 리 없는 선생님이 또 한 명 있었습니다."

"누굽니까?"

"체육을 맡으신 시바하라 선생님입니다."

하스미는 잡담이라도 하는 사람처럼 태연한 모습으로 대답한다.

"오늘 밤 원래 학교에 있을 예정이었던 사람은 체육을 맡으신 소노다 선생님과 저뿐입니다. 소노다 선생님은 네코야마 선생님의 대타로 숙직을 맡으셨고, 저는 제가 담임인 4반 학생들이 축제 준비로 머무는 것을 감독하기 위해서였지요. 하지만 무슨 이유에서인지 교내에는 시바하라 선생님도 계셨습니다. 아무리 생각해도 그 이유를 모르겠습니다."

"그렇군요."

마스부치 형사는 감명을 받은 듯했다.

"그럼 시바하라 선생님이 구메 선생님의 공범자일지도 모른다는 말씀이십니까?"

"거기까지는 저도 잘…… 그저 시바하라 선생님이 학교에 계신 이유를 모르겠다는 말입니다."

"하스미 선생님은 어디에서 시바하라 선생님을 발견하셨습니까?"

"본관과 북쪽 건물을 이어주는 복도였습니다. 시간은 여섯 시에서 여섯 시 반 사이입니다."

"말씀은 나누셨나요?"

"아니요. 잠깐 뒷모습을 봤을 뿐입니다."

"그것만으로 시바하라 선생님이라고 알아차리셨다는 말씀입니까? 해가 거의 졌을 시각이지 않습니까?"

"그때는 아직 해가 조금 비쳤습니다. 게다가 항상 같은 운동복을 입고 죽도를 들고 다니시니까요."

"시바하라 선생님이 죽은 줄은 어떻게 아셨습니까?"

시모즈루 형사가 참지 못하고 끼어들었다. 마스부치 형사가 험한 눈초리로 이쪽을 본다. 시모즈루는 관할 경찰서의 생활안전과 소속이라 원래대로라면 이 자리에 오지 못할 처지였지만 마침 하스미와 안면이 있다는 이유로 동석했다. 함부로 질문할 권한이 없다.

"네?"

하스미가 되묻는다. 시모즈루 형사는 다시 한번 반복해서 질문했다.

"질문의 의미를 도통 모르겠습니다."

하스미는 눈썹을 치켜세웠다.

"방금 하스미 선생님은 '고인을 폄하하지는 못한다'라고 말씀하셨습니다. 시바하라 선생님이 고인이라고 어떻게 아셨습니까?"

"그럼, 시바하라 선생님이 살아계십니까? 전 영락없이 살아남은 사람이 없는 줄만 알았습니다."

하스미가 차가운 눈빛으로 반문한다.

"아니, 그게……" 하고 말을 건네는 시모즈루 형사를 마스부치 형사가 가로막았다.

"시모즈루 형사님. 질문은 이쪽에서 하겠습니다. 괜찮으시지요?"

"죄송합니다."

시모즈루 형사는 고분고분하게 고개를 숙였다. 이 장소에서 쫓겨나고 싶지 않았다.

"하스미 선생님의 말씀대로 시바하라 선생님은 돌아가셨습니다. 하지만 그 상황도 상당히 이해가 가지 않습니다."

마스부치 형사가 대화를 이어 나간다.

"무슨 말씀이신가요?"

하스미가 수사 관계자처럼 냉정하게 물어본다.

"구타의 흔적이 있습니다. 하스미 선생님과는 달리, 아무래도 학생들에게 집단 폭행을 당했다고 추측됩니다. 게다가 사망의 직접적인 원인은 총상이 아니라 양궁 화살이었습니다."

'부주의하게 너무 많은 정보를 주는 것이 아닌가' 하고 시모즈루 형사는 생각했다. 하스미가 범죄와 무관하다는 확증은 아직 나오지 않았다. 사건과 관련된 단어에 어떻게 반응하는지를 살피려는 의도일 수도 있지만, 그렇다면 마스부치 형사는 하스미라는 인간에 대해 전혀 모른다는 의미다. 시모즈루 형사는 과거에 몇 번이나 하스미를 사정청취를 했지만 이야기를 하면 할수록 미궁 속에 빠지는 기분이었다. 결국 끝까지 하스미가 무슨 생각을 하는지 밝혀내지 못했다.

"양궁 화살 말이십니까? 그렇다면 다카기 가케루입니다. 고교 대항 경기에서도 좋은 성적을 거둔 아이지요."

하스미는 눈을 감고 깊게 탄식했다.

"친구를 지키려고 싸웠겠지요. 그런 학생입니다. 아니, 2학년 4반 학생들은 모두 다 그렇게 질긴 인연과 단단한 연대감이 있었습니다."

교장실에 있는 여러 형사들이 조금 감동을 받았는지 분위기가 찡해졌다.

"다카기가 적이라고 간주했다면 시바하라 선생님이 구메 선생님과 함께 범죄를 저질렀을 가능성이 높아집니다."

"시바하라 선생님이 구메 선생님과 사이가 좋으셨습니까?"

시모즈루 형사가 다시 끼어들었다. 마스부치 형사가 매서운 눈으로 노려보았지만 신경 쓰지 않고 하스미의 대답을 기다린다.

"무슨 말씀입니까?"

하스미가 질문을 질문으로 받아쳤다.

시모즈루 형사는 정신이 번쩍 들었다. 지금 한 질문은 시간을 벌어야 하는 내용이 아니다. 이 남자는 지금 귀가 잘 안 들린다. 아마도 일시적인 난청이겠지. 가장 유력한 원인은 큰소리를 연속해서 들었을 경우다.

"시바하라 선생님이 구메 선생님과 사이가 좋으셨습니까?"

하스미는 눈도 깜박이지 않고 뚫어져라 이쪽을 봤다. 시모즈루 형사는 등줄기가 오싹해지는 느낌을 받았다. 이 남자는 지금 자신의 청력에 이상이 있음을 감추기 위해 입술의 움직임을 읽고 있다.

"아니요. 그런 이야기는 들은 적 없습니다. 평소에 접점도 거의 없고, 서로 잘 맞는 성격도 아니었으니까요."

하스미는 의아하다는 듯이 말했다.

"단지 두 사람 모두 학생과 부적절한 관계라는 소문이 떠돌았습니다. 여학생과 남학생이라는 차이가 있기는 하지만, 그런 점을 보면 어쩌면 공범이었을지도 모르겠군요."

"네? 그게 사실입니까?"

마스부치 형사가 몸을 앞으로 내밀었다. 옆에서 보고 있자니 하스미가 의도하는 대로 조종당하는 모습이 확연했다.

"단순한 소문입니까? 아니면 확실한 증거가 있습니까?"

"네. 구메 선생님이 동성애자라는 이야기는 틀림없는 사실입니다. 그가 일방적으로 연모했던 학생은 4반의 마에지마 마사히코입니다. 마에지마도 그런 감정이 있었던 모양입니다. 하지만 두 사람의 관계에 대해 정확하게는 모릅니다."

하스미는 마치 수업을 하듯이 술술 설명한다.

"시바하라 선생님에 대해서는 여러 소문이 떠돌았습니다. 저는 예전에 시바하라 선생님이 저희 반 학생인 야스하라 미야에게 심각한 수준의 성희롱을 했다는 주장을 듣고 시바하라 선생님께 직접 주의를 드리기도 했습니다."

"야스하라 미야 말씀입니까?"

마스부치 형사가 눈썹을 찌푸린다. 옥상에서 뛰어내린 소녀의 이름이라고 시모즈루는 기억해 냈다. 유서를 남겼다는 이유만으로 그녀가 대량 살인과 무관하다고 생각하는 점도 이상했다.

"시바하라 선생님은 성희롱을 인정했습니까?"

"아니요. 그런 적이 없다고 발뺌하셨습니다."

"그 주장은 당사자에게서 들으셨습니까?"

"아니요. 가타기리 레이카라는 학생에게서 들었습니다."

그때 교장실의 문이 열리고 형사가 한 명 들어왔다. 마스부치 형사에게 무언가 귓속말을 한다.

"뭐? 진짜야? 그런 얘기를 했단 말이지."

마스부치는 적잖이 놀란 표정이었다. 그 모습을 하스미가 삼킬 듯한 눈빛으로 바라본다.

"알겠어. 이쪽이 끝나면 바로 가지."

마스부치 형사는 심기일전하여 매서운 눈초리로 하스미를 상대한다.

"또 한 가지 이해가 가지 않는 부분이 있습니다. 기분 나쁘게 듣지 말아 주십시오. 범인은 왜 하스미 선생님만 죽이지 않았을까요?"

하스미는 고개를 가로저었다.

"모르겠습니다. 고문해서 남은 학생들에 대한 정보를 듣고 난 다음 마지막에 죽일 작정이었는데 제가 실신하는 바람에 잊어버렸는지도 모르지요. 아니면 오늘 밤 일어난 일을 세상에 알리고 싶어서 일부러 살려뒀을 가능성도 있고요."

이상하다. 이 남자는 어떻게 이렇게 논리정연하게 말할까. 시모즈루 형사는 하스미를 응시했다. 아무리 생각해도 대량 학살의 한가운데에서 구사일생으로 목숨을 건진 남자가 할 말이 아니다.

역시 이 남자가 범인인가? 도립 ○○고등학교의 학생 연쇄 사망 사건에서도 의문이 생기는 점이 많았다. 결국 확증은 잡지 못했지만 만약 그 사건의 범인이 하스미였다면 오늘 밤 40명 이상을 참혹하게 죽인 범인도 틀림없이 이놈이다.

두 명의 학생, 가타기리 레이카와 나고시 유이치로가 상담하러 왔을 때를 떠올린다. 그 아이들은 하스미의 정체를 간파했다. 진지한 태도였고 몹시 두려워했다.

어째서 그때 좀 더 빨리 손을 쓰지 않았을까? 도립 ○○고등학교 사건의 실패에 크게 데인 탓에 지나치게 조심스러웠던 것은 부정하지 않겠다. 하스미는 사람을 압박하는 방법을 잘 아는 남자였다. 학생을 이용해서 탐문 내용을 염탐하고 조금 도를 지나친 행동이나 말실수까지 하나도 빠짐없이 기록해서, 경찰이 얼마나 부당하게 음습한 트집을 잡았는지 매스컴에 어필했다. 더욱이 교장이나 교직원 조합을 자기편으로 만들어서 교육위원회부터 도의회의원까지 뒤에서 조종했기에, 상사의 허가를 받아 수사를 하던 나는 결국 경찰서의 생활안전과로 내쫓겼다.

하지만 내가 풀이 죽어서 꼬리를 내리는 바람에 이번 사건이 발생했다. 하물며 나는 오늘 밤 가타기리 레이카와 전화 통화를 했다. 갑자기 통화가 끊겼을 때 이상하다고 생각했지만 밀린 서류 작업에 쫓겨 결국 그대로 흘려버렸다. 그때 자신이 달려갔더라면……. 아니, 적어도 전화를 다시 걸었더라면…….

어찌되었든 이제는 되돌리지 못한다. 시모즈루 형사는 영원히 깨지 못할 꿈속에 있는 기분을 맛보았다.

"범인의 행동에도 몇 가지 설명이 되지 않는 부분이 있습니다. 먼저 왜 장갑을 끼었는가 하는 점입니다. 자신의 범행을 감출 생각이 아니라면 장갑을 낄 필요가 없습니다. 그렇지 않습니까?"

기분 탓인지 마스부치 형사의 추궁이 조금 전보다 더 엄격해진 듯하다.

"글쎄요, 그건 저도 모릅니다."

하스미는 태연하게 대답한다.

"범인과 이야기를 할 때 뭔가 범인의 의도를 내비치는 말을 듣지 못했습니까?"

"아니요. 구메 선생님이 일방적으로 질문을 하고 저는 거기에 대답했을 뿐입니다. 그다음에는 맞고 기절했습니다."

"범인은 어떤 질문을 했습니까?"

"오늘 밤 학교에 남은 학생과 선생님의 숫자였습니다. 그리고 마에지마가 어디에 있는지 물었습니다."

마스부치 형사는 명백히 당황한 모습이었다. 어떤 질문을 하든지 간에 시간을 지체하지 않고 적확한 답이 돌아온다. 대화나 심문이라기보다는 공을 주고받는 탁구 시합 같다.

"범인은 마지막에 감시 카메라의 영상이 기록된 하드디스크를 총으로 부순 다음 세심한 주의를 기울여 등유를 뿌리고 불태웠습니다. 왜 그렇게까지 완벽하게 영상을 지우려고 했을까요?"

"글쎄요. 저는 짐작도 가지 않습니다."

"어쨌든 이해가 가지 않는 부분이 너무 많습니다. 학생들은 왜 아무도 휴대전화로 도움을 요청하지 않았을까요? 손전등으로 모스부호는 보냈다던데 말입니다."

"모스부호요?"

하스미가 어째서인지 눈살을 찌푸렸다.

"SOS라고 발신되는 빛을 본 주민이 있다고 합니다. 학생들의 장난인 줄 알았는데 그 후 총성이 들려서 생각을 바꿔 신고했다고 하더군요."

"그렇군요. 휴대전화 말입니다만, 어쩌면 교내에서는 전파가 잡히지 않았을지도 모릅니다."

"전파가 잡히지 않았다고요?"

마스부치 형사의 목소리가 조금 커졌다.

"전파가 잡히지 않을 만한 이유라도 있습니까?"

"학교의 수치가 될 이야기는 하고 싶지 않지만, 저희 학교에는 휴대전화 방해전파를 발신하는 장치가 있습니다."

하스미의 말에 의하면 학생들이 시험에서 집단 커닝을 한다는 소문이 돌자 학교 측에서 시험기간에만 휴대전화 기지국과의 교신을 방해하는 전파를 발신했다고 한다.

"하지만 허가 없이 그런 일을 하면 전파법 위반이지 않습니까?"

마스부치 형사는 미간을 깊게 찌푸렸다.

"그렇지요. 기계를 설치한 야기사와 물리선생님은 법에 위반된다는 사실을 아셨지만, 사카이 교감선생님께서 강하게 지시하시는 바람에 학교 부지 밖까지는 전파의 영향이 미치지 않게 조정한다는 조건으로 결국 강행되었습니다."

"여기 휴대전화 연결 안 되나? 누가 확인 좀 해봐."

마스부치 형사가 크게 당황하여 지시한다. 시모즈루 형사도 진동 모드로 설정해 두었던 휴대전화를 주머니에서 꺼냈다. 정말로 휴대전화가 통화권에서 이탈되어 있었다.

아뿔싸. 수사 중에는 대개 차량용과 휴대용 경찰무선만 사용하기에 지금까지 눈치채지 못했다. 피의자일지도 모르는 인물이 알려 줄 때까지 몰랐다는 점은 큰 실수다.

"그럼 이 사실을 구메 선생님은 알았습니까?"

마스부치 형사는 부하의 휴대전화 화면을 흘깃 보고 초조하게 물었다.

"네. 분명 요전에 구메 선생님에게 얘기한 적이 있습니다. 학교의 처신에 대해 불만이 생겨도 우리같이 지위가 낮은 사람은 웬만해서는 상사에게 항의하지 못합니다. 가끔씩 서로 푸념을 털어놓기도 했습니다."

시모즈루는 거짓말이라고 생각했다. 이야기가 너무 딱 맞아떨어진다. 하스미라는 인물에 대해 아무런 선입견이 없는 사람이 들어도 이상한 이야기라고 생각할 만한 내용이다. 구메가 휴대전화 방해 장치에 대한 지식이 있다는 말은 하스미의 이야기에만 근거한다. 한편 하스미는 이번 증언에서 자신이 그 장치에 대한 정보를 알고 있음을 확실하게 시사했다.

그때 좀 전에 왔던 형사가 다시 교장실로 들어왔다. 황급하게 마스부치 형사에게 무슨 말을 전한다.

"이쪽에서 간다고 말했잖아? 왜 그걸 못 막아?"

마스부치 형사는 소리를 낮추며 날카로운 말투로 질책한다. 교장실 문이 열렸다. 시모즈루 형사는 아연실색했다. 내부 사정을 모르는 처지라서 지금까지 수사 상황에 관해서는 알지 못했다. 2학년 4반 학생 중에 생존자가 있으리라고는……. 하스미 역시 망연자실한 모습이다. 연기가 아닐 경우의 이야기지만 말이다.

"하스미 선생님. 다시 만나서 기쁘네요."

나고시 유이치로가 그렇게 말했다. 맨살 위에 경찰의 방한용 점퍼를 걸쳤다.

"기분이 어떠신가요? 죽였다고 생각한 학생의 얼굴을 보는 심정은 어떻죠?"

나고시가 내뱉듯이 말했다.

"왜 이런 짓을 했습니까? 당신이 설령 괴물이든 악마든 이런 짓을 할 필요는 없었어요. 이걸 물어보기 위해 여기까지 왔습니다."

가타기리 레이카는 눈을 부릅뜨고 하스미의 얼굴을 노려보았다. 그녀는 여경의 운동복을 몸에 걸쳤다. 아이들의 이런 표정은 처음 본다. 시모즈루 형사는 그저 압도되었다. 하스미 역시 경악하는 표정을 감추지 못했다.

"놀랍구나. 그래, 그렇게 된 거로군."

그리고 얼굴을 싹 바꾸어 감탄하는 표정으로 두 명의 학생을 칭찬한다.

"Magnificent! 너희 용케 그 속에서 살아남았구나. 담임으로서 너희가 자랑스럽다."

"나쁜 놈. 무슨 말 하는 거야? 허튼짓하지 마!"

나고시가 헐떡이면서 악을 쓴다.

"네놈이 죽였잖아. 반 친구 모두를! 잘도 그런 짓을……."

"지금 와서 발뺌해 봤자 소용없어. 우리가 증인이니까!"

가타기리가 외쳤다.

"얘들아, 좀 진정해라."

마스부치 형사가 일어나서 두 사람을 제지했다.

"진정? 반 친구가 모조리 살해당했는데 어떻게 진정이란 말이 나오죠? 형사님 제정신이세요?"

나고시가 절규하며 하스미에게 삿대질을 한다.

"뭐해요? 어서 이 녀석을 체포해요! 이놈이 범인이란 말이에요."

하스미가 일어섰다.

"형사님. 아이들의 무례를 용서해 주세요. 이 아이들은 극한 상황에서 살아나왔습니다. 제정신이 아닌 것도 당연합니다."

"빌어먹을!"

하스미를 향해 돌진하려던 나고시는 근처에 있는 형사에게 붙잡혀 저지당했다.

"죽여버릴 거야. 이 악마! 반드시 죽여버리겠어!"

하스미는 슬픈 듯이 웃었다. 그 얼굴을 본 순간 시모즈루는 마음속 깊은 곳에서 공포를 느꼈다.

"너희는 왜 내가 범인이라고 생각하니?"

하스미는 두 사람을 향해 질문했다.

"왜?"

두 명의 학생은 몸을 떨면서 꼼짝도 못 했다.

"너희는 범인의 얼굴은 물론 목소리도 듣지 못했을 텐데 말이야. 그렇지? 그렇지 않다면 내가 범인이라고 오해하지 않았겠지."

"우리는 말이야!"

나고시는 두 주먹을 꽉 쥐며 외쳤다.

"4층 복도에서 피 웅덩이에 얼굴을 묻고 죽은 척해야 했어! 네 놈은 바로 그 옆을 지나쳐 갔고!"

"하지만 얼굴은 보지 못했잖니?"

"살아남은 사람은 당신뿐이야!"

"범인은 자살했어."

"휘파람 소리를 들었어!"

가타기리가 외친다.

"모리타트의 선율이었지. 당신이 항상 휘파람으로 부르던 곡이 잖아?"

"그건 내가 아니야. 게다가 모리타트가 아니라 칼잡이 맥일지도 모르잖니? 기본적으로는 같은 곡이지만 말이다."

하스미가 쾌활하게 답한다.

나고시는 바닥에 무릎을 꿇고 통곡하기 시작했다.

"빌어먹을⋯⋯. 빌어먹을⋯⋯!"

가타기리는 창백한 얼굴로 그 자리에 우두커니 서 있다. 항상 역겨울 만큼 자신이 넘치던 마스부치 형사도 기가 눌려 침묵할 따름이다.

너희가 아무리 애쓴들 소용없어. 이 녀석은 진짜 악마다. 시모즈루는 잠자코 자리에서 일어나 교장실을 나왔다. 예전에 처절하게 큰 타격을 받았던 패배감이 욱신거린다. 소용없다. 못 이겨.

이길 가능성이 없다.

마음속으로 중얼거리며 비틀비틀 정면 현관으로 걸어갔다. 미안하지만 더 이상은 못 해 먹겠다. 이곳에 있고 싶지 않다. 정의가 짓밟히고 악이 승리하는 모습 따위 두 번 다시 보고 싶지 않다.

"시모즈루 형사님."

누군가가 말을 걸었다. '하필이면 이럴 때' 하고 시모즈루는 천천히 고개를 돌렸다.

"잠깐 이것 좀 들어주시겠습니까?"

보건실에서 얼굴을 내밀고 그렇게 말한 사람은 안면이 있는 감식반 요원이었다. 표정에 긴장한 빛이 역력하다.

시모즈루가 교장실로 돌아가자 마스부치 형사가 무슨 일로 왔느냐는 눈빛으로 힐끗 쳐다보았다. 사건 현장에서 이례적으로 긴 시간 동안 실시된 사정청취가 드디어 마무리 시점에 다다랐다. 하스미의 얼굴은 지루한 교무회의를 겨우 끝내고 이제 해방되었다는 표정이었다. 한편 나고시와 가타기리는 완전히 망연자실했다. 이 세상에 정의 따위 없다고 뼈저리게 깨닫고 큰 충격을 받은 표정이다. 형사들은 곤혹스러워하며 잠자코 자리를 지켰다.

"여러분 잠깐 기다려주십시오."

시모즈루가 그렇게 말하자 마스부치가 귓가에서 속닥이듯이 작은 목소리로 다그쳤다.

"대체 뭘 어쩔 작정이야? 자네는 하스미와 안면이 있기에 동석시켰을 뿐이네. 제멋대로 굴지 마!"

"마스부치 형사님. 나중에 전부 형사님 실적이라고 말 맞출 테니까 잠시만 시간 좀 내주세요."

시모즈루는 조용하게 대답했다.

"그러니까 삼 분만 저에게 시간을 주십시오. 범인을 알았습니다. 결정적인 증거가 지금 여기에 있습니다."

마스부치 형사는 입을 벌린 채 멍하니 굳어버렸다. 시모즈루는 주황색 자동제세동기를 나다모리 교장의 책상 위에 올려놓았다.

"하스미 씨, 바쁜 밤이었나 보군요."

하스미가 그런 시모즈루를 노려본다.

"너무 바빠서 잊어버렸습니까? 자동제세동기에는 녹음 기능이 있다는 사실을 말입니다."

시모즈루가 버튼을 누르자 녹음된 음성이 흘러나오기 시작한다. 흐릿한 빗소리, 웅성거리는 잡음에서 학생들의 긴장이 전해진다. 너나없이 마른침을 삼키며 녹음 내용을 귀담아듣는다. 오직 한 사람을 제외하고.

— 환자의 의식과 호흡을 확인해 주세요.

자동제세동기에서 나오는 음성 지시다. 여자 목소리가 말한다.

— 환자의 몸을 만지지 마세요. 심전도 조사를 시작합니다.

— 전기 충격이 필요합니다. 충전합니다. 환자의 몸에서 떨어

지세요. 불빛이 깜빡이는 버튼을 꽉 눌러주세요.

　필사적으로 구명 활동을 하는지 거친 숨소리만 들린다.

　― 애들아, 괜찮니?

　틀림없는 하스미의 목소리다.

　― 거기에 있지?

　― 조심해! 살인마는 구메 선생님이야. 엽총을 갖고 있었어. 지금 막 위로 올라갔고.

　"뭐지 이건? 당신, 수갑에 묶인 채 기절했다고 하지 않았나?"

　마스부치 형사가 나지막하게 물었지만 하스미는 어떤 대답도 하지 않았다.

　― 거기엔 몇 명이나 있니? 아! 바닥에 피가 묻었잖아! 대답 좀 해줘. 누가 총에 맞은 거야?

　― 하스미 선생님.

　남학생이 대답한다.

　"야마구치 목소리야."

　나고시가 중얼거린다.

　― 지금 하신 말 진짜예요? 구메 선생님이 범인이라는…….

　― 그래. 나도 믿고 싶지 않지만 진짜야.

　짧은 침묵이 흘렀다.

　― 선생님 얼굴이 왜 그러세요?

　― 응. 구메 선생님에게 감금당했었어. 그때 엄청 두들겨 맞아

서……. 그보다 누가 총에 맞았니?

― 나루세예요! 나루세가 총에 맞았는데 심장이 멈췄어요. 뛰지를 않는다고요!

가타기리가 손으로 입을 막고 오열하기 시작했다.

― 선생님! 도와주세요!

교장실 안에는 정적만이 맴돌았다. 아무도 소리를 내지 않았다.

― 알았어. 일단 이걸 치워줘.

― 선생님. 구메 선생님이 왜 이런 짓을 저질렀을까요?

"지금 말한 사람은 사사키입니다."

나고시가 이를 악물고 말한다.

― 뭐라고 말해야 좋을까. 구메 선생님이 어떤 학생을 일방적으로 사랑했는데 그게 받아들여지지 않아서 이런 일을 저지른 모양이야.

― 우리 반 여학생인가요?

― 아니…… 마에지마였어.

― 네? 걘 남자잖아요?

― 그런 건 어찌됐든 상관없잖아! 빨리 선생님을 들여보내 줘!

야마구치의 성난 목소리가 절박한 상황임을 알렸다.

― 소용없어. 뛰지 않아. 좀 더 세게 늑골을 압박해 봐.

그러고 나서 한동안 필사적인 구명 활동이 이어진다.

— 선생님! 이대로는…….

자동제세동기에는 야마구치가 놀라서 숨을 멈추는 소리까지 녹음되었다.

— 애들아 조금만 더 물러나 줄래?

— 선, 선생님…… 대체 왜? 무슨 일이에요?

— 좀 더 안으로 들어가라니까.

그 순간 연속해서 두 발의 총성이 울렸다. 녹음된 그 소리는 지나치게 단조로워서 현실의 발포 소리가 가져다주는 공포의 편린까지 전해주지는 못했으나 형사들은 전율했다. 총을 꺾는 소리가 들리고 탄피가 바닥에 떨어진다.

— 역시 두 발로 네 명을 처리하기는 어렵구나. 지금 편하게 해줄게.

"이제 그만둬요."

가타기리가 귀를 막고 외친다.

시모즈루 형사는 재생을 멈추었다.

"살인죄를 다른 사람에게 감쪽같이 덮어씌울 작정이었나? 자신은 손가락질받을 만한 짓은 하지 않았다고? 확실히 어떤 저항도 네놈 같은 악마에게는 소용없었는지 몰라. 하지만 네놈이 유일하게 생각지 못한 부분이 있어. 단 한 명의 학생이 한 행동이다. 한 학생이 친구를 구하겠다는 일념으로 했던 순수한 행동이 마지막에 네 심장을 찔렀어."

자신의 목소리가 심하게 쉬어서 다른 사람의 목소리처럼 울린다.

"하고 싶은 말 있나?"

하스미는 그저 무표정하게 어깨를 움츠릴 뿐이었다. 시모즈루는 현기증이 핑 도는 비현실감에 사로잡혔다. 지금 자신의 눈앞에 있는 놈의 정체는 도대체 무엇인가? 교장실에 있는 모두가 이해하지 못하는 물체를 보는 눈빛으로 하스미를 응시한다.

"하스미 세이지. 당신을 체포한다."

마스부치 형사가 가장 먼저 정신을 차렸다. 하스미를 일으켜 세운 다음 몸 뒤로 손을 당겨 수갑을 채운다. 하스미를 연행하려고 했을 때 가타기리가 그 뒷모습을 향해 날카로운 목소리를 퍼부었다.

"하야미도 당신이 죽였어?"

하스미가 뒤를 돌아보았다. 거리낌 없는 눈초리로 몇 초 동안 가타기리와 나고시를 응시한다.

"정말 미안했다."

이윽고 내뱉은 말은 수업에 지각해서 미안하다고 사과하는 듯한 말투였다.

"이건 전부 신의 뜻이었어. 난 머릿속에서 울려 퍼지는 명령을 실행했을 뿐이야. 4반 학생은 하나도 빠짐없이 악마가 씌었거든. 모두의 영혼을 구하기 위해서 한 일이었어."

이 녀석은……. 시모즈루의 몸이 떨리기 시작했다. 공포 때문인지 분노 때문인지는 모르겠다.

이놈은 벌써 다음 게임을 시작했다.

"난 하야미를 죽였냐고 물었어!"

가타기리의 목소리는 마치 피를 토하는 듯했다. 하지만 하스미는 발길을 돌렸다. 빨리 가자고 재촉하듯이 양쪽의 형사를 노려본다. 마스부치 형사의 얼굴이 굳었다.

"연행해!"

하스미의 모습이 교장실에서 멀어져간다. 잠시 후 멀리서 희미한 휘파람 소리가 들려왔다.

에필로그

 찻집에 들어온 사나다는 바로 이쪽을 알아보았다. 아무 말 없이 손을 든다. 가타기리가 살짝 고개를 숙여 인사했다. 나고시도 조용히 머리를 숙인다.
 "정말 고생이 많았겠구나."
 사나다는 두 사람과 마주 보고 앉아 커피를 주문했다. 상당히 마른 모습이다. 덥수룩하게 수염이 자란 볼은 상당히 야위어 보였지만 눈빛은 예전 그대로였다.
 "선생님도요."
 "너희와 비교하면 난 아무것도 아니지."
 사나다의 얼굴에 희미하게 미소가 떠올랐다가 금세 사라졌다.
 "아직은 모든 게 악몽이었다는 생각밖에 안 들어. 너희가……무사하다는 사실만이 유일한 구원이야."

찻집에는 사람이 거의 없었다. 조금 떨어진 곳에서 한 남자가 스포츠신문을 읽는다. 일 면에 실린 기사는 여전히 역사상 가장 흉악한 살인마인 하스미 세이지에 대한 자극적인 추적 기사다. 사건이 일어나고 딱 한 달이 지났다. 이렇게까지 온갖 매스컴을 도배한 사건은 옴진리교의 무차별 테러* 이후로 처음이다. 가타기리가 조금 목소리를 낮춰서 말했다.

"선생님의 음주 운전 혐의는 완전히 풀렸나요?"

"아. 그것도 너희 증언 덕분이야. 현장 검증을 다시 한 결과 그 대나무 받침대로 RX-8의 가속 페달을 밟을 수 있다는 사실이 밝혀졌거든."

"학교로 돌아오시나요?"

나고시가 묻는다.

"글쎄다. 신코 마치다 고등학교는 이미 끝났고, 어딘가 멀리 떨어진 학교에서 채용해 주지 않을까 생각했는데 이렇게 큰 사건이 일어나니 나한테 책임이 있든 없든 그다지 상관없더라고. 어느 학교든 연루되고 싶지 않은 모양이야."

사건 이후로 신코 마치다 고등학교는 휴교 상태다. 재학생은 대부분 이미 다른 고등학교로 전학 갔다. 내년 지원자 역시 한 명

---

* 일본의 종교단체인 옴진리교의 신도들이 도쿄 지하철 차량 안에 맹독가스인 사린을 살포한 사건. 기존의 테러와는 달리 화학무기를 사용하여 불특정 다수에 대한 무차별 다량 살상을 노렸다는 점에서 큰 충격을 주었다.

도 없어 폐교가 불 보듯 뻔한 상황이다. 나다모리 교장이 정신병원에 들어갔지만 그 시기가 2학년 4반 학생들이 대부분 살해당한 사건을 안 후가 아니라, 그 이전에 스리이의 자택에서 부인의 사체가 발견되었다는 소식을 들은 직후였다는 사실을 아는 사람은 그리 많지 않다.

스리이 부인의 시체에 대해서는 시기적으로 하스미가 관여했을 가능성이 없으므로 자살한 스리이의 범행이라는 결론이 났다. 피의자가 이미 고인인 관계로 그 사건은 서류를 검찰에 송치함으로써 일단락되었다.

사카이 교감이 서둘러 종적을 감추는 바람에 대신 매스컴의 집중 공세를 받은 오스미 주임은 마음고생을 한 탓인지 며칠 전에 건강이 안 좋아져서 입원했다.

"그보다 너희야말로 괜찮니? 그…… 그렇게나 가혹한 경험을 한데다 친구들도 모두……."

표현하기 곤혹스러웠는지 사나다는 말을 흐렸다.

"괜찮다고 말하기는 힘들지만……."

가타기리는 미소를 지으려고 했지만 표정이 마음먹은 대로 움직이지 않아서 입꼬리만 간신히 위로 올렸다. 자신은 웃는 법을 잊어버렸는지도 모른다는 생각이 들었다.

"반에서 살아남은 사람은 세 명밖에 없으니까요. 우리가 열심히 살아가지 않으면……."

"희생된 모두에게 얼굴을 들 면목이 없어요."

나고시가 뒤를 이어서 말한다.

"우리 두 사람의 목숨을 구해준 건 오노데라와 아리마였어요. 두 사람을 위해서라도, 아니 모두를 위해서라도 우리는 열심히 살아야 해요."

사나다는 고개를 끄덕이고는 나온 커피를 입에 댔다.

"고통스러웠겠지. 반 아이들의 시체를……. 아니, 죽은 두 사람 역시 분명 만족했으리라고 생각하지만……."

어떻게 말을 꾸민들 미담이 되지는 않는다. 우리는 자신의 목숨을 구하기 위해 친구의 시체를 대신 총구 앞에 들이밀었다. 가타기리는 깊게 한숨을 내쉬었다.

피난용 구조대에 타고 내려가는 시체에 총탄이 꽂히는 순간 자신은 분명히 총에 맞은 듯한 고통을 느꼈다. 그 감각은 평생 잊히지 않을 테고, 잊지 않으리라 다짐했다. 타인의 고통을 상상하지 못하는 인간은 본질적으로 하스미와 아무런 차이가 없는 까닭이다.

그때 찻집 안에 설치된 텔레비전에서 자극적인 효과음이 흘러나오기 시작했다. 가타기리는 안 좋은 예감이 들어서 화면을 봤다. 예상대로 그건 사건에 관한 특집 방송이었다.

……오늘로 정확히 한 달이 지났지만 여전히 해명되지 않

는 부분이 많습니다. 희생된 서른여덟 명의 학생과 세 명의 교사는 왜 죽어야만……

"장소를 바꿀까?"

사나다가 엉거주춤 허리를 일으킨다.

"아니요. 괜찮아요."

가타기리가 고개를 저었다.

"일일이 신경 썼다가는 앞으로 살아가기 힘드니까요."

화면에서 캠코더로 찍은 영상이 나오기 시작한다. 나카무라 히사시가 남긴 축제 준비 작업 영상이다. 이 영상은 온갖 방송에서 반복해서 쓰였다.

……이 학생들을 무참하게 사살한 하스미 세이지라는 인간의 본질에 다가가고 싶으시다면……

"이 사건과 직접 관계가 있는지 없는지 모르지만, 하야미 게이스케의 행방은 아직 모르지?"

사나다의 질문에 나고시는 어두운 표정으로 고개를 끄덕였다. 아마 하야미는 이미 이 세상 사람이 아니리라. 가타기리 역시 그걸 알았다.

하스미는 어떤 의도인지 하야미에 관해서는 아직 아무런 자백도 하지 않았다. 그런 행동에 화가 나지만, 한편으로는 확실히 죽었다는 말을 듣지 않은 한 살아있을 가능성이 있다는 사실이 위안이 되었다. 덧없는 희망인 줄 알지만 가타기리는 아직 포기하지 않았다.

다음은 하스미 세이지가 옥상에서 집어 던진 소녀 Y양입니다. 기적적으로 목숨을 건졌고 순조롭게 회복하는 중이지만 무슨 이유에선지 사건에 대해서는 지금까지 침묵을 지키고 있습니다.

얼굴에 모자이크 처리를 한 야스하라의 영상이 나온다.
"야스하라는 하스미에게 살해당할 뻔했는데 왜 아무런 증언도 하지 않는 걸까?"
사나다가 이상하다는 듯이 말한다.
"그러고 보니 내가 하스미의 계략에 걸려든 계기도 야스하라가 포르셰에서 내리는 모습을 봤다고 이야기해서였어."
어쩌면 야스하라는 아직도 하스미를 좋아하는지 모른다. 가타기리는 어렴풋이 추측했다.
"하지만 야스하라는 일단 건강해 보이는구나."
텔레비전에 나오는 야스하라는 아직 휠체어를 타고 있었다. 보도진에게는 한마디도 대답하지 않고 의사나 간호사에게 둘러싸여 차 안으로 모습을 감췄다.

"건강해요."

가타기리가 대답한다.

"만났니?"

"네. 한 번뿐이지만 병원에 병문안을 갔거든요."

왜 친하지도 않은 야스하라의 병문안을 갈 마음을 먹었는지는 스스로도 잘 이해가 가지 않는다. 자신과 나고시를 제외하면 4반에서 유일하게 살아남은 야스하라와는 꼭 만나서 이야기를 나누고 싶었다.

두 다리가 골절되어 침대에 누워있는 야스하라는 안색이 창백하고 무표정했다. 의외였던 건 가타기리의 얼굴을 보자마자 부탁이 있다는 말을 꺼낸 점이었다. 그래서 스모즈루 형사에게 부탁해 가와사키의 아파트에 갇힌 재스민이라는 새끼 고양이를 구출해 냈다. 재스민을 가방에 넣어 몰래 병실에 데려갔을 때 야스하라는 진심으로 기쁜 미소를 지었다. 그 재스민은 지금 가타기리의 집에 있다.

진행자: 하스미 세이지는 범행 자체는 인정했지만, 신의 목소리에 이끌려서 모든 범행을 저질렀다고 진술했습니다. 이 점에 대해서는 어떻게 생각하십니까?

변호사: 글쎄요. 앞으로 열리는 재판에서는 피의자의 책임

능력 유무에 초점이 모아지리라고 예상됩니다. 만약 이 사건이 피의자의 심신장애로 무죄 선고를 받는다면 무서운 일이 되겠지요.

이미 하스미를 사형시키지 못하게 막으려고 전국에서 많은 변호사들이 급히 달려왔다. 이 유례 없이 엄청난 변호인단은 지금까지 검찰 측이 신청한 모든 증거에 대한 동의를 유보하고 있다. 앞으로 노골적으로 재판을 질질 끄는 전술을 쓰지 않을까 하는 우려의 목소리가 여기저기서 나왔다.

진행자: ……즉 비정상적인 범행이 오히려 피고인 하스미에게 유리하게 작용할 가능성이 있다는 뜻입니까?
변호사: 네, 그렇습니다. 정상적인 정신 상태라면 이렇게까지 비정상적인 범행을 저지르지 못한다는 것이 변호사 측 주장의 주요 내용이고……

"저건 또 뭔 소리야? 그럼 앞으로 사람을 죽일 일이 생기면 보험 삼아 목을 베고 눈알에 조화라도 꽂아 놓으라는 말이야? 사람을 죽인 새끼는 그 수가 많든 적든 전부 괴물이잖아."
스포츠신문을 읽던 중년 남성이 찻집 주인을 향해 내뱉듯이 말했다.

"뭐, 조금 지나친 말씀이긴 하지만 틀린 말은 아니네요."

콧수염을 기른 주인이 텔레비전 화면에서 눈을 떼지 않은 채 매서운 표정으로 대답한다.

하지만 피고인 하스미의 경우 중학생 때 양친이 살해당했다는 피해자의 측면도 있군요. 그런 트라우마가 원인이 되어서 인격이 비뚤어졌다면…….

"그런 줄은 몰랐어. 그런 일이 있었다면 사람이 이상해진 것도 이해가 가. 물론 그런 과거가 자신이 저지른 범행의 면죄부가 되지는 않지만 말이야."

사나다가 중얼거린다.

"저는 그렇지 않다고 생각합니다."

나고시가 낮은 목소리로 말했다.

"그렇지 않다니?"

사나다는 멍한 표정을 지었다.

"양친이 살해당했다는 사건도 아마 하스미가 범인일 거예요. 당시 중학생이었다면 충분히 가능하잖아요."

"그런……."

사나다는 말문이 막혔다. 가타기리도 소름이 돋았다. 지금 처음 듣는 주장이지만 직감은 나고시의 추리가 맞다고 속삭인다.

텔레비전에서 지금까지 몇 번이고 반복해서 방송된 음성이 흘러나왔다.

진행자: ……몇 번을 들어도 너무 감동적입니다. 희생된 38명의 학생 중 단 한 명의 행동이 결과적으로 피고인 하스미의 범행을 폭로했군요?
변호사: 말씀하신 대로입니다. 물론 이 정도로 크게 일을 저지르면 아무리 잘 꾸며놔도 여러 가지 의심스러운 점이나 모순이 나오기 마련이지만, 어느 것도 결정적인 증거라고는 말하기 힘듭니다. 이 증거가 없었다면 하스미의 진술을 끌어내지 못했을 겁니다. 그렇게 되면 수사가 난항에 빠져 임의 취조가 계속됐을 가능성이 있습니다.

전 특수부 검사라는 변호사가 진중한 태도로 사회자의 말에 맞장구를 쳤다.
"이 새끼는 틀림없이 사형이겠지?"
스포츠신문을 읽던 남자가 혼잣말처럼 중얼거린다.
"세 명까지 죽이지 않으면 사형은 시키지 않는다는 제멋대로에 말도 안 되는 기준이 있지만, 누가 뭐라 해도 이건 사형을 내리겠죠. 이 녀석이 사형당하지 않으면 지금까지 사형된 흉악범들이 얼마나 억울하겠어요."

아무래도 저 남자는 단골손님인 모양이다. 찻집 주인이 무뚝뚝한 말투로 대답했다. 가타기리는 나고시의 눈을 보고 그가 같은 생각을 한다는 것을 알았다.

 그날 밤 하스미가 체포되는 순간 이미 마지막 게임은 시작되었다. 게임의 내용은 하스미가 사형을 당하느냐 당하지 않느냐가 전부다. 극형을 피한다면 설령 가석방을 받지 못한다고 해도 탈옥에 성공할 가능성이 있다. 그 악마라면 몇 년이든, 몇십 년이든 조용히 눈을 감고서 기회가 오기를 계속 기다리겠지. 교도소만큼 경비가 엄중하지 않은 정신병원에 들어간다면 언젠가 반드시 탈출할 거라는 각오를 해두는 편이 좋다. 그리고 하스미가 자유의 몸이 되는 일이 현실에서 일어난다면 틀림없이 우리 둘을 죽이러 온다.

 군용기가 폭음을 흩뿌리며 찻집 위 상공을 지나쳐 날아간다. 가타기리는 얼음같이 차가운 손으로 커피잔을 들어 입에 가져다 댔다.

 어디선가 딱딱거리는 소리가 들린다. 꼭 자신의 이빨이 가늘게 부딪치며 내는 소리 같았다.

『악의 교전』 미공개 단편

비밀
악·의·교·전

비밀

"좋아하는 사람이라고? 그게 누군데?"

사사키 아사미가 돌아보며 물었다. 그녀는 미간을 살짝 찌푸리며 걱정스러운 표정을 지었다.

"음…… 누구라고 해야 할까……."

구리스 고즈에는 의미심장하게 말하며 뒤를 흐렸다. 사실 아사미에게 털어놓고 싶었지만 이름을 입 밖에 내기에는 부끄러운 이유가 있었다.

"나한테 협조해 달라는 거 보니까…… 우리 반 애 맞지?"

"뭐, 그렇게 볼 수도 있고."

아사미의 표정이 점점 어두워졌다.

"고즈에, 네 또래 남자애들은 너무 유치해서 관심 없다고 했었던 것 같은데?"

고즈에는 미소 지었다. 몹시도 싫어했던 영어 수업이 이렇게 즐거워질 줄이야. 막 입을 열려던 순간, 아사미가 갑자기 소리쳤다.

"잠깐만! 나도 좋아하는 사람이 생겼어. 먼저 말해도 돼?"

"좋아. 누군데?"

고즈에가 물었다.

"우리 담임."

"진짜? 하스미 선생님?"

고즈에는 무릎에서 힘이 빠졌다. 이게 무슨 일이람. 가장 친한 친구가 같은 사람을 좋아하다니.

"맞아. 나 진심으로 하스미 세이지 선생님을 좋아해. 그러니까 날 응원해 줄 거지?"

고즈에는 말없이 고개를 끄덕였다. 아사미와의 우정은 그 무엇과도 바꿀 수 없다. 그렇다면 자신의 마음은 가슴 깊이 묻어두는 수밖에 없다.

"고마워. 고즈에 너라면 그렇게 말해줄 줄 알았어. 꼭 약속이다?"

"그런데 아사미, 너 예전에 하스미 선생님 느낌이 좀 이상하다고 하지 않았어? 찝찝하다고 했던가? 게다가 너희 넷이서 하스미 선생님이랑 대립하고 있다는 소문이 들리더라. 특히 소노베가 심하게 대립한다던데?"

고즈에는 문득 이상한 기분이 들어 조심스럽게 물었다. 하지만 아사미는 대답하지 않았다. 그녀의 굳어진 표정은 아무리 봐도 사랑에 빠진 여자로는 보이지 않았다.

그렇게 잠시 잡담을 나누다 헤어진 후, 고즈에는 깨달았다. 아사미는 끝내 고즈에 자신이 좋아하는 사람의 이름을 묻지 않았다는 것을.

악·의·교·전

 그 소리가 들려온 순간, 나카지마 하루는 온몸에 소름이 돋았다. 한순간에 나락으로 떨어지는 감각이 몸을 휘감았다.
 심야의 백화점 경비. 이보다 쉬운 아르바이트는 웬만해서 찾기 힘들다. 특히 이 백화점은 과거에 단 한 번도 도둑이 든 적이 없었고, 불을 사용하지 않아 화재 위험도 거의 없었다. 밤새 몇 번 각 층의 경비를 도는 것 외에는 할 일이 없었다. 텔레비전을 보거나 게임을 하거나 만화를 보며 시간을 때우면 됐다. 그야말로 놀러 온 것이나 다름없었다.
 적어도, 불과 1분 전까지는 그랬다.
 소리는 지하 1층의 백화점 입구 근처에서 들려왔다. 셔터를 흔들거나 두드리는 소리. 손목시계를 보니 새벽 4시 44분. 술에 취한 사람들이 소란을 피우기엔 너무 늦은 시간이었다. 백화점과 연결된 지하도에는 노숙자들이 자고 있었지만, 그들이 새벽에 이런 짓을 할 리가 없었다.

이런 일이 생겼을 때의 지요다 보장 경비회사의 매뉴얼에 따르면, 우선 함께 근무 중인 동료를 깨워야 한다. 그런 다음 인터폰을 통해 셔터를 두드리는 사람에게 경고를 하고, 그래도 멈추지 않으면 조금 떨어진 출입문으로 나가서 조용히 설득해야 한다. 만약 문제가 해결될 기미가 보이지 않는다면, 무리하지 말고 신속하게 경찰에 신고하라고 되어 있다.

이번에도 당연히 그렇게 할 생각이었다. 하지만 이상하게도 나카지마 하루는 아무런 조치도 취하지 않고 혼자서 출입문을 향해 걸어갔다.

50센티미터나 되는 맥라이트*를 두 손에 꽉 쥐었다. 회사에서 지급하는 전등은 손잡이가 달린 할로겐 램프지만, 나카지마 하루가 개인적으로 가져온 것은 두랄루민 제의 곤봉 같은 이 손전등이었다. 미국 경찰들도 경찰봉 대신 사용할 정도로 튼튼한 물건인데, 휘두를 힘만 있다면 위급한 상황에서 강력한 무기가 된다.

물론 이런 것으로 상대를 가격할 경우, 과잉 방어를 넘어 살인미수 혐의를 받을 수도 있다. 잘못 때리면 상대가 정말로 죽을 수도 있기 때문이다.

* 미국의 손전등 상품명

그러나 고등학생이었던 지난해 여름, 그 사건은 평소 싸움 한 번 하지 않고 평화주의자였던 나카지마 하루의 의식을 완전히 바꿔놓았다. 생사를 건 상황에서는 주저 없이 상대를 죽여야 한다. 인생은 한 번뿐이다. 단 하나뿐인 목숨을 사이코 같은 놈에게 빼앗길 순 없다.

그렇다면 애초에 위험한 상황을 만들지 말아야 하지 않을까. 돌아가라. 동료를 깨워라. 매뉴얼대로 여러 명이 함께 대처하라. 자신의 이성은 그렇게 필사적으로 소리쳤지만 나카지마 하루는 걸음을 멈추지 않았다.

그 사건은 온 세상을 충격에 빠뜨렸다. 그리고 그의 모교 이름인 '신코 마치다 고교'는 이제 인터넷상에서 도시 전설이 되어 있었다. 나카지마 하루는 당시 3학년 4반이었는데, 희생자들은 바로 아래층 2학년 4반 학생들이었다. 범인은 학생들 사이에서 인기가 많았던 담임교사 H였다.

H는 뛰어난 영어 교사였다. 그의 수업은 학생들의 집중력을 높였고, 머릿속에 깊이 각인될 수 있도록 구성되어 있었다. 하지만 그 뛰어난 수업 방식은 정작 H 자신도 예상치 못한 불길한 부작용을 낳고 말았다. 그의 수업을 들은 학생들 상당수가 사건 이후 악몽에 시달리며 한밤중에 벌떡 일어나 잠을 이루지 못했다. 나카지마 하루 역시 미성년자임에도 한때는 술의 도움 없이는 잠들 수 없을 정도였다.

다른 고등학교로 전학을 갔지만 주위의 호기심 어린 시선이 따라다녔다. 입시에 집중할 수도 없었다. 결국 애초에 목표했던 대학보다 낮은 곳에 간신히 합격했고, 대학에서는 수업에 거의 출석하지 않고 아르바이트만 했다.

최근에야 겨우 그 사건의 영향에서 벗어난 듯했다. 물론 충격적인 사건이었지만 자신이 직접 겪지는 않았다. 백화점의 계단을 보면 왠지 모교가 떠오를 때도 있었지만, 한밤중 순찰을 돌 때 별로 공포가 느껴지진 않았다.

이 순간까지는.

한밤중에 누군가가 셔터를 두드리고 있다. 그뿐이었다. 그러나 나카지마 하루는 순간 엄청난 공포감에 온몸이 얼어붙었다.

H선생이 셔터 너머에 있다. 이런 부조리한 확신이 마음속 깊은 곳에서 솟아올랐다.

당연하지만 그럴 리가 없었다. 아직 재판이 시작되지도 않았고, H는 당연히 구속되어 있을 터였다. 그럼에도 나카지마 하루의 머릿속에는 그의 모습이 선명하게 떠올랐다. 그는 희미하게 미소를 지으며 원어민처럼 유창한 발음으로 말을 걸어왔다.

"Hello, Mr. Nakajima. Long time no see."

젠장! 쫄지 말자. 지금 여기서 등을 돌린다면 이 공포를 영원히 극복하지 못할 것 같은 예감이 들었다. 이대로 평생 그 사이코 교사의 환영에 떨며 살아갈 바에야 차라리 이 자리에서 시험해 보자.

나카지마 하루는 소리를 내지 않고 출입문을 열었다. 셔터까지의 거리는 약 15미터. 하지만 기둥의 그늘에 가려져 있어 저쪽에서 이쪽은 보이지 않을 것이다.

하루는 두 손의 땀을 제복 바지에 닦고 맥라이트를 더욱 단단히 쥐었다. 그리고 조심스럽게 기둥 그늘에서 지하도로 발을 내디뎠다. 문을 두드리는 소리가 아직도 멈추지 않았다. 강하게 두드리는 느낌은 아니었지만 마치 손바닥으로 문을 노크하듯 집요하게 셔터를 두드리는 소리가 이어지고 있었다.

나카지마 하루는 발소리를 죽이고 남자의 사각지대로 크게 돌아갔다. 5미터 정도 거리까지 접근했을 때 그는 멈춰 섰다. 맥라이트의 스위치를 눌러 빛을 남자의 등에 비췄다.

남자는 마른 체격이었다. 체크무늬 반팔 셔츠를 업었는데 단추를 채우지 않은 채 걸치고 있었다. 셔터를 향해 몸을 숙이고 있어서 정확한 키는 알 수 없었지만, 175센티미터인 하루보다 약간 더 커 보였다.

…… H선생의 키가 딱 이 정도였던 것 같은데.

"뭐 하는 겁니까?"

단호하게 말하려 했지만 무의식중에 끝부분이 떨려 나왔다.

남자는 셔터에 두 손을 짚은 자세로 무언가를 중얼거렸다. 혀를 굴리는 듯한 발음에 순간 나카지마 하루의 심장이 얼어붙었다.

"여기서 뭐 하는 겁니까? 셔터 그만 두드리세요!"

이번에는 아까보다 더 강하게 말했다.

남자는 여전히 같은 자세로 서서 돌아보지 않았다. 술에 취한 걸까. 어쨌든 방심은 금물이다. 그는 다시 입속으로 무언가를 웅얼거렸다. 이번에는 뚜렷하게 "I need……."라는 말이 들렸다.

무릎이 떨렸다. 정신 차리자. 아니야. 절대 그럴 리가 없어.

그때 남자가 뒤를 돌아보았다. 그러나 맥라이트 불빛이 눈 부셨는지 다시 고개를 셔터 쪽으로 돌렸다.

"제가 꼭 필요한 게 있습니다."

이번에는 일본어였다. 어딘가 기묘한 억양이 섞여 있었다. 일부러 그렇게 말했을까? 아니면…….

"필요한 것이라니요?"

"And I need it now. Will you open the shutter, please?"

그 말투가 소름 끼칠 정도로 H와 똑같았다. 설마! 아니다. 이런 말도 안 되는 일이 어떻게 여기서 일어날 수 있단 말인가.

"아직 백화점 문을 열 시간이 아닙니다."

공포 탓인지, 자신의 입에서 나온 말이라고 여겨지지 않을 만큼 쉰 소리였다. 나카지마 하루는 두 손으로 맥라이트를 더 단단히 쥐었다.

"아침에 문 열면 다시 오세요."

남자는 고개를 갸웃하더니 낮은 목소리로 이상한 말을 중얼거렸다. 그 말은 나카지마 하루의 귀에 '악의 교전'이라고 들렸다.

"뭐라고? 지금 뭐라고 한 거야?"

나카지마 하루가 소리치자 남자가 돌아섰다. 얼굴이 술에 취한 벤 스틸러[*]를 빼닮은 백인이었다.

"……여는 거, 오늘, 텐?"[**]

※ 명작 『악의 십자가』에서 영감을 받은 작품입니다.

[*] 미국의 배우, 코미디언, 영화감독, 각본가
[**] "……여는 거, 오늘, 텐?"의 일본어 원문「……開くの'今日'十時(テン)?」의 일본어 발음은 "아쿠노, 쿄 텐?"으로 이 소설의 제목인 『악의 교전』의 일본어 발음과 같다. 이 말은 저자가 『악의 십자가』에서 가져와 오마주한 것이다.

옮긴이의 말

모리타트 선율에 맞춰
살인의 춤을 추기 시작한다

스포츠를 즐기듯 살인을 일삼는 악마.

하스미 세이지는 명석한 두뇌와 타인의 마음을 잘 읽는 능력을 가졌다. 동료 교사들과 학부형회에서 신뢰를 얻었고 학생들에게는 인기가 있다. 그러나 그의 주변에는 항상 죽음이 따라다닌다. 가면에 불과한 겉모습. 그에게는 타인에 대한 공감 능력이 없다. 감정을 갖지 않은 괴물, 사이코패스다.

그에게 타인이란 자신이 지배하는 세계를 구성하는 하나의 부속품에 지나지 않는다. 얼마든지 대체할 수 있는 존재이다. 타인의 생명을 소중하게 생각할 리 만무한 그에게 살인은 문제를 해결하기 위한 하나의 수단일 뿐이다.

흔히 사이코패스와 사이코패스가 아닌 사람의 가장 큰 차이는 공감 능력이라고 한다. 공감 능력이란 타인의 감정에 공감하는 능력을 말한다. 슬퍼하는 사람을 보고 같이 슬퍼해 주거나 불쌍한 사람을 보고 동정심이 드는 것도 공감 능력이 작용하기 때문이다.

공감 능력이 결여된 사람은 다른 사람이 겁에 질려있을 때, 그 사람이 겁에 질려있음을 인식하지만 안쓰럽다거나 불쌍하다는 생각은 하지 못한다. 타인의 기분은 알지만 그것으로 인한 감정 작용이 없는 탓에 자기중심적이 되어 대인관계 형성에 어려움을 겪는다. 이런 장애로 인해 사이코패스는 타인의 감정을 이해하지 못하고 타인이라는 의미조차 인정하지 못하는 괴물이 된다.

그렇다면 사이코패스를 단지 정신적 장애를 가진 한 개인의 문제로만 치부해도 되는 걸까? 극소수라지만 분명히 그들은 존재하며 우리와 함께 살아간다.

"몸이 아니라 마음을 말하는 거란다. 네가 꼭 알아줬으면 좋겠어. 인간에게는 감정이 있단다. 감정은 매우 부드럽고 상처받기 쉬워. 다른 사람의 마음에 상처를 주는 행위는 다른 사람의 몸을 다치게 하는 행위만큼 나쁜 짓이지……. 아니 그 이상일지도 몰라."

과연 우리는 타인과의 치열한 경쟁이 일상이 되어버린 세상에서 타인의 마음을 외면하고 있지는 않은지, 다른 사람의 마음에 상처를 입혔다는 것조차 인식하지 못한 채 살아가는 건 아닌지, 하스미에게 말한 구마가이 선생님의 충고를 곱씹어볼 만하다. 타인의 존재를 인정하지 못하고 타인의 감정을 이해하지 못한다면 후천적인 괴물은 언제라도 생겨나리라.

반사회적 인격장애를 의미하는 사이코패스라는 단어가 익숙한 말이 된 지는 그리 오래되지 않았다. 하지만 이 단어는 1891년 독일의 심리학자 코흐가 공식적인 명칭으로 사용하기 100년 전부터 쓰였다고 한다. 한국에서도 이미 연쇄살인범이 출현하였고 이제 이 말은 대중적인 단어다.

가면을 쓴 하스미 세이지는 전형적인 사이코패스다. 그중에서도 흔히 말하는 양복 입은 뱀이라 불리는 화이트칼라 사이코패스이다. 반듯한 외모와 말쑥한 옷차림, 그리고 능숙한 언변. 이런 매력적인 모습은 미국의 연쇄살인마 테드 번디를 떠오르게 한다. 미국 역사상 가장 매력적인 연쇄살인마 중 한 명으로 뽑힌 그와 하스미 세이지는 많은 부분이 닮았다. 하지만 하스미 세이지는 여타 살인마와는 사뭇 다르다. 〈세븐〉의 살인마인 존 도처럼 괴이한 망상에 빠져 있지도 않고, 〈양들의 침묵〉의 한니발 렉터처럼 점잔을 빼지도 않는다. 그에게 살인은 일종의 게임이고, 게임을 한다면 언제나 승리하기를 원한다. 그러다 보니 이야기의 흐름도 게임이나 스포츠처럼 느껴진다. 한쪽은 죽이기 위해, 한쪽은 살아남기 위해 자신이 가진 최대한의 역량을 짜내어 발버둥

친다. 마지막에는 둘 중 하나만 승자가 되고 다른 한쪽은 패자가 된다. 목숨이 걸린 게임이기에 아무리 강해도 패자는 결국 레테의 강을 건너야만 한다.

기시 유스케는 뛰어난 문학성과 탄탄한 이야기 전개로 일본 문단에서 확고한 입지를 굳힌 작가다. 그의 전작과 마찬가지로 이번 작품 역시 마지막 장을 넘길 때까지 눈을 떼지 못하게 만드는 그의 능력이 유감없이 발휘되었다.

이 소설의 번역을 마친 후에도 하스미 세이지가 부르는 〈모리타트〉의 휘파람 소리가 귓가에 들리는 듯하다.

한성례

악의 교전 2

초판 1쇄 펴낸날 2025년 2월 26일

지은이 기시 유스케
옮긴이 한성례
펴낸이 김영정

펴낸곳 현대문학
등록번호 제22-3044호
주소 06532 서울시 서초구 신반포로 321 (잠원동, 미래엔)
전화 02-2017-0280
팩스 02-516-5433
홈페이지 www.hdmh.co.kr

© 2025, 현대문학

ISBN 979-11-6790-297-9 (04830)
　　　978-89-6790-295-5 (세트)

* 값은 뒤표지에 있습니다.
* 파본은 구입처에서 교환해드립니다.